キネマと文人

──『カリガリ博士』で読む日本近代文学

川崎賢子

国書刊行会

キネマと文人　目次

キネマと文人——『カリガリ博士』で読む日本近代文学

凡例

一、本文中の引用底本は、特に記載がない限り以下に拠る。
『定本佐藤春夫全集』（臨川書店）
『江戸川乱歩全集』（光文社文庫）
『谷崎潤一郎全集』（中央公論新社）
『新輯内田百閒全集』（福武書店）
『芥川龍之介全集』（岩波書店）
『定本夢野久作全集』（国書刊行会）
『定本尾崎翠全集』（筑摩書房）
『稲垣足穂全集』（筑摩書房）

一、引用に際し、原則として旧字体は新字体に改め、仮名遣いは原文のままとした。ルビは難読語のみにとどめ、適宜省略した。改行は適宜「／」で示した。

一、引用文中の〔　〕内記載は引用者に拠る。

序章　百家争鳴――『カリガリ博士』を愛した日本文学

一九一九年、第一次世界大戦の敗北と折からのスペイン風邪パンデミックの惨禍のさなか、ドイツで一本の映画が作られた。『カリガリ博士』（Das Cabinet des Dr. Caligari、ロベルト・ヴィーネ監督）である。カリガリ博士（ヴェルナー・クラウス）と名乗る怪しげな男が町に現れる。人の運命を言い当てるという眠り男の見世物をするという。その日から不可解な連続殺人事件が起きる。カリガリ博士は眠り男チェザーレ（コンラート・ファイト）を催眠術で操っていたのである。一九二〇年にドイツで封切られた『カリガリ博士』は、翌年春、海を渡って横浜に上陸し、オデオン座で公開された。やがて浅草で上映され、その衝撃は広がってゆく。

映画界では、たとえば大泉黒石原作『血と霊』を溝口健二が監督し「文壇の変り者大泉黒石氏の『血と霊』といふ表現派映画の物凄いものを試作した」（井関種雄「日本映画劇の成長」『映画大観』大阪毎日新聞社・活動写真研究会編、春草堂、一九二四・一〇）と一部で評判になった。が、『血と霊』のフィルムは残念ながら散逸してしまった。現在、読者は単行本に残されたスチール写真などを手がかりに、わずかにその痕跡をしのぶしかない。

また川端康成、横光利一、片岡鉄兵、岸田國士らが集結し、衣笠貞之助を監督に迎え、新聞記者に新感覚派映

溝口健二監督『血と霊』

画連盟と名付けられた集団は、『カリガリ博士』に触発されたと読める、精神病院を舞台とする『狂つた一頁』（一九二六、原作・川端康成、脚本・川端康成／衣笠貞之助／犬塚稔／沢田晩紅、撮影・杉山公平、撮影補助・円谷英一〔＝円谷英二〕）を世に送り出した。

その影響は映画界にとどまらなかった。谷崎潤一郎、佐藤春夫、芥川龍之介、内田百閒、江戸川乱歩、夢野久作、尾崎翠、稲垣足穂――本書でとりあげる文学者たちは誰もが、『カリガリ博士』にインスピレーションを与えられた。ドイツ表現主義、表現派映画という概念も、『カリガリ博士』とともに広まった。

高橋新吉は『ダダイスト新吉の詩』（中央美術社、一九二三・二）の一節に次のように記した。

カリガリは好えな
途中でフイルムが切れんのに、帰る人を見ると、俺は愉快で堪らなんだぞ
それでは、俺のメクラの詩が、終りの行から読んだ方が面白いのに
　誰も気が付かなかつた事は私の密かな喜びです

意味の破壊、価値の破壊を標榜するダダイストは、『カリガリ博士』の流行現象と観客の反応をおもしろがっている。

吉井勇は、歌集『悪の華』（宝文館、一九二七・二）の掉尾に「髑髏歎　「朝から夜中まで」と「カリガリ博

士」と」と題した歌を掲げた。

われもまたもの狂ほしくなりぬらむ夜毎夢見る表現の国
カリガリと云へる博士のすさまじき目にも似るかな夜の稲妻
狂博士われにかなしき夢ひとつ与へていつか画の奥に消ゆ
あはれなる狂院守のかなしみをまざまざ見せて画の冬は来ぬ
ああ悪夢何に悩めるわが身ぞとかの画の中の博士にも問ふ
吾妹子よ目閉ぢてあれを思ふほど空怖ろしき画にも会ひぬる
蝶花楼馬楽の国となりにけり狂人つどふ狂院の庭
ちかちかとかの画より来る灯《ひ》あかりはわが目は刺さでわが心刺す
秋来れば映画地獄の中にゐる人にも涙流れぬるかな

蝶花楼馬楽《ちょうかろうばろく》（三代目、一八六四－一九一四）は吉井勇が贔屓にした落語家、一九一〇年頃から精神に異常をきたして入退院を繰り返したという。

『朝から夜中まで』（Von Morgens bis mitternachts、一九二〇製作）はドイツでは未公開で日本にだけフィルムが残っていた表現主義映画で、裕福な人妻の香水の匂い、毛皮、衣摺れに官能を刺激された銀行員が大金を拐帯して丸一日の逃避行の挙げ句に自殺する。出会う女たちが次々に髑髏に変わっていく。吉井勇はそれを、次のように詠んだ。

女みんな髑髏となりぬ怖ろしきこの幻にわれもおののく

うら悲しわれによく似し男ゐてかの画の中の雪にさまよふ

夜は更けぬ時計の面《おもて》青ざめて針も剣《つるぎ》のごとくなるとき

『カリガリ博士』は映画を変えてしまった。その衝撃は映画という新興のジャンルを越えた。室生犀星は述べている。

明治四十三四年といふ年代に自分は東京に出て、初めて活動写真を見物したものであつた。当時にあつては欧州諸国の文明開化をもつてすら未だ活動写真といふものは、人生の数奇多様の生活を現すものではなく、奈何にして自然の美を会得せしむべきものであるかと云ふことに腐心してゐた。ロツキイ山脈や砂漠の映写は、我我を生きたる写真として感激させたことは云ふまでもない、――二十数年後に「カリガリ博士」や又五年の後に「サルベエシヨン・ハンターズ」が表れるなどといふことは、殆ど当時に於て夢にさへ見られなかつたことだつた。——

（「月光的文献」『天馬の脚』改造社、一九二九・二）

「サルベーション・ハンターズ」とは、ジョセフ・フォン・スタンバーグ監督の『救ひを求むる人々』（The Salvation Hunters、一九二五）のこと。室生犀星は映画通だったのである。

竹久夢二は、映画館に通って、デッサンを残している。「活動写真といふものはさう好きではない。殊に主題の浅薄な、プロットとの出鱈目な米国物を喝采してゐる観客の気が知れない」（「青い窓から」『砂がき』時代社、一九四〇・一〇）といいながらも、『カリガリ博士』は別物だった。

街の両側の家が傾いてゐたり、窓が三角でダイヤモンドのやうな光線が床に落ちてゐたり、道にレールのやうな光線がついてゐたり。何故そんな背景を描いたかと言へばまづ普通の考へ方をすれば、全巻殆んどが、狂人の幻想だからと言へば足りるが、キユビズムやフユチユリストの理論を具象的に映画にしたのだと言つた方が正しい。

（「表現派映画「カリガリ博士」の印象」『新小説』一九二一・七）

夢二は、表現主義だけではなく、キュビズムや未来派に通じる要素も『カリガリ博士』に見出している。そのいっぽうでは、鏑木清方のような日本画家が、二度も「カリガリ博士」を見たという。

カリガリ博士を久し振で武蔵野館で見たが、これを始めて観た時は、館の外へ出ると、往来の人も家も、電柱も、どれもこれも曲つたり、歪んだり、すべてが怪奇な錯覚となつて、これは続けて観たら気が違ひはしないかとさへ思はれた、今度は何の変哲もなく、たゞ纏まりがいゝなと思つたゞけであつた

（『芸術』一九二六・三）

三度目はなかったようだ。

映画によらず、何によらず、なにごとも浮薄におもしろがるというところのない正宗白鳥であるが、『カリガリ博士』には感銘を受けたと書いている。

特別に映画芸術に感動された最初のものは、例の「カリガリ博士」であつた。電車で小山内君に会つた時、面白い写真だから見に行けと勧められたので、その晩浅草のキネマ倶楽部へ行つたのであつた。〔中略〕映画は今のところ、まだ外形的な皮相な芸術たるに過ぎないのではあるまいか。今まで観たうちでは「カリガリ博士」「巴里の女性」などが最もよかつた。

（「映画について」『文壇観測』人文会出版部、一九二七・六）

一九一二年から一三年にかけて渡欧し、ドイツ表現主義のヘアヴァルト・ヴァルデン（Herwath Walden、一八七八－一九七九。後に『表現主義芸術のための戦いの記録（一九一〇－一九三九）』が翻訳されている）を受容していた小山内薫は、映画『カリガリ博士』の流行現象によって日本における表現主義理解が歪められたと批判するのだが、おもしろさは認め、「推し」ではあったようだ。

これに対して、警戒心を表に出したのは、内田魯庵である。

殊に表現派や構成派の舞台装飾が何とは無しに危険を妊んでるやうで物騒に感じる。露西亜のでは無いが『カリガリ博士』とか『朝から夜中まで』とかいふ類は地獄の演出を見る心地して無気味さに堪へられない。かういふものをモダーン・ガールやボーイが喜んで見るといふ親父連には会得めないで、イカモノ食ひとしか思はれない。

（『読書放浪　魯庵随筆』書物展望社、一九三二・六）

だが新世代は、その地獄にあえて飛び込もうとしたのだ。『カリガリ博士』の流行現象にあって、まるで映画『カリガリ博士』のなかの人物のようだ、となぞらえられた文学者は少なくない。渡辺温、富ノ澤麟太郎など夭折の文人たち。早稲田大学予科で同級だった浅見淵が回想している。

クラスで一ばん目立ったのは、横光利一と富ノ沢麟太郎である。といっても一学期の学期試験のとき、初対面したわけであるが、横光は蓬髪の顔色の悪い顔をしていたが、仏像のような切れ長の眸がすんでいて、唇が赤くぬれていた。その横光の傍に、〝カリガリ博士の眠り男〟とだれかが命名していたが、表現派映画の「カリガリ博士」に出てくる、棺の中で始終眠っている茫漠としたグロテスクな男によく似た、これまた蓬髪の、煙草のやにで歯が真っ黒になっていた富ノ沢が、いつもドン・キホーテにたいするサンチョパンザのように控えていた。

（『昭和文壇側面史』講談社、一九六八・二）

その横光利一、川端康成らの新感覚派について、谷川徹三は次のように分析していた。

横光利一が自ら「未来派、立体派、表現派、ダダイズム、象徴派、構成派、如実派のある一部、これらは総て自分は新感覚派に属するものとして認めてゐる」といつてゐる如くに、この文学運動は、大戦後の西欧文学における所謂アバン・ガルドの精神——その「革命的精神」と多分の類縁性をもつたこの国独自の形態と称して差支ないであらう。イタリイ未来派を先導とするこれらの一聯の「前衛運動」は大戦後間もなく二三の批評家、画家、詩人等の手を通してわが国にも紹介されてゐたのであるが、殊に大正十年秋独逸の表現派映画「カリガリ博士」が上映されるとともに、異常なセンセイシヨンを喚起した。そして、関東大震火災が突如襲来して、世界大戦後の欧州にも似た不安と恐怖が上下に浸潤し、文学が崩壊したかにみえたとき、「新感覚派」の運動は、西欧の「前衛運動」の如くに、前段階の文学の一切の羈絆や伝統から解き放たれ、新しいホリゾントに向つて、自らを切り拓かうとしたのである。

（「現代文芸思潮論」『新文芸思想講座』第八巻、文芸春秋社、一九三四・五）

谷川徹三は、久世昂太郎名義で『映画劇　その心理学と美学』（ミユンスタアベルヒ〔＝ヒューゴー・ミュンスターバーグ〕著、大村書店、一九二四・二）を訳出し、映画研究への造詣も深い。『カリガリ博士』の登場人物になぞらえられた文学者といえば、久米正雄「肖像」（一九二四）が、深夜の舞踏場で見かけた佐藤春夫の印象を綴っている。

部屋の隅に、壁へ垂らした垂れ幕のやうなものが、真鍮の環をさら〳〵と鳴らして、半ば一方に片寄せられると、その奥の暗いところに、白い綾目の浮いた羅紗の洋服を着、鼻眼鏡をかけ、額にやゝふりかゝるやうに髪を乱した青年が、『カリガリ博士』中の人物のやうに、ずツと普通より背の伸びた恰好で、やはりその骸骨の踊を見ながら、憂鬱な色を湛へて、これは少し眼を瞬き気味に、見入つてゐるではないか。——佐藤春夫だ！

（『久米正雄全集』第一三巻、平凡社、一九三六・一）

これは『カリガリ博士』の登場人物の中でも、眠り男チェザーレの似姿だろうか。『カリガリ博士』の登場人物、その傾いで歪曲された建築物、室内、白と黒（光と影）の強烈なコントラスト、蔓延する狂気、狂人と医師の逆転などの世界像は、「『カリガリ博士』のようだ」という直喩で読者に通じるほどに、広く共有されていたのである。

眠り男チェザーレの異形ともいえる痩軀や、狂気の語り手フランシス、眠り男の予言通りに殺されてしまうアランなど、神経のふるえを感じさせる繊細な男優たちに文学者が惹きつけられる一方で、村山知義は、カリガリ博士を演じたヴェルナー・クラウスを称賛した。

クラウス。彼は強い脊柱を持つ軟体動物である。旺盛に自働運動する肝臓である。
私は一番初め「カリガリ博士のキヤビネツト」で彼を見た。しかし彼はそこでは殆ど彼自体を示さなかつた。その写真の特異な性格に強制されてゐたからである。〔中略〕次に映画「オセロ」のイヤゴオである。これには驚いた。セルロイドは彼をすつかり浄化してゐた。〔中略〕十九世紀の小市民から二十世紀の金融資本家に至るブルジヨアジーの呪ふべき独特な形貌を表現し得る俳優を現在我々はただ二人しか持つてゐない。
男ではウエルナア・クラウス。
そして女ではグレタ・ガルボ。

（『プロレタリア映画入門』前衛書房、一九二八・七）

梶井基次郎は一九二七年二月四日付の近藤直人宛書簡に書いている。

素人考へで精神科学に非常に近接してゐると思ひますし、あなた自身、学問の肉体的アルバイターよりも精神的アルバイターだと思ひますし、資本主義文明が必然的に生産する精神病者達はその方の学を愈々要求すると思ひますし、最後に僕自身病的心理学などが非常に好きなこと、それはあなたも御承知と思ひます。僕は僕の象徴主義なるものをあなたの方の研究からひん剝かれるかも知れないなどとも思ひます、とにかく私は小児科よりも皮膚科よりも精神科へあなたが向はれたことにあなたの未来が祝福されたことを感じ喜ばざるを得ません、どうかカリガリ博士になつて下さい。

（『梶井基次郎全集』第三巻、筑摩書房、一九五九・七）

「カリガリ博士になつて下さい」とは不穏ながら、これもユーモアなのだろう。
関東大震災後に『カリガリ博士』は再上映され、大規模な破壊と大量死の被害を受けた首都圏の人々に受容された。
久保栄は一九二六年二月二日の日記に書いている。

今日また築地へ行くのが何だか僕はいよいよ気分を重くされそうな気がして、嫌だった、きのう池谷からいやな印象を受取った、土方さんが旅行中だったのもちょっと張合が抜けた、宝塚の上演だというのも、原始社の赤表紙の本になりそうだというのも悲しかった、何かしら、不当な侮辱を、築地全体から受けているようなイヤな気持がした〔中略〕気持がすっかり直る、帰りに、少し浮々した気分になって、ひょっくりシネマパレスにはいる、「カリガリ博士」、「山猫リシュカ」、（これが一番気に入った）「吾こそ大王なり」。
（『久保栄全集』第一一巻、三一書房、一九六三・一）

シネマ・パレスについては板垣鷹穂も回想している。

省線の電車がお茶の水駅から土手の横を通りぬけて昌平橋に出ようとする時、窓に映る建物の中でいつも眼につくのはニコライ堂とシネマ・パレスである。〔中略〕「最後の人」、「タルテュフ」、「アルト・ハイデルベルヒ」のやうな古風で渋いドイツ映画をみたのも此処であつた。「カリガリ博士」、「朝から夜中まで」、「罪と罰」と云つた表現派時代の遺物を知つたのも此処であつた。
（『芸術閑考』六文館、一九三二・九）

板垣は他のところで「ヘッケルの絵の無気味な心理描写は、「カリガリ博士」にその純化徹底したる表現を見出した」（『機械と芸術との交流』岩波書店、一九二九・一二）とも書いている。板垣の言及したヘッケルとは、ドイツ表現主義、ブリュッケの中心メンバーである、エーリッヒ・ヘッケル（Erick Heckel、一八八三－一九七〇）のことだろう。

ジャーナリストの室伏高信は、映画というメディアに、因果律からの自由を見出した。

例へば「カリガリ博士」のごときにしても、「朝から夜中まで」にしても、われ〳〵はそれによつてたしかに一つの印象を与へられたのである。それは映画のもつ一つの性質、それが時間、空間及び凡ての因果律より自由であるところの、飛躍の形式の可能によつてもちきたされた効果である。〔中略〕われ〳〵は映画をとほして常に機械のリズムを聴く。機械のリズムをとほして機械文明のリズムを。——こゝに映画は正しく現代の芸術、芸術なき時代の芸術、高度文明の芸術である。

（『街頭の社会学』田舎社、一九二九・三）

非合法下に創立された日本共産党の代表として秘密裡にコミンテルン拡大執行委員会に参加した荒畑寒村は、モスクワで『カリガリ博士』を観た。

『カリガリ博士の室《コウムナタ》』といふ、独逸の表現派の映画を見たが、その凄惨怪奇な印象は未だに忘るゝ能はない。これは日本でも夙に上演され、友人からその評判を聞かされてゐたので、是非、見たいと思つてゐたものだつた。

（『赤露行』希望閣、一九二四・九）

中国の文人・政治家である郭沫若《かくまつじゃく》も「以前『カリガリ博士』と題する表現派の映画を見たことがある」（『支那古代社会史論』内外社、一九三一・一二）と回想しているが、これは留学中の日本で見たものか、あるいは上海ででであろうか。

映画は越境するメディアだったのである。

一九二七年七月二四日の芥川龍之介自殺報道の後、まだ一〇代だった大岡昇平のもとにいたずら電話がかかってきたという。「大岡昇平さんですか、こちらは芥川ですが、主人が自殺しました」、返事をするひまもなく電話は切れたという。

聞きなれない声だったが、そういえば芝居が好きで、夜中にダベり疲れると、突然起き立ってカリガリ博士の眠り男メーキャップをして見せたりした富永のつくり声らしくもある。

（『青春放浪』読売新聞社文化部編、一九六二・七）

「富永」は、詩人の富永太郎。葛藤多き彼らの青春の友であった詩人の中原中也は、一九二六年一月二五日に、『カリガリ博士』を観ている。

映画好きの志賀直哉はいうまでもなく『カリガリ博士』を観ていた。奈良に移り住んでから、眠り男チェザーレを演じたコンラート・ファイトを追いかけて彼が主演の『最後の中隊』（Die letzte Kompanie、一九二九、日本公開一九三一、クルト・ベルンハルト監督）を観ている。

これは近頃での面白い写真だつた。かういふ真面目なものを見ると、矢張りいい気持が残る。或る人が「独逸の写真はどうもあとに残つていかん」と云つてゐた。成程かういふ考へ方もあると思つた。「カリガリ博士」など少しその方だつた。

（「大阪の役者」『星雲』一九三一・三）

一九三〇年代に入るとドイツでは表現主義を頽廃芸術とみなすナチスの台頭により、『カリガリ博士』『朝から夜中まで』などの表現派映画は壊滅的な打撃を被った。だが、日本では、戦時下になっても、『カリガリ博士』の上映と言及は続いていた。

日中戦争前夜にまとめた随筆集で、林芙美子は回想している。

もう、よほど以前のことだけれども、われもし王者なりせばだの、黙示録の四騎士、ナジモヴアの椿姫、カリガリ博士、ゴオールドラツシユ、血と砂、ブルウ・ヱンゼル、モロツコなぞ、何だか青春の溢ふれたよい映画だとおもひましたが、あの、いまでも忘れがたい初々しい印象は、いつたい何から来てゐるのかと、時々思ひ出すことがあります。

（『田舎がへり』改造社、一九三七・四）

川端康成に師事した中里恒子にも回想がある。

今でも思ひ出して、美しく鮮明に印象されてゐるのは、ヴァレンチノの血と砂。ヤニングスのヴァリエテ。コンラッド・フアイトのカリガリ博士などで、はつきりと或るシインがひらめくことがある。これらは既に古典に属するものであらうけれど、素人の、わけのわからない少女期の私に、今もつて残るほどの印象を与へてゐるといふことは、誰にも響く烈しいものが含まれてゐた故かもしれぬ。

（『常夏』全国書房、一九四二・一一）

ソシュール学者小林英夫も回顧する。

今より二昔前に、当時戦敗国ドイツで芸術の各分野に勢力を振ひつゝあつた表現主義の試作映画「カリガリ博士」といふのが、我国に紹介されたことがあつた。三角に傾いた家の三角の窓から、三角の人間が三角に歩き出した様子だけが、今なほはつきり眼底にある。

（『文体雑記』三省堂、一九四二・八）

当時は、表現主義を三角派などと称したものであった。

以上は戦時下に振り返られた思い出の中の『カリガリ博士』だが、当時リアルタイムに観ていた観客がいる。宮内寒弥は一九三九（昭和一四）年九月一八日の「不忍日記」に、書いている。

南明座へ行つて、名画大会を見る。
バリエテ（ヤニングス）、ジゴマ（明治四十三《ママ》年封切）、カリガリ博士（の箱）など。
夜、夢遊病者セザレの夢を見る。うなされてねむれず、アダリンを飲む。表現派あなどるべからず。

（『からたちの花』大観堂、一九四二・九）

百田宗治は一九四二年『私の綴方帖』に次の一節を収めている。

　裁判所裏の坂を下りながら、私はふと二週間ほど前に武蔵野館で観た「カリガリ博士」のセットを思ひ出した。この写真はずつと前にも一度観たことがあるが、あのセットに若し霧がかかつてゐたら、丁度いま吾々の下りてゆくこの釧路の街の坂みちにそつくりだらうと思つた。私はうしろから下りて来る校長さんの頭に黒いシルクハツトが載つかつてゐはしまいかと思つて振返つて見た位であつた。

（『私の綴方帖』大和出版社、一九四二・四）

象徴主義詩人、日夏耿之介は、『黄眠文学随筆』（桃蹊書房、一九四一・八）に記している。こちらはいつの鑑賞だろうか。

映画芸術の特殊の境致は、スュウパア・ナテュラルな劇的事件に、時間と空間の束縛を超脱したロマンティックな一種独特の妙味をあらはすところにのみ存する。〔中略〕『カリガリ博士』の夢遊病者的殺人の鬼気は、映画のみがよくなしうる諸種の時空間を絶せる諸場景のめまぐるしい変化と相俟つて完成せられてゐる。

パンデミックの時代、大震災の時代、革命と戦争の時代に、『カリガリ博士』は愛され、恐れられ、語り継がれた。近代日本の文学者は『カリガリ博士』の何に魅せられ、そこから何を汲みとったのか。日本のモダニズムについて、ミステリ・ジャンルについて、幻想とホラーについて、表現主義の受容について、この百年の映画と文学の深い交渉について、考えるよすがとしたい。

第1章　佐藤春夫と『カリガリ博士』――「指紋」をクローズアップする

1、『カリガリ博士』を誤読する

佐藤春夫（一八九二 - 一九六四）は「新時代流行の象徴として観たる「自動車」と「活動写真」と「カフェー」の印象」というアンケート回答（『中央公論』一九一八・九）に、「これらの三つのうちでは、（いや、もつと外のものを沢山に加へて見ても）、私は活動写真が一番好きです。私はあれを考へる時、今の時代に生きて居ることの恩沢を、初めて少々感じます」と書いた。「私自身に就て言へば、私はあの人ごみのなかで、併し、孤独な心持ちを失はずに、別世界のやうな世界で自分と同じやうな人間が、潑溂として動いて居るのを見ることが最も愉快でなりません」と述べ、活動写真の弁士不要論を言い、「沢山の見物が押し合ひながら、併し声を喰んで何の音もなく、声もなく、ひつそりとして見物して居るのが一番いいのです」と主張した。活動弁士をつけない、字幕もない、映像だけで見せるいわゆる純粋映画の概念に賛同している。

その佐藤春夫は、談話の形で『カリガリ博士』に言及した。

『カリガリ博士』チェザーレ

僕は近頃、活動写真はあまり好きでなくなつてゐるんだが、表現派といふものはどんなものだらうかと思つて、表現派に敬意を表する意味で、「カリガリ博士」を見に行つたのだ。さうして、すつかり感心したよ。『時事新報』の文芸欄に出た谷崎潤一郎君の批評は適切な批評であつた。大体、僕も同感だ。実際、今まで観た物のうちでも、文字通りに芸術映画と云へるのは、まああれ位のものだらう。外の作品には、場面の絵画的な面白味や、筋や、動作の好奇的な、或る意味の挑発的な興味を有するものは、随分あるが、あのフヰルムのやうに、一つの心持――独逸人の所謂 gemuet それが全篇を通して流れてゐるのは何とも云へない。殊に、その意味では前半が秀れてゐる。〔中略〕一体、「カリガリ博士」のやうなものが、表現派には一番適したものなので、これから表現派のものが出ても、あれ程、成功するかどうかは一寸疑はれる。この意味では、「カリガリ博士」は、最初から表現派映画の行きづまりを示したものとも案ぜられる。狂人の世界をあゝいふ風に取扱ふことは、一寸した思ひつきででも出来ることだ。――尤も、「カリガリ博士」の出来栄はただの思ひつき以上ではあるが。

（「カリガリ博士」『新潮』一九二一・八）

前半を評価するということで、「カリガリ博士」の枠物語の設定によるどんでん返しについては、触れられていない。もっとも佐藤春夫は、狂気の語り手フランシスをアランと取り違えていた。また「祭の雑沓の場面で、洋傘のやうな、風車のやうな、何んだかわからないものが、二つか三つか、クルクルと廻つてゐたのは、大変、

衣笠貞之助監督『十字路』

ヱフェクティヴだつた」とも書いている。が、それは「洋傘」でも「風車」でもない。中沢弥は「春夫がいう風車のように回転するものというのは、実は斜めにかしいで回転するメリー・ゴー・ラウンドなのだが、この円環運動をクラカウアーは「混沌の象徴」として論じている」[1]と指摘した。衣笠貞之助（一八九六‐一九八二）は『狂つた一頁』（一九二六）、『十字路』（一九二八）で、狂気と欲望、嫉妬の表象として回転する物体と人体を執拗に映像化している。フロイト「不気味なもの」（一九一九）では、ホフマン「砂男」のナターニエルの錯乱が回転運動への欲動と結びついていることが指摘される。ナターニエルは狂気の発作のとき「まわれ――まわれ！――火の環――火の環！――どんどんまわれ――火の環――いいぞ――愉快だ！――ほれ、木の人形、美しいお人形さん、まわれ、まわれ、まわれ――」（大島かおり訳、光文社、二〇一四・二）と叫び出して暴れるのだった。去勢の恐怖におののくナターニエルにとって、回転運動の表象は抑圧されたものの回帰の換喩であろう。

佐藤春夫の『カリガリ博士』評について栗坪良樹は「ほとんど谷崎潤一郎のくり返しのような感想で、佐藤春夫にしてこの程度かと思わせる」「談話の軽さ以上を出ていない」[2]と批判している。が、佐藤春夫における『カリガリ博士』と表現主義受容が通りいっぺんの浅いものであったかといえば、そうでもない。小澤萬記は佐藤春夫によって『カリガリ博士』を通じて「狂気」と「デカダンス」の芸術としての「表現主義」という一つの図式[3]が形成されたと見る。

当時、『カリガリ博士』に魅せられた若い文学者たち――稲垣足穂（一九〇〇‐一九七七）や富ノ澤麟太郎（一八九九‐一九二五）らが佐藤春夫のもとに出入りしていたことも知られている。

ゲーリング『海戦』築地小劇場

一九二四（大正一三）年七月の「ダダイスト夏」には、「狂想の夏よ。お前はけばけばしい五色の鳥に、表現派の啼声を与へた」という一節がある。「表現派の啼声」とは何か？　無声映画の弁士と楽団の「声」ではないとしたら、一九二四年六月に旗揚げをした築地小劇場、柿落としの表現主義演劇『海戦』（ゲーリング）の絶叫劇（シュライ・ドラマ）を念頭に置いていたのかもしれない。

芥川と谷崎とが自分の家のヴエランダから食堂の方へ歩きながら、谷崎は芥川に本を上げようと言つてゐる。芥川が開いて見てゐる本をのぞき込むと、その大きな本はアルフレッド・クウビンの「髑髏舞《トオテンタンツ》」といふ草画集である。自分も芥川にやらうと思つて買つて置いた本があつたのを思ひ出して、その事を芥川に言ひながら、自分は書斎へ行つて見ると、自分の本もやつぱりクウビンの「トオテン・タンツ」である。そんな筈ではなかつたがと思つても、どうしても、それより他に芥川に進呈すべき本はない。

（「山の日記から」『平凡』一九二八・一一）

「アルフレッド・クウビンの「髑髏舞《トオテンタンツ》」」とは、アルフレート・クビーン（Alfred Kubin、一八七七－一九五九）の「死の舞踏」のことか。クビーンは、脚本家ハンス・ヤノヴィッツが当初『カリガリ博士』のセットを任せるよう提案した画家だった。ヴァシリー・カンディンスキーとフランツ・マルクが創刊した『青騎士』のメンバー

Ａ・クビーンの連作「死の舞踏」より

であり、シュルレアリスムを先取りしたような暗いヴィジョンをもつことで知られていた。

「山の日記から」の「自分」は夢を見ている。芥川龍之介が脚本を書いた怪物屋敷の芝居の「見物人のつもりだつた自分は実は役者の一人」で、座席から花道に上がって行く。舞台の上で、「急に柿の枯枝がまるで生きたもののやうにぐつと自分を石垣の方へ押しつけ」るので、宙吊りになってしまう。不吉な力を秘めた「枯枝」のイメージは、『カリガリ博士』で、ジェーンを抱えて逃走するチェザーレの行手に広がる不気味な木々の姿を想い起こさせる。

佐藤春夫の夢と無意識には、『カリガリ博士』の世界と連続する回路があったのである。

2、阿片の夢と映画

佐藤春夫「指紋」は、『中央公論』一九一八（大正七）年七月増刊号に掲載された。「秘密と開放」特集で、谷崎潤一郎「二人の芸術家の話」、芥川龍之介「開化の殺人」、里見弴「刑事の家」とともに「芸術的新探偵小説」という企画の一篇として発表されている。このときまだ『カリガリ博士』はつくられてはいない。本節では「指紋」に、『カリガリ博士』受容の受け皿となったであろう幻想と表象のありようを読む。

「指紋」は、初出時には「私の不幸な友人の一生に就ての怪奇な探偵物語」という副題が付せられていた。のちに単行本『病める薔薇』（天佑社、一九一八・一一）に収録された際に、副題は「私の不幸な友人の一生についての怪奇な物語」に改められた。「探偵」が抜けたわけである。佐藤春夫の探偵小説ジャンル意識については次の文章が知られている。

> 要するに探偵小説なるものは、やはり豊富なロマンチイシズムといふ樹の一枝で、猟奇耽異《キユーリオステイハンテング》の果実で、多面な詩といふ宝石の一断面の怪しい光芒で、それは人間に共通な悪に対する妙な讃美、怖いもの見たさの奇異な心理の上に根ざして、一面また明快を愛するといふ健全な精神にも相ひ結びついて成り立つてゐると言へば大過はないだらう。
>
> （「探偵小説小論」『新青年』一九二四・八増刊号）

佐藤春夫「指紋」が発表された当時、探偵小説ジャンルの興隆の舞台となる雑誌『新青年』はまだ創刊されておらず、江戸川乱歩は登場してはいないし、本格探偵小説／変格探偵小説をめぐる論争も、健全派・不健全派の議論もありはしなかった。浜田雄介は、一九三五（昭和一〇）年の江戸川乱歩「鬼の言葉」の言説に注目する。乱歩によれば、佐藤春夫が「探偵小説小論」に示したような「文学こそ私達があこがれ且つ目ざしていたところのものであった」（江戸川乱歩「鬼の言葉（三）」）が探偵小説定義に関わるのは「一面また明快を愛するといふ健全な精神」以下の部分だけであるのは物足りないともいう。この乱歩の言説を引いて浜田は、「探偵小説に芸術として市民権を与えるために佐藤らを源泉として位置づけ、同時にそれとは差異化することで狭義の探偵小説を独立させる」のが乱歩の戦略だった、その結果、佐藤春夫は「大正期作家の探偵小説への関心として、黒岩涙香らによる明治期の翻案と、乱歩らによる探偵小説ジャンル独立の間に位置づけられ」ていったと述べる。(4) 佐藤春夫自身、後日『新青年』（一九二九・三）に、「吾々が十年前に、探偵小説を試みた時には、本当の話、誰も本格的な探偵小説は書き得なかつた。「指紋」などは、唯文学の神経衰弱性あるのみと言はざるを得ない」と、昭和モダニズム期の『新青年』における探偵小説ジャンルの隆盛に遠慮したような言葉を残している。

では佐藤春夫「指紋」とはいかなるテクストか。

「指紋」の物語は、語り手の「私」（「佐藤」と呼ばれる）の元に匿われ、阿片中毒の禁断症状とたたかうR・Nを軸に展開する。R・Nは阿片中毒の昏睡状態の中で殺人事件に巻き込まれていた。彼は自分自身が犯人ではないかという恐れを抱いている。ところが、殺害現場で拾った時計の蓋についていた指紋と、ある映画の中で大映しにされた指紋とが同一であることを発見し、出演俳優ウィリアム・ウィルソンが犯人であると確信する。R・Nが告発の手紙を送ったところ、ウィリアム・ウィルソンは映画界から姿を消す。

想像力のありようとして、表象の視覚性を特化するものとして、そしてテクノロジーの成果として新時代のメディアとして、映画は、「指紋」における重要な物語装置となる。

R・Nは「奇論」によって「私」を蠱惑する。

彼は活動写真を芸術の最も新らしい立派な一様式だ、さうして科学が芸術に向つて直接寄与した唯一のものであると断言した。それはヴアルガアなグロテスクな、またフアンタスティクな美だ。〔中略〕活動写真は阿片の夢のなかの極く平凡なものに似て居る。私はオピアムイイタアとしての初期にはあれ位のものをよく見たものである。それが私にとつてはなつかしくもあり、悲しくもある――と彼はそんな事も言つた。

（「指紋」）

映画という体験を阿片中毒者の白昼夢の陶酔と引き比べるという言説は、谷崎潤一郎にもあり、江戸川乱歩にもあった。

私は活動写真を見ていると恐しくなります。あれは阿片喫煙者の夢です。一吋のフィルムから、劇場一杯の巨人が生れ出して、それが、泣き、笑い、怒り、そして恋をします。スイフトの描いた巨人国の幻が、まざまざと私達の眼前に展開するのです。

（江戸川乱歩「映画の恐怖」『婦人公論』一九二五・一〇、
引用は『江戸川乱歩全集』第二十四巻、光文社、二〇〇五・一〇）

といった乱歩のテクストは、佐藤春夫「指紋」と相互連関（インターテクスチュアリティ）の関係にある。「指紋」で、映画が阿片の夢と接続させられるのは、映画の想像力が識閾下の領域と連続し、それを刺激すると考えられているからである。そしてそれは死を志向するタナトスの欲動とも接している。後日R・Nとともに映画館におもむいた「私」は、スクリーンに「恍惚と見入つて居る」彼の「廃人らしい喜び方の表情」を悲しむことになる。阿片ならざる夢と映画との相同性については、「鑑賞者にとって映画は抑圧された欲望の間接的成就としての夢の代替物[5]」であるという説がある。

ともあれR・Nが語りきかせる阿片の夢が見せる形象は、巨大な建築物、一夜の夢のうちに深く大きく成長する花ざかりの森林、「天に沖するやうな巨大な機械」などだった。「金属性のさまざまな形が、「整頓の混雑」といひたいやうな、譬へば Albrecht Dürer の構図の或るもののやうな趣に、ぎつしりつめこまれて居る巨大な機械——金属の多様多形の破片から成り立つて居て、ごく静かに歯車から歯車を渡つて、だんだん波及して、大仕掛にのろのろと運行する奇妙な建築物」という機械の表象である。それは、どこかしらジャンク・アートの趣がある。力が受け渡され波及するというのだから機械には違いないが、その運動はあたかも自足する機械＝建築、機械＝生命のようでもある。産業革命以後の、大量生産の目的に向かって、合理的かつ効率的に稼働する機械とは様子が違う。機能性が度外視されたオブジェである。「指紋」の先行研究は、指紋による同一性の確認や、映画という装置に注目して、幻想と広義のテクノロジーの関係に言及するものが多いけれども、「指紋」における機械表象にはモダンの産物といいがたいのろさ、錯雑、遅延が含まれている。もとより阿片の夢は歴史的時間の外にあるとはいえ、ことに機械表象についてデューラーを引くあたりは、オブジェとしての機械の脱歴史化と呼んでもいい。モダニズムにおける機械美への関心とは一線を画している。

R・Nの阿片の夢のなかで広大な湖水には長い橋がかかっていて、その橋の上を無数の騎兵が進軍している。西洋的な意匠に満たされていること、それとは別に、女性が登場しないことは、この阿片の夢の特徴である。

視覚像が極端に巨大化することと、耳しいることは、いまひとつの特徴である。感覚の惑乱の中で「譬へば世界中をあらゆるもの音だけが一杯に占領したと仮定して、然も私は全くの聾なので、その物音を耳では聴くことが出来ない。その代り五官の外のもの、或は聴覚ではなく触覚か何かで空気の混乱を通して感知する」ように、聴覚への刺激が触覚へのそれに置き換えられて感受されたりもする。視覚の変容、諸感覚の再編、感覚の置き換えは、総合的な身体能力の拡張や解放をそのままでは意味しない。阿片に諸感覚とそれを統合する理性を譲渡し、無意識によって占領され、すなわち、「私」は客体化され、阿片によって左右され翻弄され、まったく無力化されて横たわっている。望むと望まぬとにかかわらず、「私」は巨大な映像を、見せられる。広大な湖水、巨大な森、巨大な機械は、理性に対する無意識領域の広大さや欲動の構造化と変容の比喩的な形象にもあたる。

アルブレヒト・デューラー
『アポカリプス』

巨大な建築物、湖水の夢などは、ド・クインシー『阿片常用者の告白』を引用している。これもまたアダプテーションであり、インターテクスチュアリティである。ド・クインシーのテクストは「指紋」本文中にもR・Nの愛読書として言及されている。

空間感覚と、遂には時間感覚も、共に強く影響を受けた。建物や風景、その他の物が、肉眼では知覚し得ない程、巨大にその姿を現わした。空間は膨張し拡大して、名状し難い無限の大きさに拡がった。

（ド・クインシー『阿片常用者の告白』
野島秀勝訳、岩波文庫、二〇〇七・二）

永井太郎「非在の町——佐藤春夫と稲垣足穂の「町」について——」（『国語国文』二〇一七・六）は、R・Nの「機械の幻覚のヒント」に、ピラネージの「幻想の牢獄」を挙げている。巨大な機械のあるゴシック風景である。

ピラネージの連作「幻想の牢獄」より

R・Nの阿片の夢の中に不意に武装した騎士が登場し、「城壁の内部をずんずん透して」あらわれ出る。夢のなかでヒトとモノ、主体と客体とは相互に浸透可能な状態に変質している。武装した騎士が槍で水面に横たわる男を刺す。何か爆発する音がすると、夢の中の湖水は赤く染まる。爆発音は、槍が人体を刺し貫いた音だろうか。先刻まではたらいていなかった、あるいは視覚に置き換えられていた聴覚が一挙に刺激を受け止めるようになっている。「人の呻り叫ぶ声が山彦しながら」耳に遠く響いてくる。うめき声に目覚めると、一人の男が倒れている。

私は大きな声で呻りながら、私の外にも呻る人があるのに気がついて、それと一緒に呻りながら、ひよいと眼が覚めた。併し！　見れば眼を睜つた私の前には、夢のなかで見たと、殆んどそつくりで、ただ形だけは全く縮小されて、一人の人間が呻きながら倒れて居る——

（「指紋」）

阿片の夢の中で視覚を特化させ、阿片によってレンズか拡大鏡か何かに変えられたかのように、巨大化する対象を見ていたR・Nは、夢の醒めぎわに「呻る」者になり、自身と被害者との呻り声にうながされてめざめる。巨大化していた視覚像は元に復して、R・Nは声を聞く者となる。R・Nは、被害者とともに呻り声を共振させて、いわば被害者の今際の苦痛を内面化し、被害者に擬態しつつ、目をひらく。

R・Nは、自分を加害者ではないかと疑う。「若しや、自分は夢のなかで夢遊病者がするやうに、実際、夢中で彼を刺し殺したか〔中略〕少くとも私には私自身ではないと証拠立てる何物をも持たなかつた」。自身に対する疑いは増す。

このときR・Nは、チクタク、チクタク、チクタクという音を耳にし、壁の向こうにある時計を「透視」する。目のとどいたところに一個の時計が見えるのである。それは壁のなかである。私は実際その時壁を通して物を見たのである。ありありと、白昼に眼前二尺のところにある現実よりももつとありありとそれを見た。

阿片の夢の醒めぎわの「透視」により時計が発見される。その時計に残された痕跡としての指紋はR・Nのものではなく、だからその時計の指紋の主こそが殺人犯であると彼は推理する。だが自身に対する疑いが晴れたわけではない。

然もその後の阿片の夢のなかでは、正しく私自身がその殺人者になつて現れて来た。私は穴のなかで、自分の殺した屍骸の上をのさばり這うて屍骸と私自身の体とを重り合せ、屍骸の鼻と自分自身の鼻とを擦り合せ、私の唇は屍骸の氷のやうな唇にさわり——どういふわけか、夢のなかでは、私はかうしてこの屍骸を自分の花嫁ででもあるかのやうにしつかりと抱擁して、わなわなと慄へながら、動物的の恐怖と、人間的の悔悟とで私は何時までも何時までも泣いた、泣き叫んだ。

これを語る「私」（R・N）は、夢の中で殺人者として死者を抱いている。異性愛を逸脱する欲望の表象である。殺人者も被害者も、夢の中ではもう一人の「私」である。あるときはこの夢の醒めぎわに、R・Nは「最も親切な友達」である「佐藤君」にとりすがることもあった。

私は夢中で殺した。それ故私は夢中で懺悔するのではなからうか〔中略〕さう思ひ始めると、私が私の潜在意識と第六感とで発見したと信じて居るあの犯罪者と、証拠物件である時計とは、犯罪者は私自身であり、時計は私自身のものではないか、と疑はれた。

R・Nの自身に対する疑念も、自分以外の真犯人の追及も、「夢中」「無意識」「潜在意識」「第六感」など、近代的理性の外の領域にしか支えを持たない。生方智子は「「R・N」は、自我の境界が崩壊した状態を、「無意識」と名付けている」「「現実と夢幻」の境界を崩壊させる幻覚体験は、「無意識」の世界の彷徨とされている」(6)と指摘する。

夢の中で罪を犯したかもしれない「私」（R・N）は、カリガリ博士の使嗾なしに麻薬の力で死への欲動を体現してしまった眠り男チェザーレにあたるかもしれない。その意味で「私」が殺したのは、「私」のエロスとタナトスのおもむくところのもう一人の「私」であるともいえる。阿片の夢は「私」の理性と、現実／非現実の境界のたしからしさを損なう形で、主体を譲り渡す形で、快楽と陶酔をもたらす。阿片の夢は、タナトスの夢、タナトスの快楽なのである。

「私」（佐藤君）と妻、そしてR・Nの、男性二人に女性一人という三人の共同生活がはじまる。妻はいささか迷惑そうであり、R・Nの事件の外に置かれている。川本三郎は、R・Nと「私」の関係をホームズとワトソンのそれになぞらえた。(7)「私」（佐藤君）とR・Nは親密すぎる友愛、そういってよければホモソーシャルな絆に結ばれている。

たとえば麻薬の禁断症状に苦しむR・Nの呻き声が聞こえてくるときの「私」（佐藤君）の反応である。

それは丁度死を面前に見て居る病人――寧ろ病獣のやうな物凄さで、私を驚かせ、苦しませ、歎じさせ、心配させ、又正直に言へば腹立たせもして、それがあまり長くつづく時には、私自身さへもその声に合せて呻り出しさうになつた。事実、さうしたことも屢々あつた。

R・Nは死に隣接して動物化し、呻り、そして「私」もしばしばその声に合わせてしまう。「私」（佐藤君）とR・Nの視座から見れば、R・Nが巻き込まれた殺人事件とその謎解きのプロセスは、彼ら二人をより近づける媒介であり、死の謎と謎解きは彼らの欲望を同調させるように消費される。「私」（佐藤君）はR・Nと謎解きの探偵行為を協働するうちに、R・Nの心情に（それはある基準からすると阿片中毒者の夢であり狂気である）伝染していく。「私の妻は、私があまり指紋のことばかり言ひすぎるので、心配して私自身も狂人になりかゝつたものと思つて居るらしい。「気違ひは伝染するものでせうか」」と、精神病の研究者にたずねることになる。妻からみた狂気は、男同士の強すぎる絆のメタファーでもあろう。

福壽鈴美は、(8)「狂気」の中で奔走するR・Nを〈積極的な探偵〉とし、R・Nの行動の謎を積極的に解明しようとはせずR・Nから与えられた情報のみを用いる「私」(佐藤君)を〈消極的な探偵〉とみなす。〈消極的な探偵〉である「私」は、〈積極的な探偵〉であるR・Nにミスリードされて、不確かなR・Nの推理を受け入れ、裏書きするというのが福壽の指摘である。R・Nの阿片の夢も、事件の日時も、金時計の所有者も、郵便の日付も、R・Nの死の日時も、不確定といえば不確定である。ただし、この二人の関係は、〈積極的な探偵〉〈消極的な探偵〉という相補的な役割分担にはとどまらない。R・Nは積極的能動的に「私」(佐藤君)を誘い、それに応じる「私」(佐藤君)は、消極的であれ積極的であれ、探偵という行為を通じて、R・Nと共振する関係に招きよせられてしまうのである。

皮肉なことに、「私」(佐藤君)のほうは、探偵という体験を経て、自らの確からしさを失ってしまった。それについて、探偵小説としては致命的な欠陥があるが、推理の論理性より、犯罪にまつわる「幻想」を優先する物語だとする読みもある。(9)しかしながら、「指紋」の語りが一貫して探偵と謎解きへの関心を捨てていないことも事実で、矛盾をきたしながらも推理と幻想が未分化なところもある。

被害者の発見からウィリアム・ウィルソン告発にいたるまで、R・Nは、被害者に擬態し、犯人かと自らを疑い、事件と死体を隠蔽し、殺人者が自分ではないかという嫌疑を自分自身に晴らすために探偵に奔走する。探偵小説が必要とする三つのキャラクターである被害者、犯人、探偵のいずれの要素をもR・Nはわかちもちつつ、推理を展開する。上海の阿片窟に出入りした男が長崎の阿片窟を知って出入りしていたのだ。R・Nは「例へバ私自身ノゴトキガソレダ」として、ウィリアム・ウィルソンへの疑いを深めるが、その根拠が「私自身」であるために、不確定でもあり、なにより「私」への疑念は晴れない。謎は自己言及的に深まり、不確定性は高まるが、一方で物語はミステリーとして完成する以前にメタミステリーとしての強度を増している。渡邊拓は、この語り

るの不確定性、決定不能性に、『カリガリ博士』のフランシスの語りとの共通点を指摘する。(10)

長崎の事件現場で、死体が隠された床下の窖に、手袋をほぐして糸にし金のメダルをさげてようすをうかがうあたり、R・Nはきわめて有能な探偵である。が、そのメダルを落として「足がつく」と心配するにいたっては、犯罪者めいてくる。そもそもこの探偵は、被害者にも殺害動機にもまったく関心を持っていない。

R・Nの探偵能力を優れたものにするのは、その視覚の能力である。かれは覚えたことを視覚的に「必要に応じてありありと最も明確に記憶のなかに咄嗟に再現する」「奇異な能力」を持つ。その能力は映画館で発揮される。

私はその男、目の前の画のなかの逆光線を浴びた男の顔が、あの私の夢のなかの月光を浴びた騎士の顔に寸分違はないことを直覚的に見た。それればかりか、それは上海の阿片窟で度々見た顔だつたことさへ、一時に思ひ出された。

再現能力は視覚に関わる。それまで忘却していた、あるいは抑圧していた記憶まで、そこに甦る。だがこのくだりを読む者は、「私」＝R・Nの出来過ぎた想起が、偽りのつくられた記憶ではないかという微かな疑念を抱かずにいられない。

阿片中毒者として正気を失ったR・Nが眼の人として特化されていることは、物語の冒頭近く、帰国して「私」（佐藤君）の前に現れた彼が「表情は非常に鈍くなつて、ただ目の光だけが宝玉のやうに光輝燦爛として居る」という時点で、明らかだった。それが視覚像の再現能力に結びついて物語を駆動する。その能力が発揮されるきっかけは映画の大映し、クローズアップの画面である。視覚的な対象が巨大なものになったことによって記憶と想起の回路が刺激された。クロースアップの映写と阿片の見せる夢は、対象を著しく拡大するという共通性があり、その共通点が、映画と麻薬の夢とをつなぎ合わせていた。機械そして科学技術が見せる夢である映画と、麻薬が見せた夢との接合である。だからいったんは、その「直覚」は、残存する麻薬の力によるものではないかと否定されるのである。

私が単にちようどあの時の夢ほどの大きさの人間の顔を見た瞬間、私は私の夢を映画のなかへ投げ込んだだけだと思ひなほして自分自身を打消した。それから、この様子だと自分は今に何を見ても阿片の夢のやうに怪異に見へ出し、若しかすればあの自分自身が殺人者である夢が、何もない空間へでも、阿片を用ゐない時にでも、見え出しはしないかといふ心配さえ閃めいた。

スクリーン上の大きな映像が、阿片の夢と映画とを連続させる。阿片の夢と映画における見える対象の拡大は、見る主体としての「私」（R・N）の理性的意識の縮小あるいは抑圧と相関している。前意識、潜在意識、無意識と呼ばれるような心的領域で阿片の夢と映画は連続する。その連続性において、夢を映画の中へ投げ込むという、ものの見方が成立する。「私」の夢と、映画の表象とを、主体－客体として切り離すことをせず、融合させる見方である。主客の未分化な構造は無意識の領域にひらかれている。映画の登場人物と「私」とは連続し、分身関係になる。

いったん普通の大きさに戻った映像が、再び大映しになる。「私」（R・N）は確信する。

それはフヰルムから幕の上へ映写されたのではなく、私自身の眼底に予め刻みつけられて居たあの金時計の蓋の裏にある指紋の印象が、何かの作用でその幕の上に、これだけに拡大して映し出されたのではないかと疑はれたほど、それほど同一なものであつた。

「私」（R・N）の「眼底に予め刻みつけられて居た」印象がスクリーンの上に大映しになっているのではないか、という疑いとは、「私」が映画の中にいるのではないか、という疑いである。「私」の眼は、カメラの、あるいはプロジェクターのレンズに変容したかのようであり、その眼底ないし網膜は指紋の印象を刻みつけた媒体（メディア）たとえば映画のフィルムか写真の乾板に変えられたかのようである。機械の眼あるいは文字通り機械装置としてのカメラアイかプロジェクターとしての眼に、「私」は変容し、映画に接続する。スクリーンに映し出された影としての指紋と、網膜上の生理学的な像と、想像や記憶のなかのイメージとしての指紋と、時計に残された痕跡としての指紋とが一致するとき、R・Nは自身の無実が証明され、ウィリアム・ウィルソンの犯罪が証明されたと確信する。眼が確信をもたらす。

ウィリアム・ウィルソンが出演した「探偵物」映画『女賊ロザリオ』の物語（フィクションのなかに引用された映画）のなかでも、指紋は犯人を特定するための鍵であった。指紋を手がかりにウィリアム・ウィルソンを真犯人と名指すR・Nの探偵行為と推理は、映画のなかの探偵たちによる推理を映画の観客が反復する行為であり、そのように推理という理性的な営みにおいても映画とR・Nは接続することになる。「私」（佐藤君）もR・Nとともにそれを目撃していた。映画の中でウィリアム・ウィルソン演じる運転手は、「或る犯罪の場所へ、うつかり指紋を残して来た。その指紋が再び大映しで、顕微鏡下の或る黴菌か何かのやうに不気味なほど拡大されて見物の目の前へ現れた」〔傍点引用者〕のを、「私」（佐藤君）は見ている。「私」（佐藤君）に「黴菌か何かのやうに」見えたもの、R・Nにとってそれは、「最も複雑な自然のMiniature（微細画）の輪郭」であった。微細なものを拡大するレンズのまなざしがはたらいている。感染症の時代の想像力もはたらいている。

「事実にあつた通りのことをあまり度々夢で見る、そのために事実そのものまでが夢に感じられ」るというふうに、R・Nにとっては事実と夢の境界が揺らぎ、浸潤しあっている。しかしながら「それのすべてを夢だとする心持は、自分の関与した厭はしい事どもから逃避しやうとする浅ましい卑屈な心の所為だとして、自分の一方の心で責める」という、「私」を責め、検閲する「私」――フロイトなら超自我と呼んだであろうところのはたらきも失われてはいない。

そもそもE・A・ポーのドッペルゲンガー小説「ウィリアム・ウィルソン」に芸名が由来する俳優は、スクリーン上の影としてR・Nの前に現れている。指紋の映像を手がかりにR・Nは、スクリーンに映し出された俳優と阿片の夢の中に登場した殺人者とを同一人物と特定する。生方智子はこの行為を「意識では統御できない「無意識」の領域である「魔睡の夢」を、再-意識化する試み」[11]と規定している。分身という視角からみれば、R・Nとウィリアム・ウィルソンについて「彼らは別人で、かつ同一人物、つまり分身」（渡邉正彦『近代文学の分身像』角川選書、一九九九・二）という読みや、ウィリアム・ウィルソンは「「R・N」の意識では捉えることのできない「R・N」自身」「「R・N」の「無意識」世界を担う」[12]という読みも成り立ちうる。E・A・ポーの「ウィリアム・ウィルソン」とのインターテクスチュアリティを重視し、ポーのテクストでウィルソンが自身のドッペルゲンガーを刺し殺すところから、「「指紋」でも殺した者と殺された者が同一人物の分身であった可能性」[13]を読む者もある。渡邉正彦は「私たちが、フィルムやスクリーン上の平面的な影を、三次元的に見ることができるのは、自己をそこに投与するからである」「私たちは、自己を投与し、対象を作り出している。つまり分身化しつつ、対象を存在させている」と述べて、ウィリアム・ウィルソンとR・Nとの分身関係を示唆する。

河野龍也は、「全知視点によらず、身体性を具えた〈私〉という作中人物に単一焦点化した語りを採用したことが決め手」となり、推理の真偽は作品の外から断定されるのではなく「指紋の一致を確認する〈私〉の視覚認識」に委ねられると主張する。「個体の感覚器官（目）が個別的なものである以上、それを介した世界認識も結局は個別性を背負わざるを得ない」のだ、と。「認識の孤立性という一種の強迫観念」にとらわれた存在が〈私〉であるとも述べる。[14] たしかにR・Nのまなざしの強度は、映画に注がれる大衆のまなざしから抜きん出ているが、それでいて「探偵の行使する〈監視権力〉[15]」から隔てられている。あるいは、〈監視権力〉のもとでは、疑わしい阿片中毒者であることがかえってR・Nのまなざしに鋭さと、卓越した視力を与えたといってもよい。それぞれに孤立し、分裂し、流動化しつつも、その一方で、「私」（R・N）と「私」（佐藤君）とは、探偵行為を通じて、狂気に伝染する。そのような否定性において孤立性を脱して同調することもまた、「指紋」というテクストにおける関係性の特徴である。

映画と麻薬には、越境するものという共通点がある。麻薬中毒者は、ロンドン、カイロ、コンスタンチノープル、シンガポール、上海、そして長崎と、世界中の阿片窟のネットワークに繋がって、越境し、酩酊する。R・Nはその体験を「私」（佐藤君）に英語で語ってきかせる。R・Nは語学的才能に恵まれ、指紋法の資料を解読するために短時日のうちに新たにドイツ語をマスターしたという。長崎旅行では、なぜか日本人と日本語で交渉するのに、「私」（佐藤君）に「通弁せよ」と命じる。人力車夫は、R・Nに英語で話しかける。「もともと外国人風の顔立ちなとこへ、永らく洋行して居たのでR・Nは、その風采に於て日本人より外国人に近かった」（「指紋」）と形容される。事件当時、長崎の阿片窟では「外国人らしく振舞」っていた。魔睡の夢に登場する事物と人物も西洋風だった。R・Nは越境する者であり、異邦人に近い者、翻訳する者、翻訳される者である。

そして、R・Nの語るところによれば、映画と麻薬が、彼とウィリアム・ウィルソンとの接点だった。映画はいうまでもなく複製され、世界中に配給され、越境する媒体である。R・Nの推理メモは「殺人者ハ映画ノナカへ決シテ現ハレ得ナイト云フ原則ハ何ニモナイ。従ツテ、長崎デ殺人ヲシタ人間ガ、亜米利加デ活動写真ノ俳優ニナルコトノアリ得ベキコト」と記している。もっとも実際にはこれは推理の決め手となる論理ではありえず、蓋然性は低い。何の根拠にもならない。映画俳優の分身性が観客の判断をくもらせる。もとより芸能の民は漂泊し、越境する。映画俳優は集団で継続して座を組むことがないだけに、孤立的な越境者である。映像は、俳優の肉体から離れて、複製されたフィルムによって越境する。俳優の肉体は銀幕の上の映像の、映像は肉体の、アリバイにはならない。あるいは、映画俳優の映像とは、いま・ここではないどこかから、海の彼方の異界から来訪した異人の影でもあろうか。R・Nの推理は、犯人の特定、犯罪と謎の暴露という探偵小説の謎解きの道筋とは異なり、ウィリアム・ウィルソンが映画界から姿を消したことによって、その正しさが証明されたとする。容疑者が消息を断つことによって推理の妥当性が証明されるという。それも探偵小説の約束事に照らすなら皮肉な結末である。

ウィリアム・ウィルソンは雑誌の情報によれば、米国の映画に出演し、「英国風の姓名を名乗るにも不係、独逸人らしき風貌を具備して居る点より判断して、時節柄多分独探なりし者」と疑われる越境者だった。「独探」とはドイツのスパイ。すなわちインテリジェンス（情報戦）関係者もまた越境をなりわいとする。

「指紋」の物語構造において興味深いのは、指紋の表象が一方では、個人識別のような近代の科学技術と権力にひらかれているのに対して、他方では、それをまなざす「私」の夢と無意識にひらかれているという両極性である。生方智子[16]は、渡辺公三『司法的同一性の誕生』（言叢社、二〇〇三・二）を参照し、犯罪者を特定するための指紋による個人識別法の確立を「国家によって召喚し管理しうる主体＝客体」としての「司法的同一性」の誕生であると紹介している。「「探偵」としての「R・N」は、個人の〈同一性〉を確定しようとすることによって、個々人の管理を目指す近代的権力と、その志向性を共有」する側面があるとも述べている。

井上貴翔[17]は、映画『ジゴマ』が巻き起こしたブームや映画『ファントマ』の流行を通じて、一九一〇年代に、ひとびとが「指紋を認知」した点に注意を喚起する。活劇映画と指紋の結びつきは、『女賊ロザリオ』とウィリアム・ウィルソンの指紋を結びつけるというプロットに踏襲されている。井上は指紋による個人識別技術である指紋法が、西欧から日本に導入されたものの「当時の技術水準ではなし得ないが、あり得べきとして語られていたことを可能にする知覚」を、R・Nは身につけており、彼の主体は「〈指紋法〉という技術をめぐる言説を内面化しつつ再編されている」とも述べる。指の痕跡（指紋）が個人の刻印あるいは署名であることはそれに先立って認められており、そのため、一八九八（明治三一）年の戸籍法二一八条には「拇印」の有効性についての記述がある。公的な顕彰は遅れたものの、指紋による個人識別法のデータを収集し、一八八〇年に『ネイチャー』誌に指紋分析の犯罪科学捜査への有効性を示す論文は、宣教師として滞日中の医師ヘンリー・フォールズによるものだった。[18]〈指紋法〉の成り立ちには日本もからんでいる。

『カリガリからヒトラーへ』の著者として知られるジークフリート・クラカウアーは『探偵小説の哲学』で、次のように述べた。「夜中の巡回からベルティヨン式犯罪者人体測定法にいたるまで、役所のこの機構に探偵もまた頼っている。合法性によって分断されない合理《ラチオ》の代理人である探偵は、この機構をみずから造り出すことはできない。社会だけがこの機関を保証するのである。もし探偵が自身をこの機構と同一化するならば、自身の自律性を喪失することになろう」[19]と。

ベルティヨンとは、アーサー・コナン・ドイル「バスカヴィル家の犬」に、「厳密に科学的な考えかたをする人間にとっては、フランスのベルティヨン氏の業績こそが、いつの場合も、強く訴えてくる力を持っているはずです」[20]と評価され、シャーロック・ホームズを鼻白ませる権威として引用されるほど、人口に膾炙した存在だった。橋本一径は、『シャーロック・ホームズの帰還』所収の「ノーウッドの建築業者」に言及して、「ホームズ物語のなかに登場するほとんど唯一の指紋」がホームズによって援用されたものではなくあくまで警察の側に援用されたものであり、その上、「偽造された指紋」であったことは示唆的であると述べている。[21]

渡辺公三は、人類学の学徒から落ちこぼれてパリ警視庁に転じたベルティヨンを通じて「十九世紀フランス人類学は、「国民の歴史」の主体としての人種集団の同一性を「科学的」に根拠づける方法から、個体の同一性を判別する「統治技術」へと展開していった」[22]と指摘する。それを要請したのは「近代の「交通」の密度とひろがりの飛躍的な深化」[23]である。

渡辺公三「指紋の社会思想史――ライプニッツからキパンデへ」（『本』一九九四・一）は江戸川乱歩『続・幻

影城』を引いて、「世界でも極めて早く日本で、快楽亭ブラックの公演した「幻灯」という落語に指紋が素材とされている」という意外なエピソードを記している。

ベルティヨンの方式は帝国の植民地統治にも大いに活用された。身体計測を個体同定の手段に転用するというベルティヨンの発想において、言語と容貌、とりわけ肉と皮膚はあてにならないとされる。ベルティヨン方式と名ざされた身体計測法は、フーコーが「個体化」(individualisation)と呼ぶ「臨床的な知が個体の細部にまで注意を向けそれぞれの個体を「事例」に仕立てあげてゆくプロセス」をともなう。そのため、個体は個別化を行う権力によって「法の参照項として召喚しうる存在[24]」へと変容するのである。ベルティヨン方式は、累犯者の同定に効力を発揮するはずだった。身体計測値に基づいたベルティヨンの個人同定法、そして英国のフランシス・ゴルトンが導入した指紋法は、同一性の表示部位としての指紋の特徴、渡辺の指摘する「複雑で変異が多く、不変性をもち、あらわでありながら意識されないという条件の共存[25]」という理想的条件を備えていた。それによって近代の管理技術として新たな主体＝客体の構成に関与したのである。渡辺は次のように述べている。「同一化された個体は、哲学的に構築される超越的主体でも、市民社会を形而下で支える経済主体としての所有的個人でも、生の経験を担う生きられた「私」や、あらゆる思考に権利上ともないうる「我」でもなく、また道徳的な責任主体と仮定される「人格」でも、全体社会の像に対置されるイデオロギー装置としての個人主義の核をなす「個人」でもない。それは、人の存在の一面を表象するとみなされたこれら一群の観念と少しずつずれながらそれらのすべてと連接し、ひとをきわめて特殊な共同性の一形態としての国家に暗黙のうちにひきとめ、それが必要であると判断される時には法のゲームにひきこみ、国家によって召喚し管理しうる主体＝客体として形成する。それは強いていえば法的な個体と呼びうるだろう[26]」と。

もっとも、橋本一径の研究によれば、ベルティヨンにとって指紋法とは人体測定法を補助するものでしかなく、むしろ彼自身は指紋だけをたよりに犯罪記録を分類することに否定的であったという[27]。

ところで佐藤春夫「指紋」の探偵Ｒ・Ｎは、ウィリアム・ウィルソンへの手紙に日本警察の関心というはったりをちらつかせるものの、実際に警察機構に協力を求めることはなく、警察によって指紋の真偽の判断がなされることはない。彼の推理は〈監視権力〉の支配を内面化した近代社会に受理されることはない。ただウィリアム・ウィルソンに対する一定の抑止力としてはたらく。後日「私」（佐藤君）が目にした新聞記事によれば、長崎の阿片窟跡で発見された白骨死体は、その骨格――骨格による個体の特定は指紋法に先立つベルティヨン方式の主眼である――から「多分支那人或は外国人なるべし」と推測されるが、それまでである。それ以上掘り下げられることはない。

世の中にまったく同じ指紋が二つはない、指紋は時を経ても変わらない、その唯一性と不変性の痕跡が、複製技術の映画媒体を通して現し出されることは物語の皮肉なねじれである。Ｒ・Ｎは自分自身に疑惑を晴らすため、証拠として『女賊ロザリオ』のフィルムの該当箇所を買い求める。所有されたフィルムは、動画としての映画のはたらきから切り取られ、証拠写真のそれに近づく。『女賊ロザリオ』のスクリーンに映し出された指紋とウィリアム・ウィルソンの指紋とを同定する拠り所は、映画の物語のなかにしかないのである。ウィリアム・ウィルソンに指紋法が適用されて結果が出たわけではない。映画世界の理屈としては、映像とウィリアム・ウィルソンの実体（肉体）が結びつかなくとも、物語は自立できる。ウィリアム・ウィルソンの指紋の映像を引用あるいは合成することは可能である。指紋法が有効となるためには、Ｒ・Ｎのまなざしと記憶にもとづいて、映画世界の外に出て、指紋法がウィリアム・ウィルソンの肉体に援用されないかぎり、法的主体＝客体としてのウィリアム・ウィルソンを犯罪者として同定するにはいたらない。

映画はＲ・Ｎの推理に決定的なヒントをもたらした。Ｒ・Ｎの探偵としての実践と推理の思惟は、麻薬がみせた夢と魔窟で拾った時計と映画との連続性のなかで充足し、完結してしまう。彼は映画界からウィリアム・ウィルソンを追放することで満足する。ウィリアム・ウィルソンは姿を消し、「指紋」のテクストは探偵小説としては未完のまま、開かれたまま、あいまいに終えられる。探偵小説としては形式が整わないけれども、その欠落がかえって再読を促す文学的装置となっている。

両義性は、一方で科学技術によってもたらされた新たなメディアである映画が、他方でやはり「私」の阿片の夢と無意識に接続するところにも見出される。指紋の研究への熱意はR・Nを阿片から遠ざける。監視と個体識別のまなざしが、阿片の夢のまなざしに訣別する物語なのである。井上貴翔[28]には、R・Nが「純粋映画劇運動」的な知覚主体として謎解きをするという指摘もある。井上は、谷崎潤一郎「人面疽」を論じた北田暁大[29]を援用している。北田は、「純粋映画劇運動」における「「純化＝自律化」の言説とは、「芸術のための芸術」への純化を目指すものではなくて、映画という「活動写真とは異なる」メディアに関与するspectator」の身体を「〈視覚〉へと特化＝純化する、新たな知覚についての認識枠組みを前景化する欲望」にかかわるものだと定義している。北田は「映画を見る身体の経験性を抽象化された「科学」と結びつける指向」が、「岩崎昶や中島信、清水光、高橋宣彦といったマルクス主義‐プロキノ系の理論家・評論家から、板垣鷹穂、中井正一のような美学者」「村田実や牛原虚彦などの映画監督」にいたるまで広く共有されていることにも注意を喚起している。映画は、阿片の夢と科学との交錯する境界領域である。そこにおいて、R・Nは新たな主体へと再編され、魔睡の夢を見る（見せられる、とらわれる）主体＝客体から離脱して、謎解きの主体へと転じる。

指紋法と映画のテクノロジーは、阿片の夢に依らずに、R・Nの身体を拡張する。が、指紋と映画の表象は、R・Nを合理的で醒めた理論家にするのではなく、むしろ、法とテクノロジーから疎外されている度合いに相関して、R・Nの夢と無意識をことさらに深く広範に掘り起こし、「私」（佐藤君）をも巻き込んでゆくという側面がある。「私」（佐藤君）は、R・Nから遺産として、ウィリアム・ウィルソンの指紋が記されたフィルムを譲り受ける。フィルムはかたみであり、身体の換喩となる。

もとより指紋法とは、まなざしによる身体の管理を可能にするテクノロジーであった。指紋法は、「国民」ないし「住民」の指紋、少なくとも累犯者の指紋を登録する権力の手によって実体化され有効性を発揮した。ところがR・Nは権力から隔てられ、疎外されているにもかかわらず、監視と個体識別のまなざしを内面化し共有している。それだけではなくウィリアム・ウィルソンに対して指紋法のまなざしを代行的にはたらかせようとする。

繰り返しになるが芸能は越境するメディアである。が、漂泊の芸能の民や、一回性の舞台の俳優と、映像を複製され、ためつすがめつ見直され、果ては自身が映ったフィルムを所有される可能性さえある映画俳優とでは、話が違う。R・Nのいうとおりウィリアム・ウィルソンが目撃された殺人犯であるとしたら、映画俳優という職を選んだことは危険な賭けでしかない。映画がそのまま指名手配の媒体となってしまう。ウィリアム・ウィルソンは出演した映画『女賊ロザリオ』の物語のなかでも指紋によって同定される犯人役の俳優だった。彼は映画から離れても映画の物語内容を反復し、指紋法のまなざしによって管理されている。指紋法のまなざしを内面化した犯罪者は、自粛ないし自己規制、自己検閲の結果として姿を消す。指名手配の媒体としての映画の、外部へと、ウィリアム・ウィルソンは逃れて姿を消した。映画と指紋法というテクノロジーが、太平洋を隔てる物理的距離を越えて、R・Nとウィリアム・ウィルソンの心理的な駆け引きを作動させた。R・Nとウィリアム・ウィルソンが、それぞれ指紋法のまなざしを内面化し、共有してさえいれば、そこに警察や法医学の権威が登場しなくとも、物語は動き、決着がついてしまうのである。R・Nにとって自分の疑惑を自身に晴らすという念願は、ウィリアム・ウィルソンが映画というメディアの世界から姿を消したことによって、充足させられた。

R・Nがウィリアム・ウィルソンの指紋を写したフィルムの何コマかを購入し、いわば映画という媒体を写真という媒体ないしフィルムというモノに還元して所有し、フィルムを検証したという点から、トム・ガニングの以下の言説を参照することが可能である。

写真は近代的経験の両義性をもっとも象徴するもののひとつとして作動する。モダニティ（そしてとりわけ近代資本主義）は循環をなめらかで速いものにするために、以前の安定した形式を廃する力と、このような循環を管理することで予期可能なものにして利益を上げようとする力の間の緊張関係を含んでいる。写真は、こうしたしばしば対立する力のいずれにも劇的に参入する。(30)

従来「指紋」は探偵小説ジャンルに属する作品か否か、探偵小説として破綻が多すぎるのではないかと、しばしば議論されてきた。そして探偵小説としての要素の欠落は、幻想性との相関によって説明される傾向があった。ところが「指紋」における幻想性は、指紋法と映画に代表される、新時代のテクノロジーとまなざしによる個別身体の管理システムを内面化している。探偵小説の謎解きの論理的結構や、探偵と警察権力との補完関係が成り立たなくとも、内面化された新時代のテクノロジーとまなざしによる管理の過剰性は、自己点検、自己検閲、自粛、自己追放を強いる力を持つのである。橋本一径は、フィルムに映し出された指紋を見て、それが「ウィリアム・ウィルソン」のものであることを一目で悟るという、R・Aのまなざしの過剰性に「狂気の徴候」を読み取っている。「彼のこの狂気の眼差しが、仮に自らの指紋に向けられたとしたら、「私は誰であるか」という「主観性」の根源が、自らによって「客観的」に確かめられるという、分裂した事態が引き起こされるほかないだろう」(31)と。「指紋」のテクストはその論理に眼をつぶることができない。あらかじめ失われた探偵小説としての「指紋」の困難はそこにある。

注

（1）中沢弥「梶井基次郎と表現主義」（『日本文学』一九九三・九）
（2）栗坪良樹「映画『カリガリ博士』の刺激と衝撃――日本表現主義序説――」（『青山学院女子短期大学紀要』一九九五・一二）
（3）小澤萬記「東京に於ける『カリガリ博士』――谷崎、佐藤、小山内の反応」（『ドイツ文学論集』一九九四・一〇）
（4）浜田雄介「佐藤春夫とミステリー」（『佐藤春夫読本』勉誠出版、二〇一五・一〇）
（5）伊集院敬行「モンタージュが暴露する「無気味なもの」としての現実：中井正一の映画理論にある精神分析的側面について」（『デザイン理論』二〇一三・一）
（6）生方智子「「探偵小説」以前――佐藤春夫『指紋』における〈謎解き〉の枠組み」（『日本近代文学』二〇〇六・五）
（7）川本三郎『大正幻影』（新潮社、一九九〇・一〇）
（8）福壽鈴美「佐藤春夫「指紋」論――探偵小説の系譜」（『フェリス女学院大学日文大学院紀要』二〇一四・三）
（9）井上洋子「佐藤春夫「指紋」論――大正期探偵小説と映画」（『大宰府国文』一九九三・三）
（10）渡邊拓「佐藤春夫「指紋」と活動写真」（『城西国際大学日本研究センター紀要』二〇一一・一）
（11）（6）に同じ。生方はこの論考において、『指紋』における『ウィリアム・ウィルソン』の引用は、『二人の芸術家の話』を執筆していた谷崎潤一郎を経由したもの」、ウィリアム・ウィルソンの「引用と「大映し」の特権化」には谷崎の「活動写真の現在と将来」（『新小説』一九一七・九）からの影響も見られると考察している。

（12）（6）に同じ。
（13）（10）に同じ。
（14）河野龍也『佐藤春夫と大正日本の感性――「物語」を超えて』（鼎書房、二〇一九・三）
（15）永井敦子「探偵小説の中の〈監視権力〉――谷崎潤一郎「途上」における探偵と被疑者――」（『日本近代文学』二〇〇四・一〇）
（16）（6）に同じ。
（17）井上貴翔「技術《テクノロジー》が生み出すもの――佐藤春夫「指紋」論」（『日本文学』二〇一三・六）
（18）コリン・ビーヴァン『指紋を発見した男――ヘンリー・フォールズと犯罪科学捜査の夜明け』（主婦の友社、二〇〇五・五）
（19）ジークフリート・クラカウアー『探偵小説の哲学』（福本義憲訳、法政大学出版局、二〇〇五・一）
（20）アーサー・コナン・ドイル『バスカヴィル家の犬』（深町眞理子訳、創元推理文庫、二〇一三・二）
（21）橋本一径『指紋論　心霊主義から生体認証まで』（青土社、二〇一〇・一一）
（22）渡辺公三「人類学から統治技術へ」（『民族学研究』二〇〇〇・三）
（23）渡辺公三「近代システムへの〈インドからの道〉：あるいは「指紋」の発見」（『現代思想』一九九四・六）
（24）渡辺公三『司法的同一性の誕生――市民社会における個体識別と登録』（言叢社、二〇〇三・二）
（25）（24）に同じ。
（26）（25）に同じ。
（27）（21）に同じ。
（28）（17）に同じ。
（29）北田暁大「「キノ・グラース」の政治学――日本・戦前映画における身体・知・権力」（『〈意味〉への抗い――メディエーションの文化政治学』せりか書房、二〇〇四・六）

（30）トム・ガニング「個人の身体を追跡する――写真、探偵、そして初期映画」（原著一九九五、加藤裕治訳『アンチ・スペクタクル――沸騰する映像文化の考古学』東京大学出版会、二〇〇三・六）

（31）（21）に同じ。

第2章　江戸川乱歩と『カリガリ博士』——恐怖のメディアとしてのパノラマ

1、『カリガリ博士』と「映画の恐怖」

江戸川乱歩（一八九四‐一九六五）の最初の映画体験はリュミエール兄弟の作品群であり、劇映画では、活劇『ジゴマ』（Zigomar）だった。

　日本に初めて活動写真が公開され、汽車が驀進して来たり、波濤や滝の実写を見て、夢を生み出す機械の魔力に驚嘆したのは、私の小学校初年級の頃であったと思う。しかし劇映画として最も強く私の魂を動かしたのは、小学上級生の頃、当時の名物弁士スコブル大博士が名古屋の御園座へ持って来たピアノ伴奏の「ジゴマ」であった。友達と二人で同じ映画を三晩つづけて見に行ったことを覚えている。「カリガリ博士」に心酔したのはそれから又十年余り後であったが、小学生時代の「ジゴマ」と大学卒業後の「カリガリ博士」と、感銘度に於ては殆んど同じであった。

（江戸川乱歩「探偵映画往来」『スクリーン・ステージ』一九四八・八、

引用は『うつし世は夢』江戸川乱歩推理文庫、講談社、一九八七・九）

私はかぞえ年六十三だから、青年時代の思い出となると、どうしても無声映画である。しかもその感激の最初は明治末期の『ジゴマ』に遡るのだから古いものだ。『ジゴマ』を見たのは中学一、二年のころ、当時住んでいた名古屋市の御園座《みその》においてであった。そのころ著名の弁士兼興行師であった『スコブル大博士』駒田好洋（好の字がちがうかもしれない）という人が、『ジゴマ』を持って地方巡業をしていたもので、痩せ型でメフィストめいた風貌の駒田氏が、コーモリの羽根のような黒いインバネスコートの袖をひるがえして、前説をした光景が今も目に浮かぶ。伴奏はピアノだけ。それがまたひどくハイカラで、神秘的とでもいうような感じを受けたのである。

私は近所の仲のよい友達とふたりで、御園座興行中に三度も見に行ったものである。そのころまで、私たちは劇映画というものを全く見ていなかったので、『ジゴマ』の追っかけものでも、なかなか高級に感じられたものである。昭和になってから、この『ジゴマ』の回顧上映を二度ほど見たが、フィルムが変色したり、ちぎれたりしている上、一秒間の齣数がちがう関係か、恐ろしく動きの早い映画になっていて、ただ幻滅のほかはなかった。

『ファントマ』もおどろおどろしき怖さを持っていて、大いにひきつけられた。これは私が大学に入って上京してから見たように記憶するが、すると『ジゴマ』よりも数年後の輸入であろうか。たしか浅草の映画館で見たのだと思う。

その次に深い印象を残しているのは『カリガリ博士』。これは私が大学を出てから一、二年後、団子坂で古本屋をやっていたころだと思う。谷崎潤一郎さんが新聞に非常にほめて書いたのを覚えている。これも二、三度見に行った。俳優の名を胴忘れしたが、カリガリ博士役と眠り男役の二名優の怪奇異常の演技が憑かれたように私をひきつけたものである。

（「わが青春の映画遍歴」『スクリーン』一九五六・一一）

一八九七（明治三〇）年五月に柿落とし公演をおこなった名古屋御園座について、小松史生子は、「モダニズムの新しい波を象徴する建物として現れた」（『乱歩と名古屋　地方都市モダニズムと探偵小説原風景』風媒社、二〇〇七・五）と評している。

御園座と『ジゴマ』に関する乱歩の記憶には、やや揺らぎがあるようである。『ジゴマ』の封切りは一九一一（明治四四）年浅草金龍館。一八九四（明治二七）年生まれの江戸川乱歩はすでに一〇代後半で、とても小学校上級生、中学一、二年生ではあり得ない。永嶺重敏『怪盗ジゴマと活動写真の時代』（新潮新書、二〇〇六・六）によれば、スコブル博士こと平井太郎が旧制愛知県立第五中学校を卒業した年である。この年家業が傾き、六月には乱歩こと駒田好洋は一九一二（明治四五）年四月六日から一五日まで、名古屋の御園座で巡業している。これは乱歩こと平井太郎が旧制愛知県立第五中学校を卒業した年である。この年家業が傾き、六月には家業が破産して一家で朝鮮馬山に移住することになる。実際には、そんな身辺あわただしい折に、彼は『ジゴマ』に熱中していたのである。乱歩はその記憶を、より遠く、幼い日のものとしてつくりかえたかったのであろうか。あるいは、『ジゴマ』への熱中は幼い者にこそふさわしいとおもいなしたのであろうか。探偵を出し抜く神出鬼没、変装の悪漢ジゴマの魅力は、乱歩の通俗と呼ばれる長篇活劇にも通底している。

さてジゴマの次に私を感激させたものは（尤もその間にも南欧物の「魔の指輪」だとか「ミゼラブル」だとかがあったけれど）例の「カリガリ博士」であった。というと余りに常套でしょうか。が、兎も角あれには一寸まいった。私にとっては劃期的なものであったと云える。

（「映画横好き」『映画と探偵』一九二六・四）

映画と探偵小説とは一般に縁が深い様に思われている。現に大阪には「映画と探偵」という名前の雑誌さえ出ている。だがそれにしては、なぜこの様にいい探偵映画が少いのだろう。ドイルにしろルブランにしろ大分映画になっているけれど、一つとして失敗でないものはない。監督に探偵小説の骨《こつ》を知った者がいないせいであろうか。「カリガリ博士」「罪と罰」などを見ると、探偵小説《（マヽ）》必ずしも映画に向かないとも思われぬのだが。

（「映画いろいろ」『文章往来』一九二六・六）

「わが青春の映画遍歴」における『カリガリ博士』の思い出は「これもトーキー時代になってから回顧上映を見たが、やはり昔の面影はなかった」というところにおちつく。が、それでも一九二〇年代、関東大震災後、大正末年にあいついで書かれた「映画横好き」「映画いろいろ」における『カリガリ博士』の印象を過小に評価すべきではない。「映画いろいろ」が、『カリガリ博士』『罪と罰』をともに「探偵と映画」の枠組みにいれて論じていることにも、考えさせられる。

「映画横好き」によれば、職を転々とした放浪時代、活動弁士を志願したり、映画監督を志願したこともあった。「映画横好き」には、上野図書館に通って映画関係の書籍を渉猟し、ミュンスターベルヒと権田の著作に感銘を受けたことが記されている。「映画横好き」の記載と国会図書館のデータベースを照らし合わせてみると、おおよそ以下のものに目を通したことになる。（副題、著者名の補綴、〔　〕内出版年等注記は川崎による）

John B. Rathbun, Motion picture making and exhibiting: a comprehensive volume treating the principles of motography; the making of motion pictures; the scenario; the motion picture theater; the projector; the conduct of film

exhibiting; methods of coloring films; talking pictures, etc.〔1914〕
Frederick A. Talbot, Moving pictures, how they are made and worked〔1912〕
David S. Hulfish, Motion-picture work: a general treatise on picture taking, picture making, photo-plays, and theater management and operation〔1913〕
Ernest A. Dench, Making the movies〔1915〕
Eustace Hale Ball, The art of the photoplay〔1913〕
Hugo Münsterberg, The photoplay; a psychological study〔1916〕
Practical Cinematograph and its application〔詳細不明〕
The policy and standards of the National Board of Censorship of Motion Pictures: reissued Oct. 1〔1915〕
権田保之助『活動写真の原理及応用』〔内田老鶴圃、一九一四・一〇〕
梅屋庄吉『活動写真百科宝典』〔私家版、一九一一・一二〕
三田谷啓『活動写真に関する調査』〔私家版、一九一六・月不明〕

上記のうちミュンスターベルヒ The photoplay; a psychological study は、久世昂太郎（＝谷川徹三）訳、邦題『映画劇　その心理学と美学』で、大村書店より一九二四（大正一三）年二月に上梓されている。ミュンスターベルヒは、映画の演劇からの自立に「大写し」（クロースアップ）が大きな役割を果たしたことに注目した。また「切返し」（カットバック）は「記憶機能の客観化」を果たしたとする。クロースアップとカットバックによって、「あだかも現実がその連続的な結合を失つて、我々の心の要求によつて形づくられるかの様」「あだかも外界其物が我々の移り変る注意のまゝに又は過ぎ行く記憶の観念と共に形づくられてゆく様」に変形され構成されるというのである。「容積ある外界は其の重量を失つた、それは空間、時間、因果律より解放された、そして我々自身の意識の形式の内に衣を着せられた」といい、映画の感化力の功罪について「知覚一般の幻覚や錯覚が這入り込むといはれてさへ居る、神経衰弱の人はスクリインに見る所から触覚や温覚や嗅覚や聴覚やの印象を経験する傾向が特にある」と主張する。

乱歩はそうした同時代の映画論を吸収し、「就職の手段として」(江戸川乱歩「探偵映画往来」『スクリーン・ステージ』一九四八・八)「トリック映画論」(『貼雑年譜』参照)[1]を書き、映画会社に送った。一九一七年から一九二〇年の間に書かれた「トリック映画論」とは、「映画論」「活動写真のトリックを論ず」「トリックの分類草稿」「トリック写真の研究」「写真劇の優越性につきて」がそれであり、現在のところ「写真劇の優越性につきて」(浜田雄介「《新資料紹介》江戸川乱歩「写真の優越性につきて」」『文学』二〇〇二・一一－一二)が、公表されている。そこには「芸術としての活動写真劇を論じたものゝ内、最も優れて居ると思はれるのは、私の知つて居る範囲に於ては、我が谷崎潤一郎氏のいつか新小説誌上に書かれたものと、ミユンスタアベルヒ氏の一著書(Münsterberg **photoplay, a psychological study**)とである」と記されている。浜田雄介は「谷崎潤一郎の映画論というのは、直接には『新小説』大正六年九月に載った「活動写真の現在と将来」を指すと思われるが、同じ「新小説」七年三月に載った「人面疽」なども資料としていよう」と推定している。また韓程善「江戸川乱歩『パノラマ島奇譚』と映画トリック」(『超域文化科学紀要』二〇〇八・一一)は、「乱歩にとってトリックというのは、単なる映画を成立させるさまざまな要素のなかの一つでは決してなくて、実は彼の観念上には「映画＝トリック」という図式が成立していた」と読んでいる。具体的にいえば、対象の「大写し」など空間の操作、高速度撮影、カットバック、フラッシュバックなどの時間軸上の操作、物語の因果律の操作であり、それらの「映画＝トリック」は撮影時、フィルムの編集時、再生時、それぞれに操作が可能である。

彼が江戸川乱歩の筆名で、雑誌『新青年』に「二銭銅貨」でデビューを果たすのは、一九二三(大正一二)年四月号においてである。「二銭銅貨」「一枚の切符」については、一九一〇年代団子坂時代にあらすじを構想していたと推定されている。『カリガリ博士』を観たのはそのころと乱歩は記憶しているようだが、実際には団子坂の古本屋「三人書房」は一九二〇年に廃業しており、逼迫した彼は、職を求めて東京と大阪の間を行ったり来たりしていた。一九二一年には東京工人倶楽部の書記長に迎えられて東京に住んでいた。

御園座に足を運んだ少年時代から、上京し、大学に籍を置きながら浅草に足繁く通った青年期に至るまで、乱歩と映画は切っても切れない関係にあった。それにはまちがいない。谷崎潤一郎が『カリガリ博士』をたいそうほめていたのを新聞で読んだというのは、「カリガリ博士を見る」(『時事新報』一九二一・五・二五－二七)のことだろう。

『カリガリ博士』の時代の空気を吸って『狂つた一頁』(川端康成シナリオ)を撮った衣笠貞之助と新感覚派映画聯盟のひとびとは、その第二作として江戸川乱歩の作の映画化をもくろみ、乱歩宅に足を運んだという。「一寸法師雑記」(『探偵趣味』一九二七・四)には、「「踊る一寸法師」の方は昨年衣笠貞之助君が「狂った一頁」の次の作品として撮影するということで承諾した所、同君の松竹入りその他事情があってのびのびになり、もううつさないのかと思っていると、一月ばかり前同君から今春撮すからという手紙があり」といい、「探偵映画往来」(『スクリーン・ステージ』)には「第二回作品として私の「屋根裏の散歩者」が選ばれ、衣笠君はよく私の家へやって来て打合せなどしたものである」と回想した(引用は『うつし世は夢』江戸川乱歩推理文庫、講談社、一九八七・九)。乱歩は『狂つた一頁』について次のような感想を残している。

衣笠貞之助監督『狂つた一頁』

「狂った一頁」は色々批評もある様だが、カメラワークの優れた点では何人も異存のない、熱のこもった、息苦しい程の名作であった。

（「一寸法師雑記」）

私もその試写を見せてもらったが、精神病院内の狂人たちの生活を、新感覚の手法によって、心理的に、無気味に表現したもので、フロイトの精神分析とも無縁のものではなかった。

（「映画いろいろ」）

おかげで乱歩は、新感覚派映画聯盟の片岡鉄兵の知遇を得た。片岡のテクスト「寒村」についての評(2)も残している。乱歩は文学におけるフラッシュの好例として片岡鉄兵「寒村」を挙げた。この事例は、映像のショットの変化、交替に加えて、サイレント映画の字幕のような短いセリフや記号（「！」「？」など）を畳み掛ける手法をも用いている(3)。

乱歩にとって、映画はたんなる余暇の慰みではなかった。乱歩は映画の起源、その光学的な仕組みについても、実践的に考察している。カメラ・オブスクラの原理によって、外界が像として映し出される体験の生き生きした思い出について、本書第7章第8章でとりあげる尾崎翠も、同時代には堀辰雄も、言及しているが、乱歩はとりわけ意識的である。

ふと気がつくと、障子の紙に雨戸の節穴から外の景色が映っていた。茂った木の枝が青々として、その葉の一枚一枚までが、非常に小さくクッキリと映っていた。屋根の瓦も肉眼で見るのとは違った鮮かな色だったし、その屋根と木の葉の下に（そこに映っている景色はさかさまなのだから）広がっている空の色の美しさはすばらしかった。パノラマ館の背景のような絵の具の青さの中を、可愛いらしい白い雲が、虫の這うように動いていた。

私は永い間、その微小な倒影を楽しんだあとで、立って行って障子を開いた。景色は障子の紙の動くにつれて移動し、半分になり、三分の一になり、そして消え失せてしまった。景色を映していた節穴は、今度は乳色をした一本の棒となって、暗い部屋を斜《はす》に切り、畳の上に白熱の一点を投げた。

私はその光の棒をじっと眺めていた。乳白色に見えるのは、そこに無数のほこりが浮動しているためであることが分った。ほこりって綺麗なものだった。よく見るとそれぞれに虹のような光輝を持っていた。一本の産毛のようなほこりはルビーの赤さで輝き、あるほこりは晴れた空の深い青さを持ち、あるほこりは孔雀の羽根の紫色であった。

（「レンズ嗜好症」『ホーム・ライフ』大阪毎日新聞社、一九三六・七）

暗い空間の壁面の片方に小さな針穴（ピンホール）を開けると外の光景の一部分からの光が穴を通り、穴と反対側の黒い内壁に倒立した像を結ぶ、というのがカメラ・オブスクラの原理である。この原理に乱歩は意識的だ、と書いたが、「節穴」に過敏だったのかもしれない。節穴と壁面の在りどころを変えて、天井に節穴があれば、「屋根裏の散歩者」の窃視が可能になる。ここに、カメラ・オブスクラの仕組みについて意識的、と書いたのは、縮小して映し出される外界の像、「微小な倒影」の成り立ちを探ろうとする行動があるからである。「倒影」がどのように現れ、そして消えるか、像を結ぶことのない「光の棒」の「乳白色」を分節化して「無数のほこり」を見出し、さらにほこりのそれぞれを比喩的に拡大するまなざしがはたらいて「一本の産毛のようなほこりはルビーの赤さ」「あるほこりは晴れた空の深い青さ」「あるほこりは孔雀の羽根の紫色」と、語り分けてゆく。「微小な倒影」は、探究心によって「ほこり」の差異へと還元される。
「節穴」からの視覚体験が、映画体験に通じることを高橋世織「乱歩文学における《触覚＝映像》の世界」（『国文学　解釈と鑑賞』一九九四・一二）は次のように論じている。

『屋根裏の散歩者』や『陰獣』における、天井裏＝屋根裏という闇の〈死角〉空間に身を潜めて、その節穴から光に照射されたプライベートで無防備きわまる私生活や姿態を覗き見るという図柄は、いかにも奇態きわまる着想のようだが、実は当時一九二〇年代の大衆、都市生活者が可能となった新しい視覚体験の本質を構図・構造化したものに他ならない。つまり、映画という視覚的欲望体験である。映画館という暗闇に片時の間身を潜めて、「スクリーン」という名の矩形の「節穴」を通して、その向う側に写し出される生々しく赤裸々な、プライベートな生活や行動の視像に胸をときめかせ、ドキドキしながら存分に覗くことができるトポスと構造的には、全くアナロガスな関係になっていたのであった。

だから、高橋の文脈によれば、見る者が身を潜め闇に蠢く〈死角〉空間は、触覚としての視覚体験を可能にする〈視覚〉空間として展開することになる。その場合「節穴」は触覚体験と視覚体験の結節点である。乱歩文学の触覚体験について、都市空間における密な体験から、高橋が説き起こしている点にも、触発されるところが多い。「都市空間そのものがラッシュ時の空間に集約象徴されるように、過密で蝟集的空間の大小さまざまなユニットが交りあい、転移、漂流しながら形成されている」というのである。

乱歩「レンズ嗜好症」が示す映像への関心は、ピンホールが映し出す像にとどまらない。「私」は、レンズを「節穴」から「光の棒」に当ててみる。焦点をつくって紙を焼くなどの子どもらしいいたずらをするうちに、「天井板に何か薄ぼんやりした、べら棒に巨大なものが、モヤモヤと動いて」いることに気づく。

畳の一点が節穴の光線に丸く光っている、その光の真上にレンズが偶然水平になったために、畳の目が数百倍に拡大されて天井に映ったのだ。

畳表の藺《い》の一本一本が、天井板一枚ほどの太さで、総体に黄色く、まだ青味の残っている部分までハッキリと、恐ろしい夢のように、阿片喫煙者の夢のように写し出されていたのだ。

ピンホールだけでは縮小された像しかつくれない。巨大な像の現出はレンズのなせる技である。映写の構造に、より近づく。今度は天井がスクリーンだ。畳表それ自体は恐ろしくもなんともない。なのに、この像が恐ろしい夢のようであるのは、ひとえにそれが、部分が過剰に拡大されて、映し出された像だからである。恐怖にすくみ、恐怖ゆえに惹きつけられて揺れながら、「私」はそれが、それ以前から好んでいた「望遠鏡とか、写真機とか、幻燈機械など」、光学機器がもたらす世界の見え姿の変容、実体の映像化の快楽に連なる体験であることを、了解している。

「映画の恐怖」（『婦人公論』一九二五・一〇）は、まず第一に、クロースアップがもたらす人間像の変容をあげていた。

一吋のフィルムから、劇場一杯の巨人が生れ出して、それが、泣き、笑い、怒り、そして恋をします。スイフトの描いた巨人国の幻が、まざまざと私達の眼前に展開するのです。

スクリーンに充満した、私のそれに比べては、千倍もある大きな顔が、私の方を見てニヤリと笑います。あれが若し、自分自身の顔であったなら！　映画俳優というものは、よくも発狂しないでいられたものです。あなたは、自分の顔を凹面鏡に写して見たことがありますか。赤子の様に滑かなあなたの顔が、凹面鏡の面《おもて》では、まるで望遠鏡でのぞいた月世界の表面の様に、でこぼこに、物凄く代っているでしょう。鱗の様な皮膚、洞穴の様な毛穴、凹面鏡は怖いと思います。

映画俳優は絶えずこの凹面鏡をのぞいているようなものだ、と文章はつづく。

幻燈器械、遠眼鏡、虫眼鏡、将門眼鏡、万華鏡、プリズムそして顕微鏡、凹面鏡といった光学機器に取り憑かれ、内側を鏡張りにした球体の中にみずからを閉じ込めて発狂する男の話——「鏡地獄」(『大衆文芸』一九二六・一〇)が想起される。「鏡地獄」は、同年から連載が始まった「パノラマ島綺譚」(『新青年』一九二六・一〇－一九二七・五、初出時表題「パノラマ島奇譚」)に先立つ、初期乱歩の実験室、恐怖のユートピアでもあった。「鏡地獄」に映画への言及はないが、運動する虚像とともに「彼」は「月の表面の様な、巨大な毛穴を見せて舞う」、と語られるのだった。

今泉文子は、「「ぶれ」と「食いちがい」を生み出す視覚の変容への執着は、増殖し震戦する表現とあいまって」乱歩文学に通底するものと看破している。(4)今泉論が興味深いのは、R・バウアー『バロックの再生と唯美主義の終末』や、ヘルマン・バールのバロック観を引用しつつ、江戸川乱歩の「視覚の変容」「視線のズレ」への固執のうちに、表現主義におけるバロッキズムの再生に通じる、世界的同時性を指摘する点である。

具体的にみていくなら「映画の恐怖」とは巨大な映像に囲繞されることの恐怖である。「私」に比べて「千倍もある大きな顔」に見つめられる恐怖でもあるが、「自分自身の顔」がそのように大きくなることも怖い、というのだから、巨大な映像と小さな「私」との相対的な大小関係に圧迫感を抱いて恐ろしいというだけではない。

クロースアップが対象を、「私」の肉眼を尺度とした人間像や人間中心主義から逸脱させ、人をモノに変え、暴力的な何かに変える。「映画の恐怖」で、その変化は、とりわけ表層に生じる。「赤子の様に滑か」な表面から「でこぼこに、物凄く」「鱗の様な皮膚」「洞穴の様な毛穴」へと変貌させられる。薄く滑らかな表面が、鱗や洞穴の刻みつけられた、厚みのある表層へと変容する。厚みを意識させない薄く滑らかな表面として凝縮させられていた微細な諸要素が、それぞれに拡大され、厚みと物質的手触りを増し、部分部分がそれぞれに異形を主張しはじめるのである。クロースアップによる対象の表面の変貌と、厚みをもったモノとしての力のみなぎりようは、たとえばエイゼンシュテイン『戦艦ポチョムキン』（Броненосец Потёмкин、一九二五）の水兵の顔のクロースアップを想い浮かべてもいい。エイゼンシュテインに学んだ岡田桑三[5]主宰の東方社のプロパガンダ雑誌『FRONT』の表紙も、無名の水兵の顔をクロースアップにし、その顔の表面の凹凸のコントラストまで表し出す表層によって、日本兵と帝国の軍事力を暴力的なまでに表象したのである。それはおそろしい。

　視覚的イメージのもたらす恐怖だけではない。サイレント映画であっても、声は聞こえる、と「映画の恐怖」は主張する。

『FRONT』

> 大写しの顔が、ため息をつけば、それが聞えるかも知れません。哄笑すれば、雷の様な笑声が響くかも知れません。私達が、見物席の一番前列に坐って、スクリーンと自分の眼との距離が、一間とは隔たぬ所から、映画を見ていますと、これに似た恐怖を感じることがあります。それは多く、暫く弁士の説明が切れて、音楽も伴奏をやめている時です。私達は時として、巨人達の息づかいを聞き分《わけ》ることが出来ます。

　視覚に訴える像の巨大化、変貌につれて、聴覚が刺激される。聞こえないはずのものが聞こえるのは一種の錯覚・幻聴だろうが、それは過度な刺激を受けた視覚がもたらした感覚の惑乱であり、その内実は視覚から聴覚への転位、視覚と聴覚の共振し協働する感覚のさざめきである。弁士の説明も、伴奏による映画解読の方向づけも途切れている時、感覚は惑乱しつつも、「聞き分け」すなわち分節化と新たな意味の生産を始める。それもまたおそろしい。

クロースアップによって世界が異化されるおそろしさについては、たとえば、江戸川乱歩に先行して谷崎潤一郎「人面疽」（『新小説』一九一八・三）が表象している。「人面疽」にも、ひとり闇の中でサイレント映画を注視している者の耳に、不気味な笑い声が聴こえてくるという場面がある。韓程善「江戸川乱歩と映画的想像力――「火星の運河」を中心に」（『比較文学』二〇〇五・三）は、乱歩の日記の記述から、ちょうどこの一九一七年ごろから乱歩が谷崎の読者になったであろうことを指摘し、乱歩の共感には映画という共通項があったためではないかという仮説を提示している。主演者も知らぬ間につくられてひそかに流通しているという「人間の顔を持った腫物」という映画、最後には「人面疽」の表情が「大映し」になって現れる。主演女優の彼女自身には身に覚えのない「右の脚の半分を、膝から爪の先まで大映しにしたもので、例の膝頭に噴き出て居る腫物が、最も深刻な表情を見せて、さも〳〵妄念を晴らしたやうに、唇を歪めながら一種独特な、泣くやうな笑ひ方をする。――その笑ひ声が、突如として極めて微かに、しかしながら極めてたしかに、疑ふべくもなく聞えて来る」というのである。これは、見る者に嫌悪と恐怖を与える「腫物」がクロースアップされるがゆえの恐怖である。映画に映りこんでいる「腫物」の「笑ひ声」である。何が映っていても同じ効果をもたらすとは書かれていない。むしろ谷崎潤一郎の言説は、次のような認識に裏打ちされている。

人間の容貌と云ふものは、たとへどんなに醜い顔でも、其れをぢつと視詰めて居ると、何となく其処に神秘な、崇厳な、或る永遠な美しさが潜んで居るやうに感ぜられるものである。予は活動写真の「大映し」の顔を眺める際に、特に其の感を深くする。平生気が付かないで見過ごして居た人間の容貌や肉体の各部分が、名状し難い魅力を以て、今更のやうに迫つて来るのを覚える。それは単に、映画が実物よりも拡大されて居る為めばかりではなく、恐らく実物のやうな音響や色彩がない為めでもあらう。活動写真に色彩と音響とがない事は、其の欠点なるが如くにして、寧ろ長所となつて居るのであらう。ちやうど絵画に音響がなく、詩に形象がないやうに、活動写真も亦、たまたま其の欠点に依つて、却つて藝術に必要なる自然の浄化――Crystallization――を行つて居る形である。

（「活動写真の現在と将来」『新小説』一九一七・九）

小説のなかの映画表象が、「活動写真の現在と将来」の認識につらぬかれて整除されているとはいわない。「活動写真の現在と将来」の半年あまりのちに発表された小説「人面疽」のクロースアップ表象には、「自然の浄化」といった枠組みを逸脱するところがある。そうして、谷崎の小説におけるクロースアップ表象は、乱歩の、何が映っていようとクロースアップはおそろしいという言説とは趣をやや異にしている。

江戸川乱歩「映画の恐怖」に語られる恐怖の過半は、映画に写っている内容がなんであろうと、その物語内容がなんであろうと、フィルムとレンズとプロジェクター、スクリーンがかかわることによって対象物が変形して映し出されることのありよう自体が怖い、というものである。乱歩のエッセイの後半は、フィルムというメディアそのものの怖さと、映画の見世物性の怖さへと論が展開する。フィルムが傷つきやすいことの怖さと、フィルムが燃えやすいことの怖さである。そして、複製可能な技術の媒体と機械が長持ちせず、しょっちゅう不具合を起こすことの怖さである。

私は、いつか、場末の汚い活動小屋で、古い映画を見ていたことがあります。そのフィルムはもう何十回となく機械にかかって、どの場面も、どの場面も、まるで大雨でも降っている様に傷いていました。多分時間をつなぐ為だったのでしょう。それを、眼が痛くなる程、おそく廻しているのです。画面の巨人達は、まるで毒瓦斯《どくがす》に酔わされでもした様に、ノロノロと動いていました。ふと、その動きが少しずつ、少しずつのろくなって行く様な気がしたかと思うと、何かにぶっつかった様に、いきなり廻転が止って了いました。顔丈け大写しになった女が、今笑い出そうとするその刹那に化石して了ったのです。

それを見ると、私の心臓は、ある予感の為に、烈しく波打ち始めました。早く、早く、電気を消さなければ、ソラ、今にあいつが燃え出すぞ、と思う間に、女の顔の唇の所にポッツリと、黒い点が浮き出しました。そして、見る見る、丁度夕立雲の様に、それが拡がって行くのです。一尺程も燃え拡がった時分に、始めて赤い焔が映り始めました。巨大な女の唇が、血の様に燃えるのです。彼女が笑う代りに、焔が唇を開いて、ソラ、彼女は今、不思議な嘲笑を始めたではありませんか。唇を嘗め尽した焔は、鼻から眼へと益々燃え拡って行きます。元のフィルムでは、ほんの一分か二分の焼け焦に過ぎないのでしょうけれど、それがスクリーンには、直径一丈もある、大きな焔の環になって映るのです。劇場全体が猛火に包まれた様にさえ感じられるのです。

スクリーンの上で、映画の燃え出すのを見る程、物凄いものはありません。それは、ただ焔の恐怖のみではないのです。色彩のない、光と影の映画の表面に、ポッツリと赤いものが現れ、それが人の姿を蝕んで行く、一種異様の凄味です。

たかだか数十回の再生でフィルムは傷だらけになる、と、事実はどうであれ、語られている。複製技術という概念から現代人が抱く幻想とはうらはらな実感である。再生の頻度につれて、媒体としてのフィルムについた傷は、フィルムが映し出す表象や映画の物語内容を侵食していく。その侵食は不可逆的で、修復されることがない。遅く回されるフィルムに映し出された人間は、「毒瓦斯に酔わされ」た「巨人」のように蹌踉《そうろう》としている。「毒瓦斯」という比喩は、第一次世界大戦の前線で使用された兵器のおかげで、語り手にも同時代の読者にも身近になったものである。映写機の回転が遅くなり、そして止まってしまうと、映し出された映像は「化石」といういまひとつの古い位相に転じて実体化してしまう。映写機が止まり、フィルムが止まったままで過熱すると、すぐに発火する。いったんは色を抜き去られ、二次元化した映像の世界を、発火したフィルムの赤色が侵食し、圧倒する。フィルムの映像とともに、焼け焦げも拡大して映し出される。映画のなかの物語とフィルムという媒質との交錯する発火地点に、「私」のまなざしは注がれている。火の恐怖は映画のなかの物語を侵食する。

2、映画的視覚性の展開——「火星の運河」から「パノラマ島綺譚」へ

韓程善は、江戸川乱歩「火星の運河」(『新青年』一九二六・四)、「パノラマ島綺譚」(初出時表題「パノラマ島奇譚」)など、一九二〇年代の乱歩作品に、彼の映画的想像力を見出した[6]。韓に先駆けて、安智史は、「火星の運河」について「当時の着色版サイレント映画に触発されたのであろう[7]」と指摘し、前後して千葉俊二は「高速度撮影によるサイレント映画のワンシーンを見ているような錯覚[8]」にとらわれると、注意を喚起した。千葉は「乱歩が登場したこの時代は、精神分析学と映画の洗礼によって日常へ浸透する無意識の領域が拡大され、人々の感性に大きな変化が生じたのだ」と強調している。「火星の運河」は「私」の一人称で語られる悪夢の世界である。

音も匂も、触覚さえもが私の身体から蒸発して了って、煉羊羹の濃《こま》やかに澱んだ色彩ばかりが、私のまわりを包んでいた。

という、どこかしらモノクロームの無声映画の闇の陰影に沈んだような森に「私」は迷いこんでいる。そこには時というものがなかった。日暮れも夜明けもなかった。歩き始めたのが昨日であったか、何十年の昔であったか、それさえ曖昧な感じであった。

永遠にこの森の中をめぐりつづけるだけかとおもううちにいつしか、「幕に映った幻燈の光の様」な「この世の外の明るさ」にたどり着く。森の出口かとおもいきや、そこは森の中心にある沼地だった。セス・ヤコボウヴィツは、「森林の真ん中の黒い池沼は、映画スクリーンの象徴であろう、主人公のアイデンティティを投影して明らかにすることができる鏡である」[9]と考察している。外部へと外へとめざす行程が、中心へ奥へと「私」を導いたのである。そこで「私」は自身の身体の変容を見出す。「私」は男性から女性に転じていたのである。

> 私は何気なく、眼を外界から私自身の、いぶかしくも裸の身体に移した。そして、そこに、男のではなくて、豊満なる乙女の肉体を見出した時、私が男であったことをうち忘れて、さも当然の様にほほえんだ。

「私」は文字通り夢中で狂喜乱舞し、やがて恋人に揺り動かされて夢から覚める。

> ボンヤリ目を開くと、異様に大きな恋人の顔が、私の鼻先に動いていた。
> 「夢を見た」
> 私は何気なく呟いて、相手の顔を眺めた。
> 「まあ、びっしょり、汗だわ。………怖い夢だったの」

「怖い夢だった」

　彼女の頬は、入日時の山脈の様に、くっきりと蔭と日向に別れて、その分れ目を、白髪の様な長いむく毛が、銀色に縁取っていた。小鼻の脇に、綺麗な脂の玉が光って、それを吹き出した毛穴共が、まるで洞穴の様に、いとも艶しく息づいていた。そして、その彼女の頬は、何か巨大な天体ででもある様に、徐々に徐々に、私の眼界を覆いつくして行くのだった。


「毛穴共が、まるで洞穴の様に、いとも艶しく息づいていた。そして、その彼女の頬は、何か巨大な天体ででもある様に、徐々に徐々に、私の眼界を覆いつくして行く」という結句は、「まるで望遠鏡でのぞいた月世界の表面の様に、でこぼこに、物凄く」「鱗の様な皮膚、洞穴の様な毛穴」という、「映画の恐怖」におけるグロテスクの表象を反復するものである。「鏡地獄」における皮膚の表象にも通じる。「火星の運河」と比喩されるのは、夢の覚め際の「私」に迫ってくる女性の顔のクロースアップである。それが、悪夢に閉じ込められて道を失うことや性の転換や狂気じみた舞踏の表象以上に恐怖をもたらす。そこに「火星の運河」の過剰性がある。日常を突き抜けて、笑いを置き去りにした、ナンセンスでありグロテスクでもあるオチである。

　乱歩は、「火星の運河」というイメージに、かねてより持続的な関心を抱いていたようである。「火星の運河」に先立って、「恐ろしき錯誤」（『新青年』一九二三・一一）のなかには、焼死した妻の遺体を形容するにあたって「君は火星の望遠鏡写真を見たことがあるかね。火星の運河だという、あの変な表現派じみた、網の目の様なものを知っているかね。丁度あの感じだった。真黒な塊の表面が、あんな風にひび割れて、毒々しい真赤な筋が縦横についていた。人間という感じからは、まるでかけ離れた、えたいの知れぬ物凄い物体だった」という箇所がある。「火星の運河」を「変な表現派じみた、網の目の様なもの」と語るところが注目に値する。「恐ろしき錯誤」も、映画的な表象を刻んだテクストである。(10)

「月世界の表面」であれ「火星の運河」であれ、望遠鏡でのぞかれたそれらの対象と見る者との距離の宇宙的な遠さと、まなざしの仕組みという点について比較するなら、悪夢にうなされる「私」を揺り起こす恋人の顔と私の肉眼との距離は、あまりに近い。映画におけるクロースアップの構造とは、まるで異なる。あえてそのクロースアップの構造とまなざしの距離の相違を無視して、望遠鏡でのぞいた「火星の運河」と、近づいてきた恋人の顔とを、比喩的に結びつけるという作為に、「私」のまなざしと語りのたくらみがある。「私」の無意識の欲望とその屈折が読み取れるところである。

韓程善は、「火星の運河」における、性の交替の快楽、セクシュアリティについては、「主人公の性的な欲望」(11)というにとどまり、あまり関心を示していない。韓が映画的想像力を指摘するのは、たとえば次のようなくだりである。

聴覚のない薄暗の世界は、この世からあらゆる生物が死滅したことを感じさせた。或は又、不気味にも、森全体がめしいたる魑魅魍魎に充ち満ちているが如くにも、思われないではなかった。くちなわの様な山蛭が、まっくらな天井から、雨垂れを為して、私の襟くびに注いでいるのが想像された。私の眼界には一物の動くものとてなかったけれど、背後には、くらげの如きあやしの生きものが、ウヨウヨと身をすり合せて、声なき笑いを合唱しているのかも知れなかった。

サイレント映画の哄笑のようである。

「あらゆる生物」の死滅と「魑魅魍魎」の汎濫が表裏のものであるということは、既成の「生物」のカテゴリーの崩壊と境界の引き直しに対応している。

映画的想像力と呼ばれるものの内実とは、韓によれば「文字に頼ってはいるが、主人公の心理描写を、叙述的な説明のかわりに、視覚性が強調された文章をつらねる方法を用いている」こと、「この作品は小説であってシナリオではないが、その根底には映画の表現形式が参照項として存在」していることである。(12) あるいは次のようなくだりに、形と色、動きについて比喩表現が駆使されていること、「同一語句の反復」「擬態語の多用」がみられることを、韓は指摘する。それはつまるところ「無関係な映像を迅速な転換によって展開させることができる映画の話法を、文学に応用しようとした試み」であると分析している。(13)「私」は自身の全身に縦横無尽の傷をこしらえる。沼の水面に映る「私」の身体は「火星の運河」さながらである。

そして、私は又狂暴なる舞踊を初めた。キリキリ廻れば、紅白だんだら染めの独楽だ。のたうち廻れば、今度こそ断末魔の長虫だ。ある時は胸と足をうしろに引いて、極度に腰を張り、ムクムクと上って来る太股の筋肉のかたまりを、出来る限り上の方へ引きつけて見たり、ある時は岩の上に仰臥して、肩と足とで弓の様にそり返り、尺取虫が這う様に、その辺を歩き廻ったり、ある時は、股をひろげその間に首をはさんで、芋虫の様にゴロゴロと転って見たり、又は切られたみみずをまねて、岩の上をピンピンとはね廻って、腕と云わず肩と云わず、腹と云わず腰と云わず、所きらわず、力を入れたり抜いたりして、私はありとあらゆる曲線表情を演じた。命の限り、このすばらしい大芝居の、はれの役目を勤めたのだ。…………………………

回転と曲線のイメージが印象的である。描写力を映像ないし表象の視覚性の喚起力とするなら、映画の描写力は言葉をよすがとする小説の描写力を圧倒しており、映画登場以後には、文学における視覚的描写もまた映画の表現形式を参照せずにいられない。映画の話法の応用が、文学に新たなテンポとスピードという時間の変容をもたらす。

　ところで小説としてはさしたる好評を得られなかった「火星の運河」について、乱歩が「散文詩のようなもの」と呼んだことに、韓は注意を喚起する。フランスで確立されたジャンルとしての「散文詩」の文脈を離れて、「火星の運河」の二ヶ月後に発表された「映画いろいろ」が参照される。映画好きの友人の奇抜な所説として紹介される、次のような箇所である。

　一つは「映画詩」ともいうべきものを作れという説である。彼によると、従来あり来りの映画は散文で、レルビエあたりが散文詩で「映画詩」はそれをもっとつき進めた物でなければならぬというのだ。ではどんなものかと聞くと、彼は「色と形の交響楽だ」と答える。子供のおもちゃに万花鏡《カレイドスコープ》というのがある。あれは無意味な美の連続に過ぎないけれど、ああした色と形——形という内には万花鏡《カレイドスコープ》と違って、人間の顔もあれば、建物もあり、森や海もあれば、ムクムクと立昇る煙、岩に激する波浪、千丈の滝津瀬、其他あらゆる形がある訳だが、それが一つの意味を持った詩として、或は音楽として、画面に躍動する、無意味な色彩と形とを、種々雑多に組み合せ、縦横無尽に廻転せしめ、そこに一つの詩境を描き出す、といった様なものである。

　韓はまた、江戸川乱歩「トリック写真の研究」（『貼雑年譜』）の結論に「トリックの進むべき道は、散文詩の方向である」とある点にも留意している。韓は、乱歩がマルセル・レルビエ監督の『人でなしの女』の「画面構成」、「形と色の表現に最大の重点を置く構成派映画的な方法」が、「火星の運河」の表象にも「強く影を落としている」と指摘している。[14] マルセル・レルビエ（Marcel L'Herbier、一八九〇－一九七九）は、第一次世界大戦中に映画人としてのキャリアをスタートした。『エル・ドラドオ』（El Dorado、一九二一）、『人でなしの女』

(L'Inhumaine / The Inhuman Woman、一九二四)、『生けるパスカル』(Feu Mathias Pascal、一九二五)によって、アベル・ガンスと並び称されるフランス映画の前衛となった。『人でなしの女』は、ピエール・マッコルランの小説の映画化である。内田岐三雄『映画学入門』[15]は、「雑誌「新青年」の愛読者ならマクオルランの名位は記憶されてゐるに違ひない」と紹介している。のちに『新青年』誌から出発した久生十蘭の「金狼」(一九三六)が、ピエール・マッコルランを引用していることは、江口雄輔によって指摘されている。[16]一九三一(昭和六)年一二月号『映画往来』には、岡田真吉がマルセル・レルビエの「黒衣婦人の春」のシナリオを抄訳した。「ガストン・ルルウ原作の探偵小説の映画化で、「黄色い室の秘密」の続編」と断っているが、ルレタビーユものである。これを断片的に視聴する限り、たしかに『カリガリ博士』における、歪んだ矩形、三角形、曲面の多用と比べて、幾何学的なデザイン、歪みのほとんどない直線による画面の分割、抽象化された機械模型の挿入など、同年に意識的構成主義を唱えた村山知義の『朝から夜中まで』(一九二四)の舞台面に通じるところが多い。

『人でなしの女』のレルビエは同時代には、「彼は純正映画に向つて最も突進した一人である」[17]と評価された。後年、飯島正は『フランス映画史』のなかで、『人でなしの女』はごった煮のようで、レルビエの長所と短所とがこれだけ集められた作品はないとしながらも、「彼の造形美に対する鋭敏な感覚や、デフォルマシオンによって真実をつかもうとする創意は、フランス映画の再生期にあって、おおくのいい暗示をあたえるものではあった。ことに視覚的な無声映画の「純粋化」に関して、先駆的な仕事を、実験的におこなった功績は、見のがしてはならない」[18]と評価している。

江戸川乱歩のエッセイ「映画いろいろ」では「映画詩」という概念を紹介するにあたり、『キーン』(Kean, Ou Desordre et Genie、一九二三)と『人でなしの女』のフラッシュから説き起こしている。

　フラッシュには一つの骨《こつ》がある。速度が漸層的なこと、リズムが人間内部のリズムと一致すべきことなどは分り切っているが、その外に、あの色々めまぐるしく変化する光景の中で、ただ一つ丈け最も中心的な同じ光景が、適度の間隔を保って、絶えず現れていることが肝要である。例えば「キーン」で云えばモジューヒンのあの緊張した顔が、同じ大きさ同じ位置で、時々パッパッと現れる。「人でなしの女」では最後の電気仕掛けの活動する場面のフラッシュで、カトランの一つ所を見つめた顔が、やっぱり適度の間隔を置いてパッパッと現れる。あれだ。私の経験によると、あれのないフラッシュは気が抜けて、まるで効果が出ない様だ。

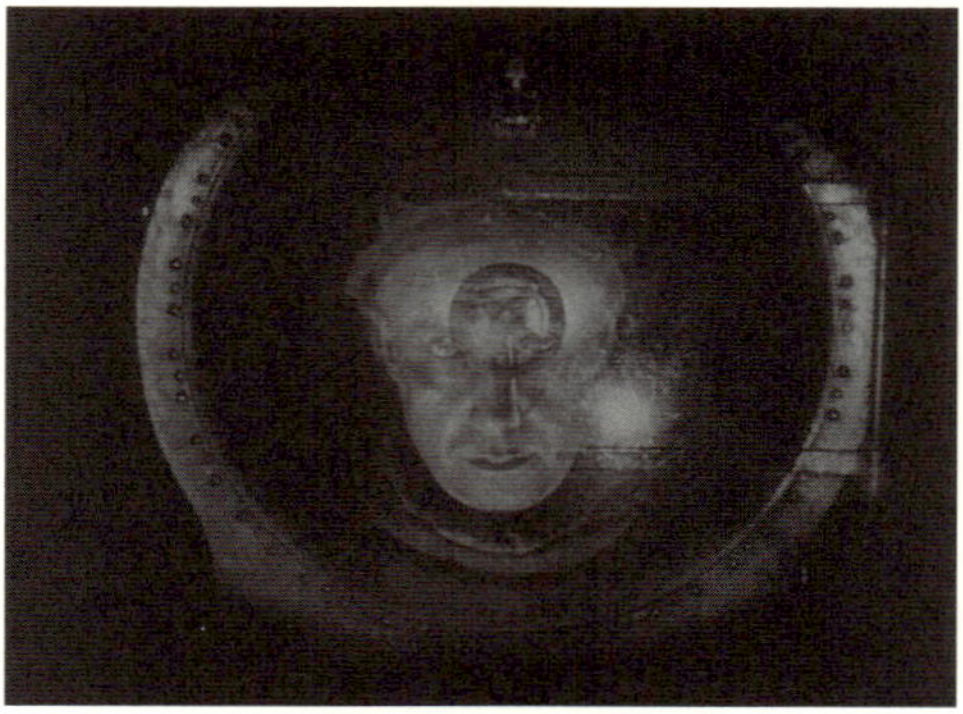

アベル・ガンス監督『鉄路の白薔薇』

先に乱歩が、片岡鉄兵「寒村」に、文学におけるフラッシュの実験を指摘したことを紹介した。当時の映画技法にいう「フラッシュ」は、現在のフラッシュバックとは異なる。きわめて短いショットを、次々にたたみかける発作的表現のことをフラッシュと呼んだのである。フラッシュは、視覚性の時間軸の攪乱に深くかかわる。「ただ一つ丈け最も中心的な同じ光景が、適度の間隔を保って、絶えず現れている」という、それは、たんに何かが現れ、何かが見えるというだけではなく、いわば境界意識下にはたらきかける、サブリミナル効果を与える技巧でもある。アレクサンドル・ヴォルコフ『キーン』のフラッシュの衝撃については、飯島正『フランス映画史』（白水社、一九五〇・一〇）が、『キイン』によって、ぼくたちは、はじめてフラッシュ・バックの手法を知った。〔中略〕フラッシュ・バックとは、要するに、フラッシュのようにはやくショットを変化させて、発作的な感覚を見るひとにあたえながら、要素的ショットをその重要さによってあんばいし、計算されたリズミックなつなぎあいによって、さらに全体的な雰囲気をつくりあげ、目的とする感情的な表現をおこなう技法」であると紹介している。飯島はその嚆矢としてアベル・ガンス『鉄路の白薔薇』（La Roue、一九二三）をあげた。アベル・ガンスについては乱歩も「最近になって始めて「ラ・ルー」を見て非常に感心した」（「探偵映画其他」『探偵趣味』一九二六・九）と言及している。『キーン』『人でなしの女』『鉄路の白薔薇』については、後年「わが青春の映画遍歴」（一九五六）にもその印象を繰り返しており、とくに『鉄路の白薔薇』については、「『ラ・ルー』だけは、古い映画の話が出るたびに思い出すので、今も印象にある。やはりあの映画は私をうつことが強かったのであろう。長尺の映画で、「これでもか、これでもか」というようなところがあり、もうおしまいかと思っていると、またモチヴを変えてつづいて行く、そういうことが二度三度くりかえされて、やっと終るのである。このあくどさも強烈な印象を残した一つの理由かも知れない」と述べている。その「強烈な印象」をあたえた技法が、フラッシュだったろう。「発作的な感覚」で見る者を揺さぶる、あくどいまでの反復である。

「色と形の交響楽」というフレーズについて、平凡社版江戸川乱歩全集（一九三一－三二）では、初出当時はまだ「モンタージュ」は知られていなかったと注記している。エイゼンシュテイン『戦艦ポチョムキン』（日本公開一九六七）を日本で見ることはできなかったし、『アレクサンドル・ネフスキー』（Алекса́ндр Не́вский、一九三八）を前に、エイゼンシュテインのモンタージュ理論、音と映像の垂直のモンタージュが説かれるまでにも間があった。「映画詩」「交響楽」の比喩は、フランスのムーシナックの映画理論が典拠であろう。ソビエトのモンタージュ理論と独立して映画リズム論を打ち出し[19]「フィルム（ここは映画の意味だろう）の真の価値を決定的にきめる特殊の価値はリズムである」と断言したムーシナックのいうリズムとは、「一秒間に十六コマ走りすぎるフィルムの・時間による切りかた」「このショットの持続時間の組みあわせかたによって、映画のリズムが成立する」という意味だと、飯島正「ムーシナックの映画リズム論について」（『早稲田大学大学院文学研究科紀要』一九六三・一二）は解説している。

もっとも、乱歩にとっては、外界の形象の幾何学への還元は、「無意味な色彩と形」の段階である。映画においては、その先が求められる。乱歩の場合、その先が、幾何学への還元をさらに徹底してそのまま突きぬけ、やがては輪郭も形も色も失って流れる光の束のような境地に向かうというふうにはならない。フラッシュにしても「要素的ショット」は、たとえば『キーン』や『人でなしの女』の場合の、顔である。だから表象の運動は、「わたくしといふ現象は／仮定された有機交流電燈の／ひとつの青い照明です／（あらゆる透明な幽霊の複合体）／風景やみんなといつしよに／せはしくせはしく明滅しながら／いかにもたしかにともりつづける／因果交流電燈の／ひとつの青い照明です」という宮沢賢治『春と修羅』（関根書店、一九二四・四）のように、現象学的な流動にはならない。流体や、波動や、粒子の流れの方には行かない。川端康成「雪国」（一九四八）――このテクストは、燃えあがるフィルムから勃発する雪中火事をクライマックスに置く――のように、炎に降りかかる水しぶきをスクリーンとして展開する可視性の臨界を越える形象などを志向することはない。

乱歩による切断、断片化、部分そして要素への還元とは、すなわち幾何学的な図形への還元ではないのである。ひとつひとつの断片が、「人間の顔」「建物」「森」「海」「煙」「波浪」「滝津瀬」といった具象性をもたなければならない。さもなければ、たとえ「パノラマ島綺譚」の海底の人魚、「一寸法師」の手首、「盲獣」の乳房等々のように、変形させられ、断片化させられ、意味を奪われているとしても、人体の一部としての性質をどこかしら失わないものでなければならない。三角、四角、円形などの幾何学への還元から転じて、ひとつひとつの単位が具象性をそなえてわきおこるというのが、乱歩的万華鏡の特徴である。幾何学への還元を拒むところに乱歩的世界のノイズとグロテスクが生起する。それは、谷崎潤一郎のいう自然の浄化――Crystallization――から遠いところに着地せずにはいない。

３、「アルンハイムの地所」「金色の死」から「パノラマ島綺譚」へ——あるいは庭園譚における古きものと新しきもの

その絶好の例が江戸川乱歩「パノラマ島綺譚」である。

「パノラマ島綺譚」が、Ｅ・Ａ・ポー「アルンハイムの地所」（一八四六）や、これに想を得た谷崎潤一郎「金色の死」（一九一四）に通じるユートピア庭園譚であることはつとに指摘されている。乱歩自身は、谷崎「金色の死」に出会ったとき、「私はこの小説がポーの「アルンハイムの地所」や「ランドアの屋敷」の着想に酷似していることをすぐに気づき、ああ日本にもこういう作家がいたのか、これなら日本の小説だって好きになれるぞと、殆んど狂喜したのであった。それ以来私は谷崎氏の小説を一つものがさず読むようになったが、読めば読むほど益々好きになり、今でもその気持は失せていない」（『探偵小説四十年』「処女作発表まで」）と回想している。谷崎文学との出会いは、小説家江戸川乱歩誕生以前に遡る。

Ｅ・Ａ・ポー「アルンハイムの地所」では、知的才能にも芸術的な資質にも恵まれたエリソンが莫大な富を相続し、「庭造りこそは真の詩神に最大の機会を授ける」と信じ、その結合される諸要素として花々や樹木を用い、渓谷を飾り、アルンハイムに幻の建築物を構築する。アルンハイムへは水路を利用して旅する。迷路のように旅人の方向感覚をまどわせ、魔法の円環に閉ざされているようでもあり、あたかも自己回帰しているかのようでもある水路を縫って行く。水は透明で川底がはっきり見え、また川底を見つめると「水中深く倒《さか》さに映る天空に、丘の傾斜の花々がそっくりそのまま水に映って咲き乱れている」。「くっきりと水際に接するあたりから、おおいかぶさる雲の層にいつとはなく交わるあたりまで、限りなく色とりどりの丘の斜面を下からずっと見上げてゆくと、おびただしいルビー、サファイア、オパール、金色の縞めのうなどが、音もなく空からこぼれ落ちてきて、

さながら宝石の滝のパノラマをくりひろげている、としか思いようはなかった」。船をカヌーに乗り換えて流れに身をまかせるとやがてアルンハイムの楽園がその全景をみせる。「心を酔わすような楽の調べが流れてくる。ふしぎな芳香が胸苦しいまでに感ぜられる」。樹木と花々、湖、牧場、小川のもつれあう線の真っ只中から、「半ばゴシック風、半ばサラセン風の一群の建物が、無数の張り出し窓やミナレットやピナクルを見せてまるで奇蹟のように中空に懸りながら、真赤な太陽の光に染まって光り輝いている。そしてそれは、空気の精や妖精や魔神や地の精がみな力を合せて造り上げげた、さながらまぼろしの建物とも見えるのであった」。(『ポオ小説全集』第四巻、松村達雄訳、創元推理文庫、一九七四・九)

土地、水、空、花々、樹木、鳥たちといった、自然物を素材とするのが造園の妙である。「アルンハイムの地所」の芸術家エリソンは、迷路と自己言及性、そして反射、パノラマを駆使し、まなざしと体感にはたらきかける。「心を酔わすような楽の調べ」「ふしぎな芳香」といった、聴覚、嗅覚に訴える快楽も忘れない。花々と「湖」「小川」といった地形と水とが絡み合う。建築には「半ばゴシック風」「半ばサラセン風」という異教の芸術様式が混交されている。それらは中空に浮かぶ精霊と天使の技である。

石原千秋はパノラマ島を「徹底した排除の法則」によって成り立つ「清潔な島」(「「パノラマ島綺譚」論――血と肉体」『國文學　解釈と教材の研究』一九九一・三)と定義した。これに対して、永森和子「庭園譚の系譜：「アルンハイムの地所」から「金色の死」そして『パノラマ島奇譚』へ」(『れにくさ』二〇一四・三)は、「「アルンハイムの地所」及び「ランダーの別荘」にはなくて、「金色の死」と『パノラマ島綺譚』に横溢するもの、それは人間の身体である」と喝破する。

「金色の死」の芸術家である岡村君は、「田を埋め、畑を潰し、林を除き、池を掘り、噴水を作り、丘を築き」、人工の入江、人工の瀑布を作り、草花を栽培し、「牛、羊、孔雀、駝鳥など色々の禽獣」を放つ。岡村君に招かれた「私」は、駝鳥が曳く車に乗り、入江の汀に近づく。「甘い、鋭い、芳しい、いろ〳〵の花の薫りが頻りに私の嗅覚を襲ひました。車輪の回転するまゝに揺られ揺られる瓔珞のやうな花束を慕つて二人の周囲には間断なく蝶々の群れが舞ひ集ひ、藪鶯のけたゝましい声が折々私の耳朶を破ります」。その庭園のそこかしこには泰西の名作を模した彫像が置かれている。ところが、それは、生きた人間の身体だったのである。

「あれはアングルの『泉』の画面を模したものだ。」

岡村君のさう云ふ声の終らぬうち、美女は忽ち愛嬌のある大きな瞳をしばたゝいて、唇の際に微かな笑みを浮べました。私の体は俄かに氷の如く冷めたくなりました。美女は白皙の肌を持つた金髪碧眼の生き物であつたのです〔中略〕

池を取り巻く四方の壁は羅馬時代の壁画や浮彫《レリーフ》で一面に装飾され、楕円形を成した汀の床のところ〴〵には、又しても例のケンタウルが一間置きぐらゐに並んで居るのです。而も其の顔は凡べて岡村君の泣いたり笑つたり怒つたりして居る容貌を持ち、背中に跨つて鞭撻つて居る女神達は、悉く生きた人間ばかりでした。

〔中略〕最後に私達は、人間の肉体を以て一杯に埋まつて居る「地獄の池」の前に出ました。

「さあ、此上を渡つて行くんだ。構はないから僕の後へ附いて来たまへ。」

かう云つて、岡村君は私の手を引いて一団の肉塊の上を蹈んで行きました。

私はもう、此れ以上の事を書き続ける勇気がありません。兎に角あの浴室の光景などは、其夜東方の丘の上の春の

レオン・バクスト『薔薇の精』の衣装、
ニジンスキー

宮殿で催された宴楽の余興に較べたなら、殆ど記憶にも残らない程小規模のものであつた事を附加へて置けば沢山です。其処には生ける人間を以て構成されたあらゆる藝術がありました。

「生ける人間を以て構成されたあらゆる藝術」の、その人体の氾濫のなかには、庭園の主人である「岡村君」の「容貌」の複製と氾濫も含まれている。「岡村君」は、夜毎レオン・バクストの衣装に身を包み、あるときは「薔薇の精」またあるときは「半羊神」さらに「カルナヴルの男」に扮していたが、ついに全身に金箔を塗って死に至る。

木村愛美「谷崎潤一郎「金色の死」論再考——身体と装いの芸術——」(『文学部・文学研究科学術研究論集』二〇一七・三)は、徳川期の日常における裸体の氾濫について、「裸の楽園」と呼んだ宮下規久朗、[20]「習俗としての裸体が徘徊していたということは、身体があっても、それを、自然な身体の危険性をもつものとして見る『視線がなかった』ということを意味する」と解釈した若桑みどりを援用して、[21]「金色の死」における裸体の位置を相対化する。それは、徳川期から近代にいたる過程での「日本人の身体観の変化を敏感に感じ取り」「無身体」ないしは古い身体観を引きずる文壇と世間に対する挑発でもあったという。だが、「金色の死」における身体の(再)発見は、構わないからといって「一団の肉塊の上を蹈んで」行くという個別の身体の集合の「一団」への溶解、身体の「肉塊」への変容をともなっていた。身体の個別性の複数化・多数化・差異の消失——いずれも「岡村君」の容貌をしている多数のケンタウルも同様である——をひきおこしている。美的身体の(再)発見と、個別性の奪取とは、「岡村君」の芸術的才能と富によって可能にされたものである。

江戸川乱歩「パノラマ島綺譚」にも、裸体の氾濫とその翳りがある。

人見廣介は自分と瓜二つであるの容貌であるのをいいことに富豪の菰田家の当主・源三郎に成り代わり、その財産をわがものにする。廣介は「プラトー以来の数十種の理想郷物語、無可有郷物語」を耽読していた。フランスの空想的共産主義者である「カベーの「イカリヤ物語」」、社会主義者で美術工芸家の「モリスの「無可有郷だより」」など「政治上、経済上などの理想郷」よりも、「エドガア・ポオの「アルンハイムの地所」」のような「地上の楽園としての、美の国夢の国としての、理想郷」にいっそう惹きつけられていたという設定である。(22)

人見廣介が建設した「パノラマ島」は、島に向かう海底トンネルから見える水中の奇観、島に設えられた複数のパノラマによる効果、パノラマ島の中心部に氾濫する裸体の群れといった、いくつかの領域から成り立っている。

そのうち水中の風景には、江戸川乱歩「映画の恐怖」の記述に重なるところがある。韓程善「江戸川乱歩『パノラマ島奇譚』と映画トリック」は、乱歩の描いたパノラマ島の海底風景を「映画の恐怖」の記述と照らし合わせ「どす黒い水がよどんでいて、えたいの知れぬ海草が、まっ黒にもつれ合っているというのは〔中略〕ほぼ符合しているのが一目でわかる。また、もつれ合う海草の様子の比喩で用いられた「蛇」という語彙の一致も、両者の関連を強く印象づけている」と、指摘する。

褐色の昆布の大森林、嵐の森の梢がもつれ合う様に、彼等は海水の微動にそよいでいます。腐りただれて穴のあいた顔の様に、気味悪いあなめ、ヌルヌルした肌を戦かせ、無恰好な手足を藻掻く、大蜘蛛の様なえぞわかめ、水底の覇王樹《さぼてん》と見えるかじめ、椰子の大樹にも比すべきおおばもく、いやらしい蛔虫の伯母さんの様なつるも、緑の焔と燃ゆる青海苔、みるの大平原、それらが、所々僅かの岩肌を残して、隈もなく海底を覆い、その根の方がどの様な姿になっているのか、そこにはどんな恐しい生物が巣食っているのか、ただ上部の葉先ばかりが、無数の蛇の頭の様に、もつれ合い、じゃれつき、いがみ合っています。それを蒼黒い海水の層を越し、おぼろ気な電光によって眺めるのです。

（「パノラマ島綺譚」）

スクリーンの上半分には、どす黒い水がよどんでいます。下半分には、えたいの知れぬ海草が、まっ黒にもつれ合っています。丁度無数の蛇がお互に身を擦り合せて、鎌首をもたげてでもいる様に。海底の写真なのです。それが、いつまでもいつまでも何の変化もなく映っています。見物達が退屈し切って了う程も。

（「映画の恐怖」）

といった共通性である。「パノラマ島綺譚」の海底庭園は、ところどころに「不思議なガラスの歪みができていて、その箇所を通過する毎に、裸女の身体が真二つに裂かれ、あるいは胴を離れて首だけが宙を飛び、あるいは顔だけが異常に大きく拡大」されるような、レンズの機構を通した視覚の攪乱も仕掛けられている。

加えてエッセイ「映画の恐怖」の方には、反復と退屈の時間についての言及がある。この引用の前には、以下の記述があった。

あなたは又、高速度撮影の映画に、一種の凄味を感じませんか。

我々とは全く時間の違う世界、現実では絶対に見ることの出来ぬ不思議です。あすこでは、空気が水銀の様に重く見えます。人間や動物は、その重い空気をかき分けて、やっとのことで蠢いています。えたいの知れぬ凄さです。

という記述もある。

空気の重量や空気をかきわける手応えといった触覚的なイメージが、映画の時間性の操作によって創り出されることを述べているのである。たとえばヴァルター・ベンヤミンの言説において、映画における視覚性と触覚性とは、視覚に対する刺激、衝撃とその頻度によって結びつけられた。これに対して江戸川乱歩はスローモーションの映像の触覚性を指摘したわけである。刺激の時間感覚、反復と持続とは、過度な衝撃の頻度の高さの極においても、高速度撮影の緩慢な変化の「重い空気」の時間においても、視覚と触覚とを結びつけるはたらきをする。韓程善論文が「パノラマ島綺譚」の視覚イメージを分析し「映像表現と密接で不可分の関係」にあり、「映画的想像力というものが観念の次元の借り物ではなく、具体的研究と実現可能性を企図した文学創作上のれっきとした方法探究であった」というのは、まったく正当である。しかもその映画がすなわち視覚的な「トリック」、すなわち、対象をあるがままに表象するのではなく、それを拡大しあるいは歪めて表象するというのだから、それは、表現主義的であると再定義してもよいだろう。

海底トンネル、水中風景に慄くパノラマ島の観客は、人間椅子あるいは人獣ならぬ裸女たちが中に入った白鳥の乗り物によって、陸上へと導かれる。そのユートピアへの道について上野昂志「錯乱する距離」（『紙上で夢みる——現代大衆小説論』蝸牛社、一九八〇・五／清流出版、二〇〇九・九）は、「見る世界から触れる世界へと、その相貌を変化させてゆく」と分析した。上野によれば「見るしかないという位置を強いられたものが、その強いられてあることの苦痛をバネにして、現に眼の前に存在しているものを、自分がみたい景観へとデフォルメしているのだ。乱歩の〝見る〟がいかにただならぬものであったかは、そしてさらに、そのように〝見る〟ことを促す彼の、現実世界から隔てられてあるという痛覚がただならぬものであったかは」その文章に示されているという。乱歩のテクストにおける「見る」行為は、その隔てられてあることについての強烈なアンビヴァレンツな意識とともにあり、視覚が理性や知性と結びつくとか、視覚が他の諸感覚の上位のはたらきとして特権化されるとか、そのような位相に甘んじるものではなかった。視覚は他の諸感覚を排除しない。むしろ強烈に見ることが、他の諸感覚を連動的に過敏にし、招き寄せる。対象と隔てられなければ成り立たない視覚と、距離をないものにする触覚とが、背反しない。それは舐めるように、触れるように見るとか、視覚的にも快美を与えるものばかりに触れたがるとか、そういう段階にとどまらない。いや、その段階ですでに、視覚と触覚が、相互補完的に、連続的にはたらいている。江戸川乱歩テクストにおいては、表象の視覚性の過剰が、他の諸感覚を抑圧するどころか、むしろ強く感覚の協働を刺激し、諸感覚を巻き込んで転位し、惑乱を生じさせるのである。まなざしは知的、理性的な距離を構成し維持する感覚ではなくなっている。そして、鬩《せめ》ぎ合いながら、やがて視覚は惑乱しつつ臨界を越えた強烈な刺激のために麻痺状態に陥り、視覚の代替的な感覚から自立した触覚に圧倒されていくのである。

小松史生子は上野昂志の議論を敷衍し、「見る行為から触れる行為へ移行する過程に」「水族館幻想」が現出すると指摘した。[23]「水族館幻想」について、小松は、昭和モダニズム期にレヴュー小屋を二階に設けた浅草水族館が多数の小説に登場することを鈴木克美『水族館への招待』(丸善ライブラリー、一九九四・一)を引用しつつ紹介し、その物語類型を「地方から東京という都市へ流入してきた独身男性の孤独な視線が、浅草水族館の〈見る/見られる〉関係へ引き寄せられ、そこを起点として、〈見る→触れる〉関係への憧憬が時代の想像共同体を形成していく」[24]と概括している。

「パノラマ島綺譚」で、海底トンネルを抜けた島部には、複数のパノラマを組み合わせた迷路がある。「アルンハイムの地所」や「金色の死」との違いは、複数のパノラマを利用した錯覚によって、実際よりはるかに広大に見せかけていることである。「自然を歪める丘陵の曲線と、注意深い曲線の按配と、草木岩石の配置とによって、巧みに人工の跡を隠して、思うがままに自然の距離を伸縮したのだ」と廣介は語る。そこでは自然の要素が生かされるのではなく、ことごとく手を加えられ、歪められている。人見廣介の芸術観によれば「芸術というものは、見方によっては、自然に対する人間の反抗、あるがままに満足せず、それに人間各個の個性を附与したいという欲求の表れに外ならぬ」というのである。松田翔平「古き〈芸術〉へのエレジー——探偵小説史における江戸川乱歩「パノラマ島奇談」の位置」(『昭和文学研究』二〇二二・三)は、このようにまなざしを錯覚に陥れるパノラマ島の構造そのものに「探偵小説」的なるものを見出している。

人見廣介は、妻(菰田の妻であった)千代子を誘い、語りかける。

お前は造園術で云うトピアリーというものを知っているだろうか。つげやサイプレスなどの常緑木《ときわぎ》を、或は幾何学的な形に、或は動物だとか天体などになぞらえて、彫刻の様に刈り込むことを云うのだ。一つの景色には、そうした様々の美しいトピアリーが涯しもなく並んでいる。そこには雄大なもの、繊細なもの、あらゆる直線と曲線との交錯が、不思議なオーケストラを奏でているのだ。そして、その間々には、古来の有名な彫刻が、恐しい群を為して密集している。しかも、それが悉く本当の人間なのだ。化石した様に押し黙っている裸体の男女の一大群集なのだ。パノラマ島の旅人は、この広漠たる原野から突然そこへ這入って、見渡す限り打続く人間と植物との不自然なる彫刻群に接し、むせ返る様な生命力の圧迫を感じるだろう。そして、そこに名状の出来ない怪奇な美しさを見出すのだ。〔傍線引用者〕

「アルンハイムの地所」や「金色の死」がめざした諧調や模倣の美といったものはパノラマ島にはない。傍線部が示す「不自然」「むせ返る様な生命力の圧迫」「名状の出来ない怪奇な美しさ」は、表現主義美術がめざした境地に近い。

　古いものと新しいものとのあいだで揺れ、引き裂かれながら成立する江戸川乱歩のテクストには、読書行為によって、時代とともに新しい読みと意味とを生産する余地が与えられている。「アルンハイムの地所」「金色の死」の庭園譚にはけっして出現しないであろう機械美を現前させる場も、パノラマ島には設えられている。先のトピアリーについての語りの直後にいう。

　又一つの世界には生命のない鉄製の機械ばかりが密集している。絶えまもなくビンビンと廻転する黒怪物の群なのだ。その原動力は島の地下で起している電気によるのだけれど、そこに並んでいるものは、蒸汽機関だとか、電動機だとか、そういうありふれたものではなくて、ある種の夢に現れて来る様な、不可思議なる機械力の象徴なのだ。用途を無視し、大小を転倒した鉄製機械の羅列なのだ。小山の様なシリンダア、猛獣の様にうなる大飛輪、真黒な牙と牙とをかみ合せる大歯車の争闘、怪物の腕に似たオッシレーティング・レヴァー、気違い踊りの、スピード・ヴァーナー、縦横無尽に交錯するシャフト・ロッド、滝の様なベルトの流れ、或はベベルギア、オーム・エンド・オームホイール、ベルトプーレイ、チェーンベルト、チェーンホイール、それが凡て真黒な肌に膩汗《あぶらあせ》をにじませて、気違いの様に盲目滅法に廻転しているのだ。

ここにはひたすら機械の部品、部分の名前が羅列され、その固有名が指し示すモノの集積がおもいえがかれている。ただし、部分、要素とはいいながら、それらが組み合わされて壮大な機械の一部におさまることはない。「用途を無視し」「大小を転倒し」「争闘」し、「縦横無尽に交錯」し「盲目滅法に廻転」する、重厚な鉄製機械の運動は、各々が別個であり、ひとつに収斂することも、構造化されることもない。ただ無目的に、運動のための運動が続けられている。生産力とも経済効率とも切り離されて、ただ運動する。「ある種の夢に現れて来る様な、不可思議なる機械力」という一節に、佐藤春夫「指紋」の、阿片の夢に現れた巨大な機械の記憶をたぐり寄せたくなる。ひとつのパノラマがひとつの「世界」である。パノラマ島は複数の「世界」が連なって構成される。

さきに江戸川乱歩のテクストは古きものと新しきものとの両極の矛盾の間を揺れているのだと指摘したが、「パノラマ島綺譚」のこの箇所ほど乱歩がモダニズムの表象を連ねたことはなかった。機械美のユートピア／ディストピアである。もっとも、ここでも、機械は機械でありながら「気違い踊り」もし、「膩汗をにじませ」もする。その擬人化および肉体化のおどろおどろしさは、乱歩がいかに新しきものを消化し、作り替えたか、その強度を示すのである。しかもこの擬人化は、機械の人道主義な使用を意味するのではなく、脱人間中心主義、世界の非人間化を示している。

ゴドワロワ・エカテリナ「〈アンチ〉・ユートピアとしての『パノラマ島奇談』——機械へのまなざし」（『日本近代文学会北海道支部会報』二〇〇五・五）は、パノラマ館、塔（浅草十二階）、水族館など、明治の浅草に借りた「レトロな見世物から想を得たものでありながらも、同時に「未来」のイメージをも描き出すのが「パノラマ島」」であると指摘した。たとえば「見世物としてのパノラマが、日本にはじめて登場したのは明治23（1890）年であるが、明治29（1896）年に映画が導入されてからだんだん人気を失い、一番長く存続していた代表的な浅草の日本パノラマ館も明治43（1901）年に取り壊された」と紹介する。これに対して副島博彦「パノラマ文化史管見——『パノラマ島奇談』の余白に——」（『大衆文化』二〇一一・四）は以下のように解説する。「パノラマとは、ギリシア語のパノ（すべて）とラマ（眺望）を合成した造語で、円筒形ドームの内側の巨大な壁面に描かれた壮大な風景を、中心部に建てられた塔から観客が眺めるという見世物だ。その命名者でもあるバーカーは、一七八七年、この装置の特許をとり、一七九三年にロンドンのレスター・スクエアにパノラマ専用の建物をつくり本格的に興行をはじめ大成功を収めた」「日本で最初にパノラマ館が建てられたのは、バーカーのレスター・スクエアのパノラマ館がオープンして約一〇〇年後の一八九〇（明治二三）年のことだった。この年、上野公園で開催された第三回内国勧業博覧会に合わせて、上野公園の〈上野パノラマ館〉と浅草公園の〈日本パノラマ館〉がオープンする。〈上野パノラマ館〉では『奥州白河大戦争図』、〈日本パノラマ館〉では『アメリカ南北戦争図』が演目だった」「鉄道網の整備が進み、蒸気船が発達すると旅行は身近なものとなり、大都市の風景やエキゾティックな風景がもっていた希少価値は薄れていく。そしてパノラマを決定的に衰退させたのは、写真という新しいメディアだった。都市、戦争、エキゾティックな風景というパノラマの三大演目は、写真が提示するリアリティと写真を援用したメディアの登場によってしだいに色あせたものになっていった」と。

興味深いのは、「パノラマ島綺譚」の物語が、パノラマを時代遅れにした新メディアや光学機器の装置や映画的発想を援用して、パノラマの錯覚をより効果的なものにし、活性化しようとしている点である。

一方、新しいものの極である機械の王国へのまなざしに、ゴドワロワ・エカテリナは、「マシン・エイジ」に突入しようという当時の日本の雰囲気を読み取りつつ、マリネッティの未来派の機械美礼賛とは異なる志向をみいだしている。「マシン・エイジ」のスピードに熱狂した未来派がファシズムを歓迎したのとは別の道筋を辿っていることはたしかであり、乱歩が「描いた未来の都市は人間の搾取及び疎外、人間性の否定などの暗面をはらみ、「悪夢のような世界」といえる性格を帯びている」と概括するのである。

4、曲線と触覚——あるいは支配の完成と芸術の完成

パノラマ島において、ユートピアとしての性格とディストピアとしての性格は、表裏のものである。無人で運動を続ける機械の世界にも、パノラマ島中心部の裸体の氾濫する世界にも、背中合わせに悪夢はある。「人外境」とそれは呼ばれる。ひとつのパノラマからいまひとつのパノラマへそれと知らぬ間に入りこむとき、パノラマ島の旅行者である千代子は「一つの夢から又別の夢へと移る時の、あの曖昧な、風に乗っている様な、その間全く意識を失っている様な、一種異様な心持」「例えば三次の世界から四次の世界へと飛躍でもした感じ」「本当に夢の感じか、そうでなければ、活動写真の二重焼付けの感じ」にとらわれる。その果てに現れた「花園」は、「曲線」の世界である。裸女の氾濫とその触覚に圧倒される世界でもある。

乳色に澱んだ空と、その下に不思議な大波の様に起伏する丘陵の肌が、一面に春の百花によって、爛れているに過ぎないのです。併し、それの余りの大規模と、空の色から、丘陵の曲線と、百花の乱雑に至るまで、悉く自然を無視した、名状の出来ない人工の為に、その世界に足を踏み入れたものは、暫く茫然として佇む外はないのでした。

〔…〕

不思議な花の山々の、無数の曲線の交錯が、まるで小舟の上から渦巻き返す荒浪を見る様に、恐しい勢で彼女を目がけておし寄せるかと疑われたのです。

〔…〕

併し、この世界の美は、絶えず彼等の鼻をうっている、不思議な薫よりも、乳色に澱んでいる異様な空の色よりも、いつから始まったともなく、春の微風の様に、彼等の耳を楽しませている、奇妙な音楽よりも、或は又、千紫万紅、色とりどりの花の壁よりも、その花に包まれた山々の、語り得ぬ不思議な曲線にありました。人はこの世界に於て、始めて、曲線の現し得る美を悟ったでありましょう。自然の山岳と、草木と、平野と、人体の曲線に慣れた人間の目は、ここにそれらとはまるで違った曲線の交錯を見るのです。どの様な美女の腰部の曲線も、或はどの様な彫刻家の創作も、この世界の曲線美には比べることが出来ません。それは自然を描き出した造物主ではなくて、それを打ち亡ぼそうと企らむ悪魔だけが描き得る線であったかも知れません。〔中略〕廣介は、その夢の世界を、現実の土と花を以て、描き出そうと試みたものに相違ありません。それは崇高というよりも、寧ろ汚穢で、調和的というよりも、寧ろ乱雑で、その一つ一つの曲線と、そこに膿み爛れた百花の配置は、快感よりは一層限りなき、不快を与えさえします。それでいて、その曲線達に加えられた不可思議なる人工的交錯は、醜を絶して、不協和音ばかりの、異様に美しい大管弦楽を奏しているのでありました。

又、この風景作家の異常なる注意は、裸女の蓮台が通り過ぎる所の、谿間の花の細道が作る曲線にまでも行届いていたのです。そこには曲線そのものの美ではなくて、曲線に沿って運動するものの感ずる、謂わば肉体的快感が計画されていました。〔以上、傍線引用者〕

風景における曲線の表象自体は、Ｅ・Ａ・ポー「アルンハイムの地所」にも通じる[25]。

上野昂志は、パノラマ島において「視線の直線運動は、無数の、微妙な曲線が構成する壁に阻まれて、その本来的な機能を奪われて[26]」いる、と指摘する。なぜなら「直線が、それ自体で端的に距離であるのに対して、曲線には距離が現われない、あるいは隠される、あるいは歪められる」からだという。上野は、パノラマ島の向こうに「ただ触覚にのみ奉仕する曲線が全体を覆う」、「盲獣」（一九三二）の世界をのぞみみているのである。たしかに曲線、曲面は、触覚に多くを訴える。

上野にさきだって杉澤加奈子「『パノラマ島奇譚』論――身体変容と触覚への着目」（『国文白百合』二〇〇一・三）は、人見廣介が菰田の遺体とすり替わるところから、犯罪を暴露されて人間花火として探偵や群衆の上に降ってくるところまで、触覚的表象の優位性に貫かれ、視覚的な美が触覚的な美に圧倒されていくテクストとして「パノラマ島」を読んでいる。「周辺部に位置する豪奢な国々は「視覚」的美に重きを置いたものである。「視覚」的美の世界は中心部に展開する「触覚」的美へ到達するための前奏に過ぎない」というのである。

パノラマ島の中心部には、巨大な浴槽が湯気をあげている。これは谷崎潤一郎「金色の死」に通じるしつらえである。しかしながら「金色の死」のテクストはその先の狂乱についてはあえて筆を割いていない。一方「パノラマ島綺譚」でそれは次のようにエロ・グロの光景が具体的に語られる。

肉塊の滝つ瀬は、益々その数を増し、道々の花は踏みにじられ、蹴散らされて、満目の花吹雪となり、その花びらと湯気としぶきとの濛々と入乱れた中に、裸女の肉塊は、肉と肉とを擦り合せて、桶の中の芋の様に混乱して、息も絶え絶えに合唱を続け、人津浪は、或は右へ或は左へと、打寄せ揉み返す、その真只中に、あらゆる感覚を失った二人の客が、死骸の様に漂っているのでした。

「二人の客」とは客体化された廣介と千代子にほかならない。

臨界を越えた触覚の快楽の先にはバタイユ流にいえば小さな死しかない。廣介もまた、その極限では、しばしの間、「パノラマ島」の製作者、支配者、主人ではなく「客」となり、文字通り客体化される。触覚の快楽による視覚の快楽の圧倒は、つかのまの解放だろうが、それは「客」として、「死骸」として体験されるばかりである。「パノラマ島」の物語においては、この先に廣介による千代子の殺害があり、そして、廣介の破滅がある。

杉澤論文は「パノラマ島」において、「「触覚」は、人間を肉塊へ解体することを可能にさせる。「視覚」的に捉えられた人間の姿を解体し、肉塊まで貶めるということを通して、真に広介はこの島を支配し尽くすことができるのである」と主張した。

しかしながら廣介による支配の形態について、そしてパノラマ島の完成については、もう少し検討が必要である。

杉澤は、探偵・北見小五郎に罪を暴かれた人見廣介が、自身の肉体を花火としてパノラマ島に降らせ、その肉と血潮が島の人々に触覚的にうけとめられるというプロセスによって「支配」が貫徹するとする。「しかしそれは「探偵」という「視覚」への屈伏ではない。犯罪を暴かれ「カタルシス」に身を委ねながらも、「触覚」の王国に同化する事で真の達成を勝ち取る勝利者となるのである。これは、理知という枠組みに納まりきれずに、その枠組みの外へ這い出そうとする物語の構造を浮かび上がらせている」（杉澤加奈子「『パノラマ島奇譚』論」）と。

パノラマ島の「支配」と、「完成」を、この最後の刹那に見出す議論は、どこかしらロマン主義的な芸術家神話の（不）可能性の議論に重なる。だが、そうだろうか。莫大な富と生命をかけ、周囲の犠牲をかえりみない芸術家というところまではいい。けれども、人見廣介がパノラマ島に築き、そこで表現したたとえばおどろおどろしい海底の奇観、島の「曲線」の氾濫、そして中央部に乱舞する裸体の群れといった、それらの表象はロマン主義的を切断する。「崇高というよりも、寧ろ汚穢で、調和的というよりも、寧ろ乱雑で、その一つ一つの曲線と、そこに朧み爛れた百花の配置は、快感よりは一層限りなき、不快を与えさえします。それでいて、その曲線達に加えられた不可思議なる人工的交錯は、醜を絶して、不協和音ばかりの、異様に美しい大管弦楽を奏している」「曲線そのものの美ではなくて、曲線に沿って運動するものの感ずる、謂わば肉体的快感が計画されていました」という、その音響に、そして曲線をなす輪郭の運動に、見出され、読解されるべきは、表現主義的な表象なのである。あるいは表現主義的な表象のうちに聴き取られるロマン主義的なるものの残響か。ちなみに「不協和音ばかり」というのは、無調主義、十二音技法と並んでアルノルト・シェーンベルクやアルバン・ベルクの表現主義音楽を特徴付ける要素でもあった。

注意しなければならないが、パノラマ島における曲線の表象は、表現主義絵画における曲線の再現ないし模倣というのではない。表現主義絵画は、パノラマ的な奥行き、遠近法をまずは否定するからである。片岡啓治に「奥行きへの反逆——表現主義への道」(『ユリイカ』一九八四・六)というエッセイがある。

三次元から二次元への転換、遠近法の放棄とは、奥行の拒否がはらんだより本質的な意味、すなわち歴史への拒絶として顕現されているのである。

パノラマは奥行を錯覚させなければ成り立たない。ただしパノラマ島では、たとえばパノラマ館の遠近法に貼りついた歴史性——戦争や都市やエキゾティックな風景の時間——本文でいうなら「広々とした満洲の平野が、遥か地平線の彼方までも打続いているではないか。そして、そこには見るも恐しい血みどろの戦が行われている」といった歴史性は、たしかに拒まれ、剝ぎ取られている。

ふたたびパノラマ島における芸術の完成に話を戻すと、芸術の成就とパノラマ島の支配は、微妙にずれ、一致はしない。最後の刹那にさえ一致していないというべきである。

夜の花火でもなく、そうかといって昼の花火とも違い、黒雲と銀鼠色の背景に、五色の光が怪しき艶消しとなって、それが、刻一刻面積を広めながら、ジリジリと釣天井の様に下って来る有様は、真実魂も消えるばかりの眺めでした。

その時、北見小五郎は、くらめく様な五色の光の下で、ふと数人の裸女の顔に、或は肩に、紅色の飛沫を見たのです。最初は湯気のしずくに花火の色が映ったのかと、そのまま見すごしていたのですが、やがて、紅の飛沫は益々はげしく降りそそぎ、彼自身の額や頬にも、異様の暖かなしたたりを感じて、それを手につして見れば、まがう方なき紅のしずく、人の血潮に相違ないのでした。そして、彼の目の前の湯の表に、フワフワと漂うものを、よく見れば、それは無慙に引き裂かれた人間の手首が、いつのまにかそこへ降っていたのです。

北見小五郎は、その様な血腥い光景の中で、不思議に騒がぬ裸女達をいぶかりながら、彼も又そのまま動くでもなく、池の畔にじっと頭をもたせて、ぼんやりと、彼の胸の辺に漂っている、生々しい手首の花を開いた真赤な切口に見入りました。

か様にして、人見廣介の五体は、花火と共に、粉微塵にくだけ、彼の創造したパノラマ国の、各々の景色の隅々までも、血液と肉塊の雨となって、降りそそいだのでありました。

創作した者、人見廣介ただひとりにしか理解し得ない美、それどころか、つくり出した者すらその表現を享受することが許されない美として、パノラマ島は最後を迎える。「不思議に騒がぬ裸女達」の振る舞いは、支配を内面化し完全に服従したがゆえなのだろうか。言葉を発することなく、曖昧な微笑みを浮かべ、あるいは恐るべき無表情で、パノラマ島を埋め尽くす裸女たち。内面に及ぶ支配と管理は、パノラマ島に降り注ぐ人間花火以前に完成しているのである。支配される者の「不思議」な振る舞いが先行する。裸女たちは人間蓮台となって、千代子と廣介を「無関心」に静かに運んでいた。
そして千代子の殺害の場面である。

やがて、千代子の青ざめた指が、断末魔の美しい曲線を描いて、幾度か空《くう》を掴み、彼女のすき通った鼻の穴から、糸の様な血のりが、トロトロと流れ出ました。そして、丁度その時、まるで申合せでもした様に、打上げられた花火の、巨大な金色の花瓣《こんじき》は、クッキリと黒天鵞絨《ビロード》の空を区切って、下界の花園や、泉や、そこにもつれ合う二つの肉塊を、ふりそそぐ金粉の中にとじこめて行くのでした。

ここにも「曲線」がある。そして、花火がある。花火から降り注ぐ「金粉」は、いわば谷崎潤一郎「金色の死」へのオマージュでもあろう。それ以上に、千代子の死を飾る花火は、廣介の人間花火を先取りするものであり、ひるがえって廣介の最後は、そのときただ一度きりのものであるにもかかわらず、あらかじめ反復されたものとして、ロマン主義的な唯一性を損なわれているのである。パノラマ島の終幕では、罪を暴かれた廣介の自己解体によって、擬似的にロマン主義の痕跡が担保されたにすぎないといいかえてもよい。
ふりかえれば「そこにもつれ合う二つの肉塊」があった。生者と死者、あるいは物語内ではそれ以前にも「死骸」に擬せられていた廣介と千代子、その二つの肉塊は、支配する者と殺害される者であるが、千代子は死して、パノラマ島の壮麗な宮殿に女王として祀られる。パノラマ島に仕える人々は「ニヤニヤ笑いながら噂し合う」ばかりである。パノラマ島の完成より先に、廣介の支配は完成している。支配者廣介の人間花火は、島の隅々に擬似的かつ刹那的なパノラマ島の美の感性の幻影をもたらしたけれども、それを享受する観衆はおしなべて無感動、無表情のままますぎてゆく。支配された者たちに熱狂はない。

「パノラマ島綺譚」における支配（政治）と芸術の関係には、ずれと非対称性がある。芸術は圧倒的な支配によって支えられている。被支配の表象である裸女群像は、個別性を失い、裸体としての審美性を失い、廣介と千代子の肉体も含めて、仮死の無名の肉塊へと変容させられる。その変容は、無名の肉塊、裸女群像の、視覚にうったえる美感から、触覚の陶酔への変容を随伴しつつ、ずれて現前する。その意味では支配／被支配の非対称性に逆転の契機はないが、その支配関係の美化（言い換えれば政治の芸術化）、美の支配関係への回収（言い換えれば芸術の政治化）は、転位しつつつまり螺旋を描きつつ循環している。

「パノラマ島綺譚」は、江戸川乱歩における、「カリガリからヒトラーへ」の危機の軌跡を記しているのかもしれない。かろうじて「ヒトラーへ」の道筋にブレーキをかけるのは、支配された者たち、パノラマ島の住人たち、人間花火を目撃する者たちの間に広がる不思議な熱狂の不在である。あるいはこれを言い換えれば、群衆から熱狂を奪い、関心を奪う、いまひとつの圧倒的な暴力が、このディストピアを「ヒトラーへ」接続することを妨げる虚のブレーキにあたるといってもよい。

しかもそのことは、パノラマ島を、二一世紀の現在も過去のものにしない。パノラマ島は、ヒトラーの時代のディストピアにではなく、二一世紀の現代の熱狂なきディストピアの様式に接続しているからだ。そこでは群衆は、度重なる暴力の噴出にメディアを通じて馴致され、まなざしと触覚をからみあわせ、声をひそめている。「パノラマ島綺譚」における表象の視覚性から触覚美の表象への変容の道筋は、擬似的ロマン主義から表現主義への道筋であり、同時代のモードでいえばエロ・グロへの回路でもあった。曲線美、パノラマ、映画そして水族館といったパノラマ島の幻想は、やがていわゆる通俗長篇作品群「蜘蛛男」「吸血鬼」「大暗室」「影男」……といったテクストにおいても再生産され、江戸川乱歩の作家としての軌跡を初期から後期へと媒介し、連続させていく。その過程で、乱歩には休筆や放浪の時期があった。乱歩のエクリチュールが現出するディストピアは、彼自身にも恐怖と自己嫌悪をもたらしたのである。

注

（1）旧江戸川乱歩邸資料に、「MOVIE」、「大正六年二十四歳活動写真論文」の表題のもとに以下がおさめられている。

「映画論」

「活動写真のトリックを論ず」

「トリック分類草稿」

「トリック写真の研究」

「写真劇の優越性につきて」

（2）江戸川乱歩『探偵小説四十年』（桃源社、一九六一・七）

（3）片岡鉄兵「寒村」（『新選片岡鉄兵集』改造社、一九二九・九、初出『新小説』一九二六・三）は、村の居酒屋の娘・お妙が男たちに売春婦扱いされて破滅する短篇で、次のような場面がある。

「お前は失恋、わしは女房を盗まれる。なんとい丶一組ぢや。仲よくする気はないか、こら、お妙」

「そや、そや。」

「ヒヤ、ヒヤ」

「酒！　酒！」

「淫乱な女房」

「地主の鬼」

「馬鹿教員」

「酒をつげよ、お妙ちゃん」

「阿母、もう一本」

「冷で好え。」

「一升徳利があらうがな」

〔中略〕

大工の顔がカンテラのよぢれる炎の中に青く浮いた。そして消えた。大工の腕が蛸の脚のやうに波打つた。ソラ、ア、ソラ、心臓が次第に、次第に激しく、急速な調子をとつて来た……


？　？　？　？　？　？

？　？　！　!!　!!!

（4）今泉文子「変幻する眼――乱歩とバロッキズム」（『ユリイカ』一九八七・五）
（5）川崎賢子・原田健一『岡田桑三　映像の世紀――グラフィズム・プロパガンダ・科学映画』（平凡社、二〇〇二・九）
（6）韓程善「江戸川乱歩と映画的想像力――「火星の運河」を中心に――」（『比較文学』二〇〇五・三）、「江戸川乱歩『パノラマ島奇譚』と映画トリック」（『超域文化科学紀要』二〇〇八・一一）
（7）安智史「江戸川乱歩における感覚と身体性の世紀――アヴァンギャルドな身体」（『国文学　解釈と鑑賞　別冊』二〇〇四・八）

（8）千葉俊二「乱歩登場」（『江戸川乱歩短篇集』岩波文庫、二〇〇八・八）

（9）セス・ヤコボウヴィッツ「江戸川乱歩における閉所嗜好症と視線」（『江戸川乱歩新世紀　越境する探偵小説』ひつじ書房、二〇一九・二）

（10）江戸川乱歩「恐ろしき錯誤」（『新青年』一九二三・一一）。妻の死に、恋のライヴァルがかかわっているという妄想にとりつかれた「北川」は、復讐に成功したと信じて狂喜する。

「勝った、勝った、勝った」

という、単調な、没思考力の渦巻の間々に、丁度活動写真の字幕の様にこんな断想がパッパッと浮んで来たりした。

夏の空は底翳《そこひ》の眼の様にドンヨリと曇っていた。そよとの風もなく、家々の暖簾や日除けは、彫刻の様にじっとしていた。往来の人達は、何かえたいの知れぬ不幸を予感しているとでもいった風に、抜足差足で歩いているかと見えた。音というものが無かった。死んだ様な静寂が、其辺一帯を覆っていた。

北川氏は、その中を、独りストレンジアの様に、狂気の歩行を続けていた。

行っても行っても果しのない、鈍色に光った道路が、北川氏の行手に続いていた。

あてもなく彷徨う人にとって、東京市は永久に行止りのない迷路であった。

狭い道、広い道、真直な道、曲りくねった道が、それからそれへと続いていた。

（11）韓程善「江戸川乱歩と映画的想像力――「火星の運河」を中心に――」（『比較文学』二〇〇五・三）

（12）（11）に同じ。

（13）（11）に同じ。

（14）（11）に同じ。

(15)内田岐三雄『映画学入門』（前衛書房、一九二八・一〇）。本書は『人でなしの女』に一節を割いて、以下のように紹介している。

この映画の舞台装置の方面は、
フェルナン・レジェが実験室を、
ロブ・マレエ・ステヴァンが建築を、
ピエエル・シャロオが家具を、
クロオド・オオタン・ララが庭園を、
といつた立派な顔を揃へている。〔中略〕そして此の四つを統括製作したのがアルベルト・カヴァルカンティである。〔中略〕
それから此の映画への付随曲を作つたのはダリュス・ミロオ。あのポオル・クロオデルの立体詩「人とその欲望」をジャン・ボルランが踊つて「一九二一年のバレエの神様」といふ称号を得た。その舞踊音楽の作曲をしたのがこのミロオである。

(16)江口雄輔「Pierre Mac Orlan　*La Tradition de Minuit* と久生十蘭「金狼」」（『学苑』二〇一四・五）

(17)花房虹二「レルビエの片影」（『映画往来』一九二六・七）

(18)飯島正『フランス映画史』（白水社、一九五〇・一〇）

(19)ムーシナックの映画リズム論は『映画の誕生』"Naissance du Cinema"（一九二五）の中の一章「リズムか死か」によって知られるが、飯島正は、これが「雑誌『ル・クラプイヨ』"Le Crapouillot"の一九二三年三月号（映画特集）に掲載された『映画のリズム』"Du Rythme Cinématographique"と題するエッセーとほとんどおなじもの」（「ムーシナックの映画リズム論について」『早稲田大学大学院文学研究科紀要』一九六三・一二）

であると指摘する。

（20）宮下規久朗『刺青とヌードの美術史——江戸から近代へ』（日本放送出版協会、二〇〇八・四）

（21）若桑みどり『隠された視線——浮世絵・洋画の女性裸体像』（岩波書店、一九九七・一）

（22）エティエンヌ・カベー Étienne Cabet（一七八八－一八五六）については、堺利彦・山川均『マルクス伝』（大鐙閣、一九二〇・一）の「カベーの凋落（イカリヤ共産村）」、ローゼンベルグ『経済学史Ⅲ』（直井武夫／広島定吉訳、白揚社、一九三七・九）などを参照。「イカリア紀行」は、空想的共産主義者であるカベーによるユートピア物語。

（23）小松史生子「水族館幻想の昭和モダニズム——江戸川乱歩『パノラマ島奇談』を中心に——」（『探偵小説のペルソナ——奇想と異常心理の言語態』双文社出版、二〇一五・二）

（24）（23）に同じ。

（25）田中雅史「構成とカタストロフィ——萩原朔太郎「猫町」とポーの「アルンハイムの地所」「ランダーの別荘」に見られるマニエリスム的特徴について——」（『比較文学研究』一九九九・八）参照。田中論文はE・A・ポー「アルンハイムの地所」「ランダーの別荘」には「風景を構成する線は曲線であり、また、風景自体は芸術家の美的感覚によってつくられた「構図」composition であるという点」などの共通性があり、「曲線と迷宮のイメージも少なくない」と指摘している。

（26）上野昂志「錯乱する距離」（『紙上で夢みる——現代大衆小説論』蝸牛社、一九八〇・五／清流出版、二〇〇九・九）

第3章　谷崎潤一郎と『カリガリ博士』――映画哲学の挫折

1、谷崎も参った

一九二〇年にドイツで製作された『カリガリ博士』は、ドイツでは第一次世界大戦後の社会不安を象徴する映画としてうけとめられた。直接に第一次世界大戦の大量虐殺と文明の崩壊に直面したわけではない極東の地、日本で、ひとびとが『カリガリ博士』の不安に共鳴したことの意味をどうとらえればよいのだろう。たしかに世界大戦の帰趨にも影響を及ぼしたと伝えられるスペイン風邪のパンデミックは、日本でも猛威をふるっていた。第一次世界大戦後の恐慌による株価の暴落と経済不安は蔓延していた。貧困と格差の問題に対抗する労働運動、社会主義団体の結成もあいついだ。大杉栄、堺利彦の日本社会主義同盟結成は一九二〇（大正九）年一二月、女性の社会主義者団体である赤瀾会《せきらんかい》の結成は一九二一（大正一〇）年四月のことである。

テロの時代でもあり、一九二一（大正一〇）年一一月四日には、時の宰相原敬が東京駅で暗殺されている。『カリガリ博士』は、狂気の新たな表象であった。誰が誰を、なにをもって狂気と判断するのか。語り手フランシスはカリガリこそ狂人であると告発するが、このフランシスは実は精神病院に収監された患者だというどんでん返しの枠物語である。監禁の恐怖は誰のものか。科学者（医者）が中立的な真理の体現者ではなくなり、悪意の、あるいは狂気の主体となるとき、彼らは支配の対象としての患者たちを必要とする。カリガリ博士にとっての眠り男チェザーレや、彼らに自らの運命を尋ねようとして命を落とすアラン、そしてフランシスなどがその例である。映画の最後に、精神病院の庭と思しきところに集う登場人物たちは、みな、博士のコレクションのようなものだ。

『カリガリ博士』には厳密にはドッペルゲンガーのような分身は登場しないが、催眠術によって夢中遊行するチェザーレ、枠物語の中ではカリガリの犯罪の追跡者であり、その外では妄想にとらわれた患者でもあるフランシス、枠物語の中では殺人鬼でもありその外では彼らの主治医でもあるカリガリなど、枠物語の設定もあいまって、重要な登場人物の性格は二重化している。

『カリガリ博士』の表現派の美術家たちのセット、照明、衣装も、衝撃を与えた。竹久夢二は『新小説』に、詳細なスケッチを残している。世界の変容、恐怖と不安に歪んだ世界の表象が、人々をとらえたのである。そこでは当然ながら「私」も変容する。「私」の恐怖と不安は、外界を客体として距離を置くこと、主体と客体との間に境界を引くことを困難にする。ひるがえって、「私」が欲望を解放するとき、外界も否応なしに歪む。それが表現主義の世界である。

谷崎潤一郎はエッセイ「「カリガリ博士」を見る」（『時事新報』一九二一・五・二五－二七、「最近の傑出映画『カリガリ博士』を見る」として連載）に次のように書いた。

浅草のキネマ倶楽部でやつて居る「ドクトル・カリガリのキヤビネツト」を見た。評判が余りえらかつたので多少期待に外れた感もしないではないが、確かに此の数年来見たものゝうちでは傑出した写真であつた。純藝術的とか高級映画とか云ふ近頃流行の言葉が、何等の割引なく当て嵌まるのは恐らくあの映画位なものであらう。

（「「カリガリ博士」を見る」）

映画『カリガリ博士』の結末のどんでん返し、枠物語の構造については賛否両論あったが、谷崎は好意的だった。

第一に話の筋がいゝ。狂人の幻想をあゝ云ふ風に取り扱ふと云ふこと、それは私なども始終考へて居たことであるが、単なる一場の思ひつきでなくあれまでに纏めるには多大の努力を要したであらう、さうして幻想の世界と現実の世界との関係が大変面白く出来て居る。作者は先づ物語りの始めにフランシスと云ふ狂人の収容されて居る癲狂院を置き、それからそのフランシスの妄想の世界に移つて奇怪なる事件の発展を描き、最後に再び癲狂院の光景を見せて終つて居る。その終りめが殊にいゝ。狂人の脳裏に存在する幻想の中に生きて居た人々、ドクトル・カリガリや、夢遊病者のツエザーレや愛人のジエーンや、それらの人々が現実の世界に戻つた後にも猶残つて居て、フランシスの周囲を彷徨して居る。〔中略〕彼の幻想の原となつた所の人物が現実にも生きて居る人々であり、而もそれらの多くが等しく狂人である所に、此の物語りは一層の余韻と含蓄とを持つて居る。なぜなら、観客はあの不思議なフランシスの夢が終りを告げて場面が再び病院の庭へ戻つて来た時、さうしてそこに夢の中の種々なる人物

『カリガリ博士』精神病院の庭

が狂人として徘徊するのを見せられた時、その一つ一つの狂人の頭の中にも亦フランシスのそれのやうな幾つもの奇怪なる世界があるであらうことを連想せずには居られないからである。観客の見たのは或る一人の狂人の幻覚であるが、同時に無数の狂人の幻覚を考へさせられる。

（「「カリガリ博士」を見る」）

一九二〇年代の日本文学界隈には、『カリガリ博士』の登場人物に擬《なぞら》えられる若者が、複数、彷徨していた。その一人である富ノ澤麟太郎（一九〇〇－一九二五）は横光利一（一八九八－一九四七）と早稲田の予科で同級だった。富ノ澤の『カリガリ博士』への耽溺は仲間内にも知られていた。

彼はよく活動の話をした。何でも独逸の映画で「カリガリ博士の長持」とか言ふのは谷崎も参つたといふ程面白いものだとか云ふ話であつた。

（中井繁一「私の郷国に死んだ富ノ澤麟太郎」『文芸時代』一九二五・五）

富ノ澤は、谷崎潤一郎の「「カリガリ博士」を見る」を読んでいたのだろう。富ノ澤は佐藤春夫宅に出入りしており、稲垣足穂とそこで知り合った。

富澤も追憶になつてしまつたが、追悼会を終えた今に自分にはどうしても富澤が死んでしまつたとは思はれない。何処にか例の彼一流のセザレのやうな姿で生きてゐるとしか思はれない。

（古賀龍視「富ノ澤麟太郎の追憶」『文芸時代』一九二五・五）

満二五歳で夭折した富ノ澤麟太郎は、『カリガリ博士』の眠り男チェザーレめいた姿態を、友人たちに記憶されていたのである。

のちに友人の一人中山義秀は「沈黙の塔」（『改造文芸』一九四九・七‐一〇、九は休載）、そしてこの作品を加筆改題した「青春の塔」（『純潔』東方社、一九五五・一一）で、富ノ澤麟太郎の『カリガリ博士』への傾倒を回想している。

富沢はポオやホフマンに心酔していた。

彼はヴィジョナリイだつた。彼は怪奇や幻想に生きてゐた。

彼は外国物の映画を好んだ。敗戦後の独逸に出現した表現派の「カリガリ博士」の映画は彼を夢中にさせた。彼が佐藤春夫に師事し潤一郎を崇拝してゐたのも、彼等の「指紋」や「ハッサンカンの妖術」などに傾倒したからであろう。

（「青春の塔」）

『文芸時代』一九二五（大正一四）年五月号巻頭に掲載された富ノ澤の遺作「二狂人」は、医学士となったはずの友人を精神病院に尋ねた「私」が、狂人となって収容された友人と邂逅するという物語である。そのどんでん返しといずれが狂気であるかを判定しがたい物語構造や、「私」の母の面影と二重写しになる受付の老婆への錯視や、「私」を精神病院へと招き寄せる「キネマカラー」「セピア色」の都市風景などに、まぎれもなく『カリガリ博士』と表現主義の刻印は押されている。中沢弥は「「私」は、スクリーンの中を彷徨う夢遊病者なのである」と論じた。(1)

『カリガリ博士』の登場人物に擬えられた一人に、渡辺温（一九〇二‐一九三〇）がいた。一九二四年、プラト

『カリガリ博士』アラン

ン社の雑誌『女性』『苦楽』が一千円の懸賞で映画の筋を募集した際、「影」で一等当選をはたした若者である。

「影」（『女性』『苦楽』一九二五・一）は作中作として、「一種の夢遊病を取扱つた奇妙な仮作譚《つくりばなし》」が設えられている、「モデル女との恋にやぶれた或る青年画学生が、恋敵である仲間の一人に対して深い憎しみを感じてゐる中に、遂にその憎悪の念が凝つて、真夜中に本体の眠つてゐる間に別個の影となつて相手の家に忍び入つてこれを殺してしまふ」という筋である。恋を争う二人の画学生を争わせようと、この仮作譚によって失恋者を唆すメフィスト的なあるいはイアーゴー的な、第三の男が登場する。失恋者は夢遊病と二重人格の恐怖に慄きながら、わが胸にナイフを突き立てるが、その「「影」の自殺」がもたらしたものは——。

「影」を受賞作に選んだのは谷崎潤一郎と小山内薫だった。のちに、辻潤に渡辺温を紹介された谷崎は、『カリガリ博士』のアランの面影を彼に見たという。アランはチェザーレによって死にいたらしめられる。

ヴガボンドネクタイ、長い髪、暗い茶色の眼、痩せてはゐないがゴツゴツ骨張つたいくらかゴリラの腕を想はせる長大な四肢、東北タイプの凹凸《おうとつ》のある陰影《かげ》の深い容貌、おまけに神経質らしい眼はいかにもアランによく似てゐた。さうしてそれは僕が「影」の作者の姿として心に描いてゐた通りのものだつた。

（「春寒」『新青年』一九三〇・四）

谷崎は、渡辺温「影」が受賞した際、懸念を示した小山内とのやりとりをふりかえっている。

唯此の「影」だけが鮮やかに図抜けてゐたのである。僕は一読して「カリガリ博士」の画面を浮かべた。〔中略〕プラトン社が映画の原作を募集したのは、当選作品を日活か松竹に製作させて、雑誌の宣伝に使はうと云ふ政策があつたらしく、僕はそこ迄気が付かなかつたが、小山内氏はそれを知つてゐた。氏はその上にも演劇映画の実際家であり、且つプラトン社の顧問にすわつてゐて、雑誌の売れ行きを考慮すべき位置にあつた。そこで、さう云ふ立ち場から見ると、「影」は筋として面白いけれども、映画化するのに難色がある。第一演技が非常にむづかしい。此の劇に成功するやうな腕と頭のあるキネマ俳優は、ヱルネル・クラウス、コンラド・ファイト程度の者でなければならず、今の日本では到底望めない。

（「春寒」）

ヴェルナー・クラウスと、コンラート・ファイトは映画『カリガリ博士』の博士とチェザーレである。「影」への授賞をためらった小山内薫も、『カリガリ博士』に通じるものを読み取ったのだろう。

小山内は、『カリガリ博士』について次のように述べている。

一般的に言えば、表現主義芸術の日本への最初の輸入は映画劇『カリガリ博士の箪笥』であった。——そして、表現主義に対する誤解はここから始まった。

単に映画劇として見た『カリガリ博士の箪笥』は可なり優れた作品であった。本質的な映画劇であった。少しの「詞」をも要求しないで済む無言劇であった。舞台装置にも、隅から隅まで芸術的良心が払われていた。

〔中略〕

併し、それに盛られた内容、それが吾人に伝える世界観——そんなものが若しあるとすれば——は、果して表現主義的であったろうか。私は断言して憚らない。決してそうではなかったと。『カリガリ博士の箪笥』の内容は、単なる怪奇譚である。単なるグロテスケである。興味中心の通俗物語である。〔中略〕

『カリガリ博士の箪笥』は表現主義の応用芸術である。そして、本質的な芸術ではない。併し、気早な日本の人達は、偏にこれを表現主義の芸術だと思い込んで、或はこれを随喜し、或はこれを唾棄した。

——表現主義は怪奇な芸術である。

——表現主義は病的な芸術である。

——表現主義は新奇を誇る芸術である。

——表現主義は一種のデカダンスである。

〔中略〕

偏見は偏見を生み、間違った概念は更に間違った概念を生んだ。その内に、その偏見から——その間違った概念から——出発した自称表現主義の作品が、日本でもぼつぼつ現れるようになった——或は詩に、或は戯曲に、或は小説に、或は映画劇に。

併し、私の見るところを以てすれば、どれもこれもその出発点は『カリガリ博士の箪笥』である——表現主義をあやまり伝えた『カリガリ博士の箪笥』である。

（小山内薫「表現主義戯曲の研究」『演劇新潮』一九二五・六、引用は『小山内薫演劇論全集』第三巻、未來社、一九六五・一二）

とはいえ、小山内薫は興行的価値を危ぶみながらも最終的には渡辺温「影」の受賞に同意したのだから、「怪奇」「病的」「新規」「デカダンス」にとどまらない渡辺温の抒情や、「霊の要求」（小山内は、カジミイル・エトシュミイトを引用して、これを表現主義の本質の一つとして紹介している）を認めたのかもしれない。

谷崎潤一郎「「カリガリ博士」を見る」は、俳優の演技、演出については改良の余地があることを述べ、「あゝ云ふ材料を取り扱ふには表現派が最も適して居るが、しかしあればかりでは直に行き詰まつてしまふ。写実派もいゝ、浪曼派もいゝ、悪魔主義、自然主義、人道主義、古典主義、——凡ての流派が競ひ経つて、恰も文学に於けるそれらの如く各美しい花を咲かすべきである」と結論している。

谷崎が『カリガリ博士』の成果を、表現主義讃美に収斂させなかったのは、映画製作にかかわった彼の経験によるだろう。一九二〇年五月、彼は大正活映株式会社（大活）の脚本部顧問に招かれ、『アマチュア倶楽部』を完成させていた。アメリカ仕込みのトーマス栗原監督による、スラップスティック・コメディである。その後、作風を転じて泉鏡花原作『葛飾砂子』（一九二〇）、上田秋成に想を得た『蛇性の婬』（一九二一）などにかかわっている。製作者、実践家としては、映画の多様性に可能性を見出していた時期である。

受賞作と定まるまでには興行面からの異論もあり、そしておおかたの懸念の通り、映画化されることは叶わなかったのだが、渡辺温の「影」は独立したテクストとしての価値が認められ、一九二五年一月号『苦楽』『女性』に同時掲載された。一九〇二年生まれの彼が慶應義塾高等部を卒業するのは翌年のことである。

渡辺温は、やがて気鋭の小説家として、また、雑誌『新青年』の編集者として頭角を表した。シルクハットとモーニングで出社したという伝説もある。そして彼は『カリガリ博士』について次の言葉を残している。

新時代の産物「カリガリ博士」は五六年前に初めて見せられた時には勿論まことに驚嘆し讃美した、而るにこの間その再輸入物を見たのだがも早やそんな途方もない感激は、あの映画の何れの部分に於て見出す事も、全く覚束なく思えたのである。これは云う迄もなく、あの表現派様式のセットなり役者の正統ならぬ技巧なりが、今は少しも我々の感覚をおどろかさなくなってしまったからである。とは云うものの「カリガリ博士の長持」と云うポオの怪奇小説じみた物語それ自身はやっぱり面白くなくはないのだが。
「オセロ」カリガリ博士のクラウスよりもイヤゴオになったクラウスの方が僕は好きである。
（渡辺温、渡辺裕名義「想出すイルジオン」『劇と映画』一九二六・六、
引用は『渡辺温全集　アンドロギュノスの裔』東京創元社、二〇一一・八）

渡辺温は、一九三〇年二月九日、原稿依頼のため長谷川修二（＝楢原茂二）とともに谷崎潤一郎宅を訪れ、帰路、乗車したタクシーが西宮市外夙川踏切で貨物列車に衝突した。長谷川は一命をとりとめたが、渡辺温は、わずか二七歳で、鬼籍に入ることとなった。

谷崎潤一郎は遺体が安置された病院を訪れ、泉下の人となった渡辺温にふたたび『カリガリ博士』のアランの面影を見出している。

2、初期谷崎の映画小説——「秘密」の映画館から「人面疽」まで

一九四七年一一月一七日、江戸川乱歩は関西旅行の途次、谷崎潤一郎とはじめて会見した。

谷崎さんは文学談など好まれぬ様子なので、こちらも差控へ、結局文学以外の話の方が多かつた。酒の話、食物の話、東京の見世物の話、大阪弁の話。〔中略〕谷崎さんは御自身の初期の作品を嫌悪してをられる。

大阪移住以前の作は一体に未熟で話をするのもいやだとハツキリ云はれるので、実を云ふと初期の諸作に今でも執着を感じてゐる私は、話が進めにくくて困つた。

（江戸川乱歩「幻影城通信」『宝石』一九四八・一）

「文学談など好まれぬ」というのは、谷崎の牽制であろう。谷崎初期の作品とは、探偵小説趣味がうかがわれるテクストや、映画にかかわるモチーフが嵌め込まれたテクストである。実際、生前に刊行された自選全集（中央公論社、一九五八–一九五九）に、「どうかこれ以上古いアラ捜しはしてくれないやうに、この全集に洩れたものはほじくり返してくれないやうにと願ふ」と序に記し、「アヹ・マリア」（『中央公論』一九二三・一）、「肉塊」（『東京朝日新聞』一九二三・一・一–四・二九）、「青塚氏の話」（『改造』一九二六・八–一二、一〇は休載）などの収録を拒絶した。乱歩ならずとも、困惑するところである。

谷崎の映画小説を評価した先駆的研究者である千葉俊二は「それにしても谷崎の観念小説は何とまずいのだろうか」（『谷崎潤一郎――狐とマゾヒズム』小沢書店、一九九四・六）と嘆息するのだが、坪井秀人は「巧拙の如何を問わず、作者に捨てられた庶子としての作品というものは好奇なまなざしを誘発する契機をつねに宿している」（「身体創造とユートピア」『谷崎潤一郎：境界を超えて』笠間書院、二〇〇九・二）という。映画、探偵および犯罪をめぐる小説は大正期の谷崎を特徴付けている。かつては濫作か、さもなければスランプかと、その評価をめぐって議論は揺れたが、近年は「秘密」、「人面疽」、「途上」（初出『改造』一九二〇・一）、「アヹ・マリア」、「肉塊」、「青塚氏の話」、といったこの時期のテクストについての研究も盛んである。

谷崎潤一郎は「幼少時代」（『文藝春秋』一九五五・四–一九五六・三）において、日本橋蠣殻町の自宅近くの演芸場遊楽館で、はじめて映画をみた記憶について次のように回想している。

一巻のフィルムの両端をつなぎ合せて、同じ場面を何回でも繰り返して映せるやうにしたもので、今もよく覚えてゐるのは、海岸に怒濤が打ち寄せて、さつと砕けて又退いて行くのを、一匹の犬が追ひつ追はれつして戯れる光景の反復。

以下、馬の群れが観客席を目掛けて疾駆して来、眼前に肉薄しつつ走り去ってしまうと、また新しい一列が地平線上に現れてくる光景の反復。フランスあたりの昔の新教徒迫害や革命騒ぎを想像させるような場面で貴族の夫人らしい女が次々に刑場へ引き出され、火あぶりの刑に処せられる、その光景の反復。メフィストフェレスのような装束をした悪魔が、裸体に近い美女をテーブルの上に寝かせカーボンペーパーのような黒い大きな紙で全身を包み、何か合図をすると美女の身体が宙に浮いてメラメラと燃えて消えてしまう、その光景の反復。一一歳の谷崎の記憶の中の映像は「反復」「循環」によって記しづけられていた。(2)

谷崎の小説テクストには、ごく初期から、文学装置としての映画および映画館が生き生きと記されていた。しばしば言及されるのは、「秘密」(『中央公論』一九一一・一一)の次のようなくだりである。

其の晩私は、いつもよりも多量にウヰスキーを呷つて、三友館の二階の貴賓席に上り込んで居た。何でももう十時近くであつたらう、恐ろしく混んでいる場内は、霧のやうな濁つた空気に充たされて、黒く、もく〳〵とかたまつて蠢動してゐる群衆の生温かい人いきれが、顔のお白粉を腐らせるやうに漂つて居た。暗中にシヤキシヤキ軋みながら目まぐるしく展開して行く映画の光線の、グリグリと瞳を刺す度毎に、私の酔つた頭は破れるやうに痛んだ。時々映画が消えてぱツと電燈がつくと、渓底から沸き上る雲のやうに、階下の群衆の頭の上を浮動して居る煙草の烟の間を透かして、私は真深いお高祖頭巾の蔭から、場内に溢れて居る人々の顔を見廻した。さうして私の旧式な頭巾の姿を珍しそうに窺つて居る男や、粋な着附けの色合ひを物欲しさうに盗み視てゐる女の多いのを、心ひそかに得意として居た。

三友館は一九〇七年に浅草区公園六区に開場した映画館である。十重田裕一は都市空間に出現した映画館という新たな場について、「映画館の内部は、白昼であっても〈闇〉の空間を創り出し、映写機から放たれる一筋の人工光線によって「別世界」を演出することができる。そしてそこで観客は、「白昼夢」を見ることになる」[3]と指摘した。映画館の闇と光は、都会の夜の街路の闇と光を反復する。「私」は男性であるという秘密を隠し、つまり女装し化粧して映画館に座っている。「私」の秘密に心づくことなく、窺う男や盗み視る女に、見られることが「私」の快楽である。高橋世織は、さらに「秘密」について、「「女装」し、化粧を施した時の「触感」」が「皮膚のよろこび」として語られるなど、これが視覚的人間の物語にとどまらず、ジェンダー横断的な「身体の磁場において、感官のパラダイム・シフトが生起」している、「触覚的人間」の物語であると断じた。[4]「映画の光線の、グリグリと瞳を刺す」と、「瞳」までもが触覚的な感覚器であるかのように語られる。それは痛みをともなう、マゾヒズム的な快楽を招き寄せる。スティーブ・リジリー[5]は、ジル・ドゥルーズ[6]を援用して「秘密」における犯罪への接近と実際の犯罪行為との境界における「私」の自己抑制の美学ないしエロティシズムに、「マゾヒズムのシステムの時間に拘束された契約上の性質」を見出している。

女装し、犯罪者・探偵じみた小道具を潜ませて都市空間を遊歩するだけではなく、映画館においても「私」は、観衆の目を集めようとする。見る者であるだけではなく、見られる者として装うことは、映画館よりもむしろ劇場空間にふさわしい振る舞いかもしれない。浅草六区の劇場と映画常設館に言及しつつ鈴木登美が示唆するように「一九一〇年前後という、演劇界や映画界における身体表象・ジェンダー表象の転換期を視野に入れる」[7]なら、これはまさに過渡期における観衆の欲望にほかならない。

「秘密」において、女装する「私」は、映画館の客席で観衆のまなざしを浴びることに快感を抱く。男性のまなざし以上に、女性のまなざしをあつめることで、競争相手を圧倒する快感を覚える。その快感は、秘密を抱えつつ、他の男女には及ばぬ美貌を獲得した、そのみずから仕掛けた競争に勝利をおさめた「得意」の満足でもある。ところが、ライヴァルが現れる。「私」を凌駕し、衆目を集める美貌の女性である。とたんに、「私」は男性として、彼女を性的に支配し、彼女の秘密――彼女の日常、その身の上を明るみに出そうとする。そして暴露によって魅力を失った彼女を捨て去る。「秘密」の「私」は、映画館で観衆の注目の的になることにも、観衆が欲望する謎の女性をわがものにすることにも飽きてしまう。その意味で「秘密」は映画館を後にする物語ではあるが、観客席で交わされた欲望のまなざしの手触りは忘れがたい。

劇場で交わされるまなざしと映画館で交わされるまなざしの分岐について、谷崎は「活動写真の現在と将来」(『新小説』一九一七・九)で次のように語っている。

人間の容貌と云ふものは、たとへどんなに醜い顔でも、其れをじつと視詰めて居ると、何となく其処に神秘な、崇厳な、或る永遠な美しさが潜んで居るやうに感ぜられるものである。予は活動写真の「大映し」の顔を眺める際に、特に其の感を深くする。平生気が付かないで見過ごして居た人間の容貌や肉体の各部分が、名状し難い魅力を以て、今更のやうに迫つて来るのを覚える。それは単に、映画が実物よりも拡大されて居る為めばかりではなく、恐らく実物のやうな音響や色彩がない為めでもあらう。活動写真に色彩と音響とがない事は、其の欠点なるが如くにして、寧ろ長所となつて居るのであらう。ちやうど絵画に音響がなく、詩に形象がないやうに、活動写真も亦、たまたま其の欠点に依つて、却つて藝術に必要なる自然の浄化――Crystallization――を行つて居る形である。予は此の一事に依つても、活動写真が芝居よりは高級な藝術として発達し得る可能性を認むる者である。

初期のサイレント、モノクロの映画は、音響や色彩をもたないという欠落と、人間の容貌を「大映し」にして見せるという過剰性と、そのアンバランスによって、かえって日常から自立し、「神秘な、崇厳な、或る永遠な美しさが潜んで」いると感じさせる逆説的な構造をもつなにものかであった。スクリーンに「潜んで居る」と感じさせるからには、その美は平面的なものではなく、そこには奥行きが感じとられたということなのだろう。再現や写実の美ではなく、「自然の浄化――Crystallization――」の美である。それはアンバランスと、逆転と、観衆のまなざしの参与によってもたらされる。観衆が映画を発見したというより、映画が新しいまなざしのありようを発見し、つくりだしたのである。映画は、スクリーンに投影された光と影を意味あるものとして読解する観衆のまなざしというものを、表現に不可欠の要素として迎え入れた。谷崎の洞察はそこに届いている。

ただし、この時点では目測をあやまったところもある。

ちよいと考へて見たゞけでも、活動写真が演劇に勝つて居る点は非常に多いが、その最も顕著なる特長は、実演劇の生命の一時的なのに反して、写真劇の生命の無限に長い事であらう。（今日ではまだフイルムの寿命が永久不変ではないけれど、将来必ず、其処迄発達するに違ひない。）

いうまでもなく映画は複製技術の時代の産物であるが、複製可能性とフィルムの耐用性は一致しなかった。フィルムは文学者の親しんだ紙とインクよりも脆弱で傷つきやすく、燃えやすく、散逸しやすい媒体だった。フィルムの生命を実際以上に長いものと見積り、永久不変を夢見たことは、谷崎の映画観にある偏りをもたらした。映画とプラトニズムを結びつけるような幻想のよりどころともなっている。

谷崎が大正活映の脚本部顧問に迎えられたのは一九二〇年のことである。その年三月に監督・栗原トーマスと山下町の大活事務所を訪れた谷崎は、実写映画（今風にいうなら文化映画）のシルク・インダストリーを鑑賞した印象を次のように回顧している。

今迄非常に明るかつた部屋の中が一度に暗くなつて、而も其の壁へ小さく小さく、宝石のやうにきらきらと映し出されて鮮やかにくっきりと動く物の影は、次第に私を或る奇妙なる夢心地に誘ひ込んだ。暗黒の中を仕切つて居る僅か三尺四方にも足らぬ光の世界、そこにもくもくと生きて動きつつある蠶の姿、――私はそれを眺めて居ると、ただ此の小さなる世界以外に世の中と云ふものがあるのを忘れた。

谷崎が『カリガリ博士』と出会う直前のエッセイ「映画雑感」(『新小説』一九二一・三)である。そこでは映画の物語内容などは問われない。

このエッセイのなかで谷崎は、「独逸のウエエゲナアの「プラーグの大学生」や「ゴーレム」の如き真に永久的の価値ある物を除いては、中途半端なものよりも寧ろ俗悪な物が大好きである。いかに俗悪な、荒唐無稽な筋のものでも、活動写真となると不思議に其処に奇妙なフアンタジーを感じさせる。たとへば「ジゴマ」などは其の好適例である。随分出鱈目な不自然な筋ではあるが、あれ全体を一箇の美しい夢だと思へばいいのである。或る意味に於いて、活動写真は普通の夢よりは稍〻ハツキリした夢だとも云へる。人は睡つて居る時ばかりでなく、起きて居る時も夢を見たがる。我等が活動写真館へ行くのは白昼夢を見に行くのである〔中略〕まことに映画は人間が機械で作り出すところの夢であると云はねばならない。科学の進歩と人智の発達とは我れ我れに種々の工業品を授けてくれたが、遂には夢をも作り出すやうになつたのである。」と言明していた。

谷崎の代表的な映画小説「人面疽」(『新小説』一九一八・三)は、谷崎が「いまだ映画製作という手段をもちあわせなかった」時期に発表された。この時点ではまだ『カリガリ博士』にも出会ってはいない。谷崎は、『カリガリ博士』に、「「狂人の脳裏に存在する幻想」とその「幻想の原となった所の人物」が生きる現実を、ひとつのスクリーンにあらわし、両者の境界をあやふやなものとして、幻想の世界が現実の世界に溢れだしてくる」構造を読んだが、それより早く、「これとほとんど同じ構造を持つ作品をすでに小説として描き出している」、それが「人面疽」であると千葉俊二は主張する。[8] スティーブ・リジリーは「人面疽」について、「物語は同じ三つの段階において枠組の設定からその枠組のなかに入っている物語へとすばやく移行していく。すなわち、映画としての映画、プロットの輪郭、それから物語としての映画への沈潜である」[9] と指摘する。映画として語ること、映画について語ること、その技巧はすでに「人面疽」において成熟している。

『ゴーレム』パウル・ヴェゲナー

「人面疽」に登場する映画女優、歌川百合枝は、アメリカのグロオブ社で活躍した経歴をもつ。彼女は「自分が女主人公となつて活躍して居る神秘劇の、或る物凄い不思議なフイルム」が東京の場末を回っているという噂を耳にする。「日本語の標題は「執念」と云ふのだが、英語の方では「人間の顔を持つた腫物《できもの》」の意味になつて居る、五巻の長尺で、非常に藝術的な、幽鬱にして怪奇を極めた逸品」と評判である。伝聞によれば、百合枝は其の映画の中で菖蒲太夫《あやめだいふ》という花魁を演じている。彼女は白人の船乗りとアメリカに逃げるために、笛吹の乞食を利用する。乞食は菖蒲太夫に恋焦がれて、一夜の望みをかなえてくれるなら命を投げ出そうというのだが、彼女は、乞食の醜貌を恐れて、口約束を反故にする。乞食は、恨みを呑んで海に身を投げる。やがて菖蒲太夫の膝頭に乞食の俤《おもかげ》に似た人面疽が現れて、彼女を苦しめる。

　だが百合枝はそのような映画に出演した記憶がない。映画俳優は、自身が出演した場面しか把握していない、編集（ポストプロダクション）によって完成した映画の全体像を知らぬことがままある。

それにしてもどう調査しても、笛吹の乞食を演じた俳優の素性はわからない。「あの男に匹敵する俳優は、『プラアグの大学生』や『ゴオレム』の主人公を勤めて居る、ウエエゲナアぐらゐなもの」といわれるほどの特徴ある容貌と技芸をもった日本人俳優の正体がわからないこと自体がすでに「怪異」である。

フィルムの焼込みで、人面疽を表すことは、技術的に不可能だという説がある。

普通のフィルムであっても「もし、或る俳優が、自分の影の現れるフイルムを、たつた一人で動かして見たら、どんなに変な気持がするだらう。定めし、映画に出て来る自分の方がほんたうに生きて居る自分で、暗闇にイんで見物して居る自分は、反対に影であるやうな気がするに違ひない」と、上映技師は語るのである。ヴァルター・ベンヤミンが『複製技術時代の芸術作品』に紹介したルイジ・ピランデルロ『或る映画技師の手記』（原著一九一五、岩崎純孝訳、今日の問題社、一九四二・一）には、映画俳優のディレンマが様々に語られていた。

彼女はあまりにも変つた、スクリーンに映つた滅茶苦茶な自分の姿を見て、茫然自失し、衝撃を受けたのである。彼女はスクリーンの上に動いてゐる自分を眺める、しかしそれを自分だと思へない。彼女は、その姿に自分を認めて貰ひたくないであらう、だが少くも自分だと云ふことを知つては貰ひたいであらう。

此処では機械の働きが神秘的に果たされる。

〔中略〕

機械に嚥下された生命が、ほら其処に条虫のなかに、つまり枠に捲きつけられたフイルムのなかに在る。

ここではまるで島ながしにされてゐるかのやうに、彼等は感じてゐる。舞台からだけでなく、ほとんど自分自身からさへ追放されてゐるやうに。なぜかと云ふと、彼等の演技は、彼等の生きた肉体の生きた演技は、あすこの映画館の幕の上には、もはやないのだ。あるものはただ、或る瞬間のうちに或る態度《しぐさ》なり、或る表情をしたところを捉へられた彼等の影像だけで、それは躍つたかと思ふと消え失せてしまう。自分達の肉体が骨抜きにされ、押しつぶされ、実在も呼吸も声も、動くはずみにだす音も喪失して、一瞬スクリーンの上にゆらめき、一片の蒼白い布片の上に演じられる、手品の移気な幽霊のやうに、忽然として、沈黙のうちに消え失せる、物云はぬ影像になるに過ぎないことを、もどかしい云ひやうのない空虚感、否むしろ胃の腑のからつぽな思ひをしながら、おぼろげながら認めてゐるのである。

一九一〇年代半ば、無声映画の時代に、『或る映画技師の手記』と「人面疽」がほとんど時を同じくして発表されていることのシンクロニシティは興味深い。ピランデルロの叙述は、映画に出演した舞台俳優の衝撃である。機械の介在する複製技術時代の芸術作品である映画に出演することで、彼らは、心身の様々なレベルにおける疎外に直面する。ベンヤミンは、ピランデルロを引用し、舞台俳優は映画に出演することで、自身のアウラを断念して演技しなければならなくなったと述べる。そこに指摘されるアウラの喪失は、舞台経験の有無にかかわらず、映画俳優につきまとう。ベンヤミンは、それと共に演じられる役柄のアウラも消え去ると述べた。そしてわが谷崎の女優・歌川百合枝は、舞台経験がなく、舞台俳優と映画俳優の仕事を比較する視点をもたなくとも、演技から、作品から、銀幕の上の自身の映像から、追放され、疎外されていることに気づかせられるのである。自己疎外への事後的な気づきも、「怪異」の要素のひとつとなる。

しかしその追放、疎外のありようは、奇妙である。たしかに「人面疽」の物語のなかでは、歌川百合枝は自分が写っているといわれるその映画をまだ観てはいない。これについて、北田暁大は、「彼女にとっては、映画を観ることによる〈主人公への同一化〉などといった装置論的機制すら成り立たず、「同一であるはずの自己」が表象空間に存在していることは知りつつも、永遠にそれを「観る」ことができないのであり、換言すれば「観る」という手続きすら踏まずに、すでに同一化＝巻き込まれが実現してしまっているのである」[10]と再定義する。ピランデルロ＝ベンヤミンが見出した追放、疎外は、北田のいう表象世界への巻き込まれの、空間的には裏面にあたり、また時間的には遅延として編み込まれている。

だが、百合枝が演じるところの菖蒲太夫の膝に現れる人面疽の俳優はどうだろう。そもそも人面疽を演じているはずの俳優の出自や名前を、誰も辿ることはできない。スクリーンに大写しにされる人面疽の存在感は、俳優の演技力の賜物なのか、俳優の肉体の力なのか、あるいは撮影技術編集技術の賜物なのか、判別できない。その無名性、匿名性、不在性が、アウラにとって代わる不気味な力を発揮する。人面疽が意味する力は、スクリーンを越えて、観客にはたらきかける。その風評はアウラ喪失後の映画女優である百合枝をも動かす。四方田犬彦の「人面疽」論[11]は、そこに女性器表象を読みとっている。スクリーンの光と影を引き裂く亀裂から、日常的には意識されることのない、むしろ匿されている器官状のものが見え隠れする。性的器官であるかどうかはさておき、人面疽が嵌め込まれることによって、スクリーン上で菖蒲太夫を演じる歌川百合枝の映像に、物質（肉体）性が再帰するともいえる。

人面疽の意味する力の増大は、映画俳優におけるアウラの縮小と相関している。人面疽の呪いが、映画俳優のアウラにとってかわる。映画俳優におけるアウラの縮小は人面疽の呪いの効果に対応する。人面疽はアウラの死の換喩ともいえる。ベンヤミンは、「映画は、オーラの縮小に対して、スタジオの外での「パーソナリティ」の人工的な創出をもって応える。映画資本によって促進されるスター崇拝は、パーソナリティという魔法を保存しているが、それははるか昔に商品的性格という腐敗した魔法でしかなくなっているものである」[12]と議論を展開する。「人面疽」の終幕で、映画会社のHは百合枝にフィルムを手渡しながら「此のフイルムが、グロオブ会社の所有になると、どう云ふ運命になりますかナ。僕は、抜け目のないあの会社の事だから、きつと此れを何本も複製して、今度は堂々と売り出すだらうと思ひます。きつとさうするに違ひありません」という謎めいた、もしくは脅迫じみた言葉を付け加える。彼の独語が百合枝に対する脅迫となりうるとしたら、スクリーン上の菖蒲太夫の体験した怪異や恐怖が、百合枝の身の上にも起こりうるという怪談めいた脅しにとどまらない。堂々と公開されては百合枝の女優イメージを傷つけるであろう映画フィルムが、商品化され、何本も複製されるという脅しである。「スタジオの外での「パーソナリティ」の人工的な創出」「商品的性格という腐敗した魔法」の呪術が百合枝にかけられるであろうという脅しでもある。

それにしても「夜遅く、たつた一人で静かな部屋で」そのフィルムを映して観た者は、人面疽の微かな笑い声を聴くという。技師をはじめ映画会社社長にいたるまで、気が変になったり、「夢に魘されたり、訳のわからぬいふいふらふら病に取り憑かれたり」「病名の明かでない熱病に罹つて」ひどい目に遭っている。

山中剛史はここに現れる「怪異」について、「観客本人の意識現象」として、スクリーンへの没入とともに強まる忘我の度合いに応じて生じると読んでいる[13]。ただし「人面疽」が書かれた時代、映画とは、「夜遅く、たつた一人で静かな部屋で」鑑賞するメディアではなかった。無声映画には説明者として活動弁士がつき、楽隊など音楽がつく、にぎやかなメディアであったはずである。しかも集団での視聴を前提とする映画を個人的に鑑賞している。「人面疽」の設定自体が、例外的なものであり、その例外的な観客にのみ「怪異」は現れる。

柴田希は、「人面疽」の視聴環境の設定について、同時代においては「非日常」的なものであったことを指摘し、その意味を分析している[14]。柴田論文が注目するのは、活動弁士の説明と音楽のついた「活動写真」の上演が「聴覚イメージ優先」であったという点である。

「人面疽」は、その聴覚イメージを代表する弁士を排し、上映技師を登場させ、彼を語りの起源に設定した。これは聴覚イメージ優先であった〈活動写真〉を、視覚イメージへ転換させる働きを担っていた。聴覚イメージに捉われる観客には、フィルムの〈怪奇性〉はおそらく伝わらず、視覚的にフィルムを鑑賞することが、その本質に近づくことだったのではないか。

活動弁士の声と音楽は「怪奇性」をかき消すというわけである。

3、ポスト『カリガリ博士』の映画小説——「肉塊」「アヹ・マリア」

谷崎は、『カリガリ博士』公開後の映画小説「アヹ・マリア」において、機械がつくりだした夢である映画について、次のように述べている。

その機械が出来るまでは我々はたゞめい〳〵が、自分一人の夢を持つに過ぎなかつた。それが今では、その機械のおかげで多勢が一つ所に集まつて一つの夢を持つことが出来る。そこにあるものは此の世のものゝ影に過ぎず、さてその無数の影どもはそのまゝ見る人の頭に巣喰つて、そこで再び他のいろ〳〵な影どもと交錯し、妄想の中で又新たなる夢を育む。何処までが映画の中の夢であり、何処までが自分自身の夢であるやら、その境界は遂にボンヤリして分らなくなつてしまう。〔中略〕

私が映画を見に行くのは美しい夢を買ひに行くのだ。そこへ女を連れて行くのは、その女をもその夢の中へ織り込んで見たいからだ。

「映画は人間が機械で作り出すところの夢である」という「映画雑感」の言説に連続している。映画の夢はインターテクスチュアリティ（間テクスト性）と複数性そのものである。複数の映画、複数の観客の夢、映画俳優の身体と観客の身体によって織りなされる引用の織物としての映画。「映画の中の夢」と「自分自身の夢」との境界の曖昧化、「多勢が一つ所に集まって一つの夢を持つ」という夢の集合性などは、「カリガリ博士を見る」における「観客の見たのは或る一人の狂人の幻覚であるが、同時に無数の狂人の幻覚を考へさせられる」という言説に連なるところもある。映画と自己との境界の曖昧化、「私」の理性的な意識を越え、個人を越える集合性によって、映画はシステマティックに無意識領域を開示させる。集団催眠的な力がはたらく。ベンヤミンは「個々人の反応の総和が観客全体としての反応となっているのだが、この一人一人の反応はその直後に生じる集団としての反応によってはじめから条件づけられているのである。このことが示されるのは、今では映画館をおいて他にはない」と、映画の「集団的受容」について述べた。また、映画には「人間が意識を織り込んだ空間にかわって、無意識的に織り込んだ空間がたち現れる」とも指摘した。(15)

生方智子は、谷崎「アヱ・マリア」の言説と、ベンヤミンのそれとに響き合うものを見出した。「ベンヤミンは、映画を「〈通常の〉スペクトルの範囲外にあるもの」の体験とみなしている。「デフォルマシオンやステロタイプ、変形や崩壊」といったカメラワークによって生み出された映画の視覚世界は、意識によって捕捉される知覚ではなく、精神分析が俎上に載せた「異常心理」や「夢」といった無意識の領域に相当するというのである。さらに、映画において、「異常心理」や「夢」は「個人的知覚」であることを超えて「集団的知覚」となると述べられる(16)」と生方は概括する。ここで例示された映画の視覚世界のありようが、「デフォルマシオンやステロタイプ、変形や崩壊」と、きわめて表現主義的であることに留意したい。

さて、「アヱ・マリア」と同時期に発表された「肉塊」には、次のような一節がある。

普通の写真だと物の影だと思へるけれど、活動写真の中の人間はなぜか己には影のやうな気がしないのだ。却てこゝに生きてゐるお前の方が影であつて、映画の中に動いてゐるのがお前の本体ぢやないだらうか？

と、そんな風に思へてならない。大袈裟にいふと、全体宇宙といふものが、此の世の中の凡べての現象が、みんなフイルムのやうなもので、刹那々々に変化はして行くが、過去は何処かに巻き収められて残つてゐるんぢやないだらうか？　だから此処にゐる己たちは直きに跡方もなく消えてしまふ影に過ぎないが、本物の方はちやんと宇宙のフイルムの中に生きてゐるんぢやないだらうか？　己たちの見る夢だとか空想だとかいふものも、つまりそれらの過去のフイルムが頭の中へ光を投げるので、決して単なる幻ではないのだ。矢張り先の世とか、子供の時分とかに、一度何処かで見たことのある物の本体が影を見せるのだ。己には先からさう云ふ考へがあつたんだけれど、活動写真を見てゐると一層そんな感じがする。映画といふものは頭の中で見る代りに、スクリーンの上へ映して見る夢なんだ。そしてその夢の方が実は本物の世界なんだ。

運動と時間そして視聴のありようの相違によって、「写真」と「活動写真」の意味するものは分たれる。「影」か「本体」か。「却てこゝに生きてゐるお前の方が影であつて、映画の中に動いてゐるのがお前の本体ぢやないだらうか」という疑問は、座席に固定され、あるいは立ちつくし、身じろぎもせず息を呑んでスクリーンを見つめる観客のありようと、生き生きと「映画の中に動いてゐる」俳優のありようとの対照からもくるのだろう。いうまでもなく、ここでは「影」と「本体」の逆転やその錯視をいいたいのではなく、映画においては「影」と「本体」という二分法が成り立たない、ということが述べられているのである。スティーブ・リジリーは「この一節は虚構と現実の混合に関わるのではなく、むしろそのようなカテゴリーの転倒に関わっている」あるいは、「そのカテゴリーの分離と流動化」がもたらされていると指摘する。[17]「宇宙といふものが、此の世の中の凡べての現象が、みんなフイルムのやうなもの」というメディア一元論も展開される。過去を巻き収める「宇宙のフイルム」が「先の世とか、子供の時分とかに、一度何処かで見たことのある物の本体」をとどめており、それが「夢」や「空想」に現れるという。「夢」「空想」あるいは無意識が過去からやってくる、誕生以前、幼児期の痕跡であるというノスタルジアと退行とが、映画の時間を特徴づけている。福岡大祐は谷崎における映画について「「記憶」の装置」と呼んだ(18)。

「夢」や「空想」あるいは無意識の映像を展開する「頭」は、人体に蔵された映画館であった。そしてそのことには、映画に親しんだ後から、文字通り事後的に気づかせられた。映画館のなかの観客は自由に動き回ることを許されていないが、それでも、眠りのなかにある身体よりは自由である。覚醒したら失われてとりもどすことのできない夢とは異なり、映画が続くかぎり失われることのない映像の世界を眼を見開きつつ享受することができる。

佐藤未央子は、十九世紀中葉に人間の頭脳を「自然の偉大な見せ消ちのある羊皮紙(19)」になぞらえたトマス・ド・クインシー、そのド・クインシーを承ける形で、「阿片によって創り出された強烈な興奮にあっては、記憶の涯しなく大きくて複雑な羊皮紙《パリンプセストス》のすべてが、一挙に、われわれが忘却と呼ぶところのものの中で摩訶不思議な防腐処置をほどこされて眠る、死んだ感情たちが積み重ねられて出来たその諸層のすべてとともに、繰りひろげられる(20)」と述べたシャルル・ボードレールの系譜を示す。映画が見せる夢を解説するにあたって、阿片によって喚起される興奮と幻覚を参照する言説は、佐藤春夫「指紋」にも読むことができた。

佐藤未央子論文は、「撮影された瞬間に被写体を過去のものとしてパッケージ化する映画(21)」を巡って、ベルクソンの時間論に至る。佐藤は「奇しくも谷崎の記述と共鳴」するところを見出す。ジョルジュ＝ミシェルによるとベルクソンは、「思考とはその出現とともに創造され、記憶と呼ばれる貯蔵庫に巻き取られるフィルムの継起(22)」と語っているという。ベルクソン自身は『創造的進化』（一九〇七）において、運動は分割不能であり、通過された空間によっては再構成できない、いくつもの瞬間的な動かない切断面に抽象的時間を付け足すことによって運動を再構成することはできない、という観点から、映画がもたらすイメージを彼の哲学における運動概念と似て非なる「映画的錯覚」、偽りの運動の典型的な実例と退けた。しかしながら、ジル・ドゥルーズは、ベルクソン哲学の再読・注釈を踏まえて浩瀚な『シネマ1　運動イメージ』『シネマ2　時間イメージ』を著している。ドゥルーズは『創造的進化』に先立つ『物質と記憶』（一八九六）における「動く切断面」「時間的な平面《プラン》（ショット）」というテーゼを引き、「映画は、なるほど、或る切断面を与えてくれるが、しかし、映画が与えてくれる切断面は、動く切断面であって、抽象的な運動が後から付加されるような動かない切断面ではない(23)」と再定義するのである。

谷崎潤一郎「肉塊」は、趣味が昂じて映画製作者となった小野田吉之助を視点人物として展開する。吉之助の志は高邁だが、女優として契約したグランドレンの美貌に迷い、転落していく。

グランドレンに対するとき、己の心はフイルムと全く同一になる。そして彼女の精神と肉体のうちから、ただ永遠な美しさを持つ清い貴い姿だけを抜き取つて、己の中のキヤメラに写す。己の瞳に映るものは実際のグランドレンではなく、彼女の姿から作り出された幻のグランドレンだ。正直に云ふが、己はその幻を崇拝することもあるだらう、その前に跪いて讃嘆の声を放つこともあるだらう。けれどもそれは決して実際のグランドレンに対してではない。

吉之助はグランドレンに対するとき「フイルム」になり「キヤメラ」になるという。それはメディア化する、機械化し、性的に無感覚になるというだけではないだろう。逆に映画においてはフィルムもキヤメラも、それを操る人間の意図とは別に、表現する主体／表現させられる媒体となりうるのである。肉眼が見おとすものもレンズはとらえる。吉之助は、いちいち「幻」と「実際」を分けて語ろうとするが、「幻」と「実際」との境界を映画は曖昧化する。映画という媒体は、主体と客体を混淆したり反転させたりする。幻のグランドレンに拝跪する吉之助は、すでに、グランドレンの肉塊に誘惑されている。

その拇指と人差指の間に持たれた、細長い鋼鉄のやうにきらきら光るヂエラチンの膜の面には、寸にも足らぬ小ひさな画面が幾つも幾つも繫がつて、その一つ一つにグランドレンの顔が覗いてゐる。恰も無数の彼女の姿を編んで作つた鎖のやうに。〔中略〕斯う云ふ生暖かい晩に、鎖された暗室の奥に籠つて、そんなにも細かい、数知れぬ泡のやうな物の中にあるグランドレンの姿の連続を視つめることが、彼には一つの不思議だつた。赤い灯影の明るみに浮かんでゐるものはただそのフイルムばかりである。上を見ても下を見ても、何処を見ても、悉くグランドレンの小ひさな顔がある。そしてびつしよりと水に濡れてゐるのが、さながら汗でも掻いてゐるやうに生々しい。

フィルムには「特有な甘い匂」さえあって、吉之助は「殆ど性慾的な執着」をおぼえる。西野厚志は「享楽の対象」としてのフィルムを、「女性の肌の等価物」(24)と呼んでいる。

谷崎のテクストでは、衣装の肌触り、スクリーン、和紙の肌理と陰翳など、さまざまな媒質・媒体が、「享楽の対象」そのものであり、「女性の肌の等価物」となりうるだろう。谷川渥はたとえば「陰翳礼讃」(一九三三－一九三四)について、「俎上にのせられる例は、すべて「肌」の変奏にすぎない。谷崎はひたすら「肌」について、「肌」についてのみ語っている。そこでは、羊羹、白味噌、豆腐、蒲鉾、とろろ汁も「肌」に還元される」とかぞえあげている。(25)五感に訴える対象の刺激はみな、触覚に還元され、表層を悦ばせる。きらきら光り、水を帯びたフィルムもまた。一方で「細長い鋼鉄」「鎖」に喩えられるフィルムは、彼を縛り、その束縛によって快楽を与える性的なツールでもありうる。グランドレンは不在だが、フィルムのあらゆるコマにグランドレンは映し出され、複数化し、切断されつつ連続化し、彼を捉え、彼を縛ろうとする。暗室から映画セットへと迷いこみ、人魚のコスチュームを身に纏ったグランドレンと深みにはまる吉之助は、映画の点景人物の一人に変えられてしまう。「グランドレンの場合には映画の中の人魚が現す美しさは、彼女が日常の実生活の延長である」とまで吉之助はいいつのる。

はてはカッティングにも口を出す。吉之助の介入した映画『人魚』の評判は芳しくない。「筋が余り冗漫で、主役の人魚のやる仕草がくど過ぎる」「女優の藝がなつてゐない。表情が乏しい。あんなに度び度びクローズ・アップが出て来るのに、いつも同じやうな顔ばかりしてゐて、何の事やら意味が分らない」との悪評である。

家計の破綻、家族の軋轢をかえりみず、映画会社の経営も放棄した吉之助は、グランドレンと組んで、表社会には出せない、脱法的な「淫らな娯楽に供する映画」の秘密の製作者兼出演者となったとの噂を記して「肉塊」は擱筆される。(26)

「肉塊」の吉之助は、自身の人生のフィルムの奥深くに秘められていたのがグランドレンであったという妄想に溺れる。

> 長い間太陽に瞳を向けてゐたものは、眼を潰つても矢張り虚空に太陽の幻影を見る。それは暗闇に虹のやうな明るい点を残しつつ、いつ迄も痕を消さないで、眠つた後もいろいろな夢の種を作るであらう。吉之助に取つて、グランドレンの存在は恰も太陽の輝やきと同じだつた。彼の頭の中にあるその幻は、昼夜の分ちなく彼にさまざまの夢を見させる。さうしてそれが幼い頃の果敢ない追憶と一緒になつて、彼の心を遠い世界へ引き上げて行く。子供の時分、店先にあつたマリアの聖像、水に浮かんだ青白いオフエリアの死顔、………中学時代にさ迷つて歩いた支那大陸の山や湖や城壁や宮殿や、そこに展開されてゐた珍しい風俗や、そんなものが悉くグランドレンの姿を取り巻いて、幾種類とも数の知れない長い長いフイルムになつて、吉之助の空想の壁に映る。或はそれは子供の時から今日になるまで三十年来続いてゐた唯一本のフイルムであると云ふやうな気もする。

太陽の強烈な光を見つめすぎた眼の残像体験である。映画が連続的に動いて見えるのを残像のはたらきとして説明することもできる。あるいは、まばゆい太陽の光そのものを見た者の眼は「ぎらぎらとした輝きでいっぱいになって、いまや真実であると語られるものを何ひとつとして、見ることができないのではなかろうか？」（プラトン『国家』）というプラトン哲学の太陽の比喩の問いかけをも想起させられる。

それに対して、ここで、「肉塊」の語り手は、虚空に見える太陽の幻影が、睡眠中の夢の胚珠となると説明する。そしてグランドレンは、肉眼を惑わせる太陽と同一視される。グランドレンの残像としての幻が、追憶、記憶と結びつき、聖なるものへの憧憬、死せる者への欲動と連なり、エキゾチシズムを喚起する。ここで吉之助は映像を映し出す「空想の壁」を内在化し身体化した、生けるスクリーンである。「幾種類とも数の知れない」という多数性と、「唯一本」のフィルムという唯一性とが、そこで交わる。

強烈な光の体験は映画の体験そのものでもある。前出の「アヹ・マリア」の語り手は、「スクリーンの上で銀蛇のやうに燃えてゐるもの、あの白日の源を成す一人の女」として、映画女優ビーブ・ダニエルを見つめた。いや、魅入られていた。

彼女の姿が現れた瞬間、私は私の頭上を走る映写機の光芒が俄かに太さと明るさとを増して、一道の幅の広い火の柱となつたのを感ずる。なぜなら彼女の全身は雪のやうに白く透き徹つてゐるからだ。衣装も顔も手も足も凡べてが真つ白で、それを射徹す強い光線がスクリーンの面へ銀のやうに燃え上るのだ。

まるで、映写機とは光を創造する機械であるかのように、語られている。いや、映画館の闇のなかに、人工的な光と影の世界がつくりだされるということにまちがいはないが。「全身は雪のやうに白く透き徹つてゐる」「衣装も顔も手も足も凡べてが真つ白」「射徹す強い光線がスクリーンの面へ銀のやうに燃え上る」という光の強度と白さは、尋常ではない。

映画館へ「女を連れて行くのは、その女をもその夢の中へ織り込んで見たいからだ」という語り手は、ニーナと名付けられた、かたわらの女性をふりかえる。「ニーナの顔がその銀色の反射を受けて闇に浮き出てゐるではないか。ビーブ・ダニエルの白い体は白日が降るやうに降つて来たのだ。あゝニーナ！　お前の姿は今あの亜米利加のヴンパイアの肌の光明に包まれてゐる！　彼女の白い霊魂がお前の上に照り渡つてゐる！」。女は夢のなかに織り込まれただけではない。夢の中の女優の「白い体は白日が降るやうに降つて」、その「光明」で観客ニーナを包み込む。ニーナの肌はまた映画をうつしだすスクリーンでもある。ビーブ・ダニエルの「白い体」は、「白日」であり「白い霊魂」であると同時に、「誘惑の魔の女王」「ヴンパイア」の身体でもある。いうまでもなく語り手も映画の夢のなかに織り込まれている。女優は、スクリーン上の影にすぎず、「影の向うにある本体の彼女は今何処にゐて何をしてゐる」か、今現在の姿はわかりはしない。けれども語り手は、かまわない。「私はお前の肌にこそ触れないけれども、その夜の国でお前の肌から放たれる眩い光に接吻する！」と幻の女優に語りかけるのである。

しかしながら厳密には、白黒の映画の「白」は、透明な光線の色合いではない。白く塗られたセットや肌の「白」は不透明であり、光線はその不透明な「白」に照り返す。

アベル・ガンスは、スクリーンを「大きな白い鏡」(27)と呼んだが、映画の「白」は、スクリーンの「白」に映写機から「白」を投影しなければ成り立たない。

ジル・ドゥルーズは、ドイツ表現派の「白」について次のように述べた。ドイツ映画においては、「度としての光（白）と、ゼロ（黒）は、具体的なコントラスト連関あるいは混合連関のなかに置かれている。〔中略〕白い線と黒い線からなる、あるいは光線と影の線からなるコントラストのセリーの全体が、つまり線条の入った縞状の世界が存在するのであって、この世界は、すでにヴィーネの『カリガリ博士』のなかで、模様が描かれた布に現れて[28]」いたと。反映＝反省する「白」については、たとえばグリフィス『東への道[29]』を例に挙げる。「若妻たちの反映＝反省する顔が表現するものは、なるほど白人でありうるが、それはまた、まつげに残る雪片の白でもあり、内面の無垢の精神的純白でもあり、道徳的退廃によって溶解した潔白でもあり、ヒロインが漂う流氷の敵対的で鋭利な白色でもある」。さらに、「アンチ・ドイツ表現主義」ともいえるスタンバーグ[30]においては、「もはや闇に対して光が闘うということではなく、むしろ白に対して光が冒険するということ」を、ドゥルーズは指摘する。「光が関わる相手は、もはや闇ではなく、透明なもの、半透明なもの、あるいは白である」「すべては光と白のあいだで起こる」。スタンバーグは、「透明と白い不透明のあいだに、無数の度の混濁が存在する」「純粋に透明なものの偶然に不透明な状態も白と呼ぶことができるであろう」というゲーテの言葉を実現した天才と評されるのである[31]。ドゥルーズはスタンバーグにおける陰影の前提を「透明な空間、半透明な空間、あるいは白い空間」とした。「そのような空間は光を反射する能力を保持しているが、それはさらに別の能力をも獲得する。別の能力とは、空間を貫く光線を偏らせることで光そのものを屈折させる能力である」と。

「白」の多義性について、また透明と「白」の間の「無数の度」について、谷崎潤一郎「アヹ・マリア」の語り手は、あえてかえりみようとはしない。

もとより谷川渥が「白のフェティシズム[32]」と呼んだ欲望が、谷崎テクストを通底することはつとに指摘されている[33]。フェティシズムである以上、この欲望は、偏りつつ、反復し、模倣し、包摂し、境界をおしひろげてゆく。千葉俊二は、「「白」の思想とは、「私の生命が永久に焦れ慕つて已まないところの、或る一つの完全な美の標的」である。「私」が憧れるさまざまな事物、いろいろな人間はその「一時の変形に過ぎ」ず、それらは「一つの本体から投げるところのさまぐ〵な影」である」という記述に注意を促した[34]。生方智子は、回想を通じて「一番始めの「白」」「ほんたうの「白」」の起源を見出そうとする「アヹ・マリア」の語りについて、「「外傷性記憶」を語るという問題[35]」と重ね合わせて分析を試みている。佐藤未央子は、「アヱ・マリア」において「白」は分裂した自己を統一する概念である一方で、語り手を「支配するオブセッションですらある[36]」と指摘する。谷川は谷崎のごく初期の作品「刺青」（一九一〇）に「白のフェティシズム」の萌芽を認め、テクスト群を横断し「陰翳礼讃」に至って、「内に潜む翳りを闇として外在化し、その闇に潜むことによってかえって白さを際立たせる〔中略〕弁証法的転換[37]」による究極の姿を見出した。すなわち谷崎のいう「闇の理法」である。

伝統的日本家屋における「弁証法的転換」に先立って、映画という装置、映画館という場は、「闇の理法」を作動させる可能性を秘めていたとも考えられる。

4、「青塚氏の話」――盗まれた「映画哲学」

佐藤未央子は前掲書において「白＝プラトニズム＝永遠性の実相と共鳴する映画の存在論は、一九二六年の「青塚氏の話」において理論的帰結を得た」と論じた。西野厚志は「いまやクリシェとなった〈谷崎とプラトニズム〉というあの主題[38]」と呼んでその先行研究を概観しているが、〈谷崎とプラトニズム〉研究史と谷崎テクストにおける「白」についての研究史は、たしかに重なるのである。西野論文は、谷崎潤一郎のプラトン受容の内実を明らかにしつつ、プラトンの洞窟の比喩を参照し、谷崎がたとえば「アヱ・マリア」において、「プラトン哲学と映画術の思想的交錯」を演出していると論じる。

プラトンの洞窟の比喩とは、『国家』におさめられた「地下にある洞窟状の住いのなかにいる人間たち」をめぐる対話である。

光明のあるほうへ向かって、長い奥行きをもった入口が、洞窟の幅いっぱいに開いている。人間たちはこの住いのなかで、子供のときからずっと手足も首も縛られたままでいるので、そこから動くこともできないし、また前のほうばかり見ていることになって、縛めのために、頭をうしろへめぐらすことはできないのだ。〔ａｂ〕彼らの上方はるかのところに、火が燃えていて、その光が彼らのうしろから照らしている。

この火と、この囚人たちのあいだに、ひとつの道〔ｅｆ〕が上のほうについていて、その道に沿って低い壁のようなもの〔ｇｈ〕が、しつらえてあるとしよう。それはちょうど、人形遣いの前に衝立が置かれてあって、その上から操り人形を出して見せるのと同じようなぐあいになっている。

〔中略〕

そのような状態に置かれた囚人たちは、自分自身やお互いどうしについて、自分たちの正面にある洞窟の一部〔ｃｄ〕に火の光で投影される影のほかに、何か別のものを見たことがあると君は思うかね？(39)

これをふまえてジャン＝ルイ・ボードリーは、「装置《ディスポジティフ》　現実感へのメタ心理学的アプローチ(40)」を書いた。ボードリーは、プラトンの洞窟が「暗い部屋」と言い換えられていること、それはすなわち「映画館」に通じると指摘する。椅子に身を沈めた映画館の客は、洞窟の囚人同様に、身動きできない状態である。「なぜ、プラトンは、およそ二千五百年も前に、光学的な隠喩、一言一句映画の装置《ディスポジティフ》を予告しているような光学的な構造によって、人間の条件を、そして人間がいかに「真の実在（現実）」から遠いものであるかを説明したのか」と詠嘆する。

プラトンは、囚人達の背後の高く遠いところで燃える火で満足する。

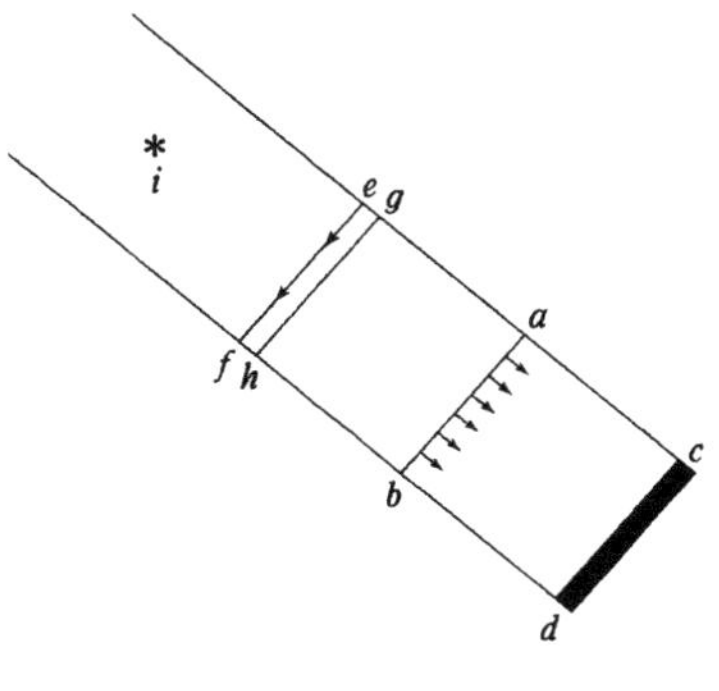

〔中略〕彼は、別の位置だと、火はまず囚人達自身の影をスクリーンに映してしまうということをよく知っていたのだ。〔中略〕プラトンは、洞窟の壁＝スクリーンの上に、ただの影絵遊びならばそれが当然だと思われるのに、生物等の自然で現実的な対象のイマージュを映すことはせずに、現実への参照を言わば減速して、囚人達に現実のイマージュ、その直接の影ではなく、既に現実のシミュラークルであるものを見せる必要があると考えるのだ。〔中略〕プラトンは、投影の装置（映写装置 appareil de projection）と火とスクリーンとの間に、既に現実を支えるものでしかないもの、既にそのイマージュ、再現、シミュラークルでしかないものを、置き、あるいは想定することとなったのだ。

山田宏一は、彼の映画史前史を、「それはプラトンの「洞窟の比喩」から」始まったと、書いた。[41] 1、網膜の残像現象を利用した科学玩具の発明と発達、2、光学機械による投影術の発見と発展、3、写真の発明と写真術の発展という映画の発明に至る三大条件が、「すでにプラトンの「洞窟の比喩」においては原理的に充たされている」と紹介したのである。

さて、谷崎と同時代には、「彼の悪魔主義が一種の装飾的思潮に過ぎぬやうな気のする僕には彼のプラトン的信念も又同じやうに少々手軽過ぎるやうな気がする」[42]という佐藤春夫による批判があった。

これに対して和辻哲郎は、谷崎が英訳のプラトン全集を読んでいたことを重視している。「映画の女優の亭主よりもその女優を幕の上だけで愛してゐるフアンの方が、その女優を一層真実に占領してゐるといふ意味の小説を書いた。（笑声）」「亭主は一所に住んでゐるのだが、フアンの方は幕の上で見るだけで直接女優に会つたことがない。しかし亭主よりも一層よく女優の肉体を知つてゐる。そのことが段々亭主に解つて来ると、自分よりもフアンの方が確実に女房を把握してゐる事に気付いてくる。さういふテーマだつた。それを読んで、ははア、此処にプラトンが響いてゐるなと思つた。（笑声）」「プラトンのイデアの考へ方をかういふ風にコンクリートにしたのは面白いと思つた」[43]。ここで和辻が指しているのは、具体的には「青塚氏の話」である。座談だけに、和辻が面白がり、「笑声」が飛び交い、谷崎はとぼけたり、きまり悪がったりしている。野村尚吾はこれを引用して「青塚氏の話」の背景に「実在性と超越性を主張するイデアの説を基調とする霊肉二元論的なプラトン哲学」が示唆されていると読んだ[44]。

が、千葉俊二は、野村の解説のような「消極的な評価」にとどめてはならない重大なものがあると主張する。千葉俊二の分析は、谷崎とプラトニズムを論じて、大正期の映画小説を越えて「吉野葛」（一九三一）へ、そしてその後の谷崎へと及ぶ。

『青塚氏の話』を含めて、いわば谷崎文学におけるプラトニズムとも称されるべき作品系譜が『青い花』（大正十一年）『永遠の偶像』（同）『アヱ・マリア』（大正十二年）『肉塊』（同）と大正末期の谷崎文学には認められ、顕著にそれと指摘し得ないまでもこの前後の作品は多少ともプラトンのイデア論的思考の影響を受けてものされた作品が多く、そしてこの系譜の作品こそがまさしく関西移住後の変貌と開花への飛躍に向かってのスプリング・ボードの役割を果たしたと私には考えられるからである。[45]

と述べるのである。千葉は、「アヱ・マリア」の「「白」の思想」や「肉塊」の「映画論」の延長線上にあって、一歩おし進められた考え方が、「青塚氏の話」における「「タイプ」の発見」であるとした。

「青塚氏の話」は、先の和辻哲郎が言及したように、映画監督の中田進が、彼の妻で映画女優の深町由良子を愛するすると称する男と出会って、異様な対話、奇怪な体験の果てに、ほとんど「映画を作ることに興味を失つたばかりでなく、寧ろ恐れを抱くやうにさへなつた」という破滅の物語である。中田は肺病のため若くして世を去り、

「病気の感染をも恐れずに、恋の歓楽を最後の一滴まで啜らうとする」由良子との「愛慾」が、「死を早めたのであらう」とおもわれていた。ところが、中田の遺書には、彼の恐怖の体験が綴られていたのである。この作中の遺書は、中田の一人称によって、二人称の由良子にあてて語られている。

「青塚氏の話」は「前篇終わり」と記されたあと、書き続けられなかった未完のテクストであり、「青塚」を名乗る男が登場しないだけではなく、由良子の狂的なファンの素性や（彼を「青塚氏」と特定する解釈は少なくない）、中田の死の実際の経緯や、遺書を読んだ由良子の反応など、解答の示されない謎がいくつも仕掛けられている。

「青塚氏の話」におけるプラトニズム言説は、由良子ファンの男によってたたみかけるように展開される。彼は中田に執拗に対話を仕掛け、論駁し、中田を説得して行く。その形式は、どこかしら哲学者の対話篇風でもある。中田は男の議論に巻き込まれ、中座することもできずに、その家まで同行してしまう。

男は「四十恰好の上品な紳士」として登場し、「人なつツこい所もあるが、臆病な、はにかむやうな、女性的な所もあるやうだつた」という初対面の印象を与える。だが、飲むほどに、そしていかに由良子の肉体を隅々にいたるまで知悉しているかを語るほどに、「意地の悪い、気違ひじみた光」を酔眼に宿し、薄気味悪さ、不吉さを、中田に覚えさせる。男は、由良子の腕、指、腿を、切れ切れに鉛筆で描き出す。中田は、男の描き出す妻の姿に「有田ドラッグ」の蠟細工人形[46]を連想させられる。男はそれを「地図」と呼ぶ。「参謀本部の地図のやうに明細に」由良子の肉体「地図」をもれなく描き出すことができるという。薄気味悪い、けれども変な親しみを中田は感じる。「私自身に似てゐる」と。「此の男は私と同じ眼を以て、お前の肉体の隅々を視てゐる。〔中略〕彼の知つてゐるのは、フイルムの中の幻影であつて、私の女房のお前ではない。影を愛してゐる男と、実体を愛してゐる男とは、影と実体とが仲よくむつれ合ふやうに、手を握り合つてもいいではないか」というのが、当初の中田の言い分だった。

そこに男が切り込んでくる。

僕の推測に誤まりがなければ、多分君は斯う思つてゐるだらう、僕の愛してゐるのは影だ、君の愛してゐるのは実体だ、だからそんなことはてんで問題になる筈はないと云ふ風に。——しかし君にしても、フイルムの中の由良子嬢は死物ではない、矢張り一個の生き物だと云ふことは認めないだらうか？

中田は認めざるを得ない。

では少くとも、フイルムの中の由良子嬢が、君の女房の由良子嬢の影であるとは云へないと思ふね、既に生き物である以上は。——いいかね、君、こいつを君は忘れてはいけない、君の女房も実体だらうが、フイルムの中のも独立したる実体だと云ふことを。——かう云ふとそれは屁理窟だ、二つが共に実体だとしても孰方が先に此の世に生れたか、君の女房が居なければ、フイルムの中の由良子嬢は生れて来ない、第一のものがあつて始めて、第二のものが出来ると云ふかも知れないが、もしさう云ふなら、君の愛してゐるところの、さうして恐らくは崇拝してさへゐるだらうところの、真に美しい由良子嬢と云ふものは、フイルム以外の何処に存在してゐるのだ。君の家庭に於ける由良子嬢は、『夢の舞姫』や、『黒猫を愛する女』や、『お転婆令嬢』で見るやうな、あんな魅惑的なポーズをするかね。さうして孰方に、由良子嬢の女としての生命があるかね。

中田はこれにも同意する。「御尤もです、僕もときどきさう云ふ風に考へるんです。僕はそいつを僕の『映画哲学』と名づけてゐるんです」と。

中田の「映画哲学」は、実際には、プラトンの洞窟の比喩の圏内にある。影と実体の対立が問題なのではない。

プラトンとリジリーを援用してもよい。「現実のイマージュ、その直接の影ではなく、既に現実のシミュラークルであるもの」「既に現実を支えるものでしかないもの、既にそのイマージュ、再現、シミュラークルでしかないもの」を考えることで、オリジナルとシミュラークル（模像）が「オリジナル」と「コピー」（「本物」と「偽物」）の対立において存在しているのではなく、ただその「シミュラークル」（模像）の循環のみによって存在しているという仮説が導き出されるだろう。プラトンの洞窟の比喩のうちには、「オリジナル」と「コピー」の対立をいうプラトニズムを解体する要素が含まれているからである。

しかしながら、不気味な男は、イデア論の文脈における実体ではなく、あくまで現実を参照した実体化の論理を振りかざす。そこにプラトニズムの転倒が生じる。

さうすると結局、斯う云ふことが云へないだらうか、――フイルムの中の由良子嬢こそ実体であつて、君の女房は却つてそれの影であると云ふことが？

男は、スクリーンの上の、とはいわず、「フイルムの中の」という。

あの舞姫やお転婆令嬢は、自分の監督や女房の演技が生んだのではなく、始めからあのフイルムの中に生きてゐたのだ。それは自分の女房とは違つた、或る永久な『一人の女性』だ。

中田は、「フイルムの中の彼女だつてだんだんぼやけてしまひますよ。フイルムと云ふものは永久不変な性質のものぢやないんですから」とかろうじて反論する。そこで議論はまたもや転倒させられる。

君の女房は歳を取るだらうが、僕の方のは、たとへフイルムはぼやけてしまつても、今では永久に頭の中に生きてゐるのだ。つまりほんたうの由良子嬢と云ふもの、——彼女の実体は僕の脳裡に住んでゐるんだよ。映画の中のはその幻影で、君の女房は又その幻影だと云ふ訳なんだよ。

男の「脳裏」はそのまま映画館であり、またプラトンの洞窟であり、それどころか、プラトンの洞窟においては「影」であったものが、「実体」として住む場である、という理屈だ。プラトン的「イデア」から、近代の意識内「観念」への転換は、デカルトの時代を中心に「いわゆる近世の人間中心主義的傾向によって、超越的で自立する〈イデア〉から、「人間の心の中に生起するもの」」へと変化したと、黒崎政男は指摘している。[47]「青塚氏の話」においては、いわば超越的な外部から、「頭の中」「僕の脳裡」へと、「彼女の実体」は置き直される。

此の世の中には君や僕の生れる前から、『由良子型』と云ふ一つの不変な実体があるんだよ。さうしてそれがフイルムの上に現はれたり、君の女房に生れて来たり、いろいろの影を投げるんだよ。

美は「それ自体としては一つのものであるけれども、いろいろの行為と結びつき、相互に結びつき合って、いたるところにその姿を現すために、それぞれが多（多くのもの）として現われる」[48]というプラトン哲学を踏襲しているかにみえる。

しかし男の議論は、どんどんあやしくなる。

敢てプレヴオストばかりぢやない。由良子嬢に似てゐる女は此の世界ぢゆうにまだ幾人も居るんだよ。うそだと思ふなら、君は静岡の遊郭の××楼に居るF子と云ふ女を買つたことがあるかい？　その女は無論プレヴオストや由良子嬢ほどの別嬪ではない、いくらか型は崩れてゐるが、それでも矢張り『由良子系統』であることはたしかだ。その女の体ぢゆうに出来るゑくぼは由良子嬢の俤を伝へてゐる〔中略〕

さう云つて彼は、彼の知つてゐる限りの「由良子型」の女を数へ挙げるのだつた。その女たちは全身がそつくりそのままお前の通りではない迄も、なほ何となく肌触りや感じに於いて同一であり、而も必ず、或る一部分はお前に酷似した所を持つてゐると云ふのだ。たとへば今の静岡県のF子の胸には、お前と同じ乳房がある。お前の『肩』は東京浅草の淫売のK子と云ふ女が持つてゐる。お前の『臀』は信州長野の遊郭の○○楼のS子が持つてゐる。お前の『膝』は房州北條のなにがしの女に、お前の『顎』は九州別府温泉の誰に、その外お前の『手』は何処そこに、お前の『腿』は何処そこにある。彼はお前の肉体の部分部分を研究するのに、映画に就いたばかりではない、その女たちに就いても覚えた。さつきの「地図」はお前の「地図」であると同時に、その女たちの「地図」であると云ふのだ。

これではプラトンのいう「一と多」の限界を越えている。美の遍在というのとも違うだろう。「由良子型」「由良子系統」は「乳房」「肩」「臀」「膝」「顎」「手」「腿」と、男の欲望のおもむくままに恣意的に断片化され、由良子の身体「地図」の文脈から切り離され、そのうえ氾濫し、「浅草の淫売」「信州長野の遊郭」の遊女、「九州別府温泉」の女と次々に増殖しては周縁化されていく。断片化と、異なる文脈の断片との再接続（モンタージュ）と増殖のありようは、複製技術の産物としての映画言語のありように通じる。複製可能性は「一」の希少性を蝕む。

柴田希は、「由良子型」「由良子系統」について、「これらパーツは、クロース・アップにより記号化されたフォルム」であり、「パーツ単体では喚起し得ないイメージを創出する方法は、一般にモンタージュと呼ばれる編集方法に近い印象を受け、そのような映画的言語を〈由良子〉形成の上に重ねて見ることができる[49]」と指摘した。柴田は、くわえて、そこに顔が含まれない点に注意を喚起し、そのため女性像がより抽象性を帯びるとも述べている。

山中剛史[50]はマックス・ミルネールを援用して、「「イデア」が常に現象に先行し現象のモデルとなるという考え方」いわば一般的なイデア論のほかに、もうひとつのイデアについての考え方があると紹介する。それは、「現象が生じるごとにその現象についての「イデア」が生まれ、永遠にとどまるという考え方」、〈存在の記録簿〉としてのイデアというとらえ方である[51]。この事後的に構成されたイデア論が、「青塚氏の話」の奇怪な男の論理に通じると山中は分析する。「イデアとしての確固たる「由良子型」が先行して存在し、まず由良子の肉体すべてを銀幕の中で発見したのではなく、例えば足の裏、臍などというパーツに分けて見ることにより、そこに足の裏のイデア的理想を見、臍のイデア的理想を見、それぞれのパーツのイデア像が後付けで見出され、それらが由良子というスクリーンの中の一人の女優の存在によって完成されることで、由良子という一人のイデア像ができあがり、唯一永遠の像として」感じられるに至ったのではあるまいかと、山中は推察する。そのように、男は映画の中の由良子を発見・再発見し、〈存在の記録簿〉としての「地図」をつくりあげたということになる。

> それから彼は又「実体」の哲学を持ち出して、プラトンだのワイニンゲルだのとむづかしい名前を並べ始めた〔中略〕「由良子」と云ふものは、昔から宇宙の「心」の中に住んでゐる、さうして神様がその型に従つて、此の世の中へ或る一定の女たちを作り出し、又その女たちに対してのみ唯一の美を感ずるところの男たちを作り出す。私と彼とはその男たちの仲間であつて、われわれの心の中にも矢張り「お前」が住んでゐると云ふのだ。此の世が既にまぼろしであるから、人間のお前もフイルムの中のお前もまぼろしであるに変りはない。まだしもフィルムのまぼろしの方が、人間よりも永続きがするし、最も若く美しい時のいろいろな

姿を留めてゐるだけ、此の地上にあるものの中では一番実体に近いものだ。人間と云ふまぼろしを心の中へ還元する過程にあるものだというのだ。

近藤和敬は「一、イデアの分有説」、「二、イデアの想起説」、「三、魂の不死説」の三つの「良きドクサ」の配置によって構成される「通俗的なプラトンのイデア論」について、一つの「神話」、すなわちミュトスであり、アリストテレスの批判を免れることはできないと指摘している。具体的には、「現にあるものが美しいのは、それが美のイデアを分有する（あるいは模倣する）からであり、われわれがそれを美しいと思いなすのは、「美」を分有する個物に刺激されて、失念していた「美」のイデアをわが「魂」が「想起」するからであり、そのような「想起」が可能なのは、（あるいは可能であるから）それをなす力を持つ「魂」は不死だからである（不死なのである）」[52]という学説である。ただし、近藤がそれを指摘するのは、「プラトンは、最初にプラトンを転倒させる者、少なくとも最初にそのような転倒の方向を示す者であるべきではなかったのか」[53]というドゥルーズの言葉を導き出すためでもある。プラトニズムの転倒とは、シミュラクル（模像）の復権を通じて、イデアとその影像という関係、オリジナルとコピーという関係そのものが成り立たないような世界を描き出すことである。

一方、映画哲学論議に引用される、ワイニンゲルことオットー・ヴァイニンガー（Otto Weininger 一八八〇－一九〇三）の日本における受容と谷崎潤一郎のそれについては、西野厚志の研究がある。[54]谷崎は一九一〇年代から、『男女と天才』（片山正雄［＝孤村］訳、大日本図書、一九〇六・二）として翻訳されたヴァイニンガーの主著『性と性格』に触れ、村上啓夫訳『性と性格』（アルス、一九二五・九）にもあたっていたようである。ヴァイニンガーについて、プラトンとカントをうけとめ極限化したが、その思想に矛盾があり、それが二様の読みを可能にしていると西野は述べる。ヴァイニンガーは徹底した女性蔑視に加え、女性を母性と娼婦性とに二分する一方で、男性のなかにも女性性が、女性のなかにも男性性があると仮定する。すなわち、「純粋な〈男（M）／女（W）〉

を対立させて性的差異を乗り越え不可能とする〈性差の絶対化（固定化）〉と、男女の違いは〈M＋W〉の比率によるグラデーションに過ぎないとする〈性差の相対化（多様化）〉という二つの方向性」である。西野は谷崎のヴァイニンガー受容から、テクスト実践においては、〈母婦／娼婦〉の分割線の曖昧化、男女間の差異の不安定化がみられるとする。「谷崎は、〈性差の相対化〉を通して、女性蔑視の思想を肯定性へと転調する」と論じる。

ただしヴァイニンガーの思想についてスラヴォイ・ジジェクは、〈母〉と〈娼婦〉の区別は「純粋に形式的な性質による」ので、「私的と公的という二重の世界があるために、女は〈母〉と〈娼婦〉に分裂する〔中略〕同じ一人の女が私的な世界では〈母〉に、公的な世界では〈娼婦〉になる[55]」という、より、腑に落ちる説明をしている。ヴァイニンガー曰く「女の秘密など何もない。〈謎〉という仮面の下には、ただ無があるだけだ！」。これに対してジジェクは、ヴァイニンガーが信奉する反フェミニスト的なイデオロギーの機構――「女はファルスの享楽に完全に服従しており、男は〈ファルス〉を超えて脱性化された倫理的な目的の領域に至ることができる」を覆し、「男ではなく女が〈ファルス〉の向こう」に到達することができる」と結論する。そうしてヴァイニンガーのイデオロギーを転倒する論理が、他ならぬヴァイニンガーの学説に内在することも論証する。

ヴァイニンガー研究の現在については白坂彩乃論文[56]が詳しい。白坂は、ミソジニーと反ユダヤ主義の書とみられてきた『性と性格』について、「自家撞着に満ちたきわめて特異なエロースの書である。客体としての女（Weib）を否定し、対等な主体としての、「人間」としての女性（Frau）を求めようとする書である。そして世紀末転換期におけるプラトニズムの復活を物語る書であり、ヨーロッパの愛の精神史の一つの里程標となる書である」と位置づけなおしている。ヴァイニンガーにおいては「プラトン的な愛の賛美と女性差別の言辞が表裏一体」であった。彼は「女はイデアとは何の関係も持たない」と断言したのである。そもそも性的対象としての女性に、美のイデアを見出すなど、論外とさえいえる。ジジェクは、ヴァイニンガーによる「女の美しさ」の定義は、「男が与える愛が、女の美しさや醜さを決める規準となる」というのであるから、「遂行的」な性質であると考察している。「これから必然的に引き出される結論は、男の女に対する愛――性的な欲望の対極にあるまさに「精神的な」「純粋な」愛――は、完全にナルシズム的な現象だというものである」[57]。男は「対象（女）の真実の性質をまったく無視して、真っ白な投影用のスクリーンとして利用するだけ」なのだ。そして、同時に、そういうありようをヴァイニンガー自身の内なる、カントを継承した哲学者は退けようとするとも。

大川勇によれば、『性と性格』には「女性嫌悪の書」としての側面から「女性への満たされぬ憧憬に突き動かされて書かれた〈愛の書〉[58]」の様相への変容が含まれている。そのもうひとつの様相とは、ヴァイニンガーの「女性たちは人間である。たとえ本人がまったく望んでいなくとも、人間として扱わなければいけない。女性と男性は同じ権利を持つのである」という言説である。生きた人間の女の中に「善の胚珠」が存在しているという視点、女性を快楽という目的のための手段として扱わないことは、ヴァイニンガーがカントからうけついだ思想だった。大川は「少年愛を前提としたプラトン以上のプラトニスト」として、ヴァイニンガーを愛の哲学の歴史に位置付けようとする。

これに対して「青塚氏の話」におけるヴァイニンガーへの言及は、由良子をイデアとしてまつりあげる妄想の奥にミソジニーが潜んでいることを暴露する。もとよりヴァイニンガーであれば、イデア論に映画女優を引き合いに出すこと自体、容認しなかっただろうが。

とはいえ、ここは、「青塚氏の話」に語られるプラトニズムについて、その正しさ（誤り）を検証する場ではない。そうではなくて、プラトニズムがどのように語られているのか、そのイデア論のモチーフがどのように物語のなかで変容するかが、小説を読むうえでの関心である。

当初、中田は、由良子ファンの男が自分と似ていると思った。「影を愛してゐる男と、実体を愛してゐる男」となぞらえもした。そもそも「映画哲学」という語を最初に口にしたのは中田である。男はそれを奪い、対話を通じて、中田の思いこみを覆し、論破し、説得してしまったのである。あたかもギリシャ哲学者の対話篇のように、といいたいところだが、その過程を通じて、男は、老い、醜悪な姿を曝け出し、変貌する。二人の男は似ている男たちから、たがいに譲りがたいライヴァル関係となる。「いつの間にやら彼の人相は別人のやうに変つてゐた。その眼は放埒に不遠慮に輝やき、口元には締まりがなくなり、鼻の孔はだらしなくひろがつてゐる」「不良老年」「爺《じじい》」とも、「不気味な狒々爺」とも、中田によって形容される。そのうえ老醜の男は、中田に「君と一つキッスをしようか」と涎を垂らして戯れかかる。帽子をとると禿頭の老人だった。これでは、対話篇のパロディである。[59]

由良子ファンの変貌には、オスカー・ワイルド「ドリアン・グレイの肖像」を参照したくなるが、それとも違う。「ドリアン・グレイの肖像」で老醜を晒すのは肖像画の方である。ドリアン・グレイは、悪事と放蕩の限りを尽くすが不思議と老いず、肖像画だけがその内面を可視化するかのように醜悪に変容し続けた。最後に、自身の良心としての肖像画を破壊しようとしたドリアン・グレイは、絵の前に倒れる。残されたのは美青年の肖像画と醜い老人の遺体だった。――

その逸話を参照するなら、由良子ファンの男には、由良子の美にふさわしい「私」という意識は欠落している。醜く老いた「私」でも、由良子人形をいいなりにさせることができるという支配欲には、サディズムに近い全能感が流れ込んでいる。男はみるみるうちに老醜を晒しはじめるが、その欲望は、退行をみせる。由良子の美に耽溺しつつも、その欲望は異性愛の生殖活動に結びついた性行動から遠く離れる。中田を翻弄して巻きこむところは、性別（ジェンダー）を横断する欲望の戯れ、クィアな欲望のあらわれといってもよい。映画というメディアを通して出会った由良子へのフェティッシュな欲望は、反転して、媒体を実体化（物質・物体化）し、人形をつくり、人形に液体を注ぎこみ、人形の排泄物を浴びることへの快楽へと転じてゆく。

男の家に連れて行かれた中田が目撃したものは、三十体もの人形だった。男はそれを「由良子の実体」と呼び、「うちには由良子が三十人も居る」というのだった。由良子に生写しで、「寝てゐる形、立つてゐる形、股を開いてゐる形、胴をひねつてゐる形、——それから到底筆にすることも出来ないやうな有りと有らゆるみだらな形」。「船員などが航海中の無聊を慰めるために、ゴムの袋で拵へた女の人形」、例の、ダッチワイフと呼ばれるラヴ・ドールだった。この「由良子人形」は、体温も、体臭も体液、汗、鼻くそ、排泄物ももち、男は人形を妻と呼び、嬉々としてスカトロジカルな快楽に興じる。由良子人形の顔の表情についての描写がないことは先に言及したが、つまりそれは不要だったのである。接吻する器官である口唇は、そのまま排泄器官と直結して機能すればことたりるからだ。老人が糞尿と戯れるさまは、まだ糞尿と泥との差別化ができず、糞尿とあらゆるべとべとした不定形な対象との差異化ができない、幼児の泥遊びにも通じる。

中田は震撼し逃げ出す。中田は遺書の中でこの恐怖の体験を「呪い」と呼んだ。

山中剛史は、「由良子人形」について、「イデア像の影を宿した形姿だけを人形を用いて実体化させたもの[60]」と定義する。この場合の実体化は、きわめて形而下的な、物質化に過ぎず、そこから時間と生命はぬきさられている。だが、中田を崩壊に至らしめるにはじゅうぶん暴力的である。そして、「唯一の「実体」に還元されることのない「型」の立体化であるために、幾体もの人形として現れる[61]」と、生方智子は考察する。山中は「絵画から活人画、活人画から映画へと移り変わってきた谷崎の視覚的美というものが、また逆戻りしたのではないか」との危惧も、表明する。「映画という動画のように可動式人形を拵えればよいのにもかかわらず、それをわざわざ動きを固定された人形を制作する[62]」からこそ、由良子の刹那刹那の美しさ、その瞬間を体現する人形の数は増殖しなければならない。

アンドレ・バザンは、映画の誕生を、エジプト文明のミイラ作成（死体の防腐保存）の欲望になぞらえて、屍体を腐食させる時間という悪魔を追い払い、生命の永続を願う、「ミイラ・コンプレックス」と呼んだ。山中もそれに言及している。しかしながら、「青塚氏の話」で由良子の永遠性への執着は、唯一性に収斂することなく、三十体もの人形を必要とする。ミイラとしては死ぬに死にきれない、ゾンビ的な増殖である。由良子人形は、永生のために内臓を取り除かれ防腐処理を施されるミイラとは異なり、鼻糞、汗、涎、ガス、体液、糞尿を（再）生産する。人形を妻と呼ぶ男は、スカトロジーの快楽に耽る。そこに蠢いているのは生の腐食と死への欲動である。男のフェティシズムの核心には対象切断と支配の欲望とうらはらなマゾヒズムがみてとれる。そのありようはまた、どこまでも老人を幼児に退行させる欲望でもある。同時に、男が妻と呼ぶ性具もまた、男の死への欲動に従順な人形である。男の快楽のままに、由良子人形は人形それ自体から滲み出る体液や排泄物によって、汚れ、シミも残り、劣化するだろう。男の欲望に任せた行為は、ミイラ・コンプレックスを遠く離れている。男は由良子人形の美を永く保つことはできまい。男はむしろ物体としての人形の美の終焉を早めている。由良子人形は完成した途端に、フィルムよりいちはやく古びていくだろうと推測される。だからこそ、こののちも多数の人形を必要とするだろう。

「青塚氏の話」の物語構造は、千葉俊二が「「タイプ」の発見」と名付けた、前半の、由良子型の美のイデアの発見の道筋と、後半の由良子人形の制作とそれがもたらす享楽の暴露の道筋との、「映画哲学」とその理念の転位の振幅の大きさを特徴としている。

老人が由良子人形をつくりあげる道筋は、中田が由良子を発掘し、スターに押し出した道筋と重なるところがある。「彼女は中田の監督の下に幾種類もの絵巻きを撮つたが、それらは「劇」と云ふよりも有りと有らゆる光線の雨と絹の流れに浴《ゆあ》みするところの、一つの若い肉体が示したいろいろのポーズの継ぎ合はせであるに過ぎない。彼女は何万尺とあるセルロイドの膜の一とコマ一とコマへ、体で印を捺して行けばよかつた。つまり彼女と云ふ印材に中田はさまざまな記号を彫り、朱肉を吟味し、位置を考へて、それを上等な紙質の上へ鮮明に浮かび出させたのである」。これが中田の映画の撮り方だった。

中田は、男によって、由良子が冒瀆され、「有田ドラッグ」の蠟人形に変形されたかのように震撼する。狂的なファンの暴力と死への欲動は、そのまま中田に回帰し、中田を（再）発見し、中田はのがれられない自己嫌悪に苛まれる。

物語は未完であるためにひらかれているというだけではなく、中田と男との対立と葛藤の深刻さ、中田が受けた衝撃、物語を壊しかねない（あるいは壊してしまったともいえる）振り切れたダイナミズムによってもひらかれたままである。

フェティッシュな由良子人形の制作と人形の体液と排泄物に歓喜する、スカトロジカルな快楽に溺れる男の逸話は、前半の中田と男の交錯点である「映画哲学」としてのプラトニズムを内側から崩壊させる。トマス・ラマルは、プラトンとヴァイニンガーを援用した哲学的な討論は、哲学とポルノグラフィーをないまぜにしたコミック（comic punch）のようだ、哲学を嘲笑うかのようだと指摘している。[63]

いや、ここまで見てきたように、「青塚氏の話」はプラトニズムを失効させつつ、プラトンの思想がプラトニズムを批判する要素を胚胎していたこと、ヴァイニンガーの思想が（ヴァイニンガーを死に至らしめたとも考えられている）矛盾と亀裂を抱懐していたことを露呈させる物語でもあろう。「映画哲学」は、物語の起爆装置のように仕掛けられ、覆されている。由良子ファンの論理はイデア論を模倣するかにみえて、人形の物質性への執着、その人形の複数化、スカトロジーの性戯など、イデア論の範疇を大きく逸脱する。複製可能な技術の時代の芸術は、美というイデアの祝福を受けることができないと証明するかのようである。しかも由良子ファンの男は、その挫折に気づいてはいないようだ。その無自覚さは、映画ファンの特権というものかもしれない。監督である中田は、打ちひしがれ、映画づくりへの情熱が衰えたというのだけれども。

「青塚氏の話」において、誰が「青塚氏」なのかは明らかにされていない。ただし「青塚」「青」が「死」を含意するという指摘はすでになされている。[64]「青塚氏の話」が、美のイデアを覆す、死への欲動に染められた腐臭の漂う物語であることは間違いない。だからこそ中田の遺書はこれを「呪い」と呼んだのである。

谷崎潤一郎の映画小説は、映画によって新たにもたらされた快楽について思弁をめぐらせ、その快楽を追求し、その果てに映画から逸脱してしまう。映画館を後にする「秘密」。集団で鑑賞するがゆえにもたらされる映画の夢を離れて、あえて例外的、個人的な視聴環境のなかで浮上させられる「人面疽」の怪異。映画に溺れ、女優に溺れ、ブルーフィルムのつくり手兼俳優へと転落していく「肉塊」の主人公。「青塚氏の話」では、映画とイデア論について対話を重ねながら、結局のところスカトロジーの満足を求めてダッチワイフの制作に情熱を注ぐ映画ファンと、呪いを浴びて死んでゆく映画監督。映画に裏切られたわけではない。映画へのフェティッシュな欲望がつのればつのるほどに、映画ではないもののほうへひきずりだされてしまう。「人面疽」「肉塊」「青塚氏の話」に、フィルムを盗む、フィルムを切り取るという挿話が含まれていることにも注意を喚起したい。フェティシズムの欲望は、しばしば、フィルムというモノに向かう。しかし映画そのものをわがものにしようとする欲望は、フィルムの断片をわがものにしようとする行動によって満たされることはない。切り取られたフィルムは、ひとつのフレームであろうと、ひと連なりのシークエンスであろうと、単位がどうであれ、それは映画ではない。

谷崎の映画小説は、完結することがなく、作家に満足をもたらすこともなかった。だが、読者にとっては、いまだに解き明かされてはいない問題を提起する挑発的なテクストである。

注

（1）中沢弥「夢遊病者の夢――富ノ澤麟太郎と「カリガリ博士」」（『湘南国際女子短期大学紀要』二〇〇二・二）

（2）フィルムがループ状になって何度も繰り返し上映できた初期の映写機。ヴァイタスコープ Vitascope による上映と推定されている。

（3）十重田裕一「建築、映像、都市のアール・ヌーヴォー――谷崎潤一郎「秘密」・〈闇〉と〈光〉の物語」（『國

文學　解釈と教材の研究』一九九五・九）

（4）高橋世織「めまいとエロティシズム——谷崎潤一郎と萩原朔太郎」（『國文學　解釈と教材の研究』一九九九・一）

（5）スティーブ・リジリー「谷崎文学における映画的「現実効果」」（『谷崎潤一郎：境界を超えて』笠間書院、二〇〇九・二）

（6）ジル・ドゥルーズ『マゾッホとサド』（晶文社、一九九八・一〇）

（7）鈴木登美「ジェンダー越境の魅惑とマゾヒズム美学」（『谷崎潤一郎：境界を超えて』笠間書院、二〇〇九・二）

（8）千葉俊二「解説　スクリーンへの誘惑」（『潤一郎ラビリンスXI　銀幕の彼方』中公文庫、一九九九・三）

（9）（5）に同じ。

（10）北田暁大「〈キノ・グラース〉の政治学　日本——戦前映画における身体・知・権力」『〈意味〉への抗い——メディエーションの文化政治学』（せりか書房、二〇〇四・六）

（11）四方田犬彦「谷崎潤一郎：映画と性器表象」（『新潮』二〇一三・六）

（12）山口裕之『ベンヤミン・アンソロジー』（河出文庫、二〇一一・一）所収「技術的複製可能性の時代の芸術作品」の訳文による。

（13）山中剛史「銀幕《スクリーン》の夢魔——谷崎潤一郎「人面疽」攷」（『藝文攷』二〇〇二・一）

（14）柴田希「谷崎潤一郎「人面疽」試論——批評的機能と映像メディアへの希求——」（『リテラシー研究』二〇一〇・一）

柴田は、「「人面疽」の〈恐怖〉——谷崎の映画理念と観る行為の可能性——」（『早稲田大学大学院教育学研究科紀要別冊』二〇一四・三）においては、「無音状態における個人鑑賞」がもたらす「恐怖」について考察している。

（15）（12）に同じ。
（16）生方智子「スクリーンの衝撃——谷崎潤一郎『アヹ・マリア』におけるファンタジーの技法——」（『立正大学文学部論叢』二〇一三・三）
（17）（5）に同じ。
（18）福岡大祐「「記憶」の切分＝失神《シンコペーション》——「母を戀ふる記」における「動くもの」と「静止したもの」」（『文藝と批評』二〇一一・一一）
（19）トマス・ド・クインシー「深き淵よりの嘆息」（原著一八四五、引用は『トマス・ド・クインシー著作集1』国書刊行会、一九九五・三）
（20）シャルル・ボードレール「阿片吸引者」（原著一八六〇、引用は『ボードレール全詩集Ⅱ』ちくま文庫、一九九八・五）
（21）佐藤未央子『谷崎潤一郎と映画の存在論』（水声社、二〇二二・四）
（22）岩城覚久「ベルクソンとシネマとグラフィック・イメージ」（『人文論究』二〇一一・五）の訳によるジョルジュ＝ミシェル「アンリ・ベルクソンと庭いじりをしながら」（一九二六）。佐藤未央子論文は、大石和久「ベルクソン自身が映画について語ったこと——「アンリ・ベルクソンと庭いじりをしながら」翻訳と解説」（『北海学園大学学園論集』二〇一九・一一）も参照している。
（23）ジル・ドゥルーズ『シネマ1　運動イメージ』（原著一九八三、財津理・齋藤範訳、法政大学出版局、二〇〇八・一〇）
（24）西野厚志「明視と盲目、あるいは視覚の二種の混乱について——谷崎潤一郎のプラトン受容とその映画的表現」（『日本近代文学』二〇〇九・一一）
（25）谷川渥『文学の皮膚——ホモ・エステティクス——』（白水社、一九九七・一）
（26）「肉塊」の物語では、小野田吉之助が製作を放棄した映画『耳環の誓ひ』は、あとに残された妻・民子の主演で完成されることになっている。「日支親善童話劇「耳環の誓ひ」」は、両親が日本人であるのになぜか「耳環をつけて支那服」を着て小学校に通っていた娘が、じつは「清朝のある親王の娘」であったという、設定である。

女性の装身具としての「耳環」は、当時、支那趣味と呼ばれた風俗のしるしでもあった。芥川龍之介の中国物「南京の基督」（一九二〇）、「上海游記」（一九二一）、「湖南の扇」（一九二六）などに「耳環」の挿話が登場する。谷崎潤一郎「鍵」（一九五六）で、妻がいつのまにか真珠の耳環を身につけるようになったことに気づいた夫は、芥川龍之介が、中国の女性の耳の美しさに言及していたことを想い出す。

「肉塊」と相前後して大泉黒石が発表した映画の原作『血と霊』（春秋社、一九二三・七）では、紅のダイヤモンドを嵌め込んだ耳環が事件の焦点となる。赤い宝石に病的に執着する母の血を受けた宝飾職人が、自作の装身具を取り戻すために殺人を重ねる。森鷗外「玉を懐いて罪あり」（『水沫集』春陽堂、一八九二・七）の名訳で知られる、「スキュデリー嬢」（ホフマン、原著一八一八）を踏まえた作品である。ルイ一四世の時代のパリを舞台にした「スキュデリー嬢」を、『血と霊』は、長崎を舞台に作り替えている。血と霊にとり憑かれ、どこからともなく聞こえてくる声に命じられて殺戮をくりかえす宝石職人は鳳雲泰という中国人である。映画『血と霊』は溝口健二監督で、一九二三年に公開された。が、フィルムは散逸してしまった。表現派風のセット、演出であったと伝えられる。残されたわずかなスチール写真からその雰囲気がしのばれる。

一九二七年、阪東妻三郎プロダクションが映画脚本を公募した際にこれに応じた手稿が尾崎翠「琉璃玉の耳輪」である。女探偵、岡田明子は、中国人黄陳重の三人の娘の行方さがしを依頼される。手がかりは三姉妹がいずれも「琉璃玉の耳輪をした、支那婦人」というだけである。「琉璃玉の耳輪」は、探偵趣味と横浜中華街のアンダーグラウンド風俗、そして、表現主義映画風の奇怪な幻想に彩られている。尾崎翠は、「肉塊」『血と霊』を読んでいただろうか。いずれにせよ、阪妻プロダクションの関係者が、誰も映画『血と霊』を見ていなかったとは、考えられない。耳環は、映画ばえするアクセサリーだったのではないか。阪妻プロからは映画化を前提とした改稿依頼が届いたが、実現しなかった。

(27) アベル・ガンス「イマージュの時代が来た！」（原著一九二七、駒井政貴訳、『映画学』二〇一七・二）。アベル・ガンス（Abel Gance、一八八九 - 一九八一）は、『鉄路の白薔薇』（La Roue、一九二三）、『ナポレオン』（Napoleon、一九二七）で知られるフランスの映画監督。

(28) （23）に同じ。

(29) D・W・グリフィス（David Wark Griffith、一八七五 - 一九四八）はアメリカの映画監督。『国民の創生』（The Birth of a Nation、一九一五）、『イントレランス』（Intolerance、一九一六）などで知られる。『東への道』（Way Down East、一九二〇）はリリアン・ギッシュが主演した。

(30) ジョセフ・フォン・スタンバーグ（Josef von Sternberg、一八九四 - 一九六九）は、ウィーンに生まれアメリカに移住した映画監督、脚本家、映画プロデューサー。ドゥルーズはこの項でスタンバーグ作品の、『恋のページェント』（The Scarlet Empress、一九三四）、『アナタハン』（Anatahan、一九五三）、『紐育の波止場』（The Dock Walloper、一九二八）、『マカオ』（A Ultima Vez Que Vie Macau、一九五〇）などに言及している。

(31) （23）に同じ。ゲーテの言葉は『色彩論』（一八一〇）に基づく。

(32) （25）に同じ。

(33) 高田瑞穂「谷崎文学の本質」（『國文學　解釈と教材の研究』一九六四・四）
笠原伸夫「谷崎潤一郎論　十二　馥郁たる〈白〉」（『心』一九七九・一）
岩田恵子「アヴェ・マリア論」（『芸術至上主義文芸』一九七九・一一）
永栄啓伸「「アヱ・マリア」小論——谷崎潤一郎ノート」（『昭和文学研究』一九八一・六）
千葉俊二『谷崎潤一郎——狐とマゾヒズム』（小沢書店、一九九四・六）
細江光『谷崎潤一郎　深層のレトリック』（和泉書院、二〇〇四・三）、「第四章　谷崎潤一郎とフェティシズム」など参照。
(34) 千葉俊二『谷崎潤一郎——狐とマゾヒズム』(小沢書店、一九九四・六)
(35) (16)に同じ。
(36) (21)に同じ。
(37) (25)に同じ。
(38) (24)に同じ。
(39) プラトン『国家』上・下(藤沢令夫訳、岩波文庫、一九七九・四／一九七九・六)による。
(40) ジャン＝ルイ・ボードリー「装置《ディスポジティフ》 現実感へのメタ心理学的アプローチ」(『「新」映画理論集成② 知覚／表象／読解』木村建哉訳、フィルムアート社、一九九九・四)
(41) 山田宏一「山田宏一の「映画教室」(1) 映画史——前史(1) それはプラトンの「洞窟の比喩」からはじまる」(『フリースタイル』二〇〇五・七)
(42) 佐藤春夫「潤一郎。人及び芸術」(『改造』一九二七・三)
(43) 谷崎潤一郎・和辻哲郎・後藤末雄(司会)「春宵対談」(『塔』一九四九・五)
(44) 野村尚吾『谷崎潤一郎の作品』(六興出版、一九七四・一一)
(45) (34)に同じ。
(46) 有田ドラッグ商会が、性病、肺病の特効薬をうたい、性病により頭部の皮膚が冒されたり鼻が欠けたりした人体模型を販売店店頭に置く宣伝活動を展開した。人体模型の恐怖については、江戸川乱歩「白昼夢」(一九二五)、夢野久作「猟奇歌」にもモチーフにされている。
(47) 黒崎政男「観念論：プラトン的「イデア」から意識内「観念」へ」(『現代思想』二〇〇一・一一臨時増刊)
(48) (39)に同じ。
(49) 柴田希「谷崎潤一郎「青塚氏の話」論——モンタージュによる〈由良子〉の投射——」(『近代文学研究と資

料　第二次』二〇一〇・三）
(50)　山中剛史『谷崎潤一郎研究：大正期における西洋芸術とのかかわりを中心に』「第三章「映画哲学」の果て」（博士論文、二〇〇二）
(51)　マックス・ミルネール『ファンタスマゴリア――光学と幻想文学』（原著一九八二、川口顕弘・森永徹・篠田知和基訳、ありな書房、一九九四・五）
(52)　近藤和敬「存在論をおりること、あるいは転倒したプラトニズムの過程的イデア論：ポスト・バディウのドゥルーズ」（『現代思想』二〇一五・一）
(53)　ジル・ドゥルーズ『差異と反復』（原著一九六八、財津理訳、河出書房新社、一九九二・一一）
(54)　西野厚志「日本におけるヴァイニンガー受容――芥川龍之介・谷崎潤一郎作品を中心に――」（『早稲田大学教育・総合科学学術院　学術研究（人文科学・社会科学編）』二〇一二・二）
(55)　スラヴォイ・ジジェク「オットー・ヴァイニンガーもしくは『女は存在しない』」（原著一九九四、『快楽の転移』松浦俊輔・小野木明恵訳、青土社、一九九六・一）
(56)　白坂彩乃「ヴァイニンガーとプラトン的な愛：『性と性格』を中心に」（『Germanistik Kyoto』二〇一一・七）
(57)　（55）に同じ。
(58)　大川勇「ヴァイニンガーの『性と性格』は女性嫌悪の書か――須藤温子『エリアス・カネッティ――生涯と著作』を読んで」（『ドイツ文学』二〇一一・三）
(59)　Thomas LaMarre. *SHADOWS on the SCREEN: Tanizaki Jun'ichirō on Cinema &"Oriental" Aesthetics*, Center for Japanese Studies The University of Michigan, 2005 で、トマス・ラマルは、「青塚氏の話」における「実体」の英訳が困難であったと述べている。Essence でもあり substance でもある。そして競合する二人の男は、哲学的対話を comically に形にしている、とも指摘する。
(60)　（50）に同じ。

（61）生方智子「映像体験という情動——谷崎潤一郎『青塚氏の話』」（『JUNCTURE 超域的日本文化研究』二〇一一・三）

（62）（50）に同じ。

（63）（59）に同じ。

（64）土佐亨「谷崎文学典拠雑考——「人面疽」「美食倶楽部」「青塚氏の話」」（『金沢大学語学・文学研究』一九八〇・二）

第4章　内田百閒と『カリガリ博士』――パンデミックの恐怖と幻想

1、『カリガリ博士』と表現主義映画

内田百閒（一八八九－一九七一）は、複数回『カリガリ博士』を観ている。

〔大正十一年八月〕十八日

夕方内山と神保町東洋キネマへカリガリ博士を見に行つた。遅れて行つたのと扇風器の音で説明が聞こえなかつた為に筋はよくわからなかつたけれども恐ろしい夢を見つづけてゐるやうな気がした。

〔八月〕十九日

古い新小説にのつてゐたカリガリ博士の記事をよんで夕方からまた一人で見に行つた。

（『続百鬼園日記帖』）

古い『新小説』とは、前年の大正一〇（一九二二）年七月の小特集「表現派映画「カリガリ博士」について」のことだろう。梅村紫聲《うめむらしせい》「「カリガリ博士」梗概」と、竹久夢二「「カリガリ博士」の印象及写生」が掲載されている。一年前の雑誌『新小説』を内田百閒が持っていたのは、彼の作品集『冥途』に収録された短篇の多くが、この雑誌に発表されたからである。『新小説』大正一〇年一月号には「冥途」として一「冥途」、二「山東京伝」、三「花火」、四「件」、五「土手」（単行本収録時に「道連」と解題）、六「豹」の六篇が、同年四月号には「短夜」として一「尽頭子」、二「波止場」、三「蝦蟇口」（単行本収録時に「流木」と改題）、四「柳藻」、五「白子」、六「短夜」の六篇、五月号には「木霊」として一「木霊」、二「支那人」の二篇、『カリガリ博士』小特集の七月号には、「烏」として一「疱瘡神」、二「烏」が掲載されていた。

後年百閒は次のように回想している。

その活動写真時代に私が一番よく通つた活動写真館は、新宿の電車通にあつた当時の武蔵野館と溜池の葵館であつて、その外神田の東洋キネマや目黒キネマにも馴染がある。牛込館は中がざわざわして余り好きではなかつた。〔中略〕

「カリガリ博士」を見た時の興奮は今でも忘れる事が出来ない。活動館を変へて二度か三度か見直しに出かけた。その当時は学校の教師をしてゐたので、授業時間に教壇の上から頻りに活動写真の話をして聞かせたが、私は独逸語の教師であつて、話の種は多くは独逸映画であつたから、どこかで本題の独逸語の授業に関係のつかなかつた事もない。がらにもなく役者の名前なども覚えて、ヱゲナーとかコンラト・フアイトとか云ふ役者とは、画面の中で顔馴染になつた。

（「映画と想像力」『映画朝日』一九三八・一一）

子供の時は幻燈を見て育ち、無声時代の活動写真では、画面の裏にいろいろこちらの想像や空想を託して楽んで来たが、トーキーになつてからは、うるさくて、八釜しくて、画面に溶け込む興趣はなくなつた。

さうなる前は随分熱心な活動フアンであつて、毎週木曜日の封切りには、大概欠かさず新宿の武蔵野館へ出掛けた。

武蔵野館は初め新宿の大通の表側にあつたが、後に裏道へ移り、暫らくすると又表通へ出て来た。その何年かの間に新宿界隈も様子が変つて、次第に繁華になつて来たが、武蔵野館が再び表の往来に出て来た頃から、私はあまり活動を見に行かなくなつた。

せつせと足繁く通つた当時、観たもので思ひ出すのはカリガリ博士、ジエキール博士とハイド、影を失つた男、それからチヤプリン、ロイド、キートン、ベンターピン、コンクリン、デブのロスコー・アーバツクル等の亜米利加喜劇。又武蔵野館だけでなく、赤坂の葵館へもよく行つたし、浅草へも出掛けた。

（「たましひ抜けて」『小説新潮』別冊、一九六四・四）

ここでも筆頭にあげられるのは『カリガリ博士』である。

葵館については『続百鬼園日記帖』の大正九（一九二〇）年七月二九日木曜日の項に「又雷が鳴りさうだから逃げ出す、午頃、万世橋から東京駅に行き台湾喫茶店、銀座のビヤホール、赤へうたん、晩から赤坂の葵館で何年ぶりかに活動写真を見た」とある。葵館は一九一三年に開業、日活直営館で、活動写真を説明する弁士に徳川夢声を迎えた。夢声はやがて武蔵野館にひきぬかれた。そして内田百閒が映画を観ずにいたその「何年」かの間に、映画は大きく変容を遂げつつあった。前年七月には、映画批評誌『キネマ旬報』が創刊されている。映画は批評にあたいするなにものかになろうとしていた。

「映画と想像力」に言及されている「ヱゲナー」とは、パウル・ヴェゲナー（Paul Wegener、一八七四－一九四八）、ドイツ表現主義映画を代表する俳優の一人だった。一九一三年版の『プラーグの大学生』(Der Student von Prag)、の主役であり監督であり、『ゴーレム』(Der Golem、一九一五、リメイク一九二〇)、エーヴェルス原作の『アルラウネ』(Alraune、一九二八)も手掛けた。

日記によれば『カリガリ博士』最初の二回の鑑賞は、八月なので夏休み中である。他にはいつ、そして映画館を変えてどこで観たのか、詳らかではないのが残念だ。

『カリガリ博士』が封切られてから、すぐに観に行かなかったのは、このころ最初の作品集『冥途』のための原稿整理や加筆の作業に忙しかったためもあろうか。『冥途』は稲門書店から一九二二年二月に上梓されている。作品集に収められた「道連」「冥途」などについて一九一五(大正四)年以前に執筆された、『冥途』制作の始まりは一九一〇(明治四三)年との実証[1]もあるが、雑誌発表そして単行本上梓するにあたってまったく読み返さない、手を入れないということは考えられまい。

この時期の百閒は借金に重なる借金と、自身と家族の病にも苦しめられていた。祖母から幼い子供まで、彼の抱えた大家族はつぎつぎに発熱し、医者にかかり、心痛の種となっていた。学校でも、地域でも、次々に人が斃れて行く。ちょうどスペイン風邪が猖獗を極めた時期だったのである。

〔大正八年一月〕二日

〔中略〕午後何だか寒くて晩になつても止まない。七時前夕飯に下りた時熱を計つたら七度七分あつた。すぐねる事にきめて今ここへ上がつて来た。インフルエンザはもう済んだから免疫だらう、祖母の呼吸を計つたり脈を見たりする折にいきでうつつたのかも知れない。

〔大正八年一月〕五日

〔中略〕あまり心配したので、丁度先生のなくなつた当時の事をすぐ其後で思ひ出さうとしてもなんにも覚えてゐなかつた様に、今度も、何だかぼんやりしてしまつてゐる。午後鈴木さん来。尿毒ではないらしい。気管支炎の病勢が進んで肺炎になつたと云つた。今まだ危篤な症状はないけれども何分年寄だから何とも云へないと云つた。遠方の親類へ知らせて置く必要があるかと尋ねたら知らせて置く方がいいと云つた。今一日様子を見た上で明日は、万全の策として酸素吸入を行はうと云つた。酸素吸入の高い事は承知してゐるけれども勿論して貰はうと思つた。其為に又新たにふえる借金は止むを得ないと覚悟をした。二階へ上がつて少し落ちついて仕事をし度いと思つても心配で祖母から目がはなせない。〔中略〕

（須磨子自殺の夕刊。涙が出た。）

島村抱月（一八九四－一九一八）がスペイン風邪でいのちを落としたのは前年の十一月五日のことだった。女優・松井須磨子はこの日、後追い自殺をしたのである。

〔大正八年一月〕二十四日

〔中略〕機関学校へ行き午後は、生徒にインフルエンザで死んだ者があつて其葬式の為教官連の授業が流れた為一時二十分発の汽車で帰る。

〔大正八年二月〕七日

〔中略〕インフルエンザは実に恐ろしい。毎日三百人の死者がある由。

〔大正八年三月〕二十四日月曜
〔中略〕たみのは昨日しきりに嚏をしたから晩から用心をして早くねかして置いた。今朝は七度二分強あつた故幼稚園は久丈行かす。帰つてきいたら八度を上つた由、何故こんなに弱いのだらう。

〔大正八年五月〕十日
〔中略〕前の洗濯屋の婆さんが死んで、表に忌中と書いた白紙が貼つてあつた。今はかはつてゐるけれども、もとゐた土橋、それからもと山椒魚のゐた引込んだ家、道の向うの二階建のうち、その奥の西田には子供と年寄りと二人、それから紺屋、それから清水、荒物屋の内田、少し向うの牧師とかのうちはインフルエンザで、祖母の病中に死んだ、それから今度の洗濯屋と、丁度私の内を取り巻いて、一二年の内に十人近くの人が死んでゐる。死神がこの辺をうろついてゐるらしい。(二十日記)

百閒の小説では「山高帽子」(『中央公論』一九二九・六)にスペイン風邪への言及がある。

二月末になつて、二度目にぶり返して来た西班牙風の為に斃れる人が沢山あつた。しかし私の学校の職員は、だれも死なかつた。
「ここの人はみんな割合に達者ですね」とある教師が云つた。
「死ぬ程生きてる人がゐないからさ」と私が云つた。

いったいいつの、何年の「二月末」のことなのか、詳細に書かれてはいないものの、この小説が、「私」の同僚の「野口」の自殺を描いていることから、百閒の同僚であった芥川龍之介の自死の年、一九二七年のことではないかと推測されている。死の影は長い。ヨーロッパではスペイン風邪に第一次世界大戦が重なり、日本ではこのパンデミックの惨禍に関東大震災が重なり、夥しい死者をみた。

ドイツ語の語学教師として、また翻訳家としての内田百閒は、映画『カリガリ博士』に出会う少し前からホフマンを読みはじめたことが知られている。『カリガリ博士』の幻想的な装置、たとえば眠り男、催眠術によって動かされるチェザーレの夜の犯罪の造形など、ホフマンの「砂男」に通じるものがつとに指摘されていた。そのホフマン翻訳も、元はといえばお金のためである。

〔大正八年八月〕四日月曜。朝から校正。午後白水社の返事来る。トマ(2)でもなくフラウゾルゲ(3)でもなくホフマンをやつてくれないかとの返事〔中略〕午後大江へ行く。ホフマンは一冊も持つてゐないし又読んで見た事もない、と話したら「不見転をやるさ」と大江さんが云ふから可笑しくなつて不見転をやる事にきめて白水社へ行く。ホフマンをやる事を承諾して条件をきいた。

〔大正八年八月〕六日水曜日
〔中略〕朝の内はホフマンを二三冊の文学史で調べた。今迄は何も知らなかつたのだが、面白いらしい。特に私の興味にふれる。翻訳するのを楽しみに思ふ。

〔大正八年十一月〕十六日日曜。快晴。朝からホフマンの翻訳を始める。前に半切の原稿に九枚した丈でその儘に止めてゐるのを推敲した。

〔大正八年十一月〕十九日水曜

〔中略〕ホフマン少し翻訳。

〔大正八年十一月〕二十三日日曜

午起。晩から夜ホフマン翻訳少少、夜ジエロニモ[4]の清書を始める（「独逸語」から）。

〔大正九年四月〕三十日金曜

〔中略〕ホフマンの「長子権」を途中止めにして「黄金の壺」を訳し始めた。

〔大正十年八月〕十日

〔中略〕晩からヘツベルのアインライツンク[5]を読む。ホフマンに関する文学史の記載を拾ひよみした。〔中略〕昨日の朝は長野来。午後は夏目へ行く前に何年ぶりかで丸善へ行つた、ホフマンを買ふ為。

〔大正十年八月〕十七日水曜

〔中略〕冥途の原稿整理、東亜堂のヘツベルの二つは特に気にかかるのに未だはふつて晏如としてゐるのは自分乍らどう云ふ了見だかわからない、昨朝長野来、ホフマン、マイステルマルチン[6]を読み始む。

〔大正十年九月〕七日

〔中略〕今日は午後からホフマンのマイステルマルチンを少し読む、野上氏邦訳近代文学を読む。夜冥途の原稿整理。

このように最初の作品集『冥途』の原稿整理とホフマンの翻訳を並行してこなしつつ、この時期を過ごしている。

一九三八年のエッセイ「映画と想像力」に話を戻そう。

「カリガリ博士」と同じ系統の物をいくつか見たが、今では外題も大方忘れてしまつた。領主が馬に乗つて、釣鐘マントの様な物を羽織り、その裾を風に翻して土手の上を帰つて来ると、その下で何かお祭りをして踊り廻つてゐた領民達の上に、領主の黒い大きな影がかぶさつて来ると云ふ画面を思ひ出す。それにも私は非常な感銘を受けたので、又学校でその話をした。

ムルナウ監督『吸血鬼ノスフェラトゥ』

これは『吸血鬼ノスフェラトゥ』（Nosferatu-Phantom der Nacht、一九二二、ドイツ）ではないかと推測される。『吸血鬼ノスフェラトゥ』は、Ｆ・Ｗ・ムルナウ監督（Friedrich Wilhelm Murnau、一八八八－一九三一）が、ブラム・ストーカー原作のドラキュラ伯爵をオルロック伯爵に変更し、これに怪優マックス・シュレックを配した、ドイツ表現主義映画の傑作であり、ホラー映画の祖でもある。吸血鬼ノスフェラトゥことオルロック伯爵の風貌は、頭髪がなく、尖った顎と鋭い前歯、そして爪が伸びた奇怪な指などを特徴とした。大鼠にも似た彼のゆくところ、大量のネズミが発生し、街はペストの脅威に怯えることになる。吸血鬼の恐怖、ペストの恐怖の表象は、この時代のスペイン風邪の猛威や第一次世界大戦の大量死という多死をもたらした災厄の比喩にもあたるだろう。

さてオルロック伯爵の城として撮影されたのは、スロバキアのオラヴァ城だった。絶壁の上に、容易には人々が近づくことのできぬ城がそびえ、崖の裾を河の水が洗う。この城のあるじが吸血鬼である。「土手」は、内田百閒の文学空間において特権的な境界イメージなのだが、「領主が馬に乗つて、釣鐘マントの様な物を羽織り、その裾を風に翻して土手の上を帰って来ると、その下で何かお祭りをして踊り廻つてゐた領民達の上に、領主の黒い大きな影がかぶさって来る」という場面についていえば、「土手」というようなだらかな風情の堤ではなかった。

私が活動写真に夢中になつてゐた当時は、運よくすぐれた映画が続続と輸入された様に思ふ。就中コンラト・フアイトの「ヂキール博士とハイド氏」を見た時は、思ひも掛けない感激を受けて、終はりまで息もつけない気持がした。たかが活動写真だと思つてゐるその活動写真から、それ程の感激を受けて、私は腹の底まで純粋な気持になつた様に思はれた。又次の別の映画を見て、その感銘を濁すのがいやだと云ふ様な真面目な気持になり、「ヂキール博士とハイド氏」がすんだら、後は全部見残して、その儘、帰つてしまつた事がある。ジヨン・バリモアの「ヂキール博士とハイド氏」はそれより以前に封切されてゐたが、私はそれを見てゐなかつた。フアイトのを見た後でどこかの館にバリモアのが再映されたのを見に行つたけれど、芝居が勝ち過ぎて私にはフアイトのを見た時の半分の興味も起こらなかつた。

『ジキル博士とハイド氏』（The Strange Case of Dr. Jekyll and Mr. Hyde、一八八六）はロバート・ルイス・スティーヴンソン（Robert Louis Balfour Stevenson、一八五〇－一八九四）の原作。表向きは善良な紳士であるジキル博士が、快楽と悪への欲望を抱えてひそかに二重生活を送っていたが、善悪の人格を分離し、悪の側面を自立させた別人格を出現させる薬物を開発し、ハイド氏に変身する。やがてそのハイド氏への変身を制御できなくなり、ジキル博士に戻ることが困難になる。自死によってこれを解決するほかなくなる。コンラート・ファイトは、『カリガリ博士』のチェザーレ、『プラーグの大学生』のボールドウィンを演じた俳優である。コンラート・ファイトの『ジキル博士とハイド氏』は、『カリガリ博士』と同じくエリッヒ・ポマーのプロデュースとハンス・ヤノヴィッツの脚本で、監督はF・W・ムルナウ、一九二〇年のドイツ映画だった。これも表現主義映画の伝説的存在だが、フィルムは現存していない。

ジョン・バリモア（John Barrymore、一八八二－一九四二）の『ヂキル博士とハイド氏』は、邦題『狂へる悪魔』(Dr. Jekyll and Mr. Hyde)、一九二〇年のハリウッド作品で、日本では翌一九二一（大正一〇）年に封切られた。内田百閒は、表現主義映画ムルナウの演出のほうに強く感銘を受けたのである。

「カリガリ博士」とか「ヂキール博士とハイド氏」とかいふ様な物の外に、私は亜米利加喜劇の活動写真が好きであつて、ベン・タービンが一番の贔屓であつた。それからバスター・キートン、ロイド、マーレー、コンクリンなどみんな馴染である。でぶのロスコー・アーバツクルは私が活動好きになる以前に全盛を極めたらしいが、私が見に行き出してからでも二つや三つは、封切であつたか再映であつたか覚えてゐないが見た覚えはある。

怪異と諧謔、あるいは恐怖から笑いへという転移は、内田百閒文学の両極をなしているが、映画の好みもどうやらそれにならうようである。

バスター・キートン

ハロルド・ロイド

ベン・タービン

2、暗くなる土手——『冥途』の怪異

作品集『冥途』の風景は、巻頭作品「花火」から掉尾の「冥途」に至るまで、「土手」に始まり「土手」に終わる。

副田賢二は「内田百閒の〈異界〉的空間とジャンルの融解——その室内空間の表象を中心に——」（『昭和文学研究』二〇一九・九）で、川村二郎『内田百閒論　無意味の涙』（福武書店、一九八三・一〇）以来、「土手」が初期内田百閒の幻想小説における「根源的トポス」とされてきたと指摘する。川村は「『冥途』一巻を土手の物語集と読んでもいい」と断言していた。副田賢二は、『冥土』短篇の多くは「向う」に投影される「土手」＝ノスタルジアの実体化を志向する」と概観している。

その心象風景を種村季弘は次のように語っていた。

種村　〔中略〕外界が押し入ってくる時に自我が死ぬわけで、そういうモチーフとして百閒の中でも、土手という表象が出てくるんですね。

〔中略〕

土手というものが崩れてからの土手のイメージですから、庇護されていると同時に、崩れるという不安感もあるわけです。

（種村季弘・川村二郎対話「明晰なる精神薄弱——あるいは百閒における〈自我〉」『ユリイカ』一九八四・二）

種村のいう「土手」の表象は、共同体や他者との境界領域ではあるものの、それは実体ではない痕跡でもある。

栗津則雄は、「土手」を「道」として読んだ。そこは「変容と転換の場所」である。

彼は、執拗に幻想的主題を描き続けているにもかかわらず、或る種の幻想的作家に見られるように、おのれの内部に閉じこもって、内部の劇の展開と増殖に、ただひたすら眼をこらしているというわけでもない。そういうかたちでの一種の安定も彼には与えられてはいないのである。言わば彼は、外部から内部へ通じる道であると同時に内部から外部へ通じる道でもあるような奇妙な道を、つねに歩き続けていると言っていい。当然その道は、内部からはじまって外部へ抜け出る道ではなく、外部からはじまって内部へ到りつく道でもない。歩くにつれて当初あった目的や目的地めいたものが失われ、それらが失われたことがさらに歩き続けることを強いるとでも言うべき道なのである。

（栗津則雄「道の幻想」『ユリイカ』一九八四・二）

松浦寿輝は、内田百閒を一九二〇年代のモダニズム表現の風景に置いて読み直した。

いうまでもないことながら、『冥途』の話者がとぼとぼと歩いて行く細い土手の一本道は、一歩誤ればたちまち水の中に失墜する実存的な生の不安の象徴であったに違いない。しかし、それは同時にまた、戦争と戦争との間に束の間特有の文化の華を咲き誇らせた二〇年代を脅やかしていた、時代の不安そのものの表現でもあったのかもしれない。アヴァンギャルド以後にしてファシズム以前という狭隘で危うい中間地帯で、東京は、同時代の西欧と未来への夢をひととき共有しえたのである。

（松浦寿輝「「20」という名の思考実験」『美術手帖』一九八八・六）

『冥途』の「土手」は狭隘なようでいて広い。作品集『冥途』冒頭の「花火」は次のように始められる。

私は長い土手を伝つて牛窓の港の方へ行つた。土手の片側は広い海で、片側は浅い入江である。入江の方から脊の高い蘆がひよろひよろと生えてゐて、土手の上までのぞいて居る。向うへ行く程蘆が高くなつて、目のとどく見果ての方は、蘆で土手が埋まつて居る。

片方の海の側には、話にきいた事もない大きな波が打つてゐて、崩れる時の地響きが、土手を底から震してゐる。けれども、そんなに大きな波が、少しも土手の上迄上がつて来ない。私は波と蘆との間を歩いて行つた。

（「花火」）

ここで「私」が歩みをすすめる「土手」は、「広い海」と「浅い入江」の境界にある土手道、自然にできあがった陸橋のようなものだろうか。河口に近いためかもしれない。汽水域かもしれない。境界領域であるだけではなく、あちらとこちらが入り混じっているのだろう。境界は多孔性と呼んでよいかもしれない。「入江」の方からは蘆が生えているというから、こちらは潮の満ち引き、川の水面の高低次第では植生も可能な湿地帯ということだろうか。「向う」とはどちらなのか、「目のとどく見果ての方」が、進行方向の港、海の方角にすぼまっているのではないのだとすれば、これは振り返って今来た「土手」の根方を眺めていることになるだろうか。それとも「私」が、港に向かって歩みを進めるほどに、土手をおおう蘆も繁くなる、だから歩むほどに海は遠ざかり、どこまで行ってもたどりつけないという、理屈に合わない風景なのだろうか。どうも、そのようでもある。

三木将彦「内田百閒『冥途』論——反復する「私」」（『文芸論叢』二〇一七・一〇）は、近くを流れているはずの川の「水」は一度として登場せず、見えるのは「縁」や「水たまり」など、いつも澱んだ、動かない水であることに着目し、「土手は本来の土手としての意味を失っている。〔中略〕それはもはや治水のための堤でなく、他から盛り上がることで際立った、強調された道である。水の予感と闇とに両側を挟まれた、曲がることを許さない一本道である」と捉えている。しかしそれは道が幾何学的直線であることを意味するのではない。「話に聞いた事もない大きな波が打つてゐて、崩れる時の地響きが、土手を底から震はしてゐる」。まるでこの「土手」は浮洲の上にあるようだ。そしてこれは、世界が終わりを告げようとしている、世界の没落の風景に違いない。なのに、「土手」はそのあやうさのうえに伸びつづけて、かろうじて波をかぶることなく、「私」はいつまでも、どこまでも、日暮れまで延々と「土手」を歩き続ける。

たとえばフロイト学派であれば「土手」という形象をどのような性的隠喩として解読するのか、それはあえてここでは措く。日本の民俗的な艶笑譚や狂歌川柳の類であればそれを女性器の隠喩とするだろう。だがこの冒頭のモチーフだけでは、それはあまりに直接的すぎて、この「土手」のうえで上がる花火を見、女性にしがみつかれて浮気者となじられるという、その事件がまるで予定調和のオチにすぎないと読まれかねまい。言葉遊びではない。森茂太郎「百閒漫歩：逢魔が時の文学（その10）」（『Stella』二〇一九・一二）は、「花火」の表象の性的な意味合いについて次のように述べている。「むしろ、あまりあからさまなので呆れるほどだ。あからさまと言えば、産道の入口にたどり着くまでに通った「蘆の原」や、土手から入江に下りる「妙な所」、その後に続く「浅い砂川」なども、あからさまどころか、ほとんど解剖学的に正確である。百閒はドイツ表現主義映画の熱心なファンだったし、フロイトの『夢解釈』も知っていたようだから、こうした性的なイメージが作中に現れることに不思議はないが、しかしそれは意識的な操作の産物と言うより、作者の無意識の深みから自然に浮かび上がって来たものであったろう」と。森は、ラカンを引いて「あらゆる欲動は「潜在的には死への欲動」」なのだと説く。大谷哲「内田百閒『冥途』テクストのトポロジーとストラテジー――「道連」「柳藻」と「第三夜」の構造――」（『二松學舍大学人文論叢』二〇〇六・三）は、百閒における「土手」について、「場所そのものが、異化されながら非ミメシス性を仄めかす仕方で提示される」「語り手「私」と、語られる「私」と、読者とが〈超自然的と思える出来事〉に直面する相同性が形成される」「敷居性における《跨ぎ》の標示機能としての「土手」が表象される」と、指摘する。大谷の指摘はほぼ妥当であるが、ただし彼の「非ミメシス性」の主張について保留したい。ここではむしろ、あからさまにすぎて、テクストの権威を剝奪あるいは逆転する笑いを招きかねない過剰性の側面にも注意を喚起しておきたい。

それでも「土手」の表象を安手の言い換え、置き換えに終わらせないのは、ひとつにはその執拗な反復と、終わりそうで終わらぬ、もしかしたら世界は終わっているかもしれないのにそれでも「土手」と「土手」的な境界だけは尽きることがないという持続的な変容と回帰である。

私は長い遍路の旅をして来た。毎日毎日、磯を伝つたり、峠を越えたりしたけれども、何時まで行つても道は尽きなかつた。

或る日の夕暮れに、私は長い浜の街道を伝つて行つた。その街道を行きつくした所に、小さな船著の町のあることを私は知つてゐた。色の濃い波が、頻りに海の上を走つてゐた。海の向うに、毛物の形をした山が、巨きな顎を海峡に浸して潮を飲んでゐた。私は、その山を一日眺めて来たけれども、何処まで行つても山の姿は変らなかつた。

（「烏」）

似たような風景の反復は、恐怖の強度を高めつつ、既視感をも醸成する。

くわえて、掌篇のどこかに、全体を凝縮した語が、紋中紋のように嵌め込まれているのである。「花火」であれば「女」、「烏」であれば「遍路」。「私」は、長く尽きることなく、すでに無限に反復された物語を語るかのように、それらの掌篇を語る。

私は暗い峠を越して来た。冷たい風が吹き降りて、頭の上で枯れ葉が鳴つた。何処かで水の底樋に落ち込む音がしてゐるけれども、その場所も方角もわからない。〔中略〕

私は少しも休まずに歩いて行つた。私の傍には一人の道連が歩いてゐる。私はこの男と何時から道連になつたかよく解らない。〔中略〕私は道連のことを考へたり考へなかつたりして、一人の時と同じ様に歩いた。峠を越す時一人であつた事だけわかつてゐる。

私は道連とならんで、土手の様な長い道を歩いて行つた。土手だらうと思ふけれど、辺りに川らしいものもない、暗い中に目を泳がせて見ても、道の両側の低いところには、稗田か枯野の黒いおもてが風を吸うてゐる計りであつた。それだのに私はさつきから、何処かで水の音を聞いてゐる。淵によどんでゐる水を、無理に掻きまはす様な音に聞こえる。道連の足音が時時その音を消した。すると、私はほうと溜息をつく様な心持がする。けれども暫らくするとぢきにまた、その水音が何時とはなしに私の耳に返つてゐた。

（「道連」）

「道連」は初出『新小説』（一九二二・一）では「土手」という表題だったものを、作品集で改題している。一九一七（大正六）年一月『東亜之光』に内田曳象名で発表された「道連」というテクストがあり、「私」が峠を越したところでいつしか得体の知れない道連とともに歩いているという冒頭のエピソードが共通している。「土手」のような、「土手」だろうと思うけれど、「土手」だという確証のない長い道、これはたとえば大谷哲のいう「非ミメシス性」の過程であろう、過程が重要である――を「私」は歩く。水は見えない。水音は聞こえるような気がする。見えないことは深刻である。「何処かで水の底樋に落ち込む音」は、「内障に落ち込む」と同じ音で響く。「そこひ」「ないしょう」、目の患い。駄洒落はミメーシス性からの逸脱と過剰である。深いところに落ち込むような水音、「淵によどんでゐる水を、無理に掻きまはす様な音」さえすれば、水はどこにも見えなくとも、そこは「土手」なのだろうか。理性の器官は盲て、深い水音を感じるとは、これもまたあからさまに、水とは無意識領域を満たすなにものか、澱んだ欲動の比喩にあたるだろうか。

だがここでも、そういうあからさまにすぎるものの喩えより注目すべきは、「道連の足音が時時その音を消した。すると、私はほうと溜息をつく様な心持がする。けれども暫らくするとぢきにまた、その水音が何時とはなしに私の耳に返つてゐた」という一連のゆらぎであろう。「道連」は、これも「私」の分身である。峠を越えて、長い長い「土手」らしきところを歩くにつれて、いつしか「道連」がかたわらに出現している。まるで「私」の存在を複製したかのような、もうひとつの生命体、身体だ。さもなくばドッペルゲンガーだといいたいところだが、「私」は、触らねばたたらぬとでもいうように、「道連」をまじまじと観察するような真似をしない。だから似ているのか、同じようなのか、まるで違うのかも実のところわからない。「私」は「道連」が何者か、自分からは確かめない。「私」はひたすら歩き、「道連の足音」が、深い水の音を消すと、ほうとする。だがそれも長く続かない。「道連の足音」は続いているはずだが、そのうち水音が「私の耳に返つて」くる。いや「返つてゐた」ことに気づかせられる。水音はどこからやってくるのか。やってきたのか。「水音」と「足音」のからみとずれ。「私」の耳に、「私」が反射するかのように、音づれする。

「栄さん」と道連が云つた。

「何だ」と私が聞き返したら、それきり黙つてしまつた。「向うの方に灯りが見えるぢやないか」と私の方から続けて云つた。

「うん」と道連が同じ様な低い声で答へた。

「あれは人の家の灯だらう」

「あれは他人の家の灯さ、栄さん、己はお前さんの兄だよ」と道連が云つた。


名前を知ること、その名前を呼ぶことは、言霊、忌み名を信仰する古代的社会から、オペラ『トゥーランドッド』まで、あるいはファンタジーの世界まで、あいての弱みを握ること、生命を支配すること、呼ばれた者にとっては不吉な出来事ということになっている。読者はふいに、そのようなテクストの外の決まりごと、パラテクストあるいはゲームの規則にまきこまれる。内田百閒の読者ですら知らない（かもしれない、あるいは知らなくもいいはずの）本名（らしきもの、たとえば百閒こと「内田栄造」を「栄ちゃん」と呼ぶなど）を、「道連」は知っている。「私」は万能で自在で遍在する語り手から、物語内容にひきずりこまれ、おぼろに実体化し、しどろもどろの語り手となり、「道連」の機嫌をとるかのように語りかけ、その語りの内容を「道連」にダメ出しされる。

「道連」はいまひとりの、巧みな言葉のあやつり手なのである。「私」が「人の家の灯」と一般論と推測とで語ると、「他人の家の灯」と限定し断言して迫る。「他人の家」に言及したからには、「私」の家も浮上する。「栄さん、己はお前さんの兄だよ」と「道連」は一息に忌み名に触れ、その一人称はなまなましく「己」に、二人称は「お前さん」になり、ついでに「兄だ」だと名乗り、家族関係について言挙げしてしまうのだ。虚としての虚を実としての虚が食いやぶり、不気味なものが回帰する。「私」の人称世界が「道連」のそれに圧倒される。


「栄さん、己は生まれないですんでしまつたけれども、お前さんの兄だよ。お前さんは一人息子の様に思つてゐても、己はいつでもお前さんのことを思つてゐるんだ」

道連れはさう云つて、矢張りもとの通りに、すたすたと歩いて行つた。私は、生まれなかつた兄の事など一度も考へた事がないから、どう思つていいのだか、丸つきり見当もつかなかつた。ただ、何とも云へない気味わるさに襲はれて、声も出ない様に思はれた。黙つて、道連の行く方へただ歩いてゐるうち、馬追ひ虫の鋭い声が何時の間にか私の耳に馴れてゐた。気がついた時には、何時からそれを聞いてゐたんだか、たどつて見る事も出来なかつた。それにしても草の枯れてしまつた後に、馬追ひの生き残るのは腑に落ちないと私は思つた。

足元が危うい。ぶよぶよした畳の上や、落とし穴を隠した草原を踏むように、たしからしさの感じと底の抜けた感じが、予測のつかない不均質さで混在している。自称「兄」の声、その語る内容と、「馬追ひ虫」の「鋭い声」と、いずれもがちぐはぐにずれながら、あたりまえのように受けとめられたり、見当もつかなかったり、耳に馴れたり、腑に落ちなかったりする。枯れた草と生き残った馬追いの関係は、比喩的に、自称「兄」と「私」との関係と並行しているようである。いなかったはずの、知らなかった「兄」が登場するとは、「一人息子」のようにおもいなしていた「私」にとって、厄介な抑圧者の登場である。「私」と自称「兄」との区別を認めずに、「道連」は自己分裂した「私」が「私」に語りかける自己像幻視の物語だとする（たとえば伊藤博「内田百閒の言説『冥途』論」『日本文学論叢』二〇〇六・三のような）読みもあるが、「私」と「兄」との圧倒的な非対称性を読み逃すわけにはいかない。

このテクストが、大方のドッペルゲンガー物と異なっているのは、先にも指摘したように「道連」（自称「私」の生まれてこなかった兄の霊）の恐怖がまなざしによってとらえられるもうひとりの私として迫ってくるのではなく、「音」「声」として聴覚に訴えてくるところである。ふいに聞こえてやがて感覚が慣れ鈍麻したのか聞こえなくなる足音があり、いつから聞こえていたのかわからず、もはや辿ることもできないがなれるうちに気づかされる「馬追ひ虫の鋭い声」がある。聴覚は視覚より鈍く、その刺激の発信源を確定することがより困難な感覚である。そして聴覚的な刺激は視覚的な刺激より、時間軸の上に累積される。「私」は、「いつでもお前さんのことを思つてゐるんだ」という「道連」の持続に対して、遅れをとるしかない。
すでに主導権は「道連」にある。追う者と追われる者の関係性は逆転している。「道連」がすたすた歩き、「私」は「道連」の行く方へただ後を追って歩く。

道連の足音を何時とはなしに頼りにして、道の延びてゐる方へ、ただ当てもなく歩いて行つた。するると底樋に落ちる様な水音が、また私の耳に戻つて来た。私は同じ所をぐるぐる歩き廻つてゐるのではないかと気にかかり出した。
「栄さん、己はお前さんの兄だよ。己はお前さんに頼みたい事があってついて来たんだ」と道連れが云つた。

時間軸上の異和の累積が、物語の恐怖と破局の因ってくるところなのだから、空間的には「私」が「同じ所をぐるぐる歩き廻つてゐる」としても、かまいはしないのだ。それでも物語は続く。あるいはすでにこの空間は、時間が空間化された像であり、逡巡と迷いの時間が空間化された場所に身体がとらわれているだけだと読んでもいい。そこはすでに通り過ぎたところではないのかどうなのか思い出せない。既視感、もしくは、すでに通り過ぎたところを何度もぐるぐる回っているかのように思える、という自身の歩行についての知覚のあやうさは、通り過ぎたところは通り過ぎた場所、過去は過去、と分節化する直線的な時間感覚の動揺そして失効である。その動揺は、時空の中に置かれた身体性として「私」は「私」として連続している、という自己同一性を揺るがす。「私」は「道連」に迫られて、思い出そうとして思い出せない過去に、生まれようとして生まれなかった兄がいるかもしれない、そのことを思い出そうとして思い出せないというもどかしさにとまどい、さらに、「道連」に遅れをとる。「私」は遅延によって「道連」に主導権を譲っている。

坂口周は、「デジャ＝ヴュのフィールド　志賀直哉「イヅク川」から内田百閒へ」(『日本近代文学』二〇一〇・

一二）において、自己同一性とはそもそも本源的に分裂しているからこそ「同一性」の容態が主張されるのであり、その分裂を作り出すと同時に補綴するのは人間の認識活動に介在している表記のレベル（言語）であること、知りながら解っていないというデジャ・ヴュの特質がもたらす「意識の二重性」は、いずれ主体の文字通りの分裂を引き起こさずにはいられないことを指摘している。

自称、「生まれてこなかった兄」であるところの「道連」は「私」に頼む。

「栄さん、怖くはないよ、己の願ひは何でもない事だ、ただ一口己を兄さんと呼んでおくれ」

パウル・ヴェゲナー監督
『プラーグの大学生』（1913年）

「道連」の依頼に応えることとは、「道連」の物語——彼が「私」の生まれてこなかった兄であるという物語を承認してしまうことを意味する。このように迫るとき「道連」は「私」にひどく近づく。存在が重なり合うほどに。二人の一人称が重なっていく、「己を兄さんと呼んでおくれ」。

ここには、パウル・ヴェゲナー主演および製作『プラーグの大学生』（一九一三、ステラン・ライ監督）の引用が読み取れる。『プラーグの大学生』は、ハンス・ハインツ・エーヴェルスの脚本で、伯爵家のマルギッドに恋をしたプラーグの貧しい大学生バルドウィンが金貸しのスカピネリに、鏡に映った自身の影を担保に金を借りるというドッペルゲンガー物語である。束の間の幸福の代わりに、神出鬼没で悪さをする自身の分身に悩まされ、ついに分身を殺すとバルドウィン自身が倒れてしまう。バルドゥインの屍のうえでこれみよがしに契約書を破り捨てるスカピネリのシルクハットとステッキ、メガネの容姿には、後年の『カリガリ博士』の博士のそれに通じるものがある。『プラーグの大学生』は一九二六年に、『カリガリ博士』のコンラート・ファイト（バルドウィン）と、ヴェルナー・クラウス（スカピネリ）のコンビでリメイクされた。E・A・ポーの「ウィリアム・ウィルソン」と、アルフレッド・ミュッセ（Alfred de Musset、一八一〇‐一八五七）「十二月の夜」（一八三五）が踏まえられている。一九一三年版映画『プラーグの大学生』では、最後の場面で、亡くなったバルドゥインの墓石に腰掛けた分身が、自身の罪をも意に解さずという風情であたりを見回している。そこに、ミュッセの詩を引用した字幕が挿入される。

ミュッセもまた分身に憑かれた詩人であり、引用された詩「十二月の夜」は、幼い頃からいたるところで「私」の前に現れた兄弟のようなもうひとりの「私」の幻影への呼びかけと、分身からの応答によって構成されている長詩である。映画『プラーグの大学生』が引用したのは、詩の末尾の分身の言葉にあたる。

原文は、以下の通り。

Je ne suis ni dieu ni démon,
Et tu m'as nommé par mon nom
Quand tu m'as appelé ton frère ;
Où tu vas, j'y serai toujours,
Jusques au dernier de tes jours,
Où j'irai m'asseoir sur ta pierre.

大山広光訳『アルフレッド・ドウ・ミユツセ詩集』（聚英閣、一九二六・四）はこの箇所を次のように訳している。

われは神に非ず、将た悪魔にも。
汝はわが名にてわれを呼べり、
汝が汝の兄弟とわれを呼びし時。
汝の行く処に、われ常に在らん、
汝の生命の終る日まで、
その時われ汝の墓石の上に坐らん。

「汝はわが名にてわれを呼べり」tu m'as nommé par mon nom とインターテクスチュアルな関係にあるのが、「君の名前で僕を呼んで」(Call Me By Your Name、二〇一七、アンドレ・アシマン、ルカ・ヴァダニーノ監督)で、そこではエイズの死の影に世界が覆われる前夜の少年たちの愛の時間が描かれている。ミュッセ「十二月の夜」、映画『プラーグの大学生』、そして『君の名前で僕を呼んで』の、引用関係(インターテクスチュアリティ)は、分身のモチーフに潜む自己同一性の揺らぎや崩壊の危機を継承する一方で、「私」に執着するもう一人の私というモチーフに潜在的に潜む、男女の異性愛を逸脱したクィアな欲望をあぶり出してもいる。

すこし脱線してしまった。

ここで内田百閒に戻ろう。

「栄さん、己はお父さんの声がききたい。お父さんの声はお前さんの様な声かい」
「そんな事が自分でわかるものか」と云つてしまつて、私は自分の声が道連の声と同じ声なのにびつくりした。頭から水を浴びた様な気がした。

「ああ、矢つ張りそんな声なんだ、ああさうだ、さうだ」と道連が云つた。

「私」はいかにもうかつである。いや、げんみつにいえば、もとより「私」はうかつであり、遅れをとる者であり遅れて来た者として、兄の弟なのである。「私」が「道連」に声をかけられたのは、そして「私」が声を発したのは、これが初めてではない。だが、何度か繰り返し、時間が経過し累積しなくては、「私」は、自分の声が「道連」の声と同じ声だということにすら気づかない。そうしてこれもまた「私」といくたびか言葉を交わしているはずの「道連」であるのに、二人が同じ声であること、父もまた同じ声であることについて、「私」の驚愕と、恐怖の反応に照らさなければ、了解できないのである。

「道連」は兄と呼んでくれと哀願する。答えようとして「私」は逡巡し、そうするうちに「道連」は最後の言葉を口にする。


「それぢゃもうお前さんともお別れだ。栄さん、己は長い間お前さんの事を思つてゐて、やつと会つたと思つても、お前さんはたうとう己の頼みを聞いてくれないんだ」

道連の云ふ事を聞いてゐるうちに、私は、何だか自分も何処かでこんな事を云つたことがある様に思はれた。さつきから聞いてゐた水音にも、何となく聞き覚えのある様な気がしてきた。

「もうこれで別れたら又いつ会ふことだかわからない」と道連が泣き泣き云つた。

「ああ」と私は思はず声を出しかけて、咽喉がつまつてゐるので苦しみ悶えた。忘れられない昔の言葉を、私の声で道連が云ふのを聞いたら、苦しかつたその頃が懐しくて、私は思はず兄さんと云ひながら道連に取り縋らうとした。すると、今まで私と並んで歩いていた道連が、急にゐなくなつてしまつた。それと同時に、私は自分のからだが俄に重くなつて、最早一足も動かれなかつた。

破局の瞬間、「私」と「道連」の立場は再び交替する。「道連」は、記憶の中から呼び起こされ、既視感の中に立ち現れた「私」である。大谷哲「内田百閒『冥途』テクストのトポロジーとストラテジー」は「未来方向において「過去」に出会うという回帰的、円環的時空間」をここに指摘する。いわば、未来の「私」が過去の「私」に追いつくのである。このとき「道連」が消えて「私」が重くなる、とは、「私」が「私」に重なるということだろうか。後年、埴谷雄高「不合理ゆえに吾信ず」「死霊」が説いた「自同律の不快」にも通じる重さか。この重さは死であるといってよいのか。ドッペルゲンガー現象のはじまりが死の予告であり、その終わりが死そのものであるというのなら、あるいは「私」の生には恐怖の「道連」が必要であったということか。「道連」の構造については従来、夏目漱石「夢十夜」（一九〇八）の「第三夜」との類縁性が指摘されている。


こんな夢を見た。

六つになる子供を負つてる。慥に自分の子である。

と始まり、

「御父さん、其の杉の根の所だつたね」

「うん、さうだ」と思はず答へて仕舞つた。

「文化五年辰年だらう」

成程文化五年辰年らしく思はれた。

「御前がおれを殺したのは今から丁度百年前だね」
自分は此の言葉を聞くや否や、今から百年前文化五年の辰年のこんな闇の晩に、此の杉の根で、一人の盲目を殺したと云ふ自覚が、忽然として頭の中に起つた。おれは人殺であつたんだなと始めて気が附いた途端に、脊中の子が急に石地蔵の様に重くなつた。

（『漱石全集』第十二巻、一九九四・一二）

と終わるのが「第三夜」である。大谷論文は、物語の中で明かされる〈もう一つの物語〉の「叙述の順序の差異」、「《場所》自体の円環的空間的トポロジーとしての生成」、「語り手の主体性の変化としての言説の重層性」を指摘し、漱石「第三夜」の転喩構造という大枠での「型」を踏襲した上で、構造自体を変形していると分析している。

作品集『冥途』のページを繰っていくと、「土手」という特権的な怪異の場に、読者はその後も繰り返し連れ出される。

私は狐のばける所を見届けようと思つて、うちを出た。暗い晩で風がふいてゐた。町を少し行つてから、狭い横町に曲がり、そこを通り抜けて町裏の土手に上つた。私はその土手を伝つて、上手の方へ歩いて行つた。土手の下は草原で、所所に水溜りがあつた。歩いてゐる拍子に、時時その水溜りが草の根もとに薄白く光ることがあつた。向う側には竹藪が続いてゐて、その向うに大川が流れてゐるのだけれども、此方の土手からは見えない。大水の時にはこの土手の下にも水が流れて川になるから、所所に橋が架かつてゐる。私はその橋の袂まで来て、渡らうかどうしようかと考へた。橋を渡れば藪の方へ行つてしまふ。狐は藪の中にゐるのだけれども、もつと先の方がよからうと思つて又土手の上を伝つて行つた。するとふと何だか気にかかつたので、何の気もなく後を振り返つて見たら、大きな蛍が五六十四一列になつて、さつき渡らうかと思つた橋の真上を、向うの藪の方へすうと流れて行つた。変だなと思ふと、蛍が一度に消えてしまつた。

（「短夜」）

物語の始まりからもう、「土手」に出たあたりで、「私」は化かされている。橋が此岸と彼岸とにかけられた、生と死をまたぐ両義的な、そして象徴的な場所であることはいうまでもない。が、「土手」を行くだけでも、生と死、うつつと幻、人の世と獣の世は混淆し、「私」は狐に化かされて赤子殺しの悪夢をみる。

車は長い土手の上を走つてゐる。風のやうに速い。両側に高い草の生えた間を走りぬけてゐると、草の中から子供が一人ひよろひよろと出て来て、私の車の下に這入つた。私が吃驚して、振り返つて見ようとしたら、車屋が、「振り向いて見ちや困りますよ」と非常に恐ろしい声をして云つたので、私はどきりとした。矢つ張り死んだのだなと思ふ。

（「波止場」）

かくして読者は、いくたびも「私」の死に立ち会いながら、作品集の最後「冥途」にたどり着く。巻末の表題作「冥途」については、紅野謙介「内田百閒『冥途』――「私」をめぐる語り――」（『国文学　解釈と鑑賞』一九九四・四）が「全体のメタレベルに立ったテクスト」と指摘した。

高い、大きな、暗い土手が、何処から何処へ行くのか解らない、静かに、冷たく、夜の中を走つてゐる。その土手の下に、小屋掛けの一ぜんめし屋が一軒あつた。〔中略〕

私の隣りの腰掛に、四五人一連れの客が、何か食つてゐた。沈んだやうな声で、面白さうに話しあつて、時時静かに笑つた。その中の一人がこんな事を云つた。

「提燈をともして、お迎へをたてると云ふ程でもなし、なし」

私はそれを空耳で聞いた。何の事だか解らないのだけれども、何故だか気にかかつて、聞き流してしまへないから考へてゐた。するとその内に、私はふと腹がたつて来た。私のことを云つたのらしい。振り向いてその男の方を見ようとしたけれども、どれが云つたのだかぼんやりしてゐて解らない。その時に、外の声がまたかう云つた。大きな、響きのない声であつた。

「まあ仕方がない。あんなになるのも、こちらの所為だ」

その声を聞いてから、また暫らくぼんやりしてゐた。すると私は、俄にほろりとして来て、涙が流れた。

（「冥途」）


「私」はすぐかたわらの人々の様子を「空耳」で聞くしかなかったり、「ぼんやりしてゐて解らない」姿でしかとらえられなかったりする。坂口周「大正催眠小説論　内田百閒・佐藤春夫・志賀直哉」（『言語態』二〇一二・一二）は、この箇所について以下のように指摘する。「耳という感覚器官から得た声の情報を処理して、意味内容に分節し、そして文意を把握するまでに〈遅れ〉が生じている。この場面では、まだ〈遅れ〉程度に留まっているが、続く個所になると、ほとんど聴覚失認が起こっている」と。何人連れの客であるのかさえ、四人なのか五人なのか、揺れがある。それでいて彼らの言葉は、あてつけがましく、「私のことを云つたのらしい」と腹を立てたりする。あてつけかどうか。だが、隣の客が「あんなになるのも、こちらの所為だ」と境界を引く。「あんな」と「こちら」の隔たりは大きいようだ。

隣り合って座っているはずだが、交流のできない境界にそれぞれが閉ざされている。声が洩れ、姿もおぼろにうかがわれる、膜のようななにかに隔てられている。「外の声」「響きのない声」を聞いてから、しばらくぼんやりする時間を経過しなければ、「私」はその言葉に傷ついて涙を流すことすらできない。いわば、空間的には隣り合っているように見えるけれども、異なる時間軸を生きているのである。「道連」には、思い出そうとして思い出せないもどかしさの時間と、その時間が凝《こご》ったような同じ場所をグルグル引き回すような空間とがあった。それに対して「冥途」にはのっけから、思い出していない、忘れていた「私」を責める声が響く。「私」はお彼岸の供養をしていない。忘れた。いま・ここが、お彼岸の供養をすべき時であり場所であることをも忘れていた。その声に気づかされ、だがすべてを思い出してはいない「私」と、隣の「客」たちの時差、その遅延は「私」を不安にする。

山口徹「「冥途」における〈隔たり distance〉」（『弘前大学国語国文学』二〇〇八・三）は、内田道雄「『冥途』の幻想質」（『国文学　解釈と鑑賞』一九七九・九）、真杉秀樹「不死なる「私」——内田百閒論」（『愛知県立鳴海高等学校紀要』一九八九・三）、永井太郎「「冥途」及び「道連」における声」（『京都大学国文学論叢』、一九九八・一一）などの先行研究について、「この微妙な空間を「薄い膜」がかかったようなものとして捉え、〈私〉にとってぎりぎりで通過できないものとして描かれていることに着目」してきたと、概括している。山口の問題意識は「こうした空間把握には「冥途」という表題そのものや、百閒の父が早逝している伝記的事実が前提とされている。だが、なぜこのテキストに生じている膜のようなものは彼岸と此岸とを分かつ境界であるのか、「冥途」において登場する「私」の父を亡者とするにはまず、テキストに描かれた時空間を具体的に確認する基礎的な手続きがあっていいはずである。そこで、これまで空間について偏りがちであった関心を、テキストにおける時間に向ける」というところにあった。平岡敏夫はここを「あんな（よくない）人間、つまり、提燈をともして迎えをたてるというほどのものではない人間になったのも、こちらのせいだ[7]」と、迎えるのが「客」たちで、迎えられるのは「私」と読んでいるけれども、ここは非対称でありつつも相対的な関係であろう。山口徹は隣り合った

「客」たちが「私」のともした提燈によって迎えられるはずの存在であり、すなわちこれはお彼岸、それも、「私」がこの屋台で食べている「人参葉」「自然生」から秋の彼岸、これらの「客」が土手の先へ立ち去っていくことから、秋の彼岸の「七日ほどのなかでも最終日、はしりくちの夜のこと」と、テクストの時間標識を読み取る。「冥途」の語りのうちに「期間限定の特殊な境界」が周到に表象されていおり、「これまで研究者たちが薄い皮膜のような境界として感覚的に捉えてきたのは、お彼岸において最接近した状態にある彼岸と此岸の境界」と具体的に理解することができる。「一方通行の不均衡なコミュニケーションの理由もよく説明されてくる。彼岸とは、死者がこの世へと戻ってくる期間であっても、生者があの世に行ってくる期間ではないからである」と。「提燈をともして、お迎へをたてる」という供養の儀礼は、死者の霊を迎えることによって、逆説的に、生者と死者をわかち、生と死の混淆から死の恐怖を疎外する。「私」が供養をしなかったことによって、死者が死者たちを客として伴って生のかたわらに姿をあらわす。

これが、「提燈をともして、お迎へをたてると云ふ程でもなし」という一回限りの「なし」であれば、むしろその迎えを立てるに値しないという否定の断言性は強まる。ところが「なし、なし、なし」の繰り返しによりむしろ、二度返事の軽侮が示されることになるだろう。

> 私の前に、障子が裏を向けて、閉ててある。その障子の紙を、羽根の撚れた様になつて飛べないらしい蜂が、一匹、かさかさ、かさかさと上つて行く。その蜂だけが、私には、外の物よりも、非常にはつきりと見えた。
>
> 隣りの一連れも、蜂を見たらしい。さつきの人が、蜂がゐると云つた。その声も、私には、はつきり聞こえた。それから、こんな事を云つた。
>
> 「それは、それは、大きな蜂だつた。熊ん蜂といふのだらう。この親指ぐらゐもあつた」

さう云つて、その人が親指をたてた。その親指が、また、はつきりと私に見えた。何だか見覚えのある様ななつかしさが、心の底から湧き出して、ぢつと見てゐる内に涙がにじんだ。

「ビードロの筒に入れて紙で目ばりをすると、蜂が筒の中を、上つたり下りたりして唸る度に、目張りの紙が、オルガンの様に鳴つた」

　その声が次第に、はつきりして来るにつれて、私は何とも知れずなつかしさに堪へなくなつた。私は何物かにもたれ掛かる様な心で、その声を聞いてゐた。すると、その人が、またかう云つた。

「それから己の机にのせて眺めながら考へてゐると、子供が来て、くれくれとせがんだ。強情な子でね、云ひ出したら聞かない。己はつい腹を立てた。ビードロの筒を持つて縁側へ出たら庭石に日が照つてゐた」

　私は、日のあたつてゐる舟の形をした庭石を、まざまざと見る様な気がした。

「石で微塵に毀れて、蜂が、その中から、浮き上がるやうに出て来た。ああ、その蜂は逃げてしまつたよ。大きな蜂だつた。ほんとに大きな蜂だつた」

「お父様」と私は泣きながら呼んだ。

　けれども私の声は向うへ通じなかつたらしい。みんなが静かに起ち上がつて、外へ出て行つた。

「さうだ、矢つ張りさうだ」と思つて、私はその後を追はうとした。けれどもその一連れは、もうそのあたりに居なかつた。

　そこいらを、うろうろ探してゐる内に、その連れの立つ時、「そろそろまた行かうか」と云つた父らしい人の声が、私の耳に浮いて出た。私は、その声を、もうさつきに聞いてゐたのである。

（同）

ここも、俗流精神分析の好奇心をそそりそうな箇所である。「父」と「息子」が同じ対象（蜂）を欲望する。

「父」は欲望の対象を閉じ込め、所有し、しかも「息子」がなおもその欲望を諦めないと、対象を破壊ないしは追放してしまう。「蜂」そして「蜂」と同じくらい大きな親指／親指と同じくらいの大きさの蜂、親指を立てる「父」と、一連の表象は性的な暗喩と換喩の連鎖である。

「父」が物語り、「息子」はまざまざとその光景を記憶のなかから呼び起こし、再現し、幻視する。

「息子」である「私」の置かれた音響空間（サウンドスケープ）では、「父」の声を、時差をおいて受けとめる。「「そろそろまた行かうか」と云つた父らしい人の声が、私の耳に浮いて出た。私は、その声を、もうさつきに聞いてゐたのである」というふうに、「もうさつきに聞いてゐた」声が「耳に浮いて出た」という、時間軸上の揺らぎ、遅延、あるいは反復がある。前出のテクスト「道連」では「暫らくするとぢきにまた、その水音が何時とはなしに私の耳に返つてゐた」という、リニアな物理的時間の進行の向こう側、未来の時制であるはずの時点から折り返して来るような水音による、音響空間の異化が描かれていた。が、「冥途」では音は外から反射して来るのではなく、内部から「浮いて出」る。

山口論文はこの場面に「音声と映像の伝達における時間的なずれ、遅延」を指摘する。視覚像が描き出す空間性と音響空間の時間性との乖離と言い換えてもよい。「私」と「客」たちとの近接するふたつの時空間は、蜂のエピソードの箇所で、「私」が「お父様」と泣きながら呼んだときに、にもかかわらずか、だからこそか、離れていく。山口はこのエピソードにおける物語の言説の時間について、「客」の一人（「父」）の「語る言葉に導かれ、〈私〉がふたりの共有する記憶を思い出し、その想起によって、隣にいる人物がほかならぬ死んだ父だと確信するプロセス」、この「承認するプロセス」ではあるが、「融合してしまいそうな対象と自己とがすんでのところで分かれる」のであるとも述べている。それは一面で「他者と融合してしまわない自己認識」の形成であるともいい、それを〈隔たり〉distance と呼ぶべき距離感の獲得、幽明をわかちゆく運動とも述べている。

これにたいして大谷哲「語りの現象学　内田百閒「冥途」――観念の叙法《モード》　言説の中の〈冥途〉の布置――」

(『二松學舍大学人文論叢』二〇〇九・三)は、この蜂をめぐる物語について、それは「「私」に現前するものの裏側には悉く〈遅れ〉と〈不在〉が張り付いていたという〈経験の意味〉を、結末から遡及的に強く喚起する」、あるいは、「「私」にとっての《父に対する悲しい記憶の物語》が、「父」によっても〈物語〉として語り直されているという経験の意味として「私」に了解されることで、「私」による「父」の《言い当て》を成就させる」過程であり、「「私」の辿った「お父様」という発話までの過程とは、経験の完了と追認の運動」であると概括する。「《言い当て》を成就した「私」にとって、ダイナミズムを包含する人間と世界との関係の惑る一部は終結している」、「「私」は〈観念としての死〉を生きる者(であることを知っている者)となった」、そのことによって逆説的に「私」は帰還者として再生されうる。

もっとも大谷論文の「非対称性の場において、「蜂」はその両者〔引用者注・「父」(と思しき男)と「私」〕にとって個的且つ一種有契的な表象として物語言説に写しとられている。朧化する知覚において事実性に先立って本質性が与えられるというパラドックス」があるという指摘、「間主観的な網目において生成された「蜂」の意味=経験とは、「間主体性」的な遍在性を帯びた事態として生起されている」という主張には、読者の読書行為の観点からするといささか不満が残る。読書行為はミメーシス化/非ミメーシス化の枠組みに抗う意味生産の行為でもある。間主体的な遍在性を帯びた事態は、そもそも、けっして均質化としては現象しない。「蜂」を見てとるものとして、すなわち現象を構成するものとして「父」(と思しき男)と対になりながら「私」が機能しているからといって、「対になりながら」機能するもののあいだの非対称性が解消されるわけではない。解消されない澱のようなものとしての遅延も残る。たとえ「私」がその遅延を追認する涙を、長い時間をかけて流したとしても、そこに消えない痕跡を読者は受けとめる。

山口徹論文は、蜂のエピソードに「言語の獲得と引き換えに課される社会的な掟をめぐってのエディプス的な問題が潜在している」「かつて父の所有するビードロから飛び立って逃げたはずの蜂(言語と掟)は、その後

〈私〉のものとなることもなく、死んでしまっている父と〈私〉の狭間で羽根をねじらせうごめいている」と指摘した。山口は次のように問題提起する。「蜂のありようは、百閒の随筆における語りが、言語そのものの秩序に適っていてもどこかしら社会性（通常の言語活動におけるルール）を欠き、世の実態とねじれることで独特のユーモアを醸し出していることと対応してはいまいか。つまり、かつて父を殺したわけでも父の法に従ったわけでもなく、ただ父が死んでしまっていたことを承認することによって得られた語りには、家父長的な掟が不在なのである」と。

「家父長的な掟」の不在は、供養の儀式の象徴的次元の不在とも対応している。それをふまえたうえで、先祖の供養をしないような「私」に育ち上がったことについて、「あんなになるのも、こちらの所為だ」という言説は、「こちら」（家父長たち）の教育（の行き届かなさ）が、あんな「私」に及んでいるという、支配の言説としてのしかかる。「父」と「息子」の欲望と葛藤を描きながら、「家父長的な掟が不在」であるとはどういうことか。

ここでは「父」によって閉じ込められ、これを保持するケース（ビードロ）を破壊され、追放された「蜂」が、羽根がよじれて飛べない蜂が、「父」の性とも「私」すなわち息子の性とも異なる性、異性性を帯びた客体であり、彼らにはとらえがたいなにものかでもあり、「蜂」を間にはさむかぎり、「父」と息子の非対称性は解消されないということを確認したい。それはどこまでも読者を誘惑する。たしかにどこにも、それが女性であるとも母性であるとも書かれはしないけれども。ここには曖昧で、「家父長的な掟」に回収されない、クィアな欲望が読み取れる。その意味で「掟」は脱臼させられている。

月も星も見えない。空明かりさへない暗闇の中に、土手の上だけ、ぼうと薄白い明りが流れてゐる。さつきの一連れが、何時の間にか土手に上つて、その白んだ中を、ぼんやりした尾を引く様に行くのが見えた。私は、その中の父を、今一目見ようとしたけれども、もう四五人の姿がうるんだ様に溶け合つてゐて、どれが父だか、解らなかつた。

私は涙のこぼれ落ちる目を伏せた。黒い土手の腹に、私の姿がカンテラの光りの影になつて大きく映つてゐる。私はその影を眺めながら、長い間泣いてゐた。それから土手を後にして、暗い畑の道へ帰つて来た。

（同）


「客」たちの「一連れ」は、いったい四人なのか五人なのか、その人数さえ最後まで曖昧である。輪郭は溶け合っている。その中に「父」がいる、あれが「父」だと、「私」は目を凝らすけれども、「四五人の姿がうるんだ様に溶け合つてゐて」その中の一人である「父」は判別できない。「父」が複数化しているのかもしれない。「うるんだ様」なのは、「私」の涙のせいかもしれず、つまり「私」のまなざしゆえに、「客」たちは一人一人が判別できないのかもしれない、そのように主客が相関した像である。「土手」の上だけは特権的に、「ぼうと薄白い明りが流れて」、彼岸に帰る死者たちを照らすかのようである。黒い「土手」の腹には、「私の姿がカンテラの光りの影になつて大きく映つてゐる」。そこはあたかもスクリーンのように、映し出す媒体であり、「私」は、黒地の上の「影」として映し出される。「父」の死を承認させられ、現世から疎外されて彼岸に帰る死者との訣別をうけいれさせられ、それらの痕跡を包摂した「私」の「影」である。死者たちに別れを告げられた「私」は、その痕跡を痛みとして受容し包摂し、死者たちの痕跡を包摂した大きな「影」を眺めながら、長い間、涙を流す。その時間は、「私」にとって、「私」の大きな「影」の包摂した痕跡を受容するために必要な時間にもあたる。それを追悼の時間と呼んでよいのかもしれない。そうして「私」は帰ってくるのである。

3、『旅順入城式』——触覚的なまなざしの実践

内田百閒の第二作品集『旅順入城式』は、次の序文を置いて一九三四年二月に岩波書店から刊行された。

「旅順入城式」序
本書収ムル二十九篇ノウチ前掲ノ七篇ニハ稍物語ノ体アレドモ爾余ノ二十二篇ハ即チ余ノ前著「冥途」ニ録セル文ト概ネソノ趣ヲ同ジクスルトコロノ短章ナリ余ハ前著「冥途」ヲ得ルニ十年ノ年月ヲ要シソノ漸ク上梓ノ運ビニ到ルヤ期年ニシテ大震火災ノ厄難ニ会シ紙型ヲ灰燼ニ帰セシメテ絶版ノ悲運ニ遭ヘリ爾後マタ十年筆ヲ齧ミ稿ヲ裂キテ僅カニ成ルトコロヲ本書ニヲサメ書肆ノ知遇ヲ得テ刊行スルニ際シ文章ノ道ノイヨイヨ遠クシテ嶮シキヲ思フ而已

昭和九年一月　百鬼園ニテ　　著者識

紅野謙介は次のように言及している。

私なども一九二〇年代から三〇年代の近代文学における認識のシステム変化でいえば、内田百閒をいつも考えるんです。『冥途』（一九二二）もじつに映像的な視覚効果をもっていますが、『旅順入城式』（一九三四）などでは、大学の講堂で日露戦争時の水師営の会見の場面を映画でみている。映画でみていながら、みている映像に何か自分自身の無意識の思いが投射されて、しかも投射されたものが異物のようになってスクリーンの外側にまでおよんでくるといいますか、あたかも実体であるかのようになって自分自身に襲いかかって

くる、そういうことを描き始める書き手が出てくることは面白いと思います。

（中山昭彦・松浦寿輝・高橋世織・紅野謙介「《座談会》映画／テクスト／他者」
『文学』二〇〇二・一一－一二）

この発言は作品集『冥途』から『旅順入城式』への、小説における映画的欲望の深化をもうまく言い表している。映像に無意識が投射されるという機構について、作品集『旅順入城式』の書き手は、より意識的である。そのため「冥途」のだしぬけにいいあてられる怖さ、先回りされる怖さ、不定形な怖さにくわえて、演技的な怖さ（「山高帽子」）、「影」「映像」の分身の怖さ、「私」の無意識だけではなく戦争や軍隊などの暴力装置をも指し示すいわば社会化された怖さも、作品集『旅順入城式』には盛り込まれている。

ただし、テクスト「映像」に描かれている分身は、よくあるドッペルゲンガーではないのだ、と、高島直之は述べる。「映像」の分身は次のように現れ出る。

目をあけて、ふと足許になつてゐる縁側の障子を見たら、切り込みの硝子に、ぼんやりした人の顔が映つてゐた。私は枕をあげて、その顔を見返した。その顔が次第にはつきりして来て、頭の髪や、眉や目の形がわかる様になつた。眼鏡をかけてゐた。薄髭を生やしてゐた。——私はぞつとして、水を浴びた様な気がした。それは私の顔だつた。私の顔が外から、私を覗いてゐた。

（「映像」）

高島は、この「私」の顔の登場にさいして「〈映る〉〈映った〉〈映っている〉」と表現している。〈現れる〉という言い方は数えるほどしかない。それが自分であれ、なにかしらの異界からこちら側へ移動して現れ出る、幽霊のような扱いはしていない。また逆に、この世界での、自分という内面と、もう一つの内面を突き合わせてみるような、観念的な文学性も見あたらない。これがタイトルからもうかがえる「映像」たるゆえんなのだが、けっして〈鏡像〉や〈幻像〉ではないことに注意しておきたい」という。(8) それはどういうことか。

たんなる鏡においては、自分の本当の顔がその鏡面に映るのであって、鏡面自体はつねに受動的な関係におかれる。しかし、この百間の「映像」では、主体が障子ガラスに現れる〈顔〉のほうにあり、本当の顔は受動的立場になって、投影される側に回っているのだ。

（高島直之『中井正一とその時代』）

げんみつにいえば、「本当の顔」と映った「顔」のあいだに、「本当」であることの優位性を保証するはたらきがないのである。「障子ガラスに現れる顔の、いわば複製として自分の顔がある。主体があちら側にあるといえるし、あるいは、相互主体的な関係をとりむすんでいるといってもいい」（同書）。高島はここで中井正一の「うつす」という概念を援用して、内田百間の「映る」「映った」「映っている」を読む。中井正一は一九三二（昭和七）年九月『光画』に「うつす」という論考を寄せている。高島が注目するのは、以下の点である。すなわち「〈うつす〉という現象は、他動詞的な〈覆す〉と自動詞的な〈移す〉とに分かたれ、光の領域においては、二つの方向として表れる。つまり、レンズの付いたカメラは受動的に光を吸収してフィルムに定着させるが、一方、映写機は光を外に放出する能動的なシステムをもつ」「「うつすこと」は、投映されるという受動態から、投影するという能動態へ転化することで、鏡から光画へとパラダイム転換される」（同書）と。

「相互主体的な関係」とは、ポストモダンの言説と誤解されがちだが、たんなる差異の消失をいうのではない。高島は、中井正一「ノイエ・ザッハリッヒカイトの美学」（『美・批評』一九三二・五）を引用する。それによれば認識の「変化的要素が主観的側面であり、恒常的要素が客観的側面と考えられる。しかし、これは相対的なものに過ぎず、あくまで仮定であり、それらが比較されることによって、より変化的とも、より恒常的ともいいうる。つまり、現在の状態は過去のそれに対して客観的と考えられると同時に、現在の状態は未来のそれに比して主観的と考えられる。すなわちそのあいだには函数的関係が成立する。／問題は、函数関係にあるのであって、主観と客観の対立を〈物〉として論じられないのだと、中井は強調している」（高島『中井正一とその時代』）。そうして、高島はこの意味で、内田百閒が「小説の筋立てや構成としてだけではなく、より本質的なモチーフとして「無意識に写真や映画の機構をとりいれ、モンタージュとしての文学を内在化していった」と論じる。

高島の所説を引いて、丸川哲史は次のように議論を展開している。

高島の指摘は、一九二〇‐三〇年代にかけて、写真や映画といったテクノロジーの大衆への浸透が、ベンヤミンの言う「集団的な眼差し」の変容をもたらしたとするものである。百閒の「身体」にかかわるアプローチは、半ば彼本人の体質に根ざしたものでありながら、やはりテクノロジーの導入に促され、また己の身体自体が、そのような感覚‐機械へと変成していくプロセスを示しているものと思われる。

そういった意味合いで、「旅順入場式」という作品は、当時の帝都住民の中のテクノロジー経験を考察するための特権的な視座を与えてくれる。

（丸川哲史『帝国の亡霊――日本文学の精神地図』青土社、二〇〇四・一一）

テクスト「旅順入城式」は、内田百閒の第二著作集の表題作にあたる。

無声時代の大正十年、私が勤務してゐた法政大学の講堂で、日露戦争の旅順口の要塞戦、その陥落、我が軍の入城式の活動写真を観た。従軍した独逸の将校が写したものださうで、それが陸軍省の手に入り、保管されてゐたのを持ち出して観せてくれたのである。

画面の暗い、薄ぎたない写真であつたが、それが却つて印象的であつた。私は非常に感銘し、後で「旅順入城式」と題する短章を書いた。

その中で臼砲を山に曳き上げる兵隊を、列外から鼓舞する下士が獣の様な声で号令したり、写真に出て来る人物と、今ここで暗闇の中に一ぱいに詰まつてゐる観客とが、どつちがどうなのか、けぢめも立たぬ儘で声を出したり、泣いたり、勿論無声映画でそんな事がある筈のない事を、ありさうに書いて、その写真を観た時の感動を表現しようとした。

私の企てた事が思つた通りに行つたか、どうかは別として、その為に随分苦心したが、後にトーキーが普遍するに及び、映写の人物が口を利いたり声を出したりするのは当り前の事になつた。列外の下士が獣の様な声で号令したり、だれかが泣いたり、そんな事をなぜ事事しく叙述したのか、意味はないではないかと云ふ事になる。その時は骨をけづる思ひで推敲したが、トーキーの発達で苦心は水泡に帰したと思はなければならぬのか。まだよく解らない。


（内田百閒「たましひ抜けて」『小説新潮』別冊、一九六四・四）

上田学は、内田百閒「旅順入城式」（初出『女性』一九二五・七）のテクスト内で鑑賞された映画について、「ローゼンタールにより撮影された実写映画に、字幕を加えて再編集したと思われる映画」（「日露戦争と映画――実写映画を受容する観客の歴史性」『映画と戦争――撮る欲望／見る欲望』森話社、二〇〇九・八）と推定している。ジヨセフ・ローゼンタール（Joseph Rosenthal）はイギリスのアーバン社から派遣され、第三軍に従軍外国通信員として加わり、『旅順の降伏』（Siege and Surrender of Port Arthur、一九〇五）を残した。「ローゼンタールは、一九〇四年年七月に、イラストレイテッド・ニュースである『スフィア』紙の記者という肩書きで、門司から遼東半島に向かい、第三軍に従軍」「旅順攻囲戦や、馬上の乃木希典とアナトーリイ・ステッセリらを撮った」と、上田は伝えている。

「旅順入場式」が発表された一九二五（大正一四）年は日露戦争終結から二〇周年であり、この年から翌年にかけて、日露戦争ものの映画が新作・旧作ともに流行していた。(9) 土本典昭「実写映画を見る」(10) は、大砲を運び上げる場面で白い歯を見せておどける兵士が映ることを指摘し、井田望「内田百閒「旅順入城式」論――フィルムを媒介として辿る「不思議な悲哀」」（『日本文藝研究』二〇〇三・六）は、「苦しみに限定されない兵隊の日常性」を読みとる。佐藤忠男『日本記録映像史』（評論社、一九七七・四）は、「日露戦争当時のほんとうの実写は、技術的にとても、ナマナマしい戦闘をその場で撮るというところまではいっておらず、せいぜい、巨大な大砲を発射するところとか、それを運搬するところ」であったという技術的な限界を指摘し、またそうした限界のもとに撮影されたフィルムが後年繰り返し再編集され、軍国主義時代のイデオロギーにあわせて将軍たちを英雄化することになったと述べている。

だが、内田百閒「旅順入城式」は、この実写映画を再現する語りではなく、映画を読むという行為について語りはじめるのである。「陸軍省から借りてきた煙幕射撃の写真」「アメリカの喜劇や実写」などが上映された後、「旅順開城の写真」が始まる。陸軍省から来た将校が、無声映画の説明をする活動弁士よろしく「この写真は同時独逸の観戦武官が撮影したもので、最近偶然の機会に日本陸軍省の手に入つた。水師営における乃木ステッセル両将軍の会見の実況も入つて居り又二龍山爆破の刹那も写されてゐる、恐らく世界の宝と申してよからうと思ひます」と解説する。「さうして演壇に立つたまま、急に闇の中に沈んでしまつた。そのカーキ色の軍服姿がまだ私の瞼の裏に消えない時、肋骨服を着て長い髭を生やして、反り身の日本刀を抜いた小隊長に引率せられてゐる一隊の出征軍が、横浜の伊勢崎町の通を行く写真が写つた」、これが小説内の映画旅順入城式の始まりである。

語りの現在の時制において映画の解説をする陸軍省の将校の姿と、古い無声映画の中の小隊長と出征軍の姿とは、あたかもモンタージュのようにつなぎ合わされている。大谷哲「「近代の物語」序説――内田百閒「旅順入城式」――映画と語りの振幅、その内と外」（『二松』二〇〇八・三）は、この箇所に、「陸軍省から来た将校の軍服とスクリーンの肋骨服とが「私の瞼の裏」で二重写しとなり、「横浜の伊勢佐木町の通」へと場面転換する。ここにオーバーラップや『カリガリ博士』で駆使されたアイリスショットとの照応」があることを指摘している。それを介して、語りの現在の時制における映画の観衆である「私」もまた、映画の世界につなぎ合わされることになる。

兵隊の顔はどれもこれも皆悲しさうであつた。私はその一場面を見ただけで、二十年前に歌ひ忘れた軍歌の節を思ひ出す様な気持がした。

（「旅順入城式」）

山田桃子「知覚の変容と映画――内田百閒「旅順入場式」（1925）」は映画の中の兵士たちと「私」との「身体的な呼応」を指摘する。[11] 山田は以下のように述べる。「視覚的刺激への身体的な反応〔中略〕をきっかけにして、理念的に身体から切り離された〈視覚〉と映画カメラ（の〈視覚〉）とが接続し、語り手は映像を〈主観的視覚〉＝錯覚として経験することとなる」。映画の運動性が観客のうちに引き起こす共振あるいは感情移入の過剰性である。ただし、「私」は語り手であると同時にこの無声映画の観客であり読者である。兵隊の悲しみは、実態がどうであったかという以上に、「私」が読解行為によって生産した感情、見る・読む行為の過剰性なのである。無声映画を投影しているスクリーンは、「私」のなかの失われた記憶（として呼び起こされる映像や「軍歌の節」）をも「うつし」だす。「うつし」だすというかたちで、つなぎ合わせる。そのようにつなぎ合わされた「私」と「兵隊」たちは、分身関係となる。

旅順を取り巻く山山の姿が、幾つもの峰を連ねて、青色に写し出された時、私は自分の昔の記憶を展いて見るやうな不思議な悲哀を感じ出した。何と云ふ悲しい山の姿だらう。峰を覆ふ空には光がなくて、山のうしろは薄暗かつた。あの一番暗い空の下に旅順口があるのだと思つた。（同）

ここには映像メディアによってつくりだされる記憶、メディアによってひらかれていく記憶の重層があらわになっている。メディアを通じ知識として情報として知っていた旅順口の位置が、スクリーン上にあたかも自身の体験であるかのように、現し出されるのである。山田桃子「内田百閒作品における転換と映像メディア――「旅順入場式」の映像（イメージ）と〈起源〉をめぐって」（『日本近代文学会　北海道支部会』二〇二〇・五）は、日露戦争以後について、メディア・テクノロジーが人の記憶自体を操作の対象とした時代と規定する。「旅順入城式」の「私」もまた映像メディアによって媒介され、「私」の戦争体験の〈起源〉が、あたかも今ここで立ち上がり、そこに主体として参加しているかのように読める。あらかじめ媒介され遠ざけられた出来事の〈起源〉が、映画体験を通じて遡行的に現前しているかのように進んでいく。いわば〈起源〉の創造であり、構成された既視感である。

ただし当時は先端のテクノロジーを駆使して撮影され投射された映画ではあるものの、色彩は奪われ、視野は狭く、捉えうる領野の外部や奥は闇に没している。悲しみや悲哀は、旅順の風景という客体の側にあると云うより、「私」の移ろう心象としてあるのだし、新しいけれども技術的な限界のあるメディア、新しかったけれどもいちはやく古びて「画面の暗い、薄ぎたない写真であつたが、それが却つて印象的」（内田百閒「たましひ抜けて」）になるようなメディアによって醸成される情緒でもある。山田桃子が、「フィルムのぼけを強調する描写は、光の物理的痕跡である映画の触覚性を際立たせ」る、「痕跡の生々しい感触に、語り手は接している」と指摘する[12]のもこの点である。

> 大砲を山に運び上げる場面があつた。暗い山道を輪郭のはつきりしない一隊の兵士が、喘ぎ喘ぎ大砲を引つ張つて上がつた。年を取つた下士が列外にゐて、両手を同時に前うしろに振りながら掛け声をかけた。下士の声は、獣が泣いてゐる様だつた。
> 私は隣りにゐる者に口を利いた。
> 「苦しいだらうね」
> 「はあ」とだれだか答へた。
> （同）

無声映画の時代、表象はただ沈黙していたわけではなく、たとえば楽団が、たとえば活動弁士が、にぎやかに説明し、うたい語っていたのだとは、よくいわれるところである。観客もまた、静かに椅子席に腰掛けて画面を見つめるという受容態度だけではなく、座席なしに立ち見したり、畳やゴザのうえに座ったりという鑑賞のあり方もあった。どうやら「旅順入場式」では、大学の講堂で、教員も学生も多くが立ち見をしているようだ。「私」は、無声映画ではあるはずのない「喘ぎ」声や「掛け声」「獣が泣いてゐる様」な声を聞いている。そうしてかたわらのものに語りかけ、観客席の闇の中で隣り合った誰かがそれに答える。

観客席の闇は、観衆の一人一人を無名にするので、隣にいる者がいったい誰なのかもわからない。だが同じその闇に包まれていることが、観衆を同じ映画を受容する集合体として組織するために、映画を観ていなければ話しかけなかったような相手につい話しかけてしまうのかもしれない。そして、応えたのは「隣りにゐる者」ではなかったかもしれない。客席の者ではなく、スクリーンに映し出された兵士から応えが聞こえてきたとしても、この物語の構造においてはおかしくないのである。


首を垂れて、暗い地面を見つめながら、重い綱を引張つて一足づつ登つて行つた。首のない兵隊の固まりが動いてゐる様な気がした。その中に一人不意に顔を上げた者があつた。空は道の色と同じ様に暗かつた。暗い空を嶮しく切つて、私共の登つて行く前に、うな垂れた犬の影法師の様な峰がそそり立つた。

「あれは何と云ふ山だらう」と私がきいた。

「知りません」と私の傍に起つて見てゐた学生が答へた。


（同）


ベンヤミンのいう映画に対する「触覚的なまなざし」がここにはたらいている。

「輪郭のはつきりしない一隊の兵士」、「首のない兵隊の固まり」、「手足だか胴体だかわからない様な姿の一群れ」、「いくら近づいても、文目《あやめ》がはつきりしない」、「乃木大将の顔もステツセル将軍の顔も霧の塊りが流れた様」という、一連の身体の欠落の表象、輪郭の朦朧化、表情の喪失、分節化の障害は、もどかしさとともに、まなざしの触覚的なはたらきにたすけをもとめずにいられない。

語り手の「私」といえば、映画をまなざしながら「首を垂れ」、「暗い地面を見つめ」綱の「重さ」を感じとる。主語の省略を介して、語り手は、「首のない兵士」たちに繋がれていく。「首のない兵隊の固まり」の中にありつつ、「一人不意に顔を上げた者」、そしてそそり立つ「峰」にまなざしをむける者こそ、「あれは何と云ふ山だらう」という疑問を口にする「私」そのひとにほかなるまい。語り手であり映画の観客である「私」は「私共」としてスクリーン上に展開される映画のなかの現在の苦行を分かちあっている。「首を垂れて、暗い地面を見つめ」る者である「私共」――兵士として疎外され奪われた主体として、個人の集合としてではなく名もなき兵士たちとして複数にさせられた「私」たちの登りゆく坂の前に「うな垂れた犬の影法師の様な峰」として動物化された客体としての空間表象がうつしだされる。これが主客が共振する表象であることはいうまでもない。

だが「私」の問いかけに、このたび応えるのは、さきほどのように「だれだか」わからないだれかではなくて、「私の傍に起つて見てゐた学生」で、それは相対的には先ほどより具体的で、より、観客らしい観客なのだろう。山田桃子「内田百閒作品における転換と映像メディア――「旅順入場式」の映像（イメージ）と〈起源〉をめぐって」は、行軍の表象に、映像の非人称的な視点への同一化があり、映像とそれを見る主体という構図が解体すると同時に、主体化が起こっていると指摘する。それが、映像の兵士とともに山を登る「私」という、見られるものとしての表象世界に内在的な形で表現されるところに特徴があるとも述べる。しかもそれでいて、映像／それを見る主体という対立構図からの変移、映像と主体の関係性の変質は、語りによってなかば覆い隠されているとも主張する。

しかしながら、映像への没入から観客の位置へと再帰するとはいえ、その再帰の地点が少しずつずれていること、語り手が転位し変質していることを読みとるのは、そうむつかしいことではないだろう。

遠い山の背から、不意に恐ろしい煙の塊りが立ち騰つて、煙の中を幾十とも幾百とも知れない輝くものが、筋になつて飛んだ。さうしてすぐ又後から、新らしい煙の塊りが湧いて出た。二龍山の爆破だときいて、私は味方の為とも敵の為とも知れない涙が瞼の奥ににじんで来た。

さうして、たうとう水師営の景色になつた。辺りが白らけ返つてゐて、石壁の平家が一軒影の様に薄くたつてゐた。向うの方から、むくむくと膨れ上がつて、手足だか胴体だかわからない様な姿の一群れが、馬に乗つてぼんやりと近づいて来た。さうして、いくら近づいても、文目《あやめ》がはつきりしないままに消えてしまつた。

それから土蔵の様なものの建ち並んだ前を、矢張り馬に乗つた露人の一行がふらふらと通り過ぎた。さうして水師営の会見が終つた。乃木大将の顔もステツセル将軍の顔も霧の塊りが流れた様に私の目の前を過ぎた。（同）

水師営では「平家が一軒影の様に薄くたつてゐた」と語られる。これはスクリーン上の表象なのだから、「影の様に」ではなく、まさしく「影」そのものである。プロパガンダという観点からすれば、何が映し出されているかが優先されるべき重要な内容であり、二龍山爆破を見せ、水師営の会見を、実録映画を通じて再演することは、乃木将軍の神格化につながるのだといえるかもしれない。が、弁士役をつとめた将校が、見どころである、「世界の宝」であるとまで紹介したこの二つの場面ですら、見え姿を読むという観点からすれば、おぼろな影でしかない。映画化は神格化につながるという側面だけではなく、とりわけ白黒の、古い映画フィルムにおいては、身体のあからさまな二次元化、朦朧化、色彩を喪失した文字通りの（媒体）メディア化である。そこでは味方も敵もみきわめがつかない「煙」のようなものに変容させられる。「乃木大将の顔もステツセル将軍の顔も霧の塊りが流れた様」に変貌させられる。破壊あるいは華々しい戦果もまた、筋になって飛ぶ輝くものと煙の塊りである。勝者の群れも敗者の群れも、「むくむくと膨れ上がつて、手足だか胴体だかわからない様な姿の一群れ」に変形させられる。「さうして、いくら近づいても、文目《あやめ》がはつきりしないままに消えて」、個人の識別どころか味方か敵かすら分節化できない。「手足だか胴体だかわからない様な姿の一群れ」や「ふらふら」した露人の一行の表象とつなぎ合わされ、モンタージュされ、乃木大将もステッセル将軍も、「霧の塊りが流れた様」に「顔」

をすなわちペルソナを溶かして喪失してしまったまま、溶暗、フェイドアウトして行く。そのように「私」は読む。

これが美術であれば、書き手の不安や恐怖や欲動によって変形される外界の図像、表現主義的な表象の提示にもあたるのだろう。だが、ここにはあらかじめ表現主義の激烈な内面のようなものがあるのではない。それに似たはたらきをするのは、この映画の見え方、表象、メディアの特性であり、いわば映画が表現主義の美術家の内面に近似したものをつくりだしているのである。そして、ここには徹底して映画の内容ではなく、その表象、見え方を読むまなざしがはたらいている。まなざしはそのようにはたらかされている。まなざしは、見えるものがどのように見えるかしか、見ないようにしている。ただ目の前を流れて見えるものを、ひたすら見る。表象とその見え方の意味によって、映画が写しとっている対象の意味——日露戦争の帰趨、将軍たちの事績が読み替えられたり、その権威を剝奪されたりする。表象が煙のように見え、靄のように見えるなら、神格化された英雄の営為も煙のように雲散霧消し、曖昧なものに変質させられる。

悪戦二百有余日と云ふ字幕が消えた。鉄砲も持たず背嚢も負はない兵隊が、手頸の先まで袖の垂れた外套をすぽりと著て、通つた。道の片側に遠近のわからない家が並んでゐるけれど、窓も屋根も見分けがつかなかつた。兵隊はみんな魂の抜けた様な顔をして、ただ無意味に歩いてゐるらしかつた。二百日の間に、あちらこちらの山の陰で死んだ人が、今急に起き上がつて来て、かうして列んで通るのではないかと思はれた。だれも辺りを見てゐる者はなかつた。ただ前に行く者の後姿を見て動いてゐるに過ぎなかつた。

（同）

実際には実写映画『旅順の降伏』には各シークエンスごとに字幕がつけられていたはずである。が、字幕については見せ消ちのように最後に言及されるだけである。字幕は、映画の内容を要約し、解説し、その読み方を方向付ける機能をもつが、「私」のまなざしは、そのような字幕による指示内容を無視するのである。「悪戦二百有余日」は、帝国の勝利の栄光の指標ではなく、死者を生み出し続けた時間の指標である。表象が示すのは勝者の華々しい凱旋の行進ではない。表象がスクリーンの外の勝者の歴史の言説と結びつけて解釈されることはない。そうすると、勝者と敗者の別なく兵士の群れは「魂の抜けた様な顔をして、ただ無意味に歩いてゐる」ように見える。生者と死者の別もつきがたく見える。

「垂れる」ものについては、首を「垂れ」て重い大砲を引きずり上げる兵士にしても、「うな垂れた犬の影法師」のような山容にしても、袖の垂れた外套を着て、鉄砲も持たず背嚢も負わない兵士にしても、注目しなければならない。「手頸の先まで袖の垂れた外套」は、大きすぎるのか、それともこの兵士は手頸から先を失ってしまったのか、はては命も魂も失ってしまったものなのか、読者は、その「垂れる」ことの反復に注意を喚起させらる。

いわばゾンビ映画を観るように、この映画は観られている。ゾンビ映画であれば、死は伝染する――げんみつにいえば死者が立ち上がり行進し生者を襲うという一連の行動は、伝染するのである。

「旅順入場式であります」
演壇にさつきの将校の声がした。
暗がりに一杯詰まつてゐる見物人が不意に激しい拍手をした。
私の目から一時に涙が流れ出した。兵隊の列は、同じ様な姿で何時までも続いた。私は涙で目が曇つて、自分の前に行く者の後姿も見えなくなつた様な気がした。辺りが何もわからなくなつて、たつた一人で知らない所を迷つてゐる様な気持がした。

「泣くなよ」と隣りを歩いてゐる男が云つた。

すると、私の後でまただれだか泣いてる声が聞こえた。

拍手はまだ止まなかつた。私は涙に頬をぬらしたまま、その列の後を追つて、静まり返つた街の中を、何処までもついて行つた。


（同）


真杉秀樹はこの死者と生者の道行について、「それは、死者が生者であり、生者が死者である世界である。百閒は『冥途』において、畑の道を生者の方へ引き返して来たが、ここにおいては、死者と生者が融合する彼方へ旅立ったといえるだろう」（『内田百閒の世界』教育出版センター、一九九三・一一）と結論している。

「旅順入場式であります」という将校の声、「泣くなよ」という隣を歩いている男の声。活動弁士の役割をつとめる将校が、ここまで沈黙を守って来たのか、それとも「私」にその説明が聞こえなかったのか、あるいはその説明と読みの方向づけを拒んでいたのか、わからない。「私」に見えていたのは死者と生者の見分けのつかない一群れの行進だった。それを将校は「旅順入場式」と解説し、見物人は拍手する。映画が終わったのかすらわからない。行進は続いているのだ。あるいは映写が終わったスクリーンから溢れて行進を続ける兵隊の列が存在するように、そして「私」もそのなかのひとりであるかのように、「私」は迷う。「泣くなよ」と男が声をかけるのは、兵士たちがスクリーンから抜け出して「私」のかたわらにいるからなのか、「私」がスクリーンのなかに没入して抜け出せなくなってしまったからなのか、隣の男は兵士なのか見物人なのか、あえてその声は重層的な意味の場に置かれている。「私」が追いかける「その列」は、映画の中の、映画から抜け出した兵士の列であるのか、拍手する人並みの列であるのか。だが、街は「静まり返」って、実録映画の観客の賑わいからは遮断されて、あたかも無声映画の内部の世界のようなのである。

注

（1）平山三郎「「冥途」「旅順入城式」雑記」（旺文社文庫、一九八一・五）、酒井英行『「冥途」の覚書」（『内田百閒【百鬼】の愉楽』沖積舎、二〇〇三・六）

（2）ルートヴィヒ・トーマ（Ludwig Thoma、一八六七－一九二一）。代表作に「悪童物語」。トーマの「フリーダおばさん」を訳すという計画もあった。

（3）ヘルマン・ズーダーマン（Hermann Sudermann、一八五七－一九二八）作。「フラウゾルゲ」は「憂愁夫人」とも訳された。

（4）シュニッツラー（Arthur Schnitzler、一八六二－一九三一）作「盲目のジェロニモとその兄」か。

（5）クリスティアン・フリードリヒ・ヘッベル（Christian Friedrich Hebbel、一八一三－一八六三）はドイツの劇作家・詩人・小説家。「アインライツンク」は序文のこと。

（6）ゼラピオン同人集（Die Serapionsbrüder、一八一九）所収の「マルティン親方とその弟子たち（Meister Martin der Küfner und seine Gesellen）」のことか。

（7）平岡敏夫「内田百閒『冥途』」（『高等学校国語Ⅱ指導資料』大修館、一九八九・四、のち『塩飽の船影：明治大正文学藻塩草』有精堂、一九九一・三）

（8）高島直之『中井正一とその時代』（青弓社、二〇〇〇・三）

（9）上田学「日露戦争と映画――実写映画を受容する観客の歴史性」（『映画と戦争――撮る欲望／見る欲望』日

本映画思想書19、森話社、二〇〇九・八）
上田学「観客のとまどい――映画草創期におけるシネマテックの興行をめぐって」（『アート・リサーチ』立命館大学アート・リサーチセンター、二〇〇七・三）
などを参照。
なお上田学「観客のとまどい――映画草創期におけるシネマテックの興行をめぐって」は、「喜楽座のシネマテック」（『貿易新報』一九〇五・九）によって、その上映内容を示している。

「前編　包囲中の旅順」
第三軍某連隊万歳の声に送られ横浜出発の光景
軍用運搬車ダルニー市街を通過する実況
大島将軍幕僚と共に戦略を議する光景
我弾薬運搬車山間を通過する状況
我前進隊砂嚢秣嚢を以て防御陣地作成の光景
二〇三高地付近の山間を我歩兵を前進する実況
二〇三高地第一回攻撃我歩兵塹壕内にて各小銃を清掃する光景
同高地を距る百碼の塹壕内にて小銃検査の実況
三十七年十二月三十一日激戦中我撮影者危険を冒して旅順の背面全景を写せし光景
二龍山攻撃中我砲兵の交戦
我十一吋砲の運搬
十二月二十八日二龍山砲台下に二噸のダイナマイトを敷設して爆発せしめしを我陣地より見たる光景
占領後の二龍山破壊の光景

二龍山占領の際要塞内に発見したる水雷地雷等を大島将軍が検閲する光景
二龍山占領後残兵を悉く捕虜となせし壮絶の光景
「後編　陥後の旅順」
乃木ステッセル両将軍の会見したる水師営の実景
乃木将軍及幕僚水師営に到着せし際の光景
会見後ステッセル将軍レース大佐マリチンコ中尉等帰途の光景
乃木将軍降伏条件協定後帰途の光景
我軍入城式中に撮影せし旅順市街の光景
第三軍の将校挙て陥落の祝宴を為す光景
同く兵士の祝宴厳寒の際なれば運動して暖を取りつゝ食事を為して嬉々たる光景
一月八日露国捕虜旅順退去の実況
捕虜携帯物を鳩湾へ運搬する光景
無蓋の一列車日本兵護衛の下に捕虜を出発してダルニーへ出発の実景
ステッセル将軍及夫人小児と共に旅順退去の光景
三十八年一月十三日日本軍入城式の光景先頭に進むは軍楽隊にして写真器の前を通過して乃木将軍及幕僚を右方に停止す
乃木将軍以下幕僚及外国従軍武官の入城
第三軍旅順入城式の実況

（10）土本典昭「実写映画をみる」（『日本映画の誕生』講座日本映画1、岩波書店、一九八五・一〇）
（11）山田桃子「知覚の変容と映画——内田百閒「旅順入場式」（１９２５）」（『JunCture 超域的日本文化研究』二

〇二一・三）

（12）（11）に同じ。

第5章　芥川龍之介と『カリガリ博士』——終焉の表現主義

1、『カリガリ博士』よりも気味の悪い日常を生きる

芥川龍之介は浅草で『カリガリ博士』を観たようだ。

ずつと近い頃の〔浅草の・引用者注〕記憶はカリガリ博士のフィルムである。（僕はあのフィルムの動いてゐるうちに、僕の持つてゐたステツキの柄へかすかに糸を張り渡す一匹の蜘蛛を発見した。この蜘蛛は表現派のフィルムよりも、数等僕には気味の悪い印象を与へた覚えがある）

と一九二四（大正一三）年一月「野人生計事」[1]に認めている。

浅草での『カリガリ博士』の封切りは、一九二一（大正一〇）年五月一三日、浅草キネマ倶楽部である。芥川龍之介はその年三月下旬から七月上旬まで中国に旅している。封切り直後ではなく、しばらく経ってからの鑑賞ということになるだろう。

『カリガリ博士』を観る芥川龍之介を、浅見淵（一八九九－一九七三）が目撃している。

> 僕は偶然芥川龍之介を四回曾見した。しかも四回のうち三回は、映画館と劇場に於てゞあつた。そのうち二回は「カリガリ博士」とか、「ゲニーネ」などゝいふ、当時流行の表現派のドイツ映画を浅草へ観に行つた時で、もう一回は大震災の前の年、アンナ・パヴロワの舞踏を帝劇へ観に行つた時である。[2]

ロベルト・ヴィーネ監督『ゲニーネ』

エッセイ「野人生計事」で芥川は、『カリガリ博士』を「表現派のフィルム」と言い換え、その印象を「ステツキの柄へかすかに糸を張り渡す一匹の蜘蛛」の「気味の悪」さと対照させている。彼は世上「気味の悪」さで評判の表現派のフィルム、『カリガリ博士』の世界よりも、主観的には、自身の体験のなかに、より「気味の悪い」ものが潜んでいるといいたかったのだろう。それはどのような気味悪さか。蜘蛛そのものの気味悪さ。蜘蛛のいる浅草の映画館の闇の気味悪さ。フィルムの規則正しい回転の時間を縫って、映画の物語の進行を離れて、ステッキに糸を張り渡す蜘蛛の行為の気味悪さ。そして身体に近接した所有物、いわば彼の身体の換喩的あるいは提喩的な位置を占めるステッキが、糸を張り渡す行為によって蜘蛛のテリトリーとして徴《しるし》づけられてしまったという気味悪さである。そのように自身が脅かされる気味悪さである。そしてそんな気味悪い日常を生きざるをえない「私」について、芥川は語りたかったのかもしれない。

今泉康弘「傾いた家の中の僕——芥川龍之介と映画の技法2（幽霊＋表現主義）」（『法政大学大学院紀要』二〇

〇二・一〇）は、『ゲニーネ』（Genuine. Die Tragödie eines Seltsmen Hauses、一九二〇、日本公開一九二二・一〇・二〇、浅草・帝国館）について、ロベルト・ヴィーネ監督、脚本カール・マイヤー、すなわち監督と脚本は『カリガリ博士』のコンビであることに注意を喚起している。芥川の手帳に「おおフロリアンよ　フロリアンよ　わたしにおいしいお菓子をたべさせてくれたフロリアンよ」「ドイツのゲニイネの中の主役フロリアン」とあるのが、『ゲニーネ』のことだろうと、今泉論文は推測している。『ゲニーネ』に登場する中性的なたたずまいが印象深い優男「フロリアン」すなわち、主役の美女ゲニーネの狂恋の相手方に、芥川は讃嘆の声をあげている。クィアな欲望の吐露と読める。

また他方では小説におけるメディアの支配について、芥川は、長篇小説が新聞紙の匂いをもつといい、短篇小説が月刊誌を感じさせるといって、作品の中から「新聞や雑誌の浮かび上がると云ふことは、どこか表現派の映画じみた空想である」（「文藝雑談」『文藝春秋』一九二七・一）と書いてもいる。小説の読み書きも、芥川の場合、表現派じみた悪夢に支配されていたということか。

『カリガリ博士』の時代は、第一次世界大戦後の時代であり、スペイン風邪のパンデミックの時代でもあった。芥川龍之介は、一九一八年一一月初めと、翌年二月中旬以降と、二度もスペイン風邪で病床に臥した。実父敏三をスペイン風邪で失っている。憧憬の対象であった松村みね子、友人の菊池寛、久米正雄、松岡譲、斎藤茂吉らも、罹患し苦しんだ。宮坂覺「ある原風景——国際芥川龍之介学会ＩＳＡＳ設立、そして、芥川龍之介とパンデミック」は、「芥川の悲劇を生み出す健康崩壊の直接の起因は、中国特派旅行ではなく、スペイン風邪とその後の余波と読み直す必要が生じよう」（『跨境：日本語文学研究』二〇二二・六）と、コロナ禍に振り返っている。

その時代はまた、文学に隣接する芸術ジャンルとして同時代の美術が積極的に受容された時代から、映像の世紀への過渡期でもあった。

「追憶」(3)は「活動写真」の項を設けて次のように語る。

僕が始めて活動写真を見たのは五つか六つの時だつたであらう。僕は確か父と一しよにさう云う珍しいものを見物しに大川端の二州楼へ行つた。活動写真は今のやうに大きい幕に映るのではない。少くとも画面の大きさはやつと六尺に四尺位である。それから写真の話も亦今のやうに複雑ではない。僕はその晩の写真の中に魚を釣つてゐた男が一人、大きい魚が針にかかつたため、水の中へまつ逆様にひき落される画面を覚えてゐる。その男は何でも麦藁帽をかぶり、風立つた柳や芦を後ろに長い釣竿を手にしてゐた。僕は不思議にその男の顔がネルソンに近かつたやうな気がしてゐる。が、それはことによると、僕の記憶の間違ひかも知れない。

「ネルソン」に近い顔という連想は、海軍機関学校の教官という芥川の経歴に照らすなら、ホレイショー・ネルソン（Horatio Nelson, 1st Viscount Nelson KB、一七五八－一八〇五）を指すだろうか。アメリカ独立戦争、ナポレオン戦争などで活躍した海軍提督である。イギリスにおける英雄であるだけではなく、日本でもネルソン提督は英雄視されていた。その肖像画の顔に、映像のなかの男の顔が似ていたということか。だがその映像の記憶は曖昧な、まちがいかもしれない記憶である。映画のなかの人物がネルソンに似ていたのかどうかだけではなく、彼が数え年で五つか六つの頃すでにネルソンの顔を記銘していたのかどうか、その記憶もあやうい。それでも、スクリーン上の映像でひっくりかえった男とネルソン提督を結びつけるという意味づけは、スクリーン上の無名の男だけではなくて、ネルソン提督の威容をも、少なからずおとしめてみせる。無声映画における人間の二次元化、声と色彩の喪失、メディア化、そしてコンテクストの消去、内面性の不在が、英雄の権威を剝奪するような仕掛けとしてはたらきうることが、そこで示唆される。

順序にまちがいはあるかもしれないが、映画が記憶、追憶と結びつけられる機序はうごかしがたい。新しいメディア、そして技術革新の進行の速度が著しいメディアであればあるほど、いちはやく古びていく。映画の記憶は喚び起こされ、語りなおされ、より古い記憶としてつくりかえられる。

小説の登場人物は、関東大震災後の焼け跡の街を歩きながら、映画の体験を喚び起こす。

保吉も亦二十年前には娑婆苦を知らぬ少女のやうに、或は罪のない問答の前に娑婆苦を忘却した宣教師のやうに小さい幸福を所有してゐた。大徳院の縁日に葡萄餅を買つたのもその頃である。二州楼の大広間に活動写真を見たのもその頃である。

（芥川龍之介「少年」『中央公論』一九二四・四 - 五）

古い映画の記憶は「娑婆苦」を知らない、無垢な、幼き日の幸福と結びつけられている。記憶から呼び戻される映画体験は、縁日の「葡萄餅」の味覚の記憶と並べられるほどに、うっすらと甘やかである。

両国の隅田川沿いの二洲楼における映画上映は一八九八（明治三一）年一月一三日から一九日のものという。(4) まだ草創期にあった活動写真の体験は、徳川期から点々とつらなってひとびとのまなざしに供せられたメディアである影絵、のぞきからくり、走馬灯、幻燈などとともに、記憶の奥底にしまわれている。

いっぽう、より現在的な映画への欲望は、メディア化された身体への欲望として新たな段階を迎える。銀幕の俳優への憧れである。メディア化された身体によってかきたてられた欲望が市場を形成した歴史は、徳川期の役者絵から、下っては芸者のブロマイドにいたるまで、多様な先例がある。芥川龍之介「片恋」（『文章世界』一九一七・一〇）では、そこにひねりがある。

お徳の惚れた男と云ふのは、役者でね。あいつがまだ浅草田原町の親の家にゐた時分に、公園で見初めたんだそうだ。から云ふと、君は宮戸座か常盤座の馬の足だと思ふだらう。所がさうぢやない。抑、日本人だと思ふのが間違ひなんだ。毛唐の役者でね。何でも半道だと云ふんだから、笑はせる。

その癖、お徳はその男の名前も知らなきければ、居所も知らない。それ所か、国籍さへわからないんだ。女房持か、独り者か――そんな事は勿論、尋くだけ、野暮さ。可笑しいだらう。いくら片恋だつて、あんまり莫迦げてゐる。〔中略〕僕がからかつたら、お徳の奴、むきになつて、『そりや私だつて、知りたかつたんです。だけど、わからないんだから、仕方がないぢやありませんか。何しろ幕の上で遇ふだけなんですもの。』と云ふ。

幕の上では、妙だよ。幕の中でと云ふなら、わかつてゐるがね。そこでいろ〳〵聞いて見ると、その恋人なるものは、活動写真に映る西洋の曾我の家なんださうだ。これには、僕も驚いたよ。成程幕の上でには、ちがひない。

酌婦お徳の片恋の相手は銀幕の上にいる。ここではメディア化された欲望の対象が、名前も国籍も身上もわからない無名性として語られている。スターですらない「半道」すなわち、端役の俳優、「西洋の曾我の家」つまりコメディリリーフ的な役どころをつとめる男性ということだ。類型に落としこまれている。職業柄、性愛の相手に事欠きはしないであろう彼女が、メディア化された無名の異性の身体を恋うという点が、物語の妙である。

そうして、映画のなかの無名のコメディアンに恋心をつのらせるというお徳について語る「片恋」の語りは、彼女の理知に欠ける点、彼女の職業、この語り手と聞き手との友人「志村」に肘鉄を食わせたという廉で、彼女の片恋の物語を幾重にも軽侮し笑いものにしようとする。

『毎日行きたくつても、さうはお小遣ひがつゞかないでせう。だから私、やつと一週に一ぺんづゝ行つて見たんです。』――これはいゝが、その後が振つてゐる。『一度なんか、阿母《おつか》さんにねだつてやつとやつて貰ふと、満員で横の隅の所にしか、はいれないんでせう。さうすると、折角その人の顔が映つても、妙に平べつたくしか見えないんでせう。私、かなしくつて、かなしくつて』――前掛を顔へあてて、泣いたつて云ふんだがね。そりや恋人の顔が、幕なりにぺちやんこに見えちや、かなしからうさ。これには、僕も同情したよ。

白黒化され、声もたてない、二次元のメディアにすぎない幕の上の「顔」であり「身体」である。スクリーンの端から眺めれば歪んでみえる。だがそんなことは彼女とて重々承知である。

『何しろあなた、幕の上で遇ふだけなんでせう。向うが生身の人なら、語《ことば》をかけるとか、眼で心意気を知らせるとか出来るんですが、そんな事をしたつて、写真ぢやね。』おまけに活動写真なんだ。肌身はなさずとも、行かなかつた訳さ。

かつては役者絵や、（枕絵春画の類の機能はいうまでもなく）ブロマイドの美男美女が観衆観者の欲望をかきたてた。活動写真はそれらと違って「肌身はなさず」所有し愛玩することがかなわないメディアである。だからこそまなざしは、到達しがたいものへの憧憬のうちに強度をいやます。

出口丈人「芥川と映画」（『芥川龍之介作品論集成』別巻、翰林書房、二〇〇一・三）は、お徳の片恋の相手に擬せられた俳優を、フランスの喜劇俳優、マックス・ランデー（Max Linder、一八八三－一九二五）と特定している。ランデーは一九〇五年から映画に出演し、一九〇八年からは演出も手がけ、一九一七年に渡米してエッサネイ・スタジオで監督主演作品を製作したのち、プロダクションを設立するが、一九二五年に自殺した。通称エッサネイ・スタジオは、エッサネイ・フィルム・マニュファクチュアリング・カンパニーのこと、一九一五年にチャー

マックス・ランデー

ルズ・チャップリンを迎え、ここでチャップリンは一四本の映画をつくって、映画界の地歩を確かなものにした。エッサネイ・スタジオでマックス・ランデーはチャップリンの後輩にあたるが、フランスでのキャリアも含めて、チャップリンに先立つ喜劇王と称され、シルクハットに正装、口髭をたくわえた姿が、チャップリンの扮装のモデルになったともいわれる。

『何でも、十二三度その人がちがつた役をするのを見たんです。顔の長い、痩せた、髯のある人でした。大抵黒い、あなたの着ていらつしやるやうな服を着ていましたつけ。』——僕は、モオニングだつたんだ。さつきで懲りてゐるから、機先を制して、『似てゐやしないか』つて云ふと、すまして、『もつといゝ男』さ。『もつといゝ男』はきびしいぢやないか。

コメディの扮装で、いつでもどこでも場所柄をもわきまえずモーニングの正装をしている役者と、ハレの日にはモーニングを着て料理屋に流れる「僕」たちとの階層の相違を、まったく顧みないことで、彼女の無知が際立たせられているようだ。「僕たち」はお徳に振られた友人や、「僕」の話に耳を傾ける聞き手をも含めた、教育を受け、西洋の身嗜みの約束事にも通じた、男たちの共同体であり、お徳は彼らの男同士の絆や暗黙の了解を、無自覚にかきみだす女性でもあった。彼らは苛立たしい存在を陰で笑う。お徳の「片恋」は男たちの共同体から笑われる恋でもある。

一九一〇年代の芥川龍之介の書簡には、映画の感想が何度か記されていることが知られている。安藤公美は「芥川の興味が当時多く流入してきていたヨーロッパの、特には文芸映画と呼ばれるジャンルに向いている」（『芥川龍之介　絵画・開化・都市・映画』翰林書房、二〇〇六・三）と指摘した。もっとも、芥川は、映画メディアに、その銀幕上に二次元化されたイメージに恋するまでにはいたらなかったようである。彼が語る映像化されたスターと観客との関係性は次のようなものだった。

幕の上に映つたアメリカの役者に、——しかも死んでしまつたヴアレンティノに拍手を送つて吝《をし》まないのは相手を歓ばせる為でも何でもない。唯好意を、——蓄いては自己を表現する為にするのである。

（「文芸的な、余りに文芸的な」十五「文芸評論」、『改造』一九二七・四）

ところで、尾崎翠には「木犀」（『女人芸術』一九二九・三）という、チャーリー・チャップリンに恋する「私」語りの小品がある。「私」は、汚い喫茶店の女給に、色男でもない喜劇役者に大好きなんていうのはおかしい、「あたしだつてヴアレンチノが死んでから活動嫌ひになつちやつたわ」と笑われる。芥川龍之介「片恋」のパロディであろう。「木犀」は、映画俳優に恋すること自体は否定しないが、チャップリンではダメで、ヴァレンチノならあり、という大衆のコードを登場させているのである。

2、「影」——映画と分身

幼い記憶や、ほのかにもおろかしい片恋や、諧謔の気分と切断し、映画館が恐怖にみちた空間に変わるのは、上映される映画作品の性質によるだろうか？　たとえば犯罪もの、残酷もの、ないしは表現主義映画の流入によるのだろうか。いうまでもなく、晩年の芥川龍之介にとっては、映画館の闇だけではなく、世界のいたる場所が恐怖と戦慄に支配されていたかもしれないのだが。

一九二〇（大正九）年「影」の時点で、まだ『カリガリ博士』は封切られていない。だが一九一三年の『プラーグの大学生』は、どうだろう、芥川龍之介は観ただろうか。(5)ドイツの脚本家ハンス・ハインツ・エーヴェルス（Hanns Heinz Ewers、一八七一－一九四三）がエドガー・アラン・ポー（Edgar Allan Poe、一八〇九－一八四九）の「ウィリアム・ウィルソン」（一八三九）に触発されて原作を書いた。もちろん芥川はポーを読んでいる。

伯爵令嬢マルギットに恋をしたプラーグの大学生バルドウィンは、鏡に映る自分の影を抵当に、借金をする。行く先々で悪さをする影をついに殺した、その途端にバルドウィンは死んでしまう。シュテラン・ライ（Stellan Rye、一八八〇－一九一四）監督、パウル・ヴェゲナー製作および主演、一九二六年には、ヘンリック・ガレーン監督、コンラート・ファイト（『カリガリ博士』のチェザーレ役）ヴェルナー・クラウス（『カリガリ博士』のカリガリ役）共演でリメイクされている。芥川は観ただろうか。

芥川龍之介の「影」では、日本人の妻・房子を手に入れた日華洋行の主人・陳彩のもとに、妻の不貞を讒訴《ざんそ》する手紙が何通も届く。これは根も葉もない、日華洋行の書記・今西の奸計なのだが、陳彩は嫉妬と疑念に惑わされて探偵を雇い、はては妻を我が手にかけてしまう。妻を殺す陳彩を、もうひとりの陳彩が見つめている。そして彼らの惨劇を映画『影』の物語として「私」は目撃する。

いわばシェイクスピア「オセロ」の翻案で、そこに探偵や、ドッペルゲンガーのモチーフ、そして映画という媒体が絡むところが近代的である。

結婚前の房子は、男たちからの貢物を無邪気に陳彩に披露する。

「これは皆お前の戦利品だね。大事にしなくつちや済まないよ。」
すると房子は夕明りの中に、もう一度あでやかに笑つて見せた。
「ですからあなたの戦利品もね。」
その時は彼も嬉しかつた。

そんな会話を交わすような、男たちの欲望を無邪気にうけとめる娘だった。男たちからの「戦利品」を大切にしなければすまない、同様に陳彩からの「戦利品」も大事にしなければいけないという言説と、陳彩の「戦利品」である妻を彼も大事にしなければならないという言説を、房子は二重に語っていたのである。

そんな結婚前のはなやかな場面と、不安と緊張にひきつれた現在の場面とは、あたかも映画のカットバックのように、交互につなぎあわされ語られていく。陳彩が妻の不貞を告げる手紙によって疑惑をつのらせていき、ついにはおのれの疑惑の投影たるドッペルゲンガーをつきとめてしまうという物語の流れと、妻が得体の知れない〈影〉につきまとわれておびえ続けるという流れとが、「横浜。」「鎌倉。」という地名を付された場面転換とともにかわるがわるあらわれる。「妻との出会いと新婚の日のあるひとこまが主人公の回想の場面としてカットバックされるなど、ここにはいかにも〈映画〉的な工夫が随所になされている」「同一時間軸上の二つの事件を並行して描いていくという「影」の方法」は「クロス・カッティングの方法」であると、三嶋譲は指摘した(6)。

結婚から一年後、男たちの悪意、疑念、嫉妬に晒されつづけた妻・房子は、神経を病んでいる。

私はこの頃一人でゐるとね、きつと誰かが私の後に立つてゐるやうな気がするのよ。立つて、さうして私の方をぢつと見つめてゐるやうな――

あるいは、次のように。

すると次第に不思議な感覚が、彼女の心に目ざめて来た。それは誰かが後にゐて、ぢつとその視線を彼女の上に集注してゐるやうな心もちである。

房子は鳥打帽をかぶった若い男に監視されているような気がする。「怪しい何物か」が「眩しい電燈の光にも恐れず、寸刻もたゆまない凝視の眼を房子の顔に注いでゐる」のを感じる。房子が出ていくと、残された三毛猫が、「急に何か見つけたやうに、一飛びに戸口へ飛んで行き、さうしてまるで誰かの足に、体を擦りつけるやうな身ぶり」をする。しかも語り手の視点から、そこには「何もゐるやうなけはひは見えな」い。先行研究は、（たとえば渡邊拓「芥川龍之介「影」」『論樹』一九九二・九が）ここに注目して、「怪しい何物か」あるいは「探偵」に陳彩の匂いを読んできた。

「影」の語りの信頼度は、まちまちである。陳彩、陳彩の雇った探偵、怪しい何物か、房子、三毛猫、語り手。男たちの企みを知らない房子は、彼女に対する讒言も、かけられた疑惑も、探偵の追跡も、監視も、なにもかも、ただおぼろな恐怖、むしろ自分の正気を疑う恐怖そのものとして受けとめる。房子は、事情を把握できていない。陳彩は文字通りの疑心暗鬼で、どんな証左が出てきても（あるいは出てこなくても）房子を正確に客観視することはできない。探偵は素性がわからない。探偵は「怪しい何物か」と同一であるのか、あるいは三毛猫に体を擦り付けられる陳彩と同一であるのか、それこそ怪しい。しかしそこに「何もゐるやうなけはひは見えなかつた」というのは、実際に不在であるのか、信頼のならない語り手のまなざしゆえ見えないのか、その視点が無責任なカメラアイであるのか、猫の乱心であるのか、判然としない。

映画の観客のまなざしは男性の女性に対する窃視の欲望に類比的であるというローラ・マルヴィに従うなら、

夫は妻をスクリーンの上の女優のように覗き見、妻は安定した居場所から追放され、映画の登場人物のように偸《ぬす》み見られているのだといいかえてもよい。偸み見られ、覗き見られ、監視されているという妻の不安と恐怖は、その視線がどこから来るのか特定できないものの、根拠のないものではない。彼女には探偵がつけられているし、今西は虎視眈々と彼女の落ち度を探っているであろう。陳彩もまた探偵の眼や今西の手紙を媒介に、彼女の情報を得、監視しているのである。

一方、彼女と共にすごすためにではなく、自分がそこにはいない、夫婦の寝室を外から覗きこむために家に向かおうとする陳彩は、姿は見えないが「忍びやかな靴の音」を耳にする。靴音は屋内の廊下に響き、寝室の戸が開き、窓が閉まり、くしかピンか何かが落ちる音を、陳彩は嫉妬深い聞き耳を立て、寝室の戸に耳をおしあて、盗み聞きする。ため息も漏れ聞こえる。

この時戸から洩れる、蜘蛛の糸程の朧げな光が、天啓のやうに彼の眼を捉へた。陳は咄嗟に床へ這ふと、ノツブの下にある鍵穴から、食ひ入るやうな視線を室内へ送つた。

鍵穴から彼は決定的な一瞬を覗き見てしまう。「鍵穴の中にドッペルゲンガーを見た陳彩の体験は、こうした「動く自分の像」を見るという映画体験をなぞってしまっている」と、大西永昭「メタフィクション的感覚と映画体験——芥川龍之介「影」を題材としたメタフィクション試論——」(『近代文学試論』二〇一六・一二)は指摘する。

そして破局が訪れる。

陳の寝室の戸は破れてゐた。が、その外は寝台も、西洋蚊帳《がや》も、洗面台も、それから明るい電燈の光も、悉一瞬間以前と同じであつた。
陳彩は部屋の隅に佇んだ儘、寝台の前に伏し重なつた、二人の姿を眺めてゐた。その一人は房子であつた。——と云ふよりも寧ろさつきまでは、房子だつた「物」であつた。この顔中紫に腫れ上つた「物」は、半ば舌を吐いた儘、薄眼に天井を見つめてゐた。もう一人は陳彩であつた。部屋の隅にゐる陳彩と、寸分も変らない陳彩であつた。これは房子だつた「物」に重なりながら、爪も見えない程相手の喉に、両手の指を埋めてゐた。さうしてその露《あらは》な乳房の上に、生死もわからない頭を凭せてゐた。

もはや「二人」とは呼べない、一人は「房子だつた「物」」であり、いまひとりはもうひとりの陳彩である。それを陳彩は見る。

芥川龍之介「影」で興味深いのは、鏡像を奪われるというこの種の型のドッペルゲンガー小説が往往にして、鏡像を奪われたものが魂をも奪われ、やがて行動の主導権を奪われてしまう、もうひとりの「私」が知っていることを、「私」は知り得なくなってしまうという、「私」の非対称性の構造をもっているのに対して、ふたりの陳彩が、いずれも、事件の全貌を知り得ないまま共存するという点である。

部屋の隅から二人を眺めている陳彩と、寝台のうえに横たわる陳彩とは、分裂したままである。房子を殺したのはどちらの陳彩か。房子の「喉に、両手の指を埋めてゐた」のはどちらの陳彩か。まなざしと激情が、これに先立つ場面の、ぬすみ聞きをし、のぞき見をした陳彩のまなざしと連続しているのであれば、折り重なったふたりを眺めている陳彩が、殺害の主体の陳彩となる可能性もある。それは、不貞をはたらいた房子を殺す動機をもっている陳彩である。だが寝台の上の陳彩の方は、「房子だつた「物」に重なりながら、爪も見えない程相手の喉に、両手の指を埋めてゐた。さうしてその露な乳房の上に、生死もわからない頭を凭せてゐた」。こちらの陳彩の欲望はいかなるものだったろうか。嗜虐的な殺人者のそれか。あるいはこちらこそが夫の陳彩であるのか。

彼をつけ、夫婦の部屋を外からうかがい、おびやかすものの強迫観念にとらわれて、寝台の前でついに掌中の妻のいのちを絶ったか。

主客の視点は転換しているのか。陳彩が夫であると同時に、房子の不貞の相手でもあり、なおかつ嗜虐的な殺人者でもあったという選択肢もあるだろうか。後からやってきた陳彩が裏切られた怒りのままに房子を手にかけ、いのちからがら部屋の隅まで逃れた陳彩がそれを見ている、そういう構図もあるか。曖昧な描かれようである。

何分かの沈黙が過ぎた後、床の上の陳彩は、まだ苦しさうに喘ぎながら、徐に肥つた体を起した。が、やつと体を起したと思ふと、すぐ又側にある椅子の上へ、倒れるやうに腰を下してしまつた。

その時部屋の隅にゐる陳彩は、静に壁際を離れながら、房子だつた「物」の側に歩み寄つた。さうしてその紫に腫上つた顔へ、限なく悲しさうな眼を落した。

椅子の上の陳彩は、彼以外の存在に気がつくが早いか、気違ひのやうに椅子から立ち上つた。彼の顔には、――血走つた眼の中には、凄まじい殺意が閃いてゐた。が、相手の姿を一目見るとその殺意は見る見る内に、云ひやうのない恐怖に変つて行つた。

「誰だ、お前は？」

彼は椅子の前に立ちすくんだ儘、息のつまりさうな声を出した。

「さつき松林の中を歩いてゐたのも、――裏門からそつと忍びこんだのも、――この窓際に立つて外を見てゐたのも、――おれの妻を、――房子を――」

彼の言葉は一度途絶えてから、また荒々しい嗄れ声になつた。

「お前だらう。誰だ、お前は？」

もう一人の陳彩は、しかし何とも答へなかつた。その代りに眼を挙げて、悲しさうに相手の陳彩を眺めた。

すると椅子の前の陳彩は、この視線に射すくまされたやうに、無気味な程大きな眼をしながら、だんだん壁際の方へすさり始めた。が、その間も彼の唇は、「誰だ、お前は？」を繰返すやうに、時々声もなく動いてゐた。

その内にもう一人の陳彩は、房子だつた「物」の側に跪くと、そつとその細い頸へ手を廻した。それから頸に残つてゐる、無残な指の痕に唇を当てた。

明い電燈の光に満ちた、墓窖《はかあな》よりも静な寝室の中には、やがてかすかな泣き声が、途切れ途切れに聞え出した。見ると此処にゐる二人の陳彩は、壁際に立つた陳彩も、床に跪いた陳彩のやうに、両手に顔を埋めながら……………

だが、そうするとここの人物の同一性にも疑いが生じる。「床の上の陳彩」は「椅子の上の陳彩」に姿勢を変えた。床の上から椅子の上に移動した陳彩は、房子を手にかけた陳彩であるはずだ。殺人の目撃者となった「部屋の隅にゐる陳彩」は、「房子だつた「物」」のそばに歩み寄る。「限なく悲しさうな眼」をしていると語られるのは、この陳彩をも外から観察するまなざしがはたらいてのことである。これに対してもう一人の「血走つた眼の中に」「凄まじい殺意が閃いてゐた」のが、先ほど房子を手にかけた陳彩との、文字通りの自己同一性であろう。

「椅子の上の陳彩」は誰であり、部屋の隅から近づいてくる陳彩は誰なのか。殺害者は誰なのか。

「椅子の上の陳彩」は自分以外の存在に気づいて椅子から立ち上がる。覗き見した方の陳彩は、すでに、自分以外の存在が寝室にいたことを知っている。だれが殺害者であるかを知っているはずである。

さきに部屋の中にいたふたりのあいだに殺戮が起こったとするなら、それは、房子と寝台を共にする陳彩が、追跡されているという妄想、盗み見られているという妄想、房子が浮気をしているという妄想にとりつかれた嫉妬のあまりの凶行だろう。そうでなければ、間男の陳彩が嗜虐的な暴力をふるったと読むか。覗き見ていた方の陳彩が、房子を殺したということはありうるだろうか。その場合は、夫婦の寝室に自分以外の存在がいたことが殺害の動機となる。「椅子の上の陳彩」は盗んだ男である。自分にそっくりな自分以外の存在について何者かわからないというだけなら、「誰だお前は？」と、最初の一言を発したのは、房子を手にかけた陳彩であってもおかしくない。あるいは、逢引の現場に踏みこまれて愛人を殺された男が、「誰だ、お前は？」と声を出すというのも、百歩譲ってその可能性はなくはない。「椅子の上」にいて椅子から立ち上がった陳彩と、「椅子の前に立ちすくんだ儘」対峙する陳彩がいて、言葉を発しているのは、後者という構図かもしれない。

くりかえすが。

　彼は椅子の前に立ちすくんだ儘、息のつまりさうな声を出した。
「さつき松林の中を歩いてゐたのも、——裏門からそつと忍びこんだのも、——この窓際に立つて外を見てゐたのも、——おれの妻を、——房子を——」
　彼の言葉は一度途絶えてから、又荒々しい嗄れ声になつた。
「お前だらう。誰だ、お前は？」

殺害者の陳彩と目撃者の陳彩。夫の陳彩と間男の陳彩。しかしどこかで陳彩は入れ替わっているのではないか？「さつき松林の中を歩いてゐた」に該当するのは、二人の陳彩、両者ともにである。房子の動向と二人の寝室を盗み見よう、盗み聞きしようと陳彩がはかっている間に、もう一人の陳彩はもしかしたら間男としてではなく夫として堂々と帰宅し、寝室に入っていたのではないか？　ドッペルゲンガーは、たとえば『プラーグの大学生』などにあるように、それくらいの悪さを平気でやりかねないのである。「影」の場合、先に帰宅して寝室に入った陳彩が、悪の鏡像ではなく、自分こそが正当な夫であり、後からやってきた陳彩は、闖入者であり暴漢であると思いこんでいたという読みの選択肢もないわけではない。

「誰だ、お前は?」と繰り返されるたびに、自身を房子の夫だと認識していたのはどちらの陳彩なのか両者ともになのか、「誰だ、お前は?」と発語しているのは房子を手にかけた陳彩なのかそれを目撃した陳彩なのか、転々として、論理がもつれてくる。「椅子の前に立ちすくんだ儘」「誰だ、お前は?」と声を出している、その陳彩こそ、いったい誰なのだろう?

「彼」が惨劇の目撃者としての陳彩であるとすれば、彼は「誰だ、お前は?」と繰り返しながら、もうひとりの陳彩のまなざし、妻を手にかけた悪漢のまなざしに射すくめられたかのように壁際にあとずさりしていったということだろう。もうひとりの陳彩は、床に跪き、「房子だつた「物」」の傷痕にくちづける。いつとはなしに微かな泣き声がとぎれとぎれに聞こえ、「壁際に立つた陳彩」と「床に跪いた陳彩」、二人の陳彩が同じように両手に顔を埋めている。

「彼」が房子を手にかけた陳彩であるとすれば、彼の妻房子を奪い、彼の凶行の動機となった陳彩が彼と同じ顔をしていることを恐怖し、あとずさりしたということになる。彼は、とうとう妻の殺害におよぶまで、もう一人の陳彩に追い詰められてしまった。もう一人の陳彩は、しかしながら多くのドッペルゲンガー物語の鏡像のようにひらきなおることはせず、房子に口づけ、涙を流す。

先行研究には、この二人の陳彩‐房子の惨殺を目撃した陳彩と手にかけた陳彩について、「誰だ、お前は?」と声に出したのが、一貫して房子を手にかけた陳彩のほうだという読みがある。浦崎佐知子「「誰だ、お前は?」物語の構造と主体の分裂：芥川龍之介「影」試論[7]」は次のように読む。「「誰だ、お前は?」という科白が繰り返されるが、それは一貫して、房子を殺害した方の陳彩が吐く科白である」「つまり、房子を殺した方が

「誰だ、お前は?」と言っている」、椅子から立ちあがった陳彩はそのまま椅子の前に立ちすくんでおり、「さつき松林の中を歩いてゐたのも、――裏門からそつと忍びこんだのも、――この窓際に立つて外を見てゐたのも、――おれの妻を、――房子を――」この「――」による中断を、房子を手にかけたのもお前だろう、という意味の中断と解釈する。これに対して、「お前だらう。誰だ、お前は?」と叫ぶのは、房子を手にかけたところを目撃された陳彩の方だ、という読みである。

「〈陳彩〉と〈もう一人の陳彩〉、どちらがどちらだと決定することが、本当に必要なのだろうか?／どちらでもいいということではないのだろうか?」と浦崎は留保する。その上で、浦崎は次のように分析する。「既に分裂状況の直中にあった〈陳彩〉が、妻房子と〈もう一人の陳彩〉との呪わしい情事の光景を幻覚によってとらえ、最終的には房子を殺害するに至るという経過をたどるとなると、行為の主体の連続性が破綻することはなくなる」と。そして、分身関係について、オットー・ランクを援用して考察する。「まったくの相争いを演じてみたり、両方が共に倒れることがあったり、一方が他方のために我身を犠牲にすることもあるわけである。言い換えれば、一方が他方の諸々の欲望を、強いては本来的な死の欲望さえも実現させてしまうということになろうか」。

しかも「影」で分裂をきたしているのは陳彩だけではない。房子もまた引き裂かれている。陳彩を猜疑心で苛む匿名の密告者である今西は、かつて房子とかかわりのあった男性であるかもしれない。今西が手紙の形にした疑惑は、死への欲動とともにもとより陳彩のうちにきざしていたものかもしれない。

浦崎説をふまえて「記述が錯綜しており非常にわかりづらいが、最初に房子の死体の喉に手をかけていたはずのBが、目撃者だったはずのAに対して「房子を」殺したのは「お前だらう」と言っていることになる。ここに描かれているのは単なる分身現象ではなく、一人の人間が分裂した上にいつのまにか入れ替り、どちらがどちらかわからなくなってしまうという事態(8)」であると読んだ者もいる。

これに対して、前出の渡邊拓「芥川龍之介「影」」は、次のように読む。「椅子の上の陳彩」は先に寝室にいて房子を殺したはずの陳彩であり、「相手」が後から入ってきた、つまりこれまで読者が付き従ってきた陳彩である。ここは二人の立場が逆転してしまっている。渡邊は、鍵穴から寝室を覗く場面で、作中人物である陳彩と読者の対象への興味が、レベルを異にしていることに注意を喚起する。「陳彩は妻の不貞への疑念を持って対象へ向かっているが、房子に不貞の事実のない事を知る読者の興味は、「怪しい何物か」が何であるかという点にある」と渡邊は分析する。「恐らくここで読者が持っているような興味は作中人物の誰も持ってはいないであろう。読者は、作中人物より上のレベル、作中世界を外側から見るレベルにいるのである。作品世界の場を生きるようにはなっていない」と渡邊は概括する。

この混乱を引きおこしているのは、視点の不連続性と、語りの不規則な交替である。それぞれの陳彩いずれが房子を自分の妻と認識しているのか二人ともそうおもいこんでいるのかという関係性の認識に混乱があり、それぞれの陳彩はいずれが房子の死に責任があると認識しているのかという混乱があり、そして「誰だ、お前は？」という発語がいずれの陳彩のものでもありうるという曖昧さがある。

謎は、誰が陳彩であるのか、発語しているのは誰なのか、「怪しい何物か」とは何者か、そして誰が房子を手に掛けたのか。と、重層する。

石川景子「芥川龍之介『二つの手紙』『影』論」（『東京女子大學日本文學』二〇〇一・九）は次のように整理を試みている。一読するとこの場面で一番初めに「陳彩」と呼ばれ、描写の中心となっていく部屋の隅の陳彩が陳彩本人であるように見える。しかもこの話は「妻を疑ったことが原因で、もう一人の自分に妻を殺されてしまう」という因果応報譚としても読むことができてしまうため、それにしたがって読むと、部屋の隅の陳彩が本人であると読むこともできる。房子を殺した方、つまり床の上の陳彩は偽物であると考えてしまいがちだ。が、そのように読み進めると「いくつか奇妙な点がみつかる」というのが、石川の問題提起である。

例えば「妻を殺した当事者である床の上の陳彩」が、「部屋の隅の陳彩」に向かって「誰だ、お前は？」に始まる一連の発語をしているとするなら、「床の上の陳彩こそが、ドアの前に聞き耳を立てた陳彩であり、物語の初めから継続して登場している陳彩本人と考えることもできる」。つまり、「二人の陳彩のうちどちらが今まで継続して存在していた陳彩であるかを考えた時、どちらが本物だとしても矛盾が生じてしまう」というのが石川の主張である。

石川が指摘するのは、不安定で不確かな語り手に対して、見ることによる主体の不可逆の変質である。石川は、そもそも探偵とは陳彩の視線を代行する者であり、隠れて覗き見るという点で本質的に陳彩の影の視線と同質であるとする。「影」においては、「見る」という行為とドッペルゲンガーが非常に密接に関わっており、「見る」ために探偵を雇うという行動に移すまでに陳彩の疑惑が高まっていたことこそが、影の陳彩を発生させる原因となる、と、まさしく疑心暗鬼の構造を説く。「ノッブから部屋を覗いてしまったことで、本人であった陳彩もまた、「見る」陳彩になってしまったのだ。それまで本人であり続けた陳彩が「見る」だけの役割でしかなかった影と房子が同時にいる光景を、まさに影のように「見て」しまったことから混乱が始まってしまった」「陳彩の影が「見る」ものであったのは、陳彩のいない間の陳彩の視線を代行していたからであった」、と。

ここで明らかになるのはテクスト「影」において、「見る」「覗く」ことが主体をまなざしへと特化し、そのことによって身体が抽象化され、疎外され、「影」が産出されるという機序である。まなざしへと疎外された主体は、「影」を産出し、「影」となる。「見る」こと、「見る」だけの「影」へと変容することは、殺人者ではないというアリバイのようであって、じつはそのアリバイが成立し得ない。視線は代行しうるものだからである。たとえば探偵、たとえば窃視者。石川ははからずも、「影」というテクストが、探偵と殺人者が交錯しうる、メタミステリの性格をもつことも暴露している。

ただし、石川が、最終的に二人の陳彩は同じ行動を取り、両者が均一になると結論するところには異論がある。「二人の陳彩のうちどちらが今まで継続して存在していた陳彩であるかを考えた時、どちらが本物だとしても矛盾が生じてしまう」のは確かである。それならどちらも「本物」ではないという選択肢はないか。「見る」ことを追いかけても「継続して存在していた陳彩」は複数化し、「影」と化し、断絶しており、さきに指摘した通り、語りを追いかけても「継続して存在していた陳彩」はねじれ、断絶している。「見る」ことと「語ること」いずれを追いかけても、継続性としての同一性は失われているが、いくつかの特異点で、たとえば命が奪われ二度と息を吹きかえすことのない房子の身体という特異点で、両者は交錯し、そして再び分岐して行く。

欲望のありようとしては、複数の陳彩たちは、一人の房子をめぐって嫉妬と愛憎と殺意を煮詰めている競争者である。それでいて房子の内面や房子の欲望を問うことをせず、またライヴァルを消し去ろうとせず、ただ房子を交換し、房子のいのちを断つ。ホモソーシャルな欲望に取り憑かれた複数の陳彩たちは、交換可能なのだといってもよい。

『プラーグの大学生』であれば、大学生バルドウィンと悪のかぎりをつくす彼の分身は、バルドウィンが分身を殺した途端に、転換して、残されるのはバルドウィンの遺体である。悪鏡像の勝利であり、バルドウィンの墓の上に、不死なのか蘇ったのか彼の鏡像が腰を下ろして幕は下りる。いずれにせよ死によって分裂は解消する。だが、芥川龍之介「影」で、陳彩はふたりのままである。そして二人は同じように房子の遺体を間に、涙にくれる。「誰だ、お前は?」と問いかける者が、自身が何者であるかをより多く知っている者であるとは限らない。鏡像が悪をなし、それによって「私」を支配しおおせるとも限らない。「影」という惨劇の不確実さは、ホモソーシャルな欲望によって、ドッペルゲンガーの物語の恐怖の定型を脱臼させている。

ところで厳密にいえば、「影」においては、妻を手にかけた陳彩も、惨劇の目撃者の陳彩も、ひとしく自己同一的な「私」ではない。「誰だ、お前は?」と問い詰める陳彩は、もう一人の陳彩が理解できないだけではなく、自分が誰なのか誰の夫であるのか何をしたのか自明ではなくなっている。

そんな二人の陳彩が、メタレベルではさらなる第三者から観察され、まなざされている。それが、あたかも映画のシナリオにおける場面指定のように「横浜。」「鎌倉。」と交互に各場面の冒頭に記されてきたこの小説の最後の場面、そこだけ「東京。」と指定されたシークエンスである。映画の観客としての「私」がそこにいる。


突然『影』の映画が消えた時、私は一人の女と一しよに、或活動写真館のボツクスの椅子に坐つてゐた。

「今の写真はもうすんだのかしら。」

女は憂鬱な眼を私に向けた。それが私には『影』の中の房子の眼を思ひ出させた。

「どの写真？」

「今のさ。『影』と云ふのだらう。」

女は無言の儘、膝の上のプログラムを私に渡してくれた。が、それには何処を探しても、『影』と云ふ標題は見当らなかつた。

「するとおれは夢を見てゐたのかな。それにしても眠つた覚えのないのは妙ぢやないか。おまけにその『影』と云ふのが妙な写真でね。——」

私は手短かに『影』の梗概を話した。

「その写真なら、私も見た事があるわ。」

私が話し終つた時、女は寂しい眼の底に微笑の色を動かしながら、殆聞えないやうにかう返事をした。

「お互に『影』なんぞは、気にしないやうにしませうね。」


これは、ここまで読まれてきた「横浜。」「鎌倉。」の物語内容が、『影』という表題の映画であったとする、いわば物語の枠をなす一節である。

　ここにも曖昧な声が響いている。いや、『影』がもし映画であったなら、サイレント映画の時代だから、「誰だ、お前は？」という声も、二人の陳彩の泣き声も、すくなくとも役者の声としては映画館に響いていなかったはずだ。字幕か、あるいは活動弁士の声か。だがのぞき見し聞き耳を立てる陳彩が聞くためいきや、女の髪飾りか何かが落ちる音はどうするか。

誰が発語したものか、曖昧なものとして始まるのは、「今の写真はもうすんだのかしら。」という一言である。やがて、「どの写真？」「今のさ。『影』と云ふのだらう。」というやりとりを経て、「今の写真」、今の『影』という表題の映画を見ていたのは「私」だけであり、「私」とともに映画館の客席にすわっていて映画のなかの「房子」に似た女は、今はその映画を見ていなかったという。彼女は、今は見ていなかったが、今ではないいつかそんな映画を「私も見た事があるわ」と語り、「お互に『影』なんぞは、気にしないやうにしませうね。」と付け加える。「気にしないやうにしませうね」という最後の一言は、今見ていた映画が何であったのか、『影』なのかそうでないのか、どうして「私」と「女」の見ていたものは異なっているのか、どちらが正しいのか、といった選択的な問いに、答えを出さずに宙吊りにする、なし崩しにして謎をおしひろげるものだ。

「東京。」の場面については、多くの読者が注目してきた。海老井英次は「「神秘」的な、あるいは「不条理」を含む題材を扱いながら、それと自身との距離を自覚し、そこを種々の虚構性で埋めるのは芥川の常套手段であり、この場合にも、ドッペルゲンガーと作者の意識との間の距離が確認されるべきであろう」と述べた。[9] 安藤公美は「お互いに『影』なんぞは、気にしないやうにしませうね。」と物語が閉じられるとき、そのような幻想空間から、映画を生きる身体は引き離されていく」と注意を喚起する。[10]「私」と陳彩の世界とを別物と区別し一線を画す読みである。いずれも、芥川龍之介に、映画「影」の物語内容のような幻想空間の神秘や不条理にのみこまれることのない理知か身体性か、何かを期待するという読みのようだ。それにたいして渡邉正彦は、「東京。」という最後のシークエンスの提示は、これが「横浜。」「鎌倉。」のシークエンスと同様に映画であることを意味していると解釈する。もとより「横浜。」「鎌倉。」にも「外からは見えないはずの陳彩や房子の思いや感情も表現されている。それは、「私」が映画（あるいは夢）を見て語っている、すなわち、「私」が映画中の物語に介入しているのだと解釈できるだろう」と指摘する。(11)

聞こえないはずの物音、声、ため息を聞き取り、客席に漂うはずのない匂いを嗅ぎ、そこに意味を読み取るのは、観客の読書行為（鑑賞行為）の生産性である。

ひるがえって、むしろ、映画『影』の曖昧さと分裂が、「東京。」のシークエンスをも侵食していると読んではいけないだろうか。「東京。」のシークエンスの語りは、映画『影』の物語内容を、小説のなかの映画として、整った入れ子構造におさめてはいない。むしろ整った入れ子構造を目指すというよりは、小説の中の映画『影』の物語内容の分裂と曖昧さとに共振している。二人が今見ていた映画は『影』ではない、プログラムにもないのだから。その場合、「私」の語る『影』という活動写真を過去に見たことはある、「お互に『影』なんぞは、気にしないやうにしませうね。」という彼女の一連の言説の巧みは、どこまで「私」を説得するしたたかさをもちえているのか。「私」は彼女の言い分を鵜呑みにして、何らの疑念も抱かないという設定なのだろうか。入れ子構造に綻びがある。「私」と女の会話を疑わしいもの、根拠の薄弱なものとする、さらなるメタレベルのまなざしが暗示されている。

3、芥川龍之介の書いたシナリオ　その1——「誘惑」

一九二七（昭和二）年四月、芥川龍之介は二つの雑誌に、「或シナリオ」という副題のついたテクストを発表した。「誘惑」（『改造』一九二七・四）、「浅草公園」（『文藝春秋』一九二七・四）、である。脱稿の日付によれば、「誘惑」が「昭和二・三・七」、「浅草公園」が「昭和二・三・一四」とある。この相前後して書かれた、芥川の生涯ただ二作かぎりのシナリオの執筆中、三月一一日付谷崎潤一郎宛書簡に、「唯今大いに筋のあるシナリオを製造中」としたためている。当時、芥川は「文芸的な、余りに文芸的な」の連載中であった。芥川は谷崎潤一郎の小説の「筋」の通俗性を批判して「「話」らしい話のない小説」に論じ及び、「饒舌録」で「筋の面白さ」を評価した谷崎とのあいだで論争を展開していた。そのさなかである。

芥川龍之介が最晩年にきりひらいた文体の試みとしてシナリオに注目したのは久保田正文である。

そのように、芥川龍之介じしんに即した内面的な作品系列の問題としてかんがえると同時に、大正期から昭和初年へかけての芸術至上主義運動のなかでの前衛芸術思潮の流れを外側の問題としてそこへ交錯させてみると、あの二つのシナリオの存在の意義は、もうすこしかんがえなおされて然るべき性質のものとして明らかになってくるのではないか?(12)

それが、久保田の問題提起だった。彼はとくに「誘惑」に注目している。

遺稿として発表された『歯車』と『或阿呆の一生』を、二つのシナリオ以後の制作と観るならば、筋のない筋、話のない話とでもいう形で、非論理的連続と飛躍、潜在意識的あるいは感覚的脈絡と断絶によって断章を重ねてゆく方法は、これら二つのシナリオの実験によって新しく獲得した手法にほかならぬと観ることはできないのであろうか?

というのが久保田の仮説であり、『海のほとり』や『蜃気楼』から、二つのシナリオを経て、『歯車』『或阿呆の一生』に至るコースはほぼストレートにつらなっていると観ることができる」というのであった。

三嶋譲「芥川龍之介のシナリオの位置」(『福岡大学人文論叢』一九八〇・六)は、「大正十五年は、文壇人の手になるシナリオが続出した年でもある」ことに注目し、しかもその多くが「上映を意図したものではなく、いわば文体の実験という色彩を強く帯びて」いたと指摘する。

友田悦生「芥川龍之介と前衛芸術――シナリオ「誘惑」「浅草公園」をめぐって――」（『立命館文学』一九九〇・七）は「「詩的精神」にのみ支えられた〈筋のない小説〉の理念と、幻想的イメージのめまぐるしい転換によって奇怪な雰囲気を醸し出している二本のシナリオとの間には、おそらく密接な関係がある」と述べている。柴田希「映画への接近――芥川龍之介「蜃気楼」、そして谷崎潤一郎との論争を手掛かりに」（『芥川龍之介研究』二〇一七・七）は「「話」らしい話のない小説」は、視覚的イメージと言語表現の相関性において模索されていた」と概括する。

先に脱稿された「誘惑」は、末尾に、「後記。「さん・せばすちあん」は伝説的色彩を帯びた唯一の日本の天主教徒である。浦川和三郎氏著「日本に於ける公教会の復活」第十八章参照。」と記されている。これは、井上洋子によれば「正確には大正四年一月、「天主堂」（長崎市南山手町乙一番地）から発行された『日本に於ける公教会の復活・前編』を指している」[13]という。芥川「誘惑」が冒頭の字幕として提示した「御出生来千六百三十四年」は、浦川和三郎がバスチァンの殉教の時と解釈した年にあたる。井上論文はしかしながら「バスチァン伝説は、悪魔の誘惑とたたかうという〈筋〉とも、また〈詩的精神〉を示す方法論とも無縁」であったと指摘する。むしろ「『日本に於ける公教会の復活』の「バスチァンの伝説」をもっともプリミティブな素材」として、それをフローベールの戯曲体の小説『聖アントワヌ』の方法で包み、さらに時代感覚の先端に位置する映画の手法と結びつけることによって、つまり小説からさらに一切の科白と心理描写を削ぎ落とし、映像表現によるデッサンに徹することで精神内部の欠落感そのものを描きだすという方法を通じて、「誘惑」という前衛シナリオが成立した」というのが、井上の論じるところである。これに対して澤西祐典「「誘惑」――誘惑の論理性と「後記」を手掛かりに」（『芥川龍之介と切支丹物――多声・交差・越境』翰林書房、二〇一四・四）は、「〈レーゼ・シナリオ〉として「誘惑」を読むなら『公教会の復活』からの最大の変更点は、伝道士「バスチアン」を「さん・せばすちあん」に変えたことにある。言い伝え上の人物だったバスチアンは「誘惑」内で聖人を表すSaintの称号を付与されており、誘惑を退ける前から既に聖人や殉教者と同列に序せられている」と注意を喚起している。――もっとも本書では、「さん・せばすちあん」を襲うのは「精神内部の欠落感」というよりは、欲望、不安、恐怖の過剰性であり、それが映像化されていると解釈することになるだろう。これは後述する。

フローベールはジェノヴァで見たピーテル・ブリューゲル「聖アントニウスの誘惑」に想をえて「聖アントワヌ」を執筆したと伝えられる。紀元三世紀のエジプトの聖者アントワーヌ（ラテン語でAntoniusアントニウス）は修道院をひらき、みずからに苦行を課したことで知られる。苛酷な修行に身を捧げる彼を、悪魔は様々な誘惑で苦しめる。そのアントニウスの姿は、古来様々な画家たちが寓意や象徴を駆使して幻想的に描いてきた。ブリューゲルは、ヒエロニムス・ボスの描いた聖アントニウスに触発されたと伝えられる。中世の絵画ではデューラーの描いた聖アントニウスもよく知られている。近代には、セザンヌ、オディロン・ルドン、サルバトール・ダリも聖アントニウスの誘惑を画題に選んでいる。一方でアルカロイド中毒の一つである麦角中毒について中世ヨーロッパでは聖アントニウス会の修道士が治療にすぐれていたとして「聖アントニウスの火」と題する図像も残された。

芥川龍之介「誘惑」は、極東の島国のキリスト教徒の困難を、「さん・せばすちあん」を見舞う様々な誘惑――タバコ、酒、賭博、異教、村落共同体、風俗、性など――との葛藤を通じて描出している。聖人伝説の聖アントニウスは砂漠に住み、フローベールの聖アントニウスは山上から怪鳥に乗せられて空中に飛翔した。芥川の「さん・せばすちあん」は、洞窟に住んで、洞窟から引き出され、さまざまな幻影に悩まされる。洞窟のなかの修行者は、どこかしらプラトンが『国家』に記した、洞窟の奥に繋がれて影絵しか見ることのできない囚人のようでもある。洞窟から引き出されてはまた洞窟に戻ってゆく「さん・せばすちあん」は、ひと夜のうちに、モノや動物から天体まで、様々に姿形を変える誘惑に襲われる。誘惑を寓意する表象の氾濫が、「さん・せばすちあん」の信仰を動揺させる。安藤公美[14]は、「誘惑」を、冒頭の暦、船上での殺人ドラマ、主人公への誘惑の物語、最後の紅毛人の部屋、そして後記という五つの枠から成り立っていると整理した。

24

「さん・せばすちあん」の右の耳。耳たぶの中には樹木が一本累々と円い実をみのらせてゐる。耳の穴の中は花の咲いた草原。草は皆そよ風に動いてゐる。

このような構図は、たとえばブリューゲルの「聖アントニウスの誘惑」に通じるところがある。が、なにより、「誘惑」のシナリオとしての特質は、時間軸上の断続的な世界の変容の表象である。

30

斜めに上から見おろした山みち。山みちには月の光の中に石ころが一つ転がつてゐる。石ころは次第に石斧に変り、それから又短剣に変り、最後にピストルに変つてしまふ。しかしそれももうピストルではない。いつか又もとのやうに唯の石ころに変つてゐる。

21

殺すなかれという戒律を破らせるかのように、武器は進化し、やがて元に戻る。

聖なるものも姿を変える。

前の洞穴の内部。「さん・せばすちあん」は十字架の下の岩の上へ倒れてゐる。が、やつと顔を起し、月明りの落ちた十字架を見上げる。十字架はいつか初ひ初ひしい降誕の釈迦に変つてしまふ。「さん・せばすちあん」は驚いたやうにかう云ふ釈迦を見守つた後、急に又立ち上つて十字を切る。月の光の中をかすめる、大きい一羽の梟の影。降誕の釈迦はもう一度もとの十字架に変つてしまふ。………

32

月の光を受けた樟の木の幹。荒あらしい木の皮に鎧はれた幹は何も始めは現してゐない。が、次第にその上に世界に君臨した神々の顔が一つづつ鮮かに浮んで来る。最後には受難の基督《キリスト》の顔。最後には？――いや、「最後には」ではない。それも見る見る四つ折りにした東京××新聞に変つてしまふ。

数字が表しているのは映画の一つのシークエンスにあたる。一つのカットの中で断続的に、すがたかたちは変貌する。「十字架」「釈迦」「梟」「十字架」の変容の連なり。宗教的なアイコンの変容は、神学の解体、宗教的な崇高さの価値の剝奪、信仰の揺らぎを示す。澤西祐典は先の「「誘惑」――誘惑の論理性と「後記」を手掛かりに」において、「世界に君臨した神々の顔」「救いのない未来、進化論と立て続けに教理を否定する情景に触れた「さん・せばすちあん」の頭からは円光が外される」ことに注目し、そこまでは「内実としてはキリスト教の教理を否定するという確かな論理を持って展開されている」のだが、そのクライマックスの後に変質があると指摘する。「山中の風景は「磯ぎんちゃくの充満した、険しい岩むら」へと変わり、空中には海月の群れが漂う。その後には小さい地球が現れ、いつしかオレンヂに変わり、ナイフに切られた裁断面は一本の磁針を現している。それまでの誘惑が具えていた宗教的な意味合いがここには見られない。「さん・せばすちあん」の論理に訣別を示した船長が最後に繰り広げるのは、無意味な映像の連鎖であり、棄教を促すという誘惑の論理を逸脱したイメージの奔放な戯れである」と主張する。「巧みに聖人伝を装」いつつ、「結末でその筋書きを自ら放棄した、偶然性に満ちた物語」と、澤西は読む。これに対して、大石富美「シナリオ「誘惑」論――「筋」と「話」、「構成的美観」に着目して」（『九大日文』二〇二〇・一〇）は、中盤の、「受難の基督の顔」が「見る見る四つ折りにした東京××新聞に変わつてしまふ」シーンの前後から、シナリオが転換点を迎えていると指摘する。そこには「序盤の一貫した「話」を持った〈切支丹物〉」からの「飛躍」「逸脱」があり、「芥川自身の「話」らしい話のない小説」への変節と容易に重なり合う」というのである。大石は遡行して、「「誘惑」序盤の明らかに過去作品を思わせる箇所は、一種のセルフ・パロディとして機能」しているのではないかという仮説を提示する。「〈切支丹物〉の過去作を断片化し、再び「構成」することによって、新たな作品へと昇華」しようとする「自己言及的な性質」が「シナリオ内のより細かな部分同士の繋がり合いの中にも見ることができる」という。「誘惑」の形式は、「芥川がこの時期繰り返していた「断片を綴じ合わせるスタイル」の枠内」にあり、「「話」という全体性とは異なるレベルで各部分が関わり合う、一種の「構成物」に近いものとして見ることができる」と主張している。大石は、「構成物」の概念を説明するにあたり、五十殿利治『大正期新興美術運動の研究』（スカイドア、一九九五・三）を参照している。

「楠の幹」をあたかもスクリーンとして浮かんでは消える「世界に君臨した神々の顔」「受難の基督の顔」「それも見る見る四つ折りにした東京××新聞に変つてしまふ」。西方の絶対神が多神教的な、アニミズム的な習俗とモダニティが接続する極東の近代社会に着地することの困難を表象するかのようである。「受難の基督の顔」が「四つ折りにした東京××新聞」に変わるというショットのつなぎは、あるいは二重焼き付けの手法を前提としているだろうか。この表象の接続を順接と見るなら、キリストに当代の卓越したジャーナリストのありようを見るという解釈も可能であろうし、逆接と見るなら、「受難の基督」でさえ、「新聞」記事の一コマとして消費しかねない同時代日本の商業ジャーナリズムへの苦い感慨を読むことも可能だ。いずれにしても、唯一絶対の神を奉じるキリスト教の文脈からすれば、このような変容と歪曲は、冒瀆にほかなるまい。

42

星をのせた船長の手の平。星は徐ろに石ころに変り、石ころは又馬鈴薯《じやがいも》に変り、馬鈴薯は三度目に蝶に変り、蝶は最後に極く小さい軍服姿のナポレオンに変つてしまふ。ナポレオンは手の平のまん中に立ち、ちよつとあたりを眺めた後、くるりとこちらへ背中を向けると、手の平の外へ小便をする。

大石富美[15]は、ここに「ユーモア」を読み取り、「さん・せばすちあんの宗教的葛藤のドラマからの逸脱」を指摘している。

45

このカッフエの内部。「さん・せばすちあん」は大勢の踊り子達にとり囲まれたまま、当惑さうにあたりを眺めてゐる。そこへ時々降つて来る花束。踊り子達は彼に酒をすすめたり、彼の頸にぶら下つたりする。が、顔をしかめた彼はどうすることも出来ないらしい。紅毛人の船長はかう云ふ彼の真後ろに立ち、不相変冷笑を浮べた顔を丁度半分だけ覗かせてゐる。

46

前のカッフエの床。床の上には靴をはいた足が幾つも絶えず動いてゐる。それ等の足は又いつの間にか馬の足や鶴の足や鹿の足に変つてゐる。

47

前のカッフエの隅。金鈕の服を着た黒人が一人大きい太鼓を打つてゐる。この黒人も亦いつの間にか一本の樟の木に変つてしまふ。

酒盛りをする人々、その人々の体がなかば動物に変わっているという図像は、ボス『聖アントニウスの誘惑』の三連祭壇画でも中央のパネルに描かれていたものだ。ここはそれが現代的に、カフェの場面につくりかえられている。

「さん・せばすちあん」は「船長」に取り憑かれている。次のような映像は、その徴である。

26

この洞穴の外部。「さん・せばすちあん」は月の光の中に次第にこちらへ歩いて来る。彼の影は左には勿論、右にももう一つ落ちてゐる。しかもその又右の影は鍔の広い帽子をかぶり、長いマントルをまとつてゐる。彼はその上半身に殆ど洞穴の外を塞いだ時、ちよつと立ち止まつて空を見上げる。

ドイツ表現主義映画の嚆矢『プラーグの大学生』の場合は影をなくした男なので、悪魔に魂を売り渡した時に、学生バルドウィンは鏡に映るみずからの像と、光を浴びたときにできる影とを失っていた。あるべき鏡像を失うという欠如は恐ろしい。が、芥川「誘惑」の「さん・せばすちあん」の影が「船長」の影をも背負っている、つまり「私」の影が他者の影に接続されてしまうという過剰性もまた、現代的かつ禍々しい徴である。

あるいはこれは「さん・せばすちあん」にさまざまな誘惑の映像を見せる「船長」が、「さん・せばすちあん」の内面から現れ出た魔であるという意味を可視化した表象かもしれない。つまり、「さん・せばすちあん」

が「船長」に見せられたまがまがしいイメージの数々の噴出は、彼の精神的欠落から生じるというよりは、過剰の表象である。欲望の過剰性、世俗への断ち切れぬ欲望、信仰の不安と恐怖の表現であり、世界の変形であり、文字通り表現主義がいう意味での内心の欲望の外化、表現そのものなのである。

33

前の山みちの側面。鍔の広い帽子にマントルを着た影はおのづから真つすぐに立ち上る。尤も立ち上つてしまつた時はもう唯の影ではない。山羊のやうに髯を伸ばした、目の鋭い紅毛人の船長である。

影から立ちあがって「船長」は実体化する。

35

海を見おろした岬の上。彼等はそこに佇んだまま、何か熱心に話してゐる。そのうちに船長はマントルの中から望遠鏡を一つ出し、「さん・せばすちあん」に「見ろ」と云ふ手真似をする。彼はちよつとためらつた後、望遠鏡に海の上を覗いて見る。彼等のまはりの草木は勿論、「さん・せばすちあん」の法服は海風の為にしつきりなしに揺らいでゐる。が、船長のマントルは動いてゐない。

「彼等のまはりの草木は勿論、「さん・せばすちあん」の法服は海風の為にしつきりなしに揺らいでゐる。が、船長のマントルは動いてゐない」というのは、「船長」が自然界に属していない、異界の者であるためである。「船長」は「さん・せばすちあん」に望遠鏡を渡し、見よと強いる。

レンズを通した視界に悲劇の図像が展開する。ここは『カリガリ博士』とその時代のサイレント映画が多用したアイリスショットの技法が織り込まれているのではないかと推測される箇所である。アイリスショットは、カメラに絞りをつけて、視界をおぼろな円形に絞って暗くしたり、明るくして次の光景を見せたりする。特定の視点人物の瞬きにつれて視界が暗くなったりまた次の像が見えたりと変化する見え方を擬態するのである。「誘惑」では、この望遠鏡の円形の視界のなかに惨劇が展開する。「表現派の画」に似た部屋がみえたり、不具合を起こす機械仕掛けの人造人間が登場したり、「表現派の画」に似た部屋が爆発したりする。日本公開は一九二九（昭和四）年なので芥川龍之介は観ていないが、海の向こうドイツでは、一九二七年一月にフリッツ・ラング監督『メトロポリス』（Metropolis、ウーファ社）が公開され、人造人間の狂気が映像化されている。それに先立って自動人形のモチーフは、ホフマン「砂男」、ヴィリエ・ド・リラダン「未来のイヴ」などに造形されている。映画では『ゴーレム』も人造人間である。

36

望遠鏡に映つた第一の光景。何枚も画を懸けた部屋の中に紅毛人の男女が二人テエブルを中に話してゐる。蠟燭の光の落ちたテエブルの上には酒杯やギタアや薔薇の花など。そこへ又紅毛人の男が一人突然この部屋の戸を押しあけ、剣を抜いてはひつて来る。もう一人の紅毛人の男も咄嗟にテエブルを離れるが早いか、剣を抜いて相手を迎へようとする。しかしもうその時には相手の剣を心臓に受け、仰向けに床の上へ倒れてしまふ。紅毛人の女は部屋の隅に飛びのき、両手に頬を抑へたまま、ぢつとこの悲劇を眺めてゐる。

39

望遠鏡に映つた第四の光景。表現派の画に似た部屋の中に紅毛人の男女が二人テエブルを中に話してゐる。不思議な光の落ちたテエブルの上には試験管や漏斗《じやうご》や吹皮《ふいご》など。そこへ彼等よりも背の高い、紅毛人の男の人形が一つ無気味にもそつと戸を押しあけ、人工の花束を持つてはひつて来る。が、花束を渡さないうちに機械に故障を生じたと見え、突然男に飛びかかり、無造作に床の上に押し倒してしまふ。紅毛人の女は部屋の隅に飛びのき、両手に頬を抑へたまま、急にとめどなしに笑ひはじめる。

40

望遠鏡に映つた第五の光景。今度も亦前の部屋と変りはない。唯前と変つてゐるのは誰もそこにゐないことである。そのうちに突然部屋全体は凄まじい煙の中に爆発してしまふ。あとは唯一面の焼野原ばかり。が、それも暫くすると、一本の柳が川のほとりに生えた、草の長い野原に変りはじめる。その又野原から舞ひ上る、何羽とも知れない白鷺の一群。……

「表現派の画に似た部屋」のテーブルには、「試験官や漏斗や吹皮など」、擬似科学者のコレクションのような実験ツールが並んでいる。そこは「紅毛人の男の人形」を製造したマッド・サイエンティストの部屋かもしれない。「さん・せばすちあん」の危機は、やがて、十字を切ろうとしても切れない、というところまで行き着く。十字を切ろうとする信仰の身振り、観念の仕草を、肉体が裏切るとでもいうようなのである。

50

洞穴の内部の隅。髑髏のある死骸が一つ岩の壁によりかかつてゐる。

51

彼等の上半身。「さん・せばすちあん」は驚きや恐れを示し、船長に何か話しかける。船長は一こと返事をする。「さん・せばすちあん」は身をすさらせ、慌てて十字を切らうとする。が、今度も切ることは出来ない。

52

Judas ………

53

前の死骸——ユダの横顔。誰かの手はこの顔を捉へ、マッサァヂをするやうに顔を撫でる。すると頭は透明になり、丁度一枚の解剖図のやうにありありと脳髄を露してしまふ。脳髄は始めはぼんやりと三十枚の銀を映してゐる。が、その上にいつの間にかそれぞれ嘲りや憐みを帯びた使徒たちの顔も映つてゐる。のみならずそれ等の向うには家だの、湖だの、十字架だの、猥褻な形をした手だの、橄欖の枝だの、老人だの、——いろいろのものも映つてゐるらしい。………

54

前の洞穴の内部の隅。岩の壁によりかかつた死骸は徐ろに若くなりはじめ、とうとう赤児に変つてしまふ。しかしこの赤児の顋にも顋髯だけはちやんと残つてゐる。

55

赤児の死骸の足のうら。どちらの足のうらもまん中に一輪ずつ薔薇の花を描いてゐる。けれどもそれ等は見る見るうちに岩の上へ花びらを落してしまふ。

56

彼等の上半身。「さん・せばすちあん」は愈興奮し、何か又船長に話しかける。船長は何とも返事をしない。が、殆ど厳粛に「さん・せばすちあん」の顔を見つめてゐる。

57

半ば帽子のかげになつた、目の鋭い船長の顔。船長は徐ろに舌を出して見せる。舌の上にはスフィンクスが一匹。

58

前の洞穴の内部の隅。岩の壁によりかかつた赤児の死骸は次第に又変りはじめ、とうとうちやんと肩車をした二匹の猿になつてしまふ。

十字を切ることのできない「さん・せばすちあん」に、「船長」の姿をした誘惑者が、ユダの姿を示す。信仰の裏切り者ユダの死骸、その「頭は透明になり、丁度一枚の解剖図のやうにありありと脳髄を露し」、「赤児」の死骸に変わり、その「赤児」の死骸のあしのうらには薔薇の花が浮かび、その薔薇は花びらを落とす。薔薇はヴィーナスに捧げられた愛の花であり、散るバラの花は儚い快楽の寓意に用いられた歴史もある。が、ここには、そのような寓意や象徴の論理を逸脱するイメージの奔流が見られる。

「ユダの死骸」から「髑髏」への変容について、今泉康弘は、表現主義映画『朝から夜中まで』(一九二〇製作、ドイツ未公開、日本公開一九二二、カール・ハインツ・マルティン監督)にヒントを得たのではないかと推測している。『朝から夜中まで』は『カリガリ博士』以上に、表現主義の真髄をあらわした映画だともいわれる。大金を拐帯して逃亡する銀行員が遭遇する家族、娯楽空間、教会の至る所で女の顔が髑髏に変わる。『朝から夜中まで』には終盤、「救世軍の集会場で「女士官の顔が醜い髑髏に変」わる」場面があり、その女士官は懸賞金のために、主人公を警察に通報する。主人公がラストでみずからを十字架にかかるキリストに擬えて「Ecce homo エッケ・ホモ、この人を見よ」という場面があるため、この「「女士官」を「ユダ」に喩え」ると読まれた。「「女士官」=「ユダ」」が「髑髏」に変わる、ということの場面は、「誘惑」の前掲「ユダ」の「脳髄を表してしまふ」場面に影響を与えた、と考えられるのではないだろうか。船長の「髑髏」を出す場面も、こことの繋がりを考えさせる」[16]というのが、今泉の説である。

『朝から夜中まで』

「船長」の舌の上のスフィンクスや、様々に姿を変えた挙げ句、「船長」に肩車する「二匹の猿」。「スフィンクス」は、「船長」の舌の上で、船長の言葉を代弁するだろうか。あるいはそれが「スフィンクス」であることは、「聖アントニウス」がエジプト出身者であったことをふまえているのだろうか。「ユダ」から「赤児」への変化、「赤児」から「猿」への変化は、成長の時間を遡って見せること、あるいは進化の時間を遡って見せること、そのように見せることについての表象だろうか。「船長」は「さん・せばすちあん」に「見ろ」といってこの悪夢の世界を見せるという身振りを繰り返すのである。

大石富美[17]は、「誘惑」に、一九二三（大正一二）年に日本でも公開されたドイツ映画『死滅の谷』（Der müde Tod、一九二〇、フリッツ・ラング監督）の受容をみている。とくに『死滅の谷』の死神の表象と「誘惑」の船長の表象との類似、および、「複数の時代の出来事を主人公が覗き見るという趣向」に共通性を見出している。『死滅の谷』のヒロインを演じる女優は、リル・ダゴーヴァー（リル・ダゴファーとも。Lil Dagover、一八八七－一九八〇）で『カリガリ博士』のヒロイン、ジェーンである。

やがて悪夢の一夜が明け、「さん・せばすちあん」は洞窟の岩の上に、十字架を握って倒れている。彼の頬を涙が伝っている。次に引用するのは最後の場面である。酒場の主人は「紅毛人の船長」と同じ顔をしている。

74

朝日の光のさしこんだ部屋。主人は丁度戸をあけて誰かを送り出したばかりである。この部屋の隅のテエブルの上には酒の罎や酒杯やトランプなど、主人はテエブルの前に坐り、巻煙草に一本火をつける。それから大きい欠伸をする。顋髯を生やした主人の顔は紅毛人の船長と変りはない。

シナリオ「誘惑」には、このほかにも映画的なるものの記憶が記されている。

60

月の光を受けた山中の風景。この風景はおのづから「磯ぎんちやく」の充満した、嶮しい岩むらに変つてしまふ。空中に漂ふ海月の群。しかしそれも消えてしまひ、あとには小さい地球が一つ広い暗の中にまはつてゐる。

61

広い暗の中にまはってゐる地球。地球はまはるのを緩めるのに従ひ、いつかオレンヂに変つてゐる。そこ

　ヘナイフが一つ現れ、真二つにオレンヂを截つてしまふ。白いオレンヂの截断面は一本の磁針を現してゐる。

山中の光景が海中のイソギンチャクに変わってしまう、この変容も、映像自体の力がものを言う場面となろう。二つに割られてしまう「地球」の触感は、ジョルジュ・メリエス『月世界旅行』（Le Voyage dans la Lune、一九〇二、日本公開一九〇五・八・九、明治座）の、人面をした月面に突き刺さるロケットという、有名なショットを想起させる。

28

　広い暗の中に懸つた幾つかの太陽。それ等の太陽のまはりには地球が又幾つもまはつてゐる。

メリエス『月世界旅行』

地動説の表象でもあるし、複数の太陽系という表象は多元的な宇宙の表象でもある。ＳＦ的な想像力や、自然科学の観点とりわけ宇宙論や進化論、生物学の古典近代的な視点は、一七世紀の聖人の視座からすれば、信仰を脅かす知である。が、二〇世紀のメディアである映画の引用の織物のなかでは、聖人の狼狽がどこかしらパロディ化されてしまうのが気の毒でもある。

　久保田正文は先に紹介した論文のなかで、「煙草や酒や女やのような、単純な一次的な誘惑よりも」「より日常的・現実的な人間界の醜悪と悲惨」の方が「決定的にせばすちあんをうちのめす。彼はいく度も十字を切ろうとして失敗し、卒倒する」と指摘した(18)。井上洋子論文は「金や美女や

ダリ『聖アントニウスの誘惑』

ピーテル・ブリューゲル『聖アントニウスの誘惑』

ヒエロニムス・ボス『聖アントニウスの誘惑』の三連祭壇画

美食、宝物、権力などの即物的な、したがって比較的容易に退け得るものから、しだいに内在化された欲望に根ざし内部崩壊にいたるほどのつよい誘惑に転換していく過程」も、フローベール「聖アントワヌ」と芥川龍之介「誘惑」の酷似した点であると指摘している。(19) その上で「聖アントワヌ」における「事物が主人公の内部意識の投影として自在に変容を遂げていく」場面と「誘惑」との共通性に着目している。本書では、表現者の欲望と欲動との投影として、事物の表象が自在に変容を遂げ、変形させられる表現主義のありようとの通底にも注意を喚起したい。映画登場以前には宗教的秘蹟の幻想であったものが、映画によって世俗化され、大衆化されたという認識が、芥川「誘惑」にみてとれるのである。

そもそも「船長」が「さん・せばすちあん」に、「見ろ」と繰り返し、見ることを強要すること、見方を方向付けることとは、「誘惑」の逃れることのできないプロットとなっている。「さん・せばすちあん」は、あたかも映画館の座席に固定された観客のように、身体の自由を奪われ、圧倒され、見ずにはいられないのだ。

4、芥川龍之介の書いたシナリオ　その2――「浅草公園」

芥川がその生涯に書き残した二本のシナリオは、それを元に映画を撮影するということを想定しているのかどうかわからない、映画化の企画とは結びつかない、読むためのシナリオ、いわばレーゼ・シナリオといえる。萩原朔太郎は「文学としてのシナリオ」（初出『シナリオ研究』一九三七・七、『萩原朔太郎全集』第一一巻、筑摩書房、一九七七・二）の中で、「それ自身で完成された文学であり、且つその文学自身の中に、一巻の映画をイメーヂさせる種類」のシナリオの事例として「浅草公園」に言及している。

三嶋譲「芥川龍之介のシナリオの位置」（『福岡大学人文論叢』一九八〇・六）は、芥川のシナリオが前年の大正一五（一九二六）年の文壇人の手になるシナリオの続出を受けたものであると指摘し以下の事例をあげた。川端康成「狂つた一頁」、岸田國士「ゼンマイの戯れ」（『改造』一九二六・七）、畑耕一「木霊――景物のみによる映画商品」（『映画時代』一九二六・八）、村山知義「女優（あるひは青年の劇場）」（『映画時代』一九二六・八－一一）。「文壇人のシナリオが次々に発表」され、『文芸時代』は大正十五年十月号をあげて「特輯映画号」として稲垣足穂以下七人のシナリオを掲載している」と。三嶋は「芥川龍之介と映画――「影」から二つのシナリオへ」（『昭和文学研究』一九八八・二）では、大正末から昭和にかけてレーゼ・シナリオが多くの作家によって手掛けられたなかでも「芥川の場合、説明抜きに純粋にイメージのみで組み立てていく表現がとりわけ徹底化されており、その意味ではこの時期の日本のシナリオとしてはずばぬけて前衛的であったと言ってよい」と評価している。安藤公美・保坂雅子「芥川龍之介「浅草公園」完成原稿翻刻・校異と考察――付〈映画と文学〉の時代のシナリオ」（『芥川龍之介研究』二〇一五・七）は、「浅草公園」成立過程を検証し、「映画的演出の濃度が格段に上がっていること」や「映画的効果を重視する」こととならんで、「表記の画定や表現、構成などシナリオを文学として表現することへの強い拘りがみられること」を指摘し、文芸誌掲載のシナリオは、映画的効果を組み込みながらも映画専門誌掲載のシナリオとは一線を画していたと論じている。安藤・保坂論文における「映画制作を牽制するだけの文学性」という言説は、映画的なるものと文学的なるものの葛藤を示して興味深い。これに対してこの葛藤に生産性を見出すのが「蜃気楼」を事例に考察した柴田論文の「映像と言語の衝突が、螺旋状に絶え間なく「新しい関係」を構築してゆく[20]」という言説である。それらの先行研究をうけて本書もまた芥川龍之介の映画への接近に可能性を見出している。

「浅草公園」は、震災後の浅草を舞台に展開する。実母の精神的な病のために、東京市本所区小泉町（現・東京都墨田区両国）にある母の実家で養育された芥川龍之介にとって、浅草は幼時の痛みの記憶と懐かしさとがないまぜになった特別な盛り場だった。前田愛は、芥川にとって関東大震災後のモダン都市東京は疎ましい現実であり、「心のなかであたためつづけてきた追憶の東京、幼年時代の生を包みこんでいた幻想都市[21]」としての浅草があらためて浮上したことを指摘する。震災からの復興とノスタルジアの二重写しの浅草という都市空間は、映画の街でもあって、芥川龍之介が『カリガリ博士』を見たのもここだった。

シナリオ「浅草公園」にも、映画のしるしが、書きこまれている。西山康一「芥川龍之介の二つのシナリオについて――芥川にとっての表現主義――（後編）」（『岡大国文論稿』二〇二二・三）は、とくに「「斜め」から建物や街並みを捉え」るという「カメラワークの設定」に注意を喚起している。「誇張された遠近描写法」による「深さの錯覚」あるいは「奥行きの感じ」の強調であり、「迷子という孤独で不安な状況において、目の前の建物や街並みが不気味に映る少年の内的世界を外化させるための手段であり、まさに表現主義的な発想のもとに利用された映画技法」であると指摘する。西山論文は芥川「浅草公園」における「斜め」の指定について、「斜めに見た或玩具店の店」「但し斜め後ろから見た上半身」「斜めに見た造花屋の飾り窓」「パイプなどの並んだ中に斜めに札が一枚懸つてゐる」「前の煙草屋の飾り窓は斜めに少年の後ろに立つてゐる」など一五箇所もあると表にしている。

シナリオ「浅草公園」は、全体を七八章に分割した小場面をつないで成り立つ。映画館も書きこまれている。その34には、「池の向うに並んだ何軒かの映画館。」が示され、49には、「「ＸＹＺ会社特製品、迷ひ子、文芸的映画」と書いた長方形の板。」が提示される。「浅草公園」とは、地方から上京してきたのであろう少年が父親とはぐれて公園内を彷徨《さまよ》う、迷子の物語であり、その物語の中に「迷ひ子、文芸的映画」の看板が挿入され重層化されたメタフィクションにもなっている。

少年は玩具の猿に見惚れているうちに父とはぐれる。見ることは、すでに危険をはらんでいるのだ。少年は浅草の商店街の店先から店先へとまずは探し回る。映画的な装置としては「レンズ」「光学機器」の誘惑も指摘できる。

12

目金屋の店の飾り窓。近眼鏡、遠眼鏡、双眼鏡、廓大鏡、顕微鏡、塵除け目金などの並んだ中に西洋人の人形の首が一つ、目金をかけて頬笑んでゐる。その窓の前に佇んだ少年の後姿。但し斜めに後ろから見た上半身。人形の首はおのづから人間の首に変つてしまふ。のみならずかう少年に話しかける。——

13

「目金を買つておかけなさい。お父さんを見付るには目金をかけるのに限りますからね。」
「僕の目は病気ではないよ。」

人形の首から人間の首に変わった異形のものの言葉は、はからずも、これから少年のさまよう空間が肉眼では見通すことのできない視覚空間であることを予言する。少年の目は「病気ではない」。が、病的に歪んで変貌する世界を、少年はへめぐらなければならない。

少年は父を探して、子どもの足で、浅草をくまなく歩き回る。心もとない彼の心象のままに風景は変容する。父に似た人は父ではない。

8

父親らしい男の後ろ姿。但しこれも膝の上まで。少年はこの男に追ひすがり、しつかりと外套の袖を捉へる。驚いてふり返つた男の顔は生憎田舎者らしい父親ではない。綺麗に口髭の手入れをした、都会人らしい紳士である。少年の顔に往来する失望や当惑に満ちた表情。

あやしげなマスクをした男は父ではないようでいて父に似ている。

9

もう一度父親らしい後ろ姿。但し今度は上半身。少年はこの男に追ひついて恐る恐るその顔を見上げる。彼等の向うには仁王門。

10

この男の前を向いた顔。彼は、マスクに口を蔽つた、人間よりも、動物に近い顔をしてゐる。何か悪意の感ぜられる微笑。

47

縦に見た往来。少年はこちらへ後ろを見せたまま、この往来を歩いて行く。往来は余り人通りはない。少年の後ろから歩いて行く男。この男はちよつと振り返り、マスクをかけた顔を見せる。少年は一度も後ろを見ない。

73

前の石燈籠の下部の後ろ。男が一人佇んだまま、何かに耳を傾けてゐる。

74

この男の上半身。尤も顔だけはこちらを向いてゐない。が、静かに振り返つたのを見ると、マスクをかけた前の男である。のみならずその顔も暫くの後、少年の父親に変つてしまふ。マスクの男が父に変容する。だが少年は気づかない。少年は巡査に手を引かれて保護されていく。少年に似た何者かも、この街路を彷徨している。

53

〔中略〕二人の芸者の通りすぎた後、向うへ歩いて行く少年の姿。少年はちよつとふり返つて見る。前よりも更に寂しい表情。少年はだんだん小さくなつて行く。そこへ向うに立つてゐた、背の低い声色遣ひが一人やはりこちらへ歩いて来る。彼の目のあたりへ近づいたのを見ると、どこか少年に似てゐないことはない。

「声色遣ひ」は、声だけではなくて姿も、たとえば少年の姿をも模倣するだろうか。父によく似た誰かと、少年によく似た誰かが、現し出されるのである。

迷子の精神分析。父にはぐれて巡査に保護される少年、父は少年から離れたのか、あるいは少年を追跡し変装する者は父なのか、脱走する者と追跡する者、追跡される者、いずれが主体であり客体であるのか。この父と息子の物語にはどこかしら精神分析的な知を刺激するところがある。このシナリオをもとに、もし撮影されていたなら、「父」「父に似た男」「マスクの男」はそれぞれ同じ俳優にキャスティングされ、一人何役かで登場することになったかもしれない。ドイツ表現主義映画『朝から夜中まで』では、大金を拐帯して逃走する銀行員の前に現れる妻、娘、誘惑者……あらゆる場所で出会う女性は同じ女優であり、やがて髑髏に変貌した。「マスク」（仮面、覆面のヴァリエーション）は、表現主義映画登場以前から、眼帯とならんで、少年たちにも人気の冒険連続活劇映画、『ジゴマ』などの犯罪者の変装、変身願望を刻印された意匠である。

蔡宜静は、「浅草公園」の記述には、「大映し（からの「ズーム・イン」、「トラック・アップ」）」、「「枠」、「枠取り」（フレーム、フレーミング）」「カメラ・アングル（「オブリーク」すなわち斜めから見る、「フラット」すなわち正面から見る、「ハイ」すなわち見下ろす、「ロー」すなわち見上げる）」、少年の迷走を追跡する「ロール（カメラ本体は移動させず、カメラの首を左あるいは右に傾けること）」、「パン（カメラの首だけを回転させて被写体を追う手法）」、「ティルト（カメラの首だけを上または下に動かす手法）」「スクリーン・プロセス」などのカメラワークの指定がすでに織りこまれていると指摘している(22)。たとえば「上半身だけ」とか「膝まで」と指定された少年の姿は「枠取りが、丁度窓が景色を 切り取るように被写体の不完全な上半身像に限られているため、少年が緊縛されたように限定した空間の中で活動する」ことになるし、「他人の上半身の姿しか見つめることができない少年の視座は仰角のため、哀願の姿勢のように捉えられる」ことにもなる。

人形の首が人間の首に変容する、マスクの男の顔が父の顔に変わるといったイメージの連続的な変容は、映画における二重写し（オーバーラップ）や、ディゾルブ（溶暗）を想定している。今泉康弘は「浅草公園」全七八章のうち、四分の一以上は「二重写し」の技法によって可能になる幻影であることを指摘した(23)。この場合の「二重写し」をモンタージュではなくダブル・エクスポージャー、二重露出とするなら、それは、一度撮影したフィルムを巻き戻してその上にもう一つの像を焼き付けるという、二様の時間を背負った二つのカットの共存によって成立する映像空間ということになる。表現主義映画『朝から夜中まで』の、女の顔が髑髏の図像に変わる場面に通じる変容である。ただし「浅草公園」の少年の恐怖と欲望には、ファム・ファタルや死と乙女といった異性愛の枠組みにおさまらないところがある。欲望が「父」と「私」に還帰する。

ぼんやりとした、半透明の映像、たとえば次のような場面がある。

14

斜めに見た造花屋の飾り窓。造花は皆竹籠だの、瀬戸物の鉢だのの中に開いてゐる。中でも一番大きいのは左にある鬼百合の花。飾り窓の板硝子は少年の上半身を映しはじめる。何か幽霊のやうにぼんやりと。

15

飾り窓の板硝子越しに造花を隔てた少年の上半身。少年は板硝子に手を当ててゐる。そのうちに息の当るせゐか、顔だけぼんやりと曇つてしまふ。

という、半透明の像である。少年の鏡像ではあるが、飾り窓の板硝子は鏡ほど反射は強くないので、そこに映る像も透けて見える。「何か幽霊のやうにぼんやりと」「息の当るせゐか、顔だけぼんやりと曇つて」いる像は、それ自体が、少年のよるべない不安な感情の表象である。「父」から離れた少年は、充実した自己像を失っている。少年の身体は「父」の後ろだてなしには完全なものでありえないかのようだ。

一方で半透明のぼんやりした像の現れは、芥川龍之介の遺稿「歯車」の、視界に「絶えずまはつてゐる半透明の歯車」を連想させずにはおかない。

半透明ではないが、回転する円のイメージは次のように現れる。

41

彼の手に持つた一本の帯。帯は前後左右に振られながら、片はしを二三尺現してゐる。帯の模様は廓大した雪片。雪片は次第にまはりながら、くるくる帯の外へも落ちはじめる。

「浅草公園」は、このように日常的ないとなみの裂け目から噴出する世界の変容の恐怖をいたるところで描き出している。風景も人もモノも、永続的に不変なたしからしさを失って、いつどんなふうに姿かたちを変えるかわからない。シナリオというジャンルの制約から、内面性にかかわる言葉を極度に削ぎ落としているため、その恐怖が少年の内部からにじみでたものであるとしても、それは世界の変容、少年の見え姿の変容として表象されることになる。

「いつのまにか」「いつか」「おのずから」という変化は、映画における溶暗、二重露出、カットバックなどのテクノロジーによる表象の可能性を示す。が、それだけではない。読むシナリオという文学様式には「過去、現在、未来が同時化」されていると、神田由美子「芥川龍之介のシナリオ「浅草公園」について――「歯車」との関連から――」（『文学・語学』一九七八・一〇）は指摘する。「同時化」は現代的な実験ではあるものの、時間の経過を紡ぎ出す読み／書きの快楽を奪う暴力的な実験でもある。

イメージの変容に不可逆的な方向性や極相めいたものはあるだろうか。可憐な生花の花束がいばらの花束や造花に変わる。大石富美「シナリオ「浅草公園」論――関東大震災の記憶と「花束」」（『九大日文』、二〇一七・三）は、「シナリオ「浅草公園」において花のイメージは、初め美しい人工物として登場し、次に拾い上げた途端「茨の束」に変わってしまうものとなり、手の届かない平穏の象徴となり、最後には大きな弔いの花になる」と、その「迷ひ子」の道程のような、変容過程を辿る。迷いつつも、「結局は失われたものへの懐古と幻視にたどり着く」という不可逆性を指摘する。そして、「シナリオ「浅草公園」で展開される幻想について、復興の途にある浅草と、関東大震災の記憶が「二重写し」に焼き付けられたイメージである」と読んでいる。

ただし、次のように元の姿に戻る例もある。

50

〔中略〕松葉杖をついた癈兵が一人ゆつくりと向うへ歩いて行く。癈兵はいつか駝鳥に変つてゐる。が、暫らく歩いて行くうちにまた廢兵になつてしまう。

この「廢兵」の表象は、従来の読者の注意を引きつけてきた「背むし」表象の前触れにもあたるだろう。

61

斜めに見た前のコンクリイトの塀。塀はもう何も現してゐない。そこを通りすぎる少年の影。そのあとから今度は背むしの影。

63

大きい常磐木の下にあるベンチ。木々の向うに見えてゐるのは前の池の一部らしい。少年はそこへ歩みより、がつかりしたやうに腰をかける。それから涙を拭ひはじめる。すると前の背むしが一人やはりベンチへ来て腰をかける。時々風に揺れる後ろの常磐木。少年はふと背むしを見つめる。が、背むしは振り返りもしない。のみならず懐から焼き芋を出し、がつがつしてゐるやうに食ひはじめる。

64

焼き芋を食つてゐる背むしの顔。

65

前の常磐木のかげにあるベンチ。背むしはやはり焼き芋を食つてゐる。少年はやつと立ち上り、頭を垂れてどこかへ歩いて行く。

67

前の常磐木のかげにあるベンチ。但し今度は斜めになつてゐる。ベンチの上には背むしが一人墓口の中を検べてゐる。そのうちにいつか背むしの左右に背むしが何人も現れはじめ、とうとうしまひにはベンチの上は背むしばかりになつてしまふ。しかも彼等は同じやうにそれぞれ皆熱心に墓口の中を検べてゐる。互に何か話し合ひながら。

68

写真屋の飾り窓。男女の写真が何枚もそれぞれ額縁にはひつて懸つてゐる。が、それ等の男女の顔もいつか老人に変つてしまふ。しかしその中にたつた一枚、フロック・コオトに勲章をつけた、顋髭のある老人の半身だけは変らない。唯その顔はいつの間にか前の背むしの顔になつてゐる。

孤立し彷徨う少年の後ろから現れ、旺盛な食欲で表象される「背むし」は、増殖し、語り合い、他者の顔にとって替わろうとする。

「背むし」という身体表象の欠落／過剰を、物語の外部と直結して、作者と読者の差別意識を云々したところで、「浅草公園」のより深い理解には至らないだろう。あるいはこの表象は直接的な恐怖や拒否反応を引き起こしやすいだけに、むしろ「浅草公園」の理解を妨げる疵となっていると考えるべきかもしれない。神田由美子「芥川龍之介のシナリオ「浅草公園」について——「歯車」との関連から——」は、ここに「資本主義の恥部たる無数の浮浪者達」「人間存在の暗い追跡者」といった意味を読んだ。だが、因果律を外れた時間軸上に展開する形態のうつろいを辿るなら、「背むし」の表象は、風景と人とモノとの断続的な変容過程のある極相として、これに先立つ表象からの変化の過程として、時間軸における先行する表象との差異として読まれうる多義的な不気味なものである。「浅草公園」の不安と欲望、恐怖の表象は、少年のまなざしと共振し、それによって変容する過程に継起する。少年の視座から切り取られた世界があり、少年の視座から見えない隠された世界がある。そして少年の恐怖と孤立そして彷徨によって歪められたままにみえてくる世界がある。ひとりの「父」の不在のうえに、「背むし」たちが蝟集する。多義的で、おびただしい差異の束であり、姿を変えた「父」の間違った回帰の身体性として時間を紡ぎながら「背むし」たちは増殖する。「背むし」の輪郭をいくたびもなぞりながら、その抵抗感、触感とともに、読む者のまなざしは時間を紡ぎ出す。「背むし」の表象は「浅草公園」の時間軸の上に凝集する差異の束であり、無気味なものの回帰であり、表現主義的表象であるはずなのだ。

もっとも作者の言説によれば、表現主義は、すでに失われたエコールであったようだ。

芥川は皮肉まじりにしるしている。

或人々は千九百十四五年に死んだドイツの表現主義の中に彼等の西洋を見出してゐる。

（「文芸的な、余りに文芸的な」三十一「西洋の呼び声」、『改造』一九二七・六）

芥川　表現派は、獨逸にでも、もう見られないさうですね。或る人がベルリンに行つて表現派の芝居を見やうとして、どこへ行つたら見られるだらうと云つたら、東京に行つたら見られるだらうと、云はれたと云ふことです。

（「堺利彦・長谷川如是閑座談会」『文藝春秋』一九二七・六）

と。

三嶋譲「芥川龍之介のシナリオの位置」は、芥川のシナリオについて、アントナン・アルトー『貝殻と僧侶』(La Coquile et Clergyman、一九二七、ジェルメーヌ・デュラックにより映画化、一九三三日本公開)のシュルレアリスム幻想を先取りするかのようだと指摘している。芥川「影」の欲望、嫉妬、死への欲動には、無字幕映画、影絵映画として知られる『戦く影』(Schatten Eine Nachtliche Halluzination、一九二三、アルトゥール・ロビゾン監督)に通じるものを読み取ることもできる。芥川にとっては終焉の表現主義であったものが、意図せざる先駆的なテクストであったといえるかもしれない。

注

(1) 一九二四(大正一三)年一月六日及び同月一三日発行の『サンデー毎日』に「野人生計の事」という表題で分載され、後に『百艸』に「野人生計事」として収載された。初出時に蜘蛛が糸を張っていたのは「薄暗い二階の壁から壁へ」であった。表題は李九齢の七絶に由来する。

「亂山堆裡結茅蘆　已共紅塵跡漸疎
莫問野人生計事　窓前流水枕前書」
亂山堆裡《たいり》　茅蘆《ぼうろ》を結ぶ
已に紅塵共に　跡　漸疎《ぜんそ》たり

問ふ莫かれ　野人生計の事
窓前の流水　枕前の書

（2）浅見淵「芥川龍之介を解く鍵」（『現代作家研究』砂子屋書房、一九三六・九）

（3）一九二六（大正一五）年四月から翌二七（昭和二）年二月まで、一一回にわたって『文藝春秋』に連載され、後に『侏儒の言葉』に収録。

（4）安藤公美『芥川龍之介　絵画・開化・都市・映画』（翰林書房、二〇〇六・三）

（5）安藤公美は、『芥川龍之介　絵画・開化・都市・映画』翰林書房、二〇〇六年三月において、以下のように指摘している。「日本では一九一四（大正三）年二月一日横浜オデオン座にて封切りされた。〔中略〕芥川は、直接この映画に言及はしていない。しかし、芥川の「影」は分身をモチーフとしており、《プラーグの大学生》と被るイメージが多い」。

（6）三嶋譲「芥川龍之介と映画――「影」から二つのシナリオへ」（『昭和文学研究』一九八八・二）

（7）浦崎佐知子「「誰だ、お前は？」物語の構造と主体の分裂：芥川龍之介「影」試論」（『文学研究論集』一九八九・四）

（8）大石富美「映画を読む小説：芥川龍之介「影」論」（『九大日文』二〇一五・三）

（9）海老井英次「ドッペルゲンガーの陥穽――精神病理学研究の必要性――『二つの手紙』『影』」（『國文學　解釈と教材の研究』一九九六・四）

（10）（4）に同じ。

（11）渡邉正彦「分身――「二つの手紙」「影」を中心に――」（『国文学　解釈と鑑賞　別冊　芥川龍之介　その知的空間』二〇〇四・一）

（12）久保田正文「最後のスタイル――芥川龍之介のシナリオについて――」（『宝島』一九六五・三）

（13）井上洋子「シナリオ「誘惑」の方法——芥川、フローベール、映画——」（『近代文学論集』一九九五・一一）
（14）（４）に同じ。
（15）大石富美「シナリオ「誘惑」論——「筋」と「話」、「構成的美観」に着目して」（『九大日文』二〇二〇・一〇）
（16）今泉康弘「傾いた家の中の僕——芥川龍之介と映画の技法２（幽霊＋表現主義）——」（『法政大学大学院紀要』二〇〇二・一〇）
（17）（15）に同じ。
（18）（12）に同じ。
（19）（13）に同じ。
（20）柴田希「映画への接近——芥川龍之介「蜃気楼」、そして谷崎潤一郎との論争を手掛かりに」（『芥川龍之介研究』二〇一七・七）
（21）前田愛「芥川と浅草——都市空間論の視点から」（『國文學　解釈と教材の研究』一九八五・五）
（22）蔡宜静「谷崎と芥川のシナリオ観——「筋のない小説」論争を中心に」（『現代社会文化研究』二〇〇三・七）
（23）今泉康弘「芥川龍之介と映画の技法——二つのシナリオから「歯車」へ」（『日本文學誌要』二〇〇二・七）

第6章　夢野久作と『カリガリ博士』──「ドグラ・マグラ」の父

1、『カリガリ博士』と「ドグラ・マグラ」のテクスト生成

夢野久作は、一九二六（大正一五）年四月五日の日記に次のように記している。

銀座にて活動を見る。ジヤツキークーガン。ガリ〱博士。

ジャッキー・クーガン（Jackie Coogan、一九一四－一九八四）といえば『キッド』（The Kid、一九二一、チャーリー・チャップリン監督主演）で一躍有名になった子役である。「ガリ〱《ママ》博士」とは『カリガリ博士』のことだろう。これは『キッド』と『カリガリ博士』をはしごで、あるいは二本立てで見たということだろうか？

狂気の精神医学者カリガリ博士と彼の催眠術によって殺人鬼となる眠り男チェザーレ、彼らの犯罪と狂気を物語るフランシスが実は精神病院の入院患者であったというどんでん返しなど、『カリガリ博士』のモチーフを、夢野久作「ドグラ・マグラ」は、共有している。

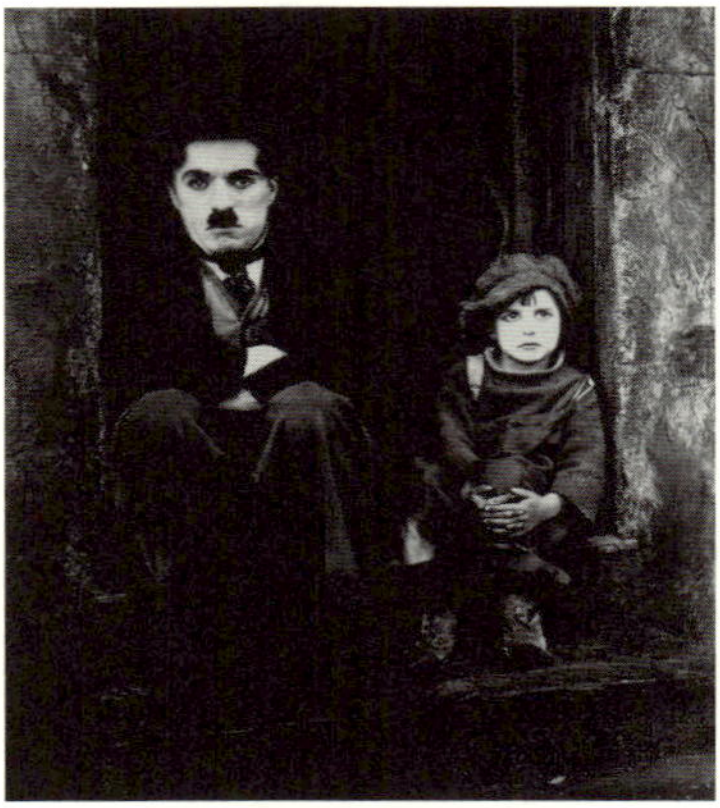

『キッド』
チャールズ・チャップリンと
ジャッキー・クーガン

『カリガリ博士』を見た年、四月三日に上京した夢野久作は、父・杉山茂丸（一八六四－一九三五）に会い、茂丸の政治結社台華社に顔を出し（四月八日）、その合間に右翼の巨魁頭山満（一八五五－一九四四）を訪問し（四月四日）、厄介な交渉ごとを片付けている。そして、映画館に通い、テニスをし（四月七日、八日）、トランプをし（四月七日）、碁を打ち（四月八日）、飯田町の喜多流宗家で舞いうたい（四月七日、九日）と、いそがしい。その合間に『科学探偵』『大衆文芸』を購入している。四月一〇日には「神田日活館に活動「最後の人」を見る」とある。ムルナウ監督の傑作として名高い『最後の人』（Der Letzte Mann、一九二四）である。

映画の感想は日記に残されていない。ただ、五月一一日、「終日精神生理学の原稿を書く」とあるのが、「ドグラ・マグラ」草稿のことと推定されている。

「ドグラ・マグラ」起稿の日時については諸説ある。西原和海は石川一郎が追悼記事「わかれ」『月刊探偵』一九三六（昭和一一）年六月号に、夢野久作自身の言葉として紹介した「「ドグラ・マグラ」は二十年がかりの作品です。十年考へ、あとの十年で書直し書直し抜いて出来たもの」という言説を引いて、原稿が著者の手を離れた一九三四（昭和九）年から一〇年さかのぼる一九二四（大正一三）年ごろに着手され、その構想はさらに一〇年さかのぼる一九一四（大正三）年ごろに得られたものかと推測している。

構想の端緒とされる一九一四年前後には、従来、杉山家における家督相続問題から長男直樹（久作）を廃嫡、禁治産者とするたくらみが浮上していたと推測されていた。彼が家を出て放浪の日々を送った理由は、これを恐れ、あるいは抵抗し、嫌気がさしたかと考えられていたのである。一九一五（大正四）年一月に直樹は能楽喜多流に入門。六月に本郷の曹洞宗喜福寺で剃髪、出家した。法号は萠圓《ほうえん》、戸籍上の名も直樹から泰道《たいどう》へと改める。杉山家の墓所、博多の一行寺は浄土宗であった。父の家、父が与えた名を捨てよう、改めようともがく彼の苦闘が偲ばれる。

しかしながら、近年の研究により、杉山直樹は一八九四（明治二七）年の段階で既に家督を相続していたことが判明した。杉山家の戸籍を読み込んだ坂上知之「杉山家をめぐる通説の謎を考える」（『民ヲ親ニス』二〇一三・九）が指摘するところによれば、杉山茂丸が一八九四（明治二七）年に隠居し家督を直樹に譲り、茂丸は分家して別に一家を創設、一九一四（大正三）年までには直樹が戸主をつとめる杉山家と、茂丸が戸主をつとめる杉山家とが並立していたが、この年、茂丸は廃家して杉山直樹の戸籍に入籍し、翌年直樹は出家し杉山泰道とあらためることが戸籍に記された、という経緯であった。

一八九四（明治二七）年に茂丸は隠居した。多田茂治『夢野久作と杉山一族』（弦書房、二〇一二・九）所収の「夢野久作と杉山家年譜」には一八九五（明治二八）年「春、杉山家は一家離散の状態になり、三郎平夫妻と直樹は二日市に、幾茂《いくも》と峻《たかし》、瑞枝《みずえ》は市内柳原に」別居したとあるが、それは先の分家の結果であろう。だが、久作の継母にあたる幾茂が一八九二（明治二五）年に生んだ男子・峻はその一八九五（明治二八）年六月二五日に、一八九八（明治三一）年三月二八日に生んだ五郎は一九一二（明治四五）年一月一日に、二人とも幼くして世を去る。いったん隠居、分家した父・茂丸がふたたび同じ戸籍に入ることで親子の力関係がまたむつかしいものになるようなことがあったとも推測される。既に戸主でもあり陸軍少尉として近衛師団に仕える男子を廃嫡することがそう容易とは想えない。それでも、強権をふるう父と一家をともにせざるを得ないことが、久作を家から押し出す圧力になったのかもしれない。

一方、執筆開始かと想定される一九二四（大正一三）年ごろといえば杉山泰道名で博文館編輯部懸賞小説に応募した「侏儒」が選外佳作に選ばれた年、九州日報社を退社した年（一年後再入社したもののほどなく記者生活からは完全に引退する）、関東大震災の取材に上京した前後である。「侏儒」にも、九州帝国大学医学部を舞台に展開される「二人のマッド・サイエンティストの確執、父と息子をめぐっての遺伝テーマ、兄と妹の相姦テーマ、書簡の引用や映画的手法の導入などによる小説方法論の実験」（西原和海「解題」『夢野久作著作集』第一巻、葦書房、一九九六・一〇）など、「ドグラ・マグラ」のモチーフと手法の萌芽が指摘されてきた。

いうまでもなく、構想一〇年執筆改稿一〇年、二〇年がかりの作品との弁は、おおよその見当で、若干のずれはあろう。またどんな深刻な体験であろうとそれだけが人を小説家にするものではない。たとえば、日本の精神医学の動向と患者が置かれた状況について、「ドグラ・マグラ」におおいなる示唆を与えたと推測される呉秀三（一八六五－一九三二）が樫田五郎（？－一九三八）とともに『精神病者私宅監置ノ実況及ビ其統計的観察』（内務省衛生局）を著したのは、一九一八（大正七）年のことである。

小説家夢野久作の成長とともにテクスト「ドグラ・マグラ」が生成したことはまちがいない。

先に言及した、杉山龍丸編『夢野久作の日記』（葦書房、一九七六・九、以後「日記」と略す）には、一九二六（大正一五）年五月以降より「ドグラ・マグラ」執筆の様子がうかがわれる。（「日記」は一九二六年の記述を「昭和元年」とまとめているが、改元はこの年の一二月二五日であり、それ以前は「大正一五年」である）。その年「終日、精神生理学の原稿を書く」（五月一一日）、「狂人の原稿を書く」（五月二三日）、「午前中「狂人」を書く」（五月二四日）、「狂人の内容あらかたきまる」（五月二七日）、「狂人の原稿を書く」（五月二八日）、「妻に、狂人の解放治療の話をきかす」（七月一〇日）、「徳蔵君来る。二人で狂人の解放治療の原稿よんでくれる」（七月三〇日）、「夜、狂人の解放治療の話をする」（八月二七日）等々。

「日記」を参照すると、「ドグラ・マグラ」の原稿が最初に編集者のもとに送られたのは、一九二六（大正一五）年のことだった。その八月二一日、「狂人の解放治療遂に書き上げる千百余枚。徳蔵君小包を包んでくれて、東京博文館森下岩太郎氏宛送る」とある。が、博文館から色よい返事はなかった。森下雨村（岩太郎、一八九〇

‐一九六五）は、この原稿を川田功（一八八二‐一九三一）に読ませた（森下雨村「悼惜、辞なし」『月刊探偵』一九三六・五）。川田は数次にわたり夢野久作に私信を寄せ、久作からも「日記」には一二月一九日「川田功氏へ、狂人の原稿の事」とのやりとりがあり、前後して長い改稿の道のりが始まる。川田との通信と改稿との対応については西原和海『夢野久作全集』第九巻（ちくま文庫、一九九二・四）に指摘があり、大鷹涼子「夢野久作宛川田功書簡　翻刻と解題――川田功書簡から見た『ドグラ・マグラ』執筆初期段階の構成」（『岡山大学大学院文化科学研究科紀要』二〇〇五・一一）に福岡県立図書館杉山文庫所蔵川田書簡全五通が翻刻されている。川田功の助言がどの程度テクストの推敲に反映されたか即断はできないが、川田書簡を受けとるたびに「日記」に改稿の跡が記されていることはうかがわれる。

　川田書簡の最初のもの（「日記」の返信の記述から一二月一九日以前に来簡と推測される）は、『新青年』掲載のために原稿を短くすることを提案している。内容について川田は「正木博士が外国で博士論文として書いたものゝ中、直接此小説に関係の無いものをはぶく」「「私」と云ふ人の答へが余り多過ぎ且つ先生に対して少し不遜の嫌ひ〔中略〕例へば『ハッハッ……』と云つた様な処が多過ぎはしまいか」「『私』と云ふ人間がどんな人であつたかを説明願ひたい〔中略〕正木博士の子であると云ふ丈けで他は少しも判らない」といった問題を挙げている。

　これに対して久作は改稿した草稿を送ったとみられる。

「日記」にはこの時期に執筆に集中した様が、一九二七（昭和二）年一月三日「狂人の解放治療中、脳髄は物を考える処に非ずといふ議論を書くに、六ケしき事限り無し。それを平易に短かく、面白く書くは容易の業に非ず」、一月四日「けふより狂人解放治療の浄書を初めんと思ひたれども小みたしをかき止む」、一月五日「狂人の解放治療の第一篇を、自我忘失症より書き起して、全部を夢の姿にせむと思ひしが、かくては吾が頭がとても堪え切れまじと思ひ、後のテーマにすることゝして割愛す」、一月一二日「狂人の解放治療、又組み直し初む。これにて満十度目なり」、一月一四日「狂人の原稿を書く。最初を往来の御方様といふ文句にきめ、最後を大学の参考書といふことにする」、一月二〇日「狂人の原稿改良しては、又置きかゆれども工合わるし。少しトリツクを濫用したる気味ありとおぼゆ。しかれどもその焦点が何故に結ほれざるか判明せず」、一月二八日「胎児の夢の論文のうち、夢の説明を書き直し」等と綴られている。

やがて一九二七（昭和二）年五月二日「日記」に「川田氏より来書。狂人の原稿につき、批判来る」の記述がある。川田書簡は二通目が「「狂人解放治療」今半分迄読んで」考えたもの、三通目が全篇読了したのちのものにあたる。二通目では「表現法が殆んど会話体で出来上つて居る」「『ヱライ其通りだ』などゝ云ふ言葉が、此深刻であるべき物語りを滑稽化して価値をわざ〳〵無くして居る様」であると難じられた。三通目では「論文の事に関しては第一回の様に論文を行列させると人が飽きますから、巧みに処々へ織り込めば幾つあつても差支ないと思ひます。殊に「狂人の暗黒時代」とか「胎児の夢」及「脳髄論」などはどうしても削つては駄目です」「はし書きがあつて悪いのではなく、書き方が誠に力がなく怪奇さに魅力が無いと思ひます。先づ端書きは止めて見てご覧なさい」「出来得れば一二三四巻を二巻位につめたいと思ひます。第五巻はざつと拝見しましたが、此辺は尤もよく出来て居る様に思ひますが」等の助言がなされている。夢野久作の文体の迫力ともなり日本文学の表現としての破格でもある特質を川田は逆説的に突いている。「自然描写を得意としないならば無理に書いて読みづらくするよりはやめた方がいゝ訳です。谷崎潤一郎がそうである様に事件を面白く書く人には自然描写の出来ない人がありますから」との指摘も興味深い。

川田の書簡から、この時期の草稿は松柏館書店版と異なり、「往来の御方様」という文句で始まる「はしがき」を有し、末尾が「大学の参考書」となる五巻構成をとっていたこと、「狂人の暗黒時代」「胎児の夢」「脳髄論」などの「論文」を挿入するという手法がすでに取られていたことがわかる。一九二七（昭和二）年二月三日「日記」に、「狂人の原稿、第五巻に入る」とあるのがこれか。

しかしながら、森下雨村、川田功の線では出版がかなわなかった。

夢野久作は引き続き手を入れ、九月一三日「外道祭文下書き」など、「ドグラ・マグラ」を特徴付ける構成、文体を練りあげていく。九月一五日「狂人地獄おはり」といったん擱筆されるものの、完成と上梓まではまだ時を重ねることになる。

一九二八（昭和三）年五月一七日「狂人の清書冒頭書き直し」、五月二二日「狂人の原稿の初めに、夫婦の会話を入れる」、八月六日「終日、狂人の原稿書き。脳髄論を巻頭にまはす」、八月七日「『若林博士の怪所業』終る」、八月九日「呉一郎の談話をかく」、八月一四日「呉一郎、中学卒業に非ず」、八月一七日「儒仏耶一途、心理遺伝の原則にて一貫す」、八月二〇日「原稿——治療場の幻覚まで進む」、九月三日「呉一郎の屍体飜弄と、自己の真教《（ママ）》幻覚及自己の屍体幻視の項書き添へる」、一一月二〇日「終日、狂人の原稿書き直し。清書だけにて、すでに五回目也。吾れながらおぞまし」、一九二九（昭和四）年八月八日「胎児の夢、出来上る」、九月二〇日「狂人原稿終り、油紙に包む」と、ふたたび筆をおいたはずだが、ほどなく再開。一二月一三日「脳髄論の下書きをかく」とある。この度の推敲は年明けの一九三〇（昭和五）年一月六日に「狂人稿一千枚、全部校正終る」とし、一月一一日「狂人原稿をドグラマグラと改め、送り出す」と区切りをつけた。これは、博文館『新青年』誌の名伯楽とうたわれた作家・編集者の水谷準（一九〇四‐二〇〇一）がこの原稿について書き寄こした（「日記」一九二九年一二月三一日）のに応えたものと考えられる。しかしながら水谷もその長大な原稿を扱いかねた。

現在、杉山文庫に収められている「ドグラ・マグラ」の草稿「はしがき」は五種類あり、そのなかでもっとも長いヴァージョンによれば、この物語は青年が一人の少女とともに赤い煉瓦造りの家に閉じ込められ、精神上のひどい実験を受けていることを訴える一八冊のノートブックの包みを、道ゆく夫婦に投げて、救出を求めるという内容のものである。「日記」一九二八（昭和三）年五月二二日には狂人の原稿のはじめに「夫婦の会話」を加筆したとあるところから、「はしがき」案はまだ放棄されていなかったようだ。

この間「日記」一九三〇（昭和五）年七月四日には、「胎児よ〳〵何故躍る母親の心がわかつて恐ろしいのか」と綴られている。

博文館人脈について久作が接触したのは佐左木俊郎（一九〇〇－一九三三）だった。佐左木は新潮社のモダン雑誌『文学時代』の編集にたずさわり、自身は小説家として新興芸術派に属しつつ、探偵小説から農民文学まで広く手がけた。佐左木俊郎と夢野久作との交際は、新潮社の編集者としての佐左木と探偵小説家夢野久作との仕事上のかかわりに端を発する。佐左木俊郎は宮城県玉造郡一栗村（現・大崎市）の農家に生まれた。肺を病んで若くして亡くなった彼の才能を悼み、江戸川乱歩から川端康成まで、追悼の文章が残されている。すなわち探偵小説界にとっても、農民文学界にとっても痛手であるとその死は惜しまれたのだ。編集者としては新潮社の『文学時代』に籍を置いたが、同誌は『新青年』、『モダン日本』とならび、昭和モダニズムを代表する三大誌と称されていた。

福岡県立図書館の杉山文庫には、『文学時代』編輯部の肩書きで、夢野久作に探偵小説の原稿を依頼する佐左木俊郎の、一九三〇（昭和五）年一二月二〇日付葉書が残されている。追いかけて翌一九三一（昭和六）年一月二七日に「一足お先に」を受け取ったことに感謝し、これまで「夢野久作」と「杉山泰道」が同一人物だとうかつにも気づかなかったことを詫びるという、「杉山泰道」宛の来簡がある。この間の対応に好ましいものがあったのだろう。久作はかねて執筆を続けていた大作の刊行を佐左木に相談したと推測される。

杉山文庫所蔵資料をもとに大鷹涼子は「夢野久作宛、佐左木俊郎書簡――翻刻と解題」（『岡大国文論考』二〇〇五・三）を公表している。それによれば、一九三一（昭和六）年二月一八日付の佐左木からの来簡には「千枚のものは近々中に社長を説いて見ます。多分出版するだらうと思ひますが〔中略〕出来るだけ骨を折つて見ます」との文言がある。

ついで五月六日には「何時かお話のありました貴下の書下し長篇小説、社長にまですすめて置きましたところ、出版の意志があり、梗概を頂いたのでしたが、今度は出版部の方から、梗概だけでなく、実物を拝見させて頂き度き旨を言つて来ました〔中略〕若し万一に、新潮社の方へ決定しませんでしたら、又、他を奔走して見ます」と大いに脈のありそうな便りが届いた。しかしながら「実物」を久作が送ったのに対する返信（同年夏、日付不詳）には「貴稿「キチガヒ地獄」たしかに拝受いたしました。／偖、唯今、新潮社では、新作探偵小説集の計企中にて、貴下のものも、その中に加へ度く存じます。併し、一冊六百枚の見当にて、七百枚位までは我慢出来るのですが、千枚からですと、どうしようもありません。それで、この千枚はこのままにして置いて、この秋までに六百枚のものを別に書いて頂くか、それともこの千七十枚を六百枚位に削つて頂くか、どちらかです」とあった。久作の選択は、新潮社の「新作探偵小説全集」のために六百枚、「暗黒公使」をまとめることだった。

『定本夢野久作全集』刊行中に発見された久作から佐左木宛の書簡は、この交渉の機微を具体的に示している。久作は浩瀚な日記を残しているが、残念なことにもっとも執筆が盛んであった一九三一（昭和六）年から一九三四（昭和九）年にかけてのものが失われている。その空白を埋め、「ドグラ・マグラ」推敲の階梯をも示すのが久作の書簡である。『定本夢野久作全集』第六巻「月報」（国書刊行会、二〇一九・五）に、土方正志「夢野久作と佐左木俊郎」が掲載され、その一端が明らかになった。一九三二（昭和七）年三月二三日付書簡は次のように記す。「万一別稿「キチガヒ地獄」に御用でもありました節は、誠に御手数ながら標題を「脳髄は物を考える所には非ず」（「……ところ……」にても）と御改めの程、お願ひ致し度く御座います。私の書きますものは田舎臭く不調法なのは申すまでもなく、総体に憂鬱で重苦しいと皆申しますから、目下の傾向ではトテモお役に立つまいとは存じますが、せめて標題だけにてもと存じまして勝手申し上げます次第、何卒御憫笑下さいませ」云々。

もう一通は、杉山文庫所蔵の原資料封筒によると同年四月一二日消印、「麹町区三年町二、台華社、杉山萌円」名で佐左木にあてられ、じつは母親の看病のため上京しているのだが、ごく内々のため、佐左木に会うこともかなわないと縷縷つづったものである。この封筒には「料金未納6銭」と記されている。佐左木のもとに無事に届いたのかどうか詳らかにしない。

これと前後して、佐左木俊郎は同一九三二（昭和七）年四月三日付の書簡に「貴兄の大長篇の方は、現在の全集が終つてから、新潮社にすすめるつもりで僕の手元に預つてあります。標題の訂正のことも拝承」と書いてきた。ところが残念なことに、佐左木俊郎はその翌年三月一三日に若くして世を去る。彼の手元に預けられた大長篇は、また宙に浮いてしまった。

活路を開いたのは能楽関係の人脈だった。久作が一門に連なる喜多流の謡本を刊行する、春秋社の社主神田豊穂（一八八四－一九四二）が「ドグラ・マグラ」の出版を引き受けたのである。神田の二男・澄二（一九一二－一九四六）も校正など実務にかかわった。一九三四（昭和九）年一二月三日付神田豊穂の杉山萠圓に宛てた書簡は「ドグラ・マグラ只今拝見中ですが大体に於て至急出させて頂かうかと云ふ気になつて居ります／たゞ取急いでお願したい事はあの中の阿呆陀羅経をもつとずつと短くしてはいたゞけないでせうか少しくどすぎるやうに思ひますがも一寸つゞめて頂くわけには行きませんでせうか／こん年末に発売してお正月の売物にしたいと思ひますが校正などは如何しませうか／九州まで送つては少し時間がかゝりすぎると思ひます／お正月早々ドグラ・マグラの会を大下宇陀児江戸川乱歩等の人々によつて開き度いと思ひますがこちらで鈴木氏亭君が万事取計つてくれるそう《ママ》です」。決断が下されると、春秋社側では校正の時間も惜しむほどの速さで、印刷、製本の工程が進んだ。

神田が名前を挙げている鈴木氏亭（一八八五－一九四八）は、『新小説』記者を経て一九二三（大正一二）年の『文藝春秋』創刊時に同人となり、社主・菊池寛（一八八八－一九四八）の秘書役を務めて一九二八（昭和三）年には専務取締役となっていた。神田豊穂は能楽専門の書肆であるわんや書店で編集を学んだ。わんやは能楽の道具も扱っており、関係者には親しまれていた。久作の「日記」一九二九（昭和四）年三月一日には「丸ビルわん屋で扇買ひ」の記述がある。神田は植村宗一（一八九一－一九三四）とともに一九一八（大正七）年に「杜翁全集刊行会」を興している。これが春秋社『トルストイ全集』に結実したが、編集者植村宗一とは直木三十五の本名にほかならない。春秋社には木村毅（一八九四－一九七九）も在籍し、中里介山（一八八五－一九四四）「大菩薩峠」（一九二一・九－一九二二・七）を手がけた。菊池寛が亡友直木を惜しんで直木三十五賞（直木賞）を設けるのが一九三五（昭和一〇）年。神田豊穂の春秋社と文藝春秋の鈴木氏亭との人脈はここに連なっている。「ドグラ・マグラ」出版記念会が開かれたレインボーグリルは東京内幸町大阪ビルヂング（略称大阪ビル）地下にあり、このビルは当時、大阪商船が使用するほか映画会社パラマウントや文藝春秋社がオフィスを構えていた。文藝春秋社からは鈴木に加えて、後に『オール讀物』編集長となる菅忠雄（一八九九－一九四二）が発起人となった。忠雄の父菅虎雄（一八六四－一九四三）は、ドイツ文学者で筑後国御井郡（現・福岡県久留米市）出身、夏目漱石（一八六七－一九一六）と親交厚く、漱石を第五高等学校（現・熊本大学）に招いた人物とも言われる。

さて、大長篇の出版をためらい助言を求めた神田豊穂の背中を押したのが、文藝春秋の鈴木氏亭だった。この間のやりとりと力関係については、鈴木氏亭から久作宛書簡（一九三四年一二月一六日付）に「神田君の態度は見苦るしいばかりに要鎮堅固だつたので、それを打ちこはしてやりたかつたばかりです」と、その一端がうかがわれる。出版記念会の発起人、人選等も神田豊穂と鈴木が相談しておおよそのところを定めた。

一九三四（昭和九）年一二月八日付書簡で、神田豊穂は「祭文を御手許へ御送り返へして居ては間に合はなくなりますから活字を小さくしてゞも原稿通りに致す事にきめました」と述べ、「校正は社の編輯部の外に柳田泉君が眼を通してくれる事になつてゐます」「忠君愛国とか延喜の御代とか又はエロ・グロすぎるやうな処の文字は多少××が入る事を御覚悟願ます」「発行所名はいろ〳〵都合がありまして松柏館書店と云ふ事になります／去る六月以降春秋社発行の本は皆この書店名に変更されてゐますので御著を少しも傷つける事にはなるまいと存じます」云々と知らせてきた。

活字と校正についてはこの前後に神田澄二より「校正は柳田泉氏と私とが責任を以て拝見致します」「表紙の裏に「更概」を入れ度いと思ひます。至急四〇〇字詰一枚或は一枚半に御書き願ひ度く存じます」「活字は適当に8ポと6号とを組み合はせ（勿論本文は9ポルビ付き）ました」との報告と依頼があった。

編集部外の校正者として名を出された柳田泉（一八九四‐一九六九）は、春秋社立ちあげの『トルストイ全集』より同社で翻訳（英語版からの重訳）編集に携わった。トルストイのほかカーライル、ルソー、アミエル、レッシング、ミル、ブランデスの訳出、『希臘思想の研究』（春秋社、一九二二・六）、『明治文学叢刊』（松柏館書店、第一巻「明治初期の翻訳文学」一九三五・二、第二巻～第四巻「政治小説研究　上・中・下」一九三五・五／一九三五・一〇／一九三九・七）、『随筆明治文学』（春秋社、一九三六・八）など、この時期の主著を春秋社、松柏館から上梓していた。柳田は「ドグラ・マグラ」出版記念会の発起人にもなった。柳田は「明治文学研究夜話（五十）」（『明治文学全集』月報、一九六九・八）に、「『明治文学叢刊』八巻を刊行することにした。刊行所は、馴染みの深い春秋社であるが、春秋社は内部の事情で、主として松柏館という別名で活動していた時であったから、ともかく松柏館刊行ということにした」と回想している。ただし「ドグラ・マグラ」校正への柳田泉の関与がどの程度であったかは詳かにしない。

久作は一月八日に香椎駅を発って上京し、一〇日には春秋社で神田父子、鈴木氏亭、柳田、喜多實と出版記念会の打ち合わせ、一一日には『ドグラ・マグラ』二五〇〇枚の検印紙に捺印、一月二六日には出版記念会が開催され五〇余名が出席した。

「ドグラ・マグラ」の生成過程で読者となった川田功、佐左木俊郎は、いずれもすでに鬼籍に入っていた。「ドグラ・マグラ」の印税を「梅津只圓翁伝」の製作費に当てることになっており、久作の滞在中に入稿校正し、三月四日に東京を後にしている。

従来、「ドグラ・マグラ」は出版による収入がなかったことから遺族の証言により自費出版であるとする説があった。その後、「ドグラ・マグラ」出版にあたって春秋社の神田豊穂より一九三四（昭和九）年一二月三日付来簡で「印税は一割として一月末二月末三月末の三回に分けてお払ひしたうございます」という提案があったことと、春秋社から発行された印税明細書および「梅津只圓翁伝」製作費用の請求書が夢野久作遺品の中に見出されたことを拠り所に「ドグラ・マグラ」自費出版説を否定する説が提出された。[1] 印税明細書には一九三五（昭和一〇）年一月一六日に「ドグラ・マグラ」二四五〇部、二月一八日に再版五〇〇部が記載され、一月三一日と二月二六日にそれぞれ一〇〇円ずつ支払いが計上されている。最終的には「梅津只圓翁伝」製作費の方が上回るとして差額の支払いを請求する来簡があった。

この出版形態をどのように考えたら良いのか、後掲「日記」中のいとこ君子《きみこ》の発言はこれと関係があるのかどうか。新潮社からの出版を計画した折に佐左木俊郎は、「千枚」のものを「六百枚」に縮めるとして、「一枚を二円として、千二百円までは、本が売れても売れないでもお払ひいたし、若し、一割の印税にして千二百円を越えるほど本が売れますれば、印税に直します」（一九三二年夏日付不詳）と提案していた。版元が新潮社ではなくなり、「ドグラ・マグラ」に対して保証された印税分の金額より上回る費用が「梅津只圓翁伝」に要したこともあり、久作の出費となったと考えられる。

なお、春秋社発行の印税明細書にあるのは再版の記載のみである。これが売れ行き良好であった結果の重版かどうか判断できない。「ドグラ・マグラ」が短時日に版を重ね初版の翌月に六版まで出た、「ドグラ・マグラ」はよく売れた小説であるという言説が従来あったものの、実際に確認されている版は初版と六版のみで、二版から五版までの刊本は確認されていない。

畢生の大作を上梓し、出版記念会も成功させ、夫人クラが回想するように「大変喜び感謝」（「ドグラマグラ執筆中の思い出」『探偵作家クラブ会報』一九五二・一二）していたのは事実だろう。が、寂寥や、二重化する〈私〉の不安がそれで解消されることはなく、だからこそ彼は書かずにはいられず、またテクストとしての夢野久作は永遠に未完だった。「朝早く銀座を通る。淋し。人影疎に吾が行く姿心に映りうしろめたし」「君子《きみこ》春秋社のインチキを発く」（「日記」一九三五年一月一六日）の内実は詳らかではないが、これは自身を無謬の極に置いて他を裁こうという書き方ではない。

「私」の語り、若林博士の語り、正木博士の語り、手記、それに、「キチガイ地獄外道祭文」、漢文書下し体の論文の文体、映画の活動弁士風の語り、新聞記事、性別・階層を異にする参考人の証言、談話、呉一郎の症状に関する所見、縁起等々、「ドグラ・マグラ」は多数の声と語りによる交響曲のように編成され、各部分がモンタージュされている。そのパート、パートを掘り下げ、時には置き換え、組み直して改稿が進められたと考えられる。一九二七（昭和二）年二月二日「日記」に「狂人の原稿、次から次へ破綻百出す」とあるが、論理の破綻をなおざりにはしなかった。一九二八（昭和三）年七月三一日「日記」には「狂人原稿の順序――脳髄論、心理遺伝、事実、本人大うつし、以下………？」と具体的に記されているが、「日記」には「ドグラ・マグラ」構成について、置き換え、整理、組み直し等の記述が頻出する。一方では個々のパートのモチーフの成り立ちの必然性と他のパートとの関係性をより明晰に示すための改稿が進められ、他方では、「私」は誰であり、いつどこにいて何をしたのか、犯人は何者で被害者は何者であるのか、という探偵小説としての謎をより難解に、謎解きをより高度にする改稿も進められた。時計の音の表記、どれほどの時の経過を示すものか定かならぬ埃の積り具合、資料の汚れのあるなしなど、細部の異同に注意が払われている。

松本常彦は「現行の「ドグラ・マグラ」にも顕著な形式的特性の一つは、パロディ化されているとはいえ、著しい文体・表現上の特色を持つ諸言説・ジャンル・媒体をパッチ・ワーク状に組み合わせている点」にあると指摘し、「言説ジャンルの闘争劇」「媒体（メディア）の交配劇」がそこに実践されていると指摘した。(2)「ドグラ・マグラ」のテクストには、大胆な構想力と細心の配慮が共存している。ペダントリーは日本の探偵小説の特徴のひとつである。それだけにとどまらず、「ドグラ・マグラ」において、進化論、遺伝学と優生思想、無意識と夢をめぐる考察、宇宙論、生命論などの知は、物語の骨格をなす重要なモチーフであり、それぞれが批判的に検証されている。

「心」の「理」としての「心理」を執拗にどこまでも追い求める「心理」言説、「変態心理」「心理の遺伝」言説は現代の読者からは一見奇矯にみえるかもしれないが、日本精神医学会刊行の雑誌が『変態心理』（一九一七－一九二六）と名付けられ、無意識領域の心理、異常心理、心霊現象、性的嗜好を「変態心理」概念によって解明しようとした時代である。小林梓『『変態心理』と『ドグラ・マグラ』――正木教授の人物設定に基づく一考察――」（『国文目白』二〇一三・二）は、夢野久作が雑誌『変態心理』を参照していた可能性が高いことを指摘する。大正から昭和にかけて「変態心理」をキーワードにしたテクスト生産は久作および江戸川乱歩（一八九四－一九六五）をはじめとする一群の変格探偵小説作家にとどまらず、萩原朔太郎（一八八六－一九四二）、谷崎潤一郎（一八八六－一九六五）、室生犀星（一八八九－一九六二）、川端康成（一八九九－一九七二）、尾崎翠（一八九六－一九七一）など、広範囲に及んでいる。「心理遺伝」についても、久作および探偵小説ジャンルにかかわった小酒井不木（一八九〇－一九二九）、丘浅次郎（一八六八－一九四四）、小栗虫太郎（一九〇一－一九四六）の諸作における「遺伝」概念の氾濫から、さかのぼっては、夏目漱石（一八六七－一九一六）「趣味の遺伝」（一九〇六）をあげるまでもなく泉鏡花（一八七三－一九三九）、芥川龍之介（一八九二－一九二七）など気質や精神など心的領域における「遺伝」に言及したテクストも日本文学に少なくない。久作自身も、「押絵の奇蹟」（『新青年』一九二九・一）に、胎教をめぐるモチーフを用いている。

「ドグラ・マグラ」については従来、その特異性を強調するあまり文芸史や思想史の流れのなかに適切な位置を与えようという試みがなおざりにされた嫌いがある。「ドグラ・マグラ」の独創性を疑うのではなく、そこに普遍性を見出すがゆえに、歴史的な相対化の必要を強調したい。

「ドグラ・マグラ」における自我論、記憶論、脳髄論、遺伝論は、しばしば仏教の輪廻転生観、曼荼羅的な時空観、唯識論、生命観を介して受容され消化され変奏されている。これは明治期以来の仏教の近代化の流れのなかで盛んにみられた仏教の哲学化、学際化と国際化に棹差す方法でもある。夢野久作は雲水としての漂泊を経て、これを新仏教のたんなる知的情報としてではなく身体的に了解するに至ったのだろう。一九二六（大正一五）年一月一五日「日記」には「進化論と神儒仏耶皆響く、之を知る者稀なり。之を著すは可成難事業也」、同年一二月三一日には「神儒仏耶、進化論及世界歴史は、皆因果不二的に説明し合へり。此事世人知らず。吾独り之を知れり」、一九二八（昭和三）年八月一七日「儒仏耶一途、心理遺伝の原則にて一貫す」とある。久作の自意識においてはこれは孤絶した思想であったけれども、近代における新仏教運動に照らしても、あるいは、「進化論及世界歴史」を参照して近代化した神道のもとで拡大した帝国日本の国家観を例にとっても、彼の思想は彼だけのものではなかった。

血肉化した方法としていまひとつ忘れてならないのは、久作における能楽である。近年の能楽研究及び能楽研究史は、西洋近代の芸術概念の枠組みでとらえるには能楽における宗教（仏教）の要素が主導的であることに改めて注意を喚起している（重田みち「「夢幻能」概念の再考：世阿弥とその周辺の能作者による幽霊能の劇構造」『人文學報』二〇一六・七、クラティラカ・クマーラシンハ「能における仏教的要素について」『崇城大学芸術学部研究紀要』二〇一二・三など参照）。能楽研究においてそれは、能楽の詞章と表象を教義（仏教）から自立した美的な対象として受容し評することが可能か否かという議論を伴っている。これに対して、夢野久作における方法としての能楽は、およそ近代の人間中心主義の美とはかけはなれた「仮面と装束」を真髄とし、逆説的ながら「仮面と装束」によってこそ仏道の死生観を表象する可能性をもちうれば、「仮面と装束」においてはじめて教義に対峙する力をももちうるというものだった。「ドグラ・マグラ」が展開する壮大な思想、観念、哲学にも、生身の人間には堪え難い強度がある。

2、「一足お先に」

「日記」は、『カリガリ博士』を観た一九二六（大正一五）年の九月三日に「「一歩先へ」の原稿を書き初む」と記している。九月五日には、「「足の幽霊」の原稿を書きはじむ」とあり、九月一〇日に「「一足お先へ」の原稿を書く」と続く。さらに九月二六日「「一足お先へ」の原稿書き上げ、小包みにする」、九月二七日「「足」の原稿送り出す。」とあり、これはどこに出したものか宛先が判明しないが、これに該当するテクストと推測されるのが、やや後年になって活字化された「一足お先に」（初出時表題「一足お先きに」『文学時代』一九三一・二―四）である。この時期の担当編集者は佐左木俊郎である。

膝に肉腫ができたために右脚を切断して入院中の「私」は悪夢にうなされる。「足の幽霊」であるかのように脚だけが病室の外に出て行こうとする夢、幻影肢つまりもはやない脚の部分の痛みに苦しんでいる。外科医院の院長（肺炎で病臥しているとのことで、物語の中には終始不在である）の説によると「脊髄神経の中に残つてゐる足の神経が見る夢」、副院長の説によると「何も脊髄神経に限つた事はないんです。脳神経の錯覚も混つてゐる」という。副院長はそれだけではなく、「何しろ手術の直後といふものは、麻酔の疲れが残つてゐますし、それから後の痛みが非道いので、誰でも多少の神経衰弱にかかるのです。その上に運動不足とか、消化不良とかが、一緒に来る事もありますので、飛んでもない夢を見たり、酷く憂鬱になつたりする訳ですね。中には可なりに高度な夢遊病を起す人もあるらしいのですが……現に此の病院を夜中に脱け出して、日比谷あたりまで行つて、ブツ倒れてゐた例がズット前にあつたさうです。私は見なかつたですけれども……」「欧洲大戦後にも、よく、そんな話をききましたよ。甚だしいのになると或る温柔《おとな》しい軍人が、片足を切断されると間もなく夢中遊行を起すやうになつて、自分でも知らないうちに、他所のものを盗んで来る事が屢あるやうになつた。しかも、それはみんな自分が欲しいと思つてゐた品物ばかりなのに、盗んだ場所をチツトモ記憶しないので困つてしまつた。とうとうおしまひには遠方に居る自分の恋人を殺してしまつた」といった事例を挙げる。

「一足お先に」は、複数の語りの層と、語りの枠を持つ。

本文にはエピグラフがわりに次の文章が置かれている。

……聖書に曰く「もし汝の右の眼、なんぢを罪に陥さば、抉り出してこれを棄てよ……もし右の手、なんぢを罪に陥さば之を断り棄てよ。蓋、五体の一つを失ふは、全身を地獄に投げ入れらるるよりは勝れり」と……。

……けれどもトツクの昔に断り棄てられた、私の右足の幽霊が私に取り憑いて、私に強盗、強姦、殺人の世にも恐ろしい罪を犯させてゐる事がわかつたとしたら、私は一体どうしたらいいのだらう。

……私は悪魔になつてもいいのかしら……

「私」が意識する一つの物語は、悪夢を封じ、「足の幽霊封じ」「足禁《あしど》め」するために、現実を受け入れるべく、自身の足が標本になっている様を見に行き、疲れて昏睡するという物語である。

標本室の内部は、廊下よりも二尺ばかり低いタタキになつて居て、夥しい解剖学の書物や、古い会計の帳簿類、又は昇汞、石炭酸、クロロホルムなぞ云ふ色々な毒薬が、新薬らしい、読み方も解らない名前を書いた瓶と一所に、天井まで届く数層の棚を、行儀よく並んで埋めて居る。さうしてソンナ棚の間を、二つほど奥の方へ通り抜けると、今度は標本ばかり並べた数列の棚の間に出るのであつたが、換気法がいいせゐか、そんな標本特有の妙な臭気がチツトモしない。大小数百の瓶に納まつてゐる外科参考の異類異形な標本たちは、一様に漂白されて、お菓子の様な感じに変つたまま、澄明なフオルマリン液の中に静まり返つて居る。

私は其の標本の棚を一つ一つに見上げ見下して行つた。さうして一番奥の窓際の処まで来ると、最上層の棚を見上げたまま立ち止まつて、松葉杖を突つ張つた。

私の右足が其処に立つてゐるのであつた。

〔中略〕私は今後絶対に足の夢を見ない様にしなければならぬ。私は自分の右足が無いといふ事を、寝た間も忘れない様にしなければならぬ義務がある。

それには取りあへず標本室に行つて、自分の右足が立派な標本になつてゐるソノ姿を、徹底的にハツキリと頭に印象づけて置くのが一番であらう。

〔中略〕その自分の右足が、巨大な硝子筒の中にピツタリと封じ籠められて、強烈な薬液の中に涵《ひた》されて、漂白されて、コチンコチンに凝固させられたまゝ、確かに、標本室の一隅に蔵ひ込まれて居るに相違無い事を、潜在意識のドン底まで印象させて置いたならば、それ以上に有効な足の幽霊封じは無いであらう。それに上越す精神的な「足禁め」の方法は無いであらう。

『カリガリ博士』夢中遊行するチェザーレ

自己分裂、ドッペルゲンガーの悪夢を逆手に取るかのように、「私」は標本を見つめ、現実を受け入れ、疲労困憊しながら病室に戻る。標本室には、「ドグラ・マグラ」で「私」が彷徨する九州帝国大学医学部精神病科の研究室のそれを、もう少し清潔に、換気よくしたような気配が漂っている。

そんな「私」の前に、副院長が現れる。「髪の毛をクシヤクシヤにしたまま、青白い、冴え返るほどスゴイ表情をして、両手を高々と胸の上に組んで、私をヂイと睨み付けてゐるのであつたが、その近眼らしい眩しさうな眼付きを見ると、発狂してゐるのでは無いらしい」と、「私」は観察する。見せ消ちのように「発狂」を疑わせる何かがあるのだ。副院長は、特別室の男爵未亡人が殺されて宝石を奪われたこと、その犯人は「私」であろうと詰め寄る。

「私」はもう一つの物語を「思い出す」。たしかに「私」の「夢中遊行」「発作」によって、未亡人を暴行し、殺害し、宝石を奪い、疲れ果てて病室に戻って眠ってしまった、と。ここまでが連載二回目の部分である。

だが副院長の追及の手は止まらない。彼は、「私」の「夢中遊行」というのは罪を逃れるための言い訳であり、実は計画的犯行であるに違いないと迫る。

その時もう一つの物語が立ち上がる。

「……キ……貴様こそ天才なのだ。天才も天才……催眠術の天才なのだ。貴様は俺をカリガリ博士の眠り男みたいに使ひまはして、コンナ酷たらしい仕事をさせたんだ。さうして俺のする事を一々蔭から見届けて、美味い汁だけを自分で吸はうと巧らんだのだ。……キット……キット左様に違ひ無いのだ。さもなければ……俺の知らない事まで、どうして知つてゐるんだツ……」

〔中略〕

「俺は此の事件と……ゼ絶対に無関係なんだ……。俺は貴様の巧妙な暗示にかかつて、昨日の午後から今までの間、この寝台の上で眠り続けてゐたんだ。さうして貴様から暗示された通りの夢を見続けてゐたんだ。夢遊病者が自分で知らない間に物を盗んだり、人を殺したりするといふ実例を貴様から話して聞かせられた……その通りの事を自分で実行してゐる夢を見続けてゐたのだ。さうして丁度いい加減の処で貴様から眼を醒まさせられたのだ……それだけの事なんだ。タツタそれだけの事なんだ……。」

この今一つの物語の中では、「私」は副院長の催眠術の暗示によって、おぞましき暴行、殺人、強盗を犯した夢を見せられていたということになる。「私」は副院長に撃ちかかり、副院長も反撃に出る。

……何秒か……何世紀かわからぬ無限の時空が、一パイに見開いてゐる私の眼の前を流れて行つた。
………………………………………………。

「……お兄さま……お兄様、お兄様……オニイサマつてばよ……お起きなさいつてばよ……。」

妹の登場である。彼女は号外に載った事件を読んで病院にかけつけたという。妹が登場するまで「私」は眠っていたらしい。そこにどれほどの時間が経過していたのかわからない。妹がいうには、「ちやうど院長さんは御病気だし、副院長さんは昨夜から、稲毛の結核患者の処へ往診に行つて、夜通し介抱して居なすつた留守中の事なので、大変な騒ぎだつたんですってさあ」という。では、「私」が対決した副院長は、幻だったのだろうか？同室者は「足の夢」でも見たのだろうという。そこでオチとなる。

佐藤泉「カリガリからドグラ・マグラへ」（『映画と文学　交響する想像力』森話社、二〇一六・三）は、「すべては「夢」だったとするどんでん返し」「暗示による殺人」というポイントを、「一足お先に」が『カリガリ博士』と共有していると指摘する。あわせて、次のように述べる。

公開当時、この映画に触れた他の作家たちが一様に注目したのは枠物語の構造だった。そのなかにあって、同時に「人に操られて殺人を実行する主体」を作品化したことは貴重な事例といってよい。

鈴木優作『探偵小説と〈狂気〉』（国書刊行会、二〇二一・二）は、『カリガリ博士』の影響のもとに夢遊病、それも「人工的に夢遊病に陥らせて犯罪を行わせる作品」が書かれたという岸本英記「夢遊病と二重人格」（『愛の泉』一九二五・六）の言説を紹介する。『カリガリ』以前には、ウィルキー・コリンズ「月長石」（一八六八）、リチャード・マーシュ「甲虫」（一八九七）があげられ、『カリガリ』以後には、江戸川乱歩「二廃人」（一九二四）が挙げられる。

ここではたんに「人工的に夢遊病に陥らせて犯罪を行わせる作品」が生み出されたというだけではなく、「人に操られて殺人を実行する主体」が第一次世界大戦後の世界像と結びつけられている点に注意を喚起したい。同時代のテクストのなかで「一足お先に」が抜きん出ているのは、たとえば、副院長が暗示のなかに世界大戦の挿話を入れたり、幻影肢や「夢中遊行」の事例について、こうした混乱が生じるのは「軍縮で国費が余るのと同じ理窟」と、解説してみせるところである。さらに、暗示、催眠、夢中遊行、病院、狂気じみた医者（科学者）による管理と支配、「私」の客体化と自己幻視、兄妹の強すぎる絆など、あるいは時計というモチーフの不確定性など、たしかに「一足お先に」には、「ドグラ・マグラ」に通じる要素が指摘される。

鶴見俊輔は「ドグラ・マグラの世界」（『思想の科学』一九六二・一〇）において、「ドグラ・マグラ」に「同時代の世界的事件である第一次世界大戦、ロシア革命を日本人の視角でうけとめ、評価するところからうまれた世界意識」を指摘した。鶴見は「脳髄の地獄を書いた小説、世界は狂人の解放治療場だという説を展開したこの小説は、第一次世界大戦を背景にしなくては、生れなかっただろう」と述べた。佐藤泉は「戦争とファシズムの時代の複雑に分裂した主体のテーマ」と、それを呼ぶ。その萌芽は「一足お先に」にも読み取れる。そして、「一足お先に」が、「ドグラ・マグラ」とともに、『カリガリ博士』受容後に生み出されたことを、いまいちど確認しておきたいのである。

3、夢野久作と表現主義言説

夢野久作の表現主義への関心が強くうかがわれるのは、彼の能楽に関するエッセイである。たとえば「能楽から見たる近代芸術と近代芸術としての能楽の価値」（喜多實談、杉山萠圓記『九州日報』一九二〇・七・一二）には、喜多實の談話として「三角派とか未来派とか云ふ芸術なぞはずつとの昔能で研究し尽くされて居る事」といったくだりがある。表現主義（三角派）、未来派などの二〇世紀アヴァンギャルドを受容したまなざしで能をとらえ直すという姿勢を、杉山萠圓こと夢野久作も、喜多實と共有していただろうと推測される。たとえば、次のエッセイである。

$$\frac{\text{「生活」}+\text{「戦争」}+\text{「競技」}}{0} = \text{能}$$

此の標題は表現派の禁厭札ではない。去年十月号の本誌の裏絵で、喜多實氏の「葵上」のスケツチ……又翌月号の本紙にその画を通じて、實氏の芸風と奏風氏の筆致をテニスに寄せて皮肉つた無名氏の漫画……それから引き続いて新春号に奏風氏が書いた、これに対する感想文の「能楽スポーツ一体論」……と、この三ツを見てゐるうちに、ゆくりなくも出来上つたのが此公式なのだ。

（瘂見鈍太郎「生活＋戦争＋スポーツ÷0＝能」『喜多』一九二八・三）

癋見鈍太郎とは、夢野久作の別の筆名である。「日記」一九二八（昭和三）年、一月九日に「雑誌「喜多」へ原稿書き。／生活＋戦争＋スポーツ÷0＝能」と言及がある。「癋見」は能面の一つで圧面とも表記される。鬼神の面であり、天狗や地獄の鬼などを演じる際に用いる。『大辞泉』によれば「下あごに力を入れ、口をぐっと結んだ表情」といわれるが、鶴見俊輔は、「「べしみ」とは、渋面をつくった顔かたちで、中央政府から派遣されてきた能弁な官吏に言いまくられて、黙ってゆずる地方民の顔つきをうつしたお面の型」（「解説　吹きわたる風韻」『夢野久作全集』第一一巻解題、ちくま文庫、一九九二・一二）とこれを解した。

戦争となると、日常生活よりも真剣味が高潮してゐるだけに、一層此の感が深い。一度火蓋を切つたが最後、全戦線が「能的の気魄」をもつて充されてゐると云つていゝであらう。その砲煙弾雨の中を一意敵に向つて散開し、躍進する千変万化の姿は、男性の姿態美の中でも、最高潮した「気をつけ」の緊張美以上に超越したものゝ千変万化でなければならぬ。〔中略〕生活の極致のノンセンスが戦争になる。戦争のノンセンスの極致がスポーツとなるので、生活から戦争が生まれ、戦争からスポーツが生まれる。さうしてそのスポーツをもう一つノンセンスにしたものが、舞ひ、歌ひ、囃子〔中略〕となるわけである。さうしてまた、その舞ひ、歌ひ、囃子の中でも、最もノンセンスなものが「能」なのだからトテモやり切れない。

（同前）

戦争と速度に関するこのような認識は、むしろ表現主義よりは未来派の芸術観に近似しているかもしれない。能楽は短歌と並び、夢野久作をつくりだした源泉にあたるジャンルだった。

夢野久作は祖父杉山灌園三郎平誠胤《のぶたね》（一八三八－一九〇二）によって幼時より喜多流の謡曲と仕舞の手ほどき

を受けた。祖父の言によればそれは武士の末裔の嗜みであったという。黒田藩士であった杉山灌園は藩校の東学問稽古所であった修猷館で国学と漢学を教授したが、大政奉還後、藩主・黒田長溥公に意見し、謹慎後、御役御免となり、私塾「敬止義塾」を開いた。実母が離縁され、父・茂丸に顧みられることのほとんどなかった子ども時代の彼にとって、喜多流の能は国学・漢学の素養と並んで祖父が与えた家庭教育の一つでもあった。この祖父によって喜多流師範・梅津只圓の門下となり、大名尋常小学校四年生から旧制修猷館中等学校四年生まで、直々に薫陶を受けることとなる。

上京後、一九一六（大正五）年一月に喜多六平太《ろっぺいた》に正式に入門、一九一八（大正七）年福岡で鎌田クラと結婚して家庭を構えた年に彼は喜多流謡曲教授となる。彼の主宰する謡曲会を喜圓会と称した。杉山萠圓の雅号にちなんだものだろう。「日記」を参照するなら彼にとって能楽の世界は、その社会生活の過半を占める関心事であった。演能評を読むと能楽各流派が積極的に福岡公演を行っており、いわば能楽は中央の文化との交通の回路であった。と同時に、とくに喜多流においては黒田公に庇護を受けたという歴史を誇り、家元喜多六平太を指導した梅津只圓の力量が流派の支えでもあったから、福岡は単なる地方の一支部に留まらない拠点としての意味を持っていた。

また、喜多流の機関誌『喜多』は、一九二〇（大正九）年九月にわんや出版部より創刊された月刊誌である。発行所は一九二九（昭和四）年一二月に喜多刊行会事務所、一九三〇（昭和五）年一月に喜多流謡本刊行会と名称を変更した。主宰は喜多六平太で、編集部員に喜多實、後藤得三、友枝為城、粟谷益次郎、梅津正保らの高弟が名を連ねた。編集客員に、英文学者で慶應義塾大学教授の戸川秋骨、建築家で法政大学教授の山崎楽堂、国文学者で日本大学教授となった坂元雪鳥、西洋史学者で早稲田大学教授の野々村蘆舟らがいた。この多彩な客員は名目ばかりではなく、積極的に寄稿し、座談会にも参加している。この豊富な人材を得て、『喜多』誌における能楽批評・研究は、幅広い人文知に彩られることとなった。『喜多』は能楽の一流派の機関誌としての意義だけではなく、総合的な文芸誌としての奥行きのあるメディアだったのである。夢野久作は、『喜多』の寄稿者となり、当代一流の人士と交わることができた。

『喜多』一九三〇（昭和五）年九月号から一一月号まで上中下の三回連載された「能とは何か」の「中」（連載第二回）に「夢野久作氏とは」と題した以下の文章が付せられている。

> 雑誌「新青年」に蟠居して、妙想麗筆天下に名を轟かしてゐる新進創作家夢野久作先生と、前号以来本誌を飾つてゐる「能とは何か」の筆者とが、同一人であることは読者の意外とするところであらうと思ふ。しかもその人が実は喜多流の教授であり、實氏の親友であるに至つては更に〳〵意外とするところであらう。「能とは何か」は曾て誰も言ひ及び得なかつた点まで論究してあるし、深刻な、同時に警抜な観察は必ずや読者の歓迎を受けてゐるであらうと思ふ。

これはおそらく坂元雪鳥の筆になるものと推測される。

久作が小説家として能楽に直接取材したといえる作品は「あやかしの鼓」（『新青年』一九二六・一〇）だが、聖と俗と穢れ、芸能と漂泊、虚と実、生と死、ジェンダーとセクシュアリティ、狂気、霊、等々、多様かつ多元なる着想を、彼は能楽から得ていた。先述のように喜多流は黒田藩の庇護を受け、またこれに連なることは士族の血筋の正統性を意識させたが、他方では被差別の芸能の民に連なる想像力を身体化する契機でもあった。

明治維新で大名家の扶持を離れた能楽師の生きる道は家元制度と、鑑賞の対象としての自立であった。仏教とあまりに密着しこれに依存した能の物語世界は、西洋近代の芸術概念に照らして芸術として自立自律した表現とは認めがたいという評価の一方で、能に宗教から自立した象徴主義的な美の洗練を見出すという近代的解釈も生まれる。久作の能楽論は、その意味での能の近代的解釈に与するところがあった。表現論としては、装束と仮面による象徴、男性美による女性美の表象というジェンダーおよびセクシュアリティの観点に特徴がある。加えて、能楽の歴史的変容、洗練の過程について、再現ないし模倣から象徴へ、複雑化ではなく単純化と強度の獲得へという「進化」を見出している点には、同時代の芸術理論のなかに能楽を位置付けるという視点がある。ただしこのような能楽の特殊性と普遍性を、日本的なるものと直結する言説は、明治大正昭和の国民国家の構造のどこをどのように切り取って「日本的」と称して能楽と接続させるのかという曖昧さをあらためて抱えこみ、無限定の文化ナショナリズムの危うさをも孕んでいた。

4、「ドグラ・マグラ」――テクストにちりばめられた映画

「ドグラ・マグラ」と『カリガリ博士』にはさまざまな共通点が指摘される。暗示、催眠術、夢中遊行によって犯罪を起こさせようとする狂的な医学者とその犠牲となる若者の関係。カリガリ博士とチェザーレとの関係が、正木博士および若林博士と「私」との関係に反復されている。呉一郎の叔母は、一郎の凶行を耳にした時、どこかの外国映画からの知識を引用して、もしや夢でも見ていたのではないかと、疑いの言葉を発する。「その時に夢の事を尋ねましたのは、私の処に居ります若い者が読んで居りました活動の話に、夢遊病の事が書いて御座いましたからです。何か西洋《あちら》の事で」と、彼女は語る。

医学者が患者を治療する存在であるのか、その狂気を増幅させる存在であるのか。正木博士および若林博士と「私」との関係は、カリガリ博士とフランシスとの関係をも反復している。

精神病院における拘束と解放。『カリガリ博士』の最後のシークエンスは、精神病棟の解放治療の庭を表象した。「ドグラ・マグラ」では終盤に、解放治療の庭に集う狂人たちがあらわしだされる。

そして、語り手のたしからしさが疑われる、枠物語の構造。『カリガリ博士』では、語り手のフランシスが、

はじめ探偵役としてカリガリの犯罪の謎を解こうとし、犯罪者であるカリガリを追い詰めていくのだが、最後にどんでん返しがあって、フランシスは精神病院で解放治療を受ける患者であり、彼の物語に登場したチェザーレも、ジェーンも同じく入院患者で、カリガリは彼らの主治医としてあらわれる。「ドグラ・マグラ」では、カリガリにあたる狂気の医師は「父」でもある。「ドグラ・マグラ」の語り手は「私」、「若林」、「正木」と転じ、「若林」あるいは「正木」が語る時、「私」は強制的に聞き手の位置に置かれている。

「ドグラ・マグラ」の「私」の位置は、『胎児の夢』と題する恐怖映画の主人公」(若林談)であると、映画の比喩によって語られる。これは彼らの師斎藤博士の比喩によれば、次のような活動写真である。

……すなはち此の論文は、人間が、母の胎内に居る十箇月の間に一つの想像を超絶した夢を見て居る。それは胎児自身が主役となつて演出する処の『万有進化の実況』とも題すべき数億年、乃至数十億年の長時間に亙る連続活動写真の様なもので、既に化石となつてゐる有史以前の異様奇怪を極めた動植物や、又は、そんな動植物を惨死滅亡させた天変地妖の、形容を絶する偉観、壮観までも、一分一厘違はぬ実感を以て、さながらに描きあらはすのみならず、引続いては、その天変地妖の中から生み出された原始人類、すなはち胎児自身の遠い先祖たちから、現在の両親に到る迄の代々の人間が、その深刻な生存競争の為にどのやうな悪業を積み重ねて来たか。どんなに残忍非道な所業を繰返しつゝ、他人の耳目を眩まして来たか……さうして其のやうな因果に因果を重ねた心理状態を、ドンナ風にして胎児自身に遺伝して来たかといふやうな事実を、胎児自身の直接の主観として、詳細、明白に描きあらはすところの、驚駭と、戦慄とを極めた大悪夢である事が、人間の肉体、及、精神の解剖的観察によつて、直接、間接に推定され得る……と主張して居る

斎藤博士の概括した学説は、正木によって「胎児の夢」として語られる。

人間の胎児は、母の胎内に居る十箇月の間に一つの夢を見て居る。

その夢は、胎児自身が主役となつて演出するところの「万有進化の実況」とも題すべき、数億年、乃至、数百億年に亙るであらう恐るべき長尺の連続映画の様なものである。すなはちその映画は、胎児自身の最古の祖先となつて居る、元始の単細胞式微生物の生活状態から初まつてゐて、引き続いて其の主人公たる単細胞が、次第々々に人間の姿……すなはち胎児自身の姿にまで進化して来る間の想像も及ばぬ長い〳〵年月に亙る間に、悩まされて来た驚心、駭目すべき天変地妖、又は自然淘汰、生存競争から受けて来た息も吐かれぬ災難、迫害、辛苦、艱難に関する体験を、胎児自身の直接、現在の主観として、さながらに描き現はして来るところの、一つの素晴しい、想像を超越した怪奇映画である。


「ドグラ・マグラ」は異なる語り手の声（「私」「斎藤」「正木」「若林」「新聞記者」……インタビューを受けた人々など）、異なる言語態（「私」の物語、論文、演説、阿呆陀羅経、映画、遺書、古文書など）からなる、ポリフォニックなテクストである。

またそこで示される時間も重層的な構造を持っている。単細胞から人間へと数億年をかける進化の時間という長期的な時間の層と、中国の呉青秀から子孫の呉一郎へと連なる遺伝の時間という中期的な時間の層と、若林と正木が「父」としてはたらきかける呉一郎あるいは「私」（同一人物であるか定かではない）の体験する事件の時間という短期的な時間の層から、物語は成り立っている。そしてそのそれぞれが、視覚化され、映像化されているかのように示される。

とりわけ「胎児の夢」は、「怪奇映画」であるとされる。厳密には「「胎児の夢」の「胎児」は「観客」、「演者」の二つの役割を合わせ持つ両義的な存在である。「胎児」が見る映画は、映画の中に「胎児」を取り込むの

だ」と、磯部恵は指摘する。(3)

なかでも正木博士の遺書は、映画(活動写真弁士)として語られるというメタフィクションの構造においても空前絶後である。

こゝに御紹介致しまするは、九州帝国大学、医学部、精神病科本館の裏手に当つて、同科教授、正木先生が開設されましたる、狂人解放治療場の『天然色、浮出し、発声映画』と御座います。映写致しまする器械は、最近、九大、医学部に於きまして、眼科の田西博士と、耳鼻科の金壺教授とが、正木博士と協力致しまして、医学研究上の目的に使用すべく製作されましたもので、実に精巧無比……目下米国で研究中の発声映画なぞはトーキー及ばない……画面と実物とに寸分の相違もない処にお眼止めあらむ事を希望致します。

まづ……開巻第一に九州帝国大学、医学部の全景をスクリーンに現はして御覧に入れます。

まずは活動弁士風の語りで、駄洒落、地口から始まる。映画という複製技術による芸術は、それにかかわる者、登場人物も、活動弁士も、そして観客も、複数化するかのようである。

「天然色、浮出し、発声映画」という文言は何度か繰り返される。不可能ではないが未来的なメディアという意味だろうか。あるいは、「天然色、浮出し、発声映画」のような現実の事件、近未来のメディアのような事件という比喩的な用法でもある。中条省平は「正木教授は、自分の「眼界」を、「二つの眼球のレンズと、左右の耳朶のマイクロフォン」をそなえた「頭蓋骨と名付くる『天然色、浮出し、発声映画撮影機の暗箱』」と呼んでいる」と指摘した。「これは撮影機であると同時に、撮影したフィルムをその場で、頭蓋の内側に広がる三六〇度パノラマ・スクリーンに、オールカラー、トーキーの立体映像として映写して見せる映画館」でもあるとし、「正木教授は「狂人解放治療場」の様子を、この頭蓋という暗箱(=カメラ)で撮影し、のちにその映画を同じ暗箱（＝映画館）に上映して、弁士として解説をつけて遺言書を作成している」と、この映画の仕組みを解説している。(4)映画館としての頭蓋である。

正木博士の脳髄論は、脳髄はものを考えるところにあらず、全身の細胞がすべてものを考えており、脳髄はそれを集約し映し出す映写機かスクリーンにすぎないというものだ。脳髄はものを考えるところではないということについて脳髄が考えるという逆説的な自己言及の過剰性が、言葉の洪水をもたらす。正木の語りは、映画をメタフィクションとして繰り入れて展開する。

中沢弥は「胎児の夢」も正木の遺書も一本の映画であるというならば「「ドグラ・マグラ」のテキスト自体が幾度と無く繰り返し上映される映画そのもの(5)」であると述べた。磯部は「狂人解放治療は「胎児の夢」の続篇であり、だからこそ「胎児の夢」と同じように、遺言書は映画の形式で語られている(6)」と強調する。

弁士は質問を受け付ける。聞き手と対話する語り手である。

さて……以上、映写致しましたところの狂人たちの一挙一動を御覧になりました方々の中には、必ずや意外に思はれた方が、おありになるに相違ないと存じます。

〔中略〕

……ハイ……御質問ですか。サアどうぞ……。

……ナナ……ナル……ナルホド……如何にも御尤も千万……よくわかりました。つまり『心理遺伝』といふものはタツタ夫《それ》だけのものか……タツタ夫んばかりの研究の為に、正木博士は生命がけの騒ぎをやつてゐるのか……と仰言るのですね。

……恐れ入りました。多分その御質問が出る頃と存じましたから、此のフイルムの編輯者の方でも気を利かしまして、次には心理遺伝の発見者である当の正木博士を、正面のスクリーンに映写致しますと同時に、只今の御質問について一場の講演をさせる順序に取計らつて居ります。

正木博士はスクリーンに映写されると同時に、講演を行う。正木博士は二重化する。

……ナニ。質問……ハイ〳〵何ですか。ハハア。説明してゐる私と、画面の中の正木博士と同一人か別人か……。

アハハ、、、、。これは失敗……早速退散致しまして画面の中の私……否。正木博士に説明させる事に致します。【説明者消失】

【映写幕上の正木博士、身振りに従つて発声】

……ヱヘン……オホン……。

説明する「私」と、スクリーン上の正木博士、スクリーン上の正木博士の身振りに従って発声する正木博士……と、映画を介して、博士は増殖し、消失し、スクリーンに包摂される。

……ナニ……吾輩がスクリーンの外へ出たつて、おんなじ事ぢや無いかつて……?……。ウワア。コイツは又一本参られた。サウ頭がよくちや始末が悪いね。……実はモウ暫くすると今一人、別の吾輩が銀幕の中に現はれて、その怪奇を極めた心理遺伝事件の内容を『解放治療』の実験にかけて行く実況を演出する事になるのだ。だから其の時にそのモウ一人の吾輩である吾輩は、是非とも映写幕の外に出て、説明役にまはらないとドウモ具合が悪いのだ。未来派の芝居とは違ふからね……。

……勿体なくもＫ・Ｃ・ＭＡＳＡＲＫＥＹ会社の超々特作と題しまして『狂人の解放治療』といふ、勿論、今回が封切の天然色、浮出し、発声映画と御座いまして、出演俳優は皆、関係者本人の実演に係る実物応用ばかり……稀代の美少年と、絶世の美少女を中心として、渦巻き起る不可解に続く不可思議、戦慄に続く驚異の裡に、廿余名の男女の血と、肉と、霊魂とが何時からともなく、何処からともなく卍巴と入り乱れて参りまして、遂には此の『狂人解放治療場』に於て、悽惨、無残、眼も当られぬ結末を告げるか、告げぬかの際どいクライマックスに到達しようといふ……よろしく満腔の御期待をもつて……【溶暗】……

「字幕」があり「説明」がある。活動弁士の説明付きのサイレント映画の趣向である。映画の中の登場人物である正木博士が説明者をも兼ねる。「今一人、別の吾輩が銀幕の中に現はれて、その怪奇を極めた心理遺伝事件の内容を『解放治療』の実験にかけて行く実況を演出する事になるのだ。だから其の時にそのモウ一人の吾輩である吾輩は、是非とも映写幕の外に出て、説明役にまはらないとドウモ具合が悪いのだ」とは、映画の登場人物としての「吾輩」と、「実況を演出する」「吾輩」、その「説明役」にまわる「吾輩」という、映画のつくり手であり登場人物であり説明者である「私」の複数化である。正木にもドッペルゲンガー現象が生じている。

他方、映画の眼は盗み見る眼、追跡する眼でもある。正木博士はカメラマンにもなる。

【字幕】　九州帝国大学、法医学教室、屍体解剖室内の奇怪事……大正十五年四月廿六日夜撮影――

【説明】　あらはれましたる映画は御覧の通り隅から隅まで、どこがドコやら、何が何やらわかりませぬ。漆のやうな闇黒な場面で御座います。〔中略〕

正木博士撮影の『天然色、浮出し、発声映画』のフイルムはたゞ、漆のやうに黒く、時の流れのやうに秘やかに流れて行くばかり……五十尺……百尺……二百尺……三百尺………。

……そも〳〵正木博士は、何の必要があつてか、御苦労千万にも、その双耳、双眼式、天然色、浮出し、発声映画の撮影暗箱《カメラ》を、此の解剖室の天井裏まで担ぎ上げたものであらう……如何なる目的の下に、斯様な詰らない闇黒の場面を、いつまでも〳〵辛棒強く凝視した……否、撮影し続けたものであらう……堂々たる大学教授の身分でありながら、斯様な鼠と同様の所業に憂身をやつすとは、何と云ふ醜体であらう……と諸君は定めし不審に思はれるで御座いませうが、この説明は後になつてから自然とおわかりになる事と存じますから、此処には略さして頂きます。

……時は大正十五年四月二十六日の午後十時前後……呉一郎の心理遺伝を中心とする怪事件が勃発致しましてから約二十時間後の光景……フィルムは依然として真黒なまゝ、秘やかに辷つて居ります。五百尺……八百尺……一千尺……一千五百尺……

ここでは説明者は、正木博士とは別人格であるかのように語る。正木博士は、若林博士が、屍体解剖室内で仮死の美少女と死んだ少女の遺体とをすり替えるところを盗み見、撮影している。ついで正木博士と若林博士との対決もまた、映画仕立てで語られるのである。

オーヤ〳〵……ナアーンのコツタイ……。天然色浮出発声活動写真が、たうとう会話ばかりになつて了つた。これぢや下手なラヂオか蓄音機と一緒だ。活弁もやつて見るとナカ〳〵楽ぢや無いね。一々『御座います』とくつ付ける丈けでも大変なお手数だ。ツイ面倒臭くなつて『御座います』を抜きにしようとするもんだから、こんな事になるんだが……。おかげで少々くたびれたから今度は一ツ『御座います』抜きの『説明要らず』と云ふ映画を御覧に入れる。否……『説明要らず』どころではない。『スクリーン要らず』の『映写機要らず』の『フィルム要らず』の……之を要するに『何も彼も要らずの映画』と云つても差支ないといふ……とても独逸製の無字幕映画なぞいふ時代遅れな代物が追付く話ではない。……といふのはどんなシロモノかと云ふと、種を明かせば何でもない。すなはち今の若林君が、吾輩に引渡して、吾輩が空ストーブの中に抛り込んで置いた一件の調査書を、吾輩が後から読んで要点だけを抜書きにして、自分一個の意見を書き加へた所謂抜萃の各頁を、一枚毎に順序を逐ふて、映画として御覧に入れるのだ〔中略〕吾輩最近の発明にかゝるトリック映画だ。今に此式の映画が大流行を来すと思ふから、何ならパテントをお譲りしても宜敷い。御賛成の諸君がありましたら……ハイ只今……一寸お待ち下さい。

こちらは物語の中の物語が、スライドで提供されるという設定である。この調子で、呉一郎の狂気と覚醒、そして凶行は一つ一つ、「字幕」「説明」付きで、日付入りで記録された映画として上映される。

……どうです諸君。面喰ひましたかね。

これが吾輩の遺言書の中の最重要なる一部分なぞいふことは、もういゝ加減忘れて読んでゐたでせう。悲劇あり。喜劇あり。チヤンバラあり。デカモノあり。之に加ふるに有難屋の宣伝もありといふ塩梅で、ずゐぶん共にオカヽの感心、オビヾのビツクリに価する、奇妙奇天烈な記録の内容でげせう。

〔中略〕

「サテはそんな事だつたか……ウ――ン」と眼を眩《まは》される筈だ……と先ず一本凹まして置いて……サテ、此の事件に対する吾輩の研究が、其の後どんな風に進展して行つたかといふ実況を、引き続き天然色浮出し映画について『御座います』抜きで説明する段取りとなる。

「ドグラ・マグラ」の語源が、「堂廻目眩」「戸惑面喰」「幻魔術」に由来すると解説されている以上、この正木博士提供の映画も、映画で語るという語り方もまた、「面喰らい」「目を眩される」「ドグラ・マグラ」なのである。シネマトグラフという語にも、「ドグラ・マグラ」と共振する音が含まれている。

……あゝ愉快だ。かうやつて自殺の前夜に、宇宙万有をオヒヤラかした気持ちで遺言書を書いて行く。書きくたびれるとスリッパの儘、廻転椅子の上に座り込んで、膝を抱へながらプカリ〳〵と、ウルトラマリンや、ガムボージ色の煙を吐き出す。……さうすると其の煙が、朝雲、夕雲の棚引くやうに、ユラリ〳〵と高く〳〵天井を眼がけて渦巻き昇つて、やがて一定の高さまで来ると、水面に浮く油のやうにユルリ〳〵と散り拡がつて、霊あるものゝ如く結ぼれつ解けつ、悲しさうに、又は嬉しさうに、とりどり様々の非幾何学的な曲線を描きあらわしつゝ薄れ〳〵て消えて行く。

これは語り手の流儀によれば、表現主義美術の記号化でもありそのパロディ的なつくりかえだろう。

一方には、絵巻物の暗示に呪縛され翻弄される呉一郎がいて、他方には映画を駆使し、映画と戯れ、映画で語る狂気の医学者正木博士がいる。圧倒的に非対称な、それでいて通底もしている物語構造である。ライヴァル関係にある正木博士と若林博士、MとWとが反転し、相互補完的でもありうる複数性であることはテキストに明示されているが、その正木博士は、映画によって、さらなる複数化を遂げる。正木博士の遺書を読む患者の「私」は、まるで映画を見せられたかのような体験を強いられる。

患者である「私」の目撃する解放治療場の光景について、正木博士は「離魂病」であると解説する。「離魂病」はドッペルゲンガー（自己幻像視）と解釈されることも多いが、(7) 中沢弥は「「胎児の夢」と同じく彼の脳裏に映写された幻像であり、自分を主役にした映画のようなものである」と論じている。読んだもの、見たものが、直接「脳裏に映写された幻影」として体験される。それにしても考えるとは全身の細胞が考えているのではなかったのか。にもかかわらず、刺激が直接「脳裏に映写された幻影」となるという体験の質は、患者である「私」の自己自身の身体感覚や、五感のはたらきの衰弱、停滞と相関している。「私」は、世界の映像への変質に圧倒されている。映画は「私」をとらえ、苛み、玩弄し、支配する媒体であり、ツールとなっている。地上は狂人たちの解放治療場であり、精神病院であるというのが正木博士の主張だが、博士に翻弄される「私」にとって、そこは映画館でもあるのだ。

映画的想像力、映画に触発されたイメージ群、メタフィクションの語りに仕掛けられた映画、映画機械化された身体など、「ドグラ・マグラ」に噴出する言葉とイメージは映画によって豊かにそして禍々しいものにされている。

『カリガリ博士』に魅せられて生み出されたテクストのなかでも「ドグラ・マグラ」の固有性は、カリガリの科学（医学）による残酷な支配と権力欲を、正木博士そして若林博士として、すなわち「父」の力として現前させたところにある。『カリガリ博士』の影から、日本文学は、眠り男チェザーレや、狂気の語り手フランシスや、死を予言されたアランに通じる人物を再生産してきた。けれども、恐るべきカリガリの相貌をとらえたテクストはほとんどない。「ドグラ・マグラ」の「私」は、催眠術にかけられたかのように、潜在意識にはたらきかけられ、心理の遺伝の実験材料にされ、「私」が「私」であるという確からしさを失った頼りない語り手であり、運命を断定的に予言され、いわばチェザーレのように、フランシスのように、アランのように、苦しんでいる。が、「ドグラ・マグラ」の特異性はそれだけではない。カリガリの邪悪を彷彿とさせる正木博士と若林博士の形象化、その支配に反発する「私」との葛藤を描き切ったところに「ドグラ・マグラ」の特質がある。カリガリに「父」を見出しこれにあらがうまなざしは、「ドグラ・マグラ」の批評性でもある。

「ドグラ・マグラ」の遺伝言説がエルンスト・ヘッケルのいわゆる反復説、個体発生は系統発生の短い反復にほかならないという言説を受容していることは従来からいわれている。[8]正木博士によれば、人体の諸器官は「下等動物から進化して来た吾々の先祖代々、魚、爬虫、猿等の生活器官の『お譲り』」である。人間心理は、心理遺伝が堆積した層を成している。これについて堀井一摩「反復強迫する動物――夢野久作『ドグラ・マグラ』におけるレイシズムをめぐって」(『言語・情報・テクスト：東京大学大学院総合文化研究科言語情報科学専攻紀要』二〇二〇・一二)は、以下のように指摘する。「「文化人の表皮」の下には「野蛮人、もしくは原始人の生活心理」が潜在している。さらにその下層には「禽獣」の心理、虫の心理、原生動物の心理があり、正木はこの三つを「動物心理」と総括している。文化の下層にある 原始人や動物の心理は不活性のものではなく、現在を生きる人間を無意識的に規定している。それゆえ、人間の精神生活を観察してみると、「人体細胞の中に潜在している祖先代々の動物心理の記憶が、再現したものに他ならない事が発見される」。原始人の心理はたとえば好戦性や残忍性として、「禽獣」の心理は弱肉強食的な敵対性や狡猾性として、虫の心理は卑小な自己防衛の本能として、原生動物の心理は妄動的な集団性となって現れる。つまり、「文化人」の装いをこらした人間の行動の大部分は、「細胞の潜在意識」としての過去の「動物心理の記憶」が「再現」したものであるというのだ。」「キメラのように複数の異質な動物を心身の内部に宿し、それを反復強迫する人間像を提示する。人間の細胞の中に潜在する動物は、精神の古層から「心理遺伝の亡霊」となって回帰し、主体を無意識理に突き動かしていく。動物という不気味な分身に取り憑かれた人間は、知らず知らずのうちに動物を「身をもって演じる」」と。堀井は、「ドグラ・マグラ」の「プロットを駆動する心理遺伝論――動物の反復強迫」のうちに「レイシズム・ナショナリズムを内破する契機」を見出している。

そのうえ、「ドグラ・マグラ」の心理遺伝論は、中期及び短期的な時間軸においては、「父」たちによるジェンダー論と密接に交錯している。その「父」たちにも寓意的な含みがある。「私」と呉一郎が同一人物であるのかどうかは不確定である。が、呉一郎を焦点化するなら、彼における心理の遺伝は、母方の父祖である呉青秀からその女子を通じて代々うけつがれ、男子にだけ発現するものと設定されている。代々の女子は因子を次世代に受け渡し、男子は呉青秀の悲劇を再現する危険を孕んで生み出される。想い起こせば「ドグラ・マグラ」より少し後の時代、高群逸枝（一八九四‐一九六四）は『母系制の研究』（一九三八）によって、父方からも母方からも姓を受け継ぎうるという古代の一氏多祖現象を双系制によって解説した。いうまでもなく、遺伝と系図は同一のものではありえないが、呉家の場合、心理の遺伝は、父系制でもなく母系制でもなく、高群の形式化にならうならいわば双系制的に浮遊しながら受け継がれたといえる。呉家の系図が父祖を中国に置き、その母方の父祖からの遺伝を習合的にうけついでいることも、呉家の人々を父から息子へと継承される家父長制だけには還元しない。呉家の女子の配偶者は、呉青秀の心理の遺伝に内在的に関わることはできない。呉一郎の直接の父親が若林であろうと正木であろうと、そのいずれでもなかろうと、彼に発現する心理の遺伝子に変わりはないという設定なのである。呉青秀に由来し双系制によって継承された心理の遺伝の「自然」に対して、若林と正木という近代の家父長――日本の家父長制は明治民法以後、厳格に強固なものにさせられた――の「科学」が暴力的に介入し、呉一郎は発症する。「科学」としての「父」たちは、母方から継承された心理の遺伝という「自然」を思うがままに蹂躙しコントロールしようと試みる。

「私」は、記憶を失い、自分で自分を確認するすべを持たないが、若林と正木という「父」たちがおしつける「私」の物語を従順に受け入れるかといえばそうではない。葛藤し反発し抵抗する。「父」たちがもたらす物語を受け入れ難いという葛藤は短期的には「私」の記憶の回復や、自己回復を遅延させるが、その遅延こそが「私」の自立性のかすかなよりどころでもある。「私」の自己喪失は両義的なのである。

※　本章は『定本夢野久作全集』（国書刊行会）第四、七、八巻「解題」に基づき、大幅な増補改訂を行なった。

注

（1）西原和海「解題」（『夢野久作全集』第九巻、ちくま文庫、一九九二・四）および大鷹涼子「夢野久作『ドグラ・マグラ』出版前後――神田豊穂・澄二書簡から見た出版経緯」（『岡山大学大学院社会文化科学研究科紀要』二〇〇八・一一）

（2）松本常彦「「ドグラ・マグラ」ノート」（『敍説』二〇〇二・一）

（3）磯部恵『『ドグラ・マグラ』の物語構造――映画的要素、映画的手法をめぐって――」（『愛知淑徳大学国語国文』二〇一六・三）

（4）中条省平「反＝近代文学史（5）自我なき迷宮の構造――夢野久作「ドグラ・マグラ」を読み解く」（『文學界』二〇〇一・三）

（5）中沢弥「シネマと精神医学――夢野久作「ドグラ・マグラ」――」（『國學院雜誌』二〇〇四・一一）

（6）（3）に同じ。

（7）（5）に同じ。

（8）夢野久作「ドグラ・マグラ」におけるヘッケル受容の詳細な検討を行った論文に、頼怡真「宮沢賢治「ペンネンネンネンネン・ネネムの伝記」と夢野久作『ドグラ・マグラ』の比較研究：ヘッケル、名刺、銀時計」（『九大日文』二〇一三・一〇）がある。

第7章　映画へ／映画から——尾崎翠の文学的転機

1、問題の所在

一九二〇年代から三〇年代にかけ、日本文学の尖端を切り開く作家たちが、勃興する映画メディアに触発されたことはつとに知られている。

谷崎潤一郎[1]（一八八六－一九六五）、江戸川乱歩[2]（一八九四－一九六五）、宮沢賢治[3]（一八九六－一九三三）、横光利一[4]（一八九八－一九四七）、川端康成[5]（一八九九－一九七二）、堀辰雄[6]（一九〇四－一九五三）らについては、それぞれに映画との関係を分析した論考が蓄積されている。

一九三〇（昭和五）年前後、集中的に作品を発表した尾崎翠（一八九六－一九七一）もまた、その想像力の源泉、表現方法の根底に、映画と映画的なるものが横たわっていることを、かねて指摘されて来た[7]。

尾崎翠は、一九二七（昭和二）年頃、阪東妻三郎プロダクションの募集に応じて「琉璃玉の耳輪」と題した長篇シナリオを執筆した。谷崎潤一郎「肉塊」（一九二三）には、作中でつくられる映画『耳環の誓ひ』が出てくるが、尾崎は谷崎を読んだだろうか。

映画という新しいメディアへの尾崎の関心は、寡作で遅筆な彼女に、すくなくはない原稿を書かせた。チャップリン（Charles Chaplin、一八八九―一九七七）への偏愛を小説「木犀」（『女人芸術』一九二九・三）に綴り、現代ではレズビアン文化の担い手として知られるアラ・ナジモヴァ（尾崎の表記は「ナジモヴ」、Alla Nazimova、一八七九―一九四五）に言及する小説「途上にて」（『作品』一九三一・四）を書いた。長谷川時雨（一八七九―一九四一）が主宰した女性のための総合文芸誌『女人芸術』には映画時評エッセイ「映画漫想」（『女人芸術』一九三〇・四―九）を連載している。病を得て帰郷した後にも、地元のメディアに「杖と帽子の偏執者――チヤアリイ・チヤップリンの二つの作品について」（『因伯時報』一九三三・一・一）、「神々に捧ぐる詩」（『曠野』一九三三・一一）を発表した。「「ゴオルド・ラッシユ」の一作でもつて、チヤップリンは私の神々の王位を占めてしまひました」（「神々に捧ぐる詩」）とオマージュを捧げている。

一九三三（昭和八）年七月に単行本『第七官界彷徨』（啓松堂）を上梓した際に、これを賞賛した高見順（一九〇七―一九六五）への返信には「生涯に一度くらゐは多作多発もしてみたいと思ひますが曾つて実現しませんでした　郷里埋居も一年近くなります〔中略〕郷里には頭の洗濯用になる映画もなく索然としてゐます」（一九三三年九月一三日付。『定本尾崎翠全集』下、筑摩書房、一九九八・一〇所収）と記されていた。翠の文学活動の終盤の一九三五（昭和一〇）年一月に地元鳥取の文芸誌『曠野』に投ぜられたエッセイ「新秋名果――季節のリズム」は、冒頭に「ふるさとは／映画もなく／友もあらず／秋はさびしきところ。」と書き起こされる散文詩を掲げている。

一九三〇年代、同時代評価の段階で、尾崎翠と映画についての言及はすでになされている。白川正美（筆名、白川渥。一九〇七―一九八六）は、「現実に関する二三の反省――尾崎翠女史の文学に関心しつつ」（『日暦』一九三三・一一）において、尾崎翠「第七官界彷徨」を彩るボヘミアンネクタイ、バケツ、ピアノ、蜜柑などの「小道具」が「作者の巧みなカメラワークによつて、例へば映画に於てひかりの濃淡がスクリーンに現実を構成するやうに、第七官界と言はれる風変りな現実を、小野町子の風変りな恋情の世界を構成する」と指摘し、映画的手法になぞらえて読解した。尾崎翠没後の再評価の口火を切った山田稔「歩行する蘚――尾崎翠について」（『イディン』一九七三・一二）は、「第七官界彷徨」に、モンタージュ、クロースアップの手法を読み取った。「異なる情緒を組み合わせて独特の効果を生み出す手法を、尾崎翠はおそらく映画のモンタージュから学んだにちがいない。／当時の新しい芸術ジャンルであった映画が、ダダイズムや表現主義の絵画、文学などにおとらずこの作家の関心をとらえていたらしいことは、映画雑感といったたぐいの文章が残されているところからも想像に難くない。モンタージュのほかにも、映画から学んだと思われる手法が彼女の作品には利用されている。たとえば表現主義映画にみられる部分のクローズアップによる平衡感覚の破壊」がみられる。「エイゼンシュテインのいわゆる「視覚像と聴覚像との交響楽的対位法」〔中略〕尾崎翠はこの「感覚の交響楽」のなかに視覚、聴覚以外のさらに新しい感覚を、つまり嗅覚をもちこんだ」と。

　世界を感覚し、認識し、言語表象として再構築する方法の要所要所に、読者は映画的なるものを見いだしてきた。

　検閲のため、尾崎翠と同時代に、エイゼンシュテインの映画を日本では見ることができなかった。二代目市川左團次（一八八〇–一九四〇、一九二八年訪ソ）、亀井文夫（一九〇八–一九八七、一九二九年モスクワ留学）、衣笠貞之助（一八九六–一九八二、一九二八年訪ソ）、湯浅芳子（一八九六–一九九〇、中條百合子とともに訪ソ、一九二七年出発一九三〇年帰国）と中條（のちの宮本）百合子（一八九九–一九五一、湯浅芳子とともに訪ソ）、山内光（のちの岡田桑三、一九〇三–一九八三、一九二九年訪ソ）、袋一平（一八九七–一九七一、一九三〇–一九三一年に訪ソ）ら、少なからぬ芸術家たちが、モスクワを訪れてエイゼンシュテインらと直接にあるいは間接的に交流を持っていた。袋一平の持ち帰ったソ連映画のポスターは、歓喜とともに迎えられた。そして当代の映画通であった寺田寅彦（一八七八–一九三五）は、翻訳紹介された映画理論からモンタージュ文化論を再構成し、日本文化の連句、絵巻物、生花と、いたるところに「モンタージュ」を見出すエッセイを発表していた。尾崎翠が寺田寅彦を愛読していたことは書簡などからも知られている。尾崎翠はエイゼンシュテイン映画を観てはいなかったが、同時代のシンクロニシティの圏内にはいたのである。

尾崎翠の文学と映画をめぐる問題群については、1、シナリオ「琉璃玉の耳輪」の分析、2、尾崎翠の映画批評の方法、3、カメラアイ、カメラ・オブスクラ、フィルム、スクリーン、モンタージュ、クロースアップ等等、映画的モチーフと想像力および文体などをめぐり研究課題が山積している。本章においては主として「琉璃玉の耳輪」にいたる尾崎翠と映画との関係の深まりを考察の対象とする。

2、尾崎翠と映画との遭遇

一九一〇年代、尾崎翠の文学修行は、短歌、詩、そして当時の文芸誌『文章世界』のいわゆる「短文」の募集に応じて投稿した小品にはじまる。やがて商業的文芸誌『新潮』に場を移して、「論壇」欄、「散文」欄にそれぞれ、『「牛肉と馬鈴薯」を読む」(一九一六・六)、「素木しづ子氏に就いて」(一九一六・一〇)、「夏逝くころ」(一九一六・一二)を発表。かたわら博文館の刊行した少女雑誌『少女世界』に少女小説を寄稿した。『定本尾崎翠全集』(稲垣眞美編、筑摩書房、上下全二巻、一九九八・一〇/一九九八・一〇。以降『定本全集』と略称)「年譜」「解説」によれば、一九二二年に鳥取で組織された水脈社の同人に加わり、水脈社主宰の「演劇の夕」などで「チェホフやドイツ表現派の劇上演にもつき合った」(『定本全集』下)、一九二四年頃より「自然主義に訣別して、表現主義にも影響された独自の文学世界を開こうとする営為が始まる。ドイツ語も学習」(『定本全集』下)という。

表現主義との接触は文学、演劇、映画という隣接する芸術諸ジャンルの境界においてなされた。日本では一九二一(大正一〇)年に『カリガリ博士』(一九二〇、ドイツ公開)が封切られている。

『椿姫』アラ・ナジモヴァ

尾崎翠が書いたものをたどると、映画の痕跡はまず少女小説のなかに見出される。そのひとつは「頸飾をたづねて」（『少女世界』一九二五・四）のなかに出てくる、博多人形が「椿姫」と呼ばれているという設定である。『椿姫』はアレクサンドル・デュマ・フィス（Alexandre Dumas fils、一八二四－一八九五）の小説 La Dame aux Camélias（一八四八）の翻訳が一九二五（大正一四）年までの時点で、三原天風訳『椿姫』（中村書店、一九一三・七）、太田三次郎訳『椿御前』（春陽堂、一九一四・六）等がある。(8) ヴェルディ（Giuseppe Fortunino Francesco Verdi、一八一三－一九〇一）のオペラ La Traviata（初演一八五三）は浅草オペラでも人気の演目だった。尾道市立高等女学校を卒業した林芙美子（一九〇三－一九五一）は、「文学的自叙伝」（『改造』一九三五・八）に、二年生の時、唱歌室で音楽教師のかけてくれたレコードを通して「ああそはかの人か」を知ったと書いている。地方にもその流行は伝わっていたということなのだろう。林芙美子は尾崎翠の年少の友人でもある。『椿姫』は映画草創期の文芸映画で好まれた演目でもあり、日本では一九一三（大正二）年サラ・ベルナール主演『椿姫』、一九一八（大正七）年フランセスカ・ベルティーニ主演『椿姫』、一九二二（大正一一）年ポーラ・ネグリ主演『新椿姫』、一九二四（大正一三）年アラ・ナジモヴァ主演『椿姫』が、それぞれ封切られている。十重田裕一「「旅愁」と映画「椿姫」」（『大妻国文』一九九四・三）は、横光利一（一八九八－一九四七）の長篇小説「旅愁」（一九三七－一九四六）第二篇におけるナジモヴァの『椿姫』への言及に注目し、小説『椿姫』の邦訳と映画『椿姫』の上映の歴史を調査し、考察している。ナジモヴァの『椿姫』は、原作と時代設定を変え、アールデコ調の美術を駆使したサイレントの佳作で、宮本百合子（一八九九－一九五一）「道標」（一九四七－一九五〇）「二つの庭」（『中央公論』一九四七年一、三‐九）にも触れられている。

ナジモヴァは尾崎翠にとって特別なスターであり、『椿姫』へのオマージュは「映画漫想」の重要なモチーフでもあった。彼女が唯一無二の「シャンデリア」なのにひきかえ、相手役のヴァレンチノは凡庸な「蛍」のひとりにほかならないと、ナジモヴァのセルフプロデュース力と技巧のオーラを語っている。ナジモヴァ『椿姫』日本公開の翌年に発表された「頸飾をたづねて」は、人形の「椿姫」と夢の世界を旅する、ホフマン（Ernst Theodor Amadeus Hoffmann、一七七六‐一八二二）ふうの幻想もので、ミニアチュールの小宇宙は、映像的というよりは演劇的なつくりではあるものの、着想のどこかにナジモヴァ映画の体験が徴を残しているように推測される。『少女世界』（一九二五・一〇）に南條信子名義で発表された「映写幕《スクリーン》」は、家出した姉に場末の映画館のスクリーンで再開するという物語である。物語のなかの映画、その映画のなかの字幕のテクストが交錯する。映画のなかで姉は、主人の人形を壊したことを責められ、星の国へ旅立つ。そして上映作品が交替する期限が来て、その映画の影にすら逢えなくなる。最後の夜を「青い映写幕《スクリーン》」に喩える一行で、物語はしめくくられる。

少女小説における、より構造的な、映画的なるものの徴は、「秋二題」（『少女世界』一九二六・一二）「2　影」の節にみいだされる。

そして私は表の窓の障子に美しいものを見ました。それは障子に描き出された小さい小さい影でした。何といふ可愛い風景でせう。うすい一色の緑で描かれた小さい小さい風景。それは窓の戸の節穴が描いたスロープの倒《さか》さ影でした。小さい実をつけた桐の木が倒さに立つてゐました。麦畑と草原を区切る小さい路も、空も、土も、みんな倒さの小さい風景。ほんとのスロープよりも、もつと柔かい色と筆づかひで描かれたスロープでした。私は枕に頭をつけたまゝ、何時までも節穴の美しい製作《しごと》に見とれてゐました。

それから私は頭を上げて裏の窓を見ました。右よりの戸に一つだけ節穴があつて、此処にも美しいスケツチが描かれてゐました。此処のはお隣のカコちやんのお家でした。倒さのヴエランダ、倒さの棕櫚の木、倒さの生垣につゞいて私の家の庭も少しばかり取入れてありました。

障子をスクリーンにして、外界の像が映し出されるのは、カメラ・オブスクラ Camera Obscura の原理による。[9]カメラ・オブスクラのピンホールにあたるのが「節穴」で、スクリーンは障子だ。レンズは使われないけれども、そこにはカメラ・オブスクラの原理がはたらいている。「私」はカメラ・オブスクラすなわち「暗い部屋」の内部にいる。いわばカメラの内部にたたずんでいる。節穴を通過する光線が描き出す倒立した映像によって、光を、朝の訪れを、季節の移り変わりを、「私」は知らされる。そうして障子に映し出される、肉眼によらない外界の「スケッチ」をたのしむ。障子＝スクリーンの上で、外界は「風景」化し、「映像」化し、モノトーン化され、縮小され、転倒させられている。外界の自然はメディア化し、「障子」のうえにあえかに展開する映像は「私」の視覚能力を延長し、まなざしのとらえうる領域を拡大してくれる。散歩も、肉眼による写生もなしに、「私」は「暗い部屋」にとどまり、映像の「柔かい色と筆づかひ」に見とれる。レンズを用いないカメラ・オブスクラの像は、小さく、かすかで、逆さまだが、そのローテクの効果がかえって「私」をひきつけるようだ。

カメラ・オブスクラの魅力を、小説にちりばめた後続のテクストとしては、堀辰雄「美しい村」の一節などが想い出される。

或る朝、「また雨らしいな……」と溜息をつきながら私が雨戸を繰らうとした途端に、その節穴から明るい外光が洩れて来ながら、障子の上にくつきりした小さな楕円形の額縁をつくり、そのなかに数本の落葉松の微細画《ミニユアチユア》を逆さまに描いてゐるのを認めると、私は急に胸をはずませながら、出来るだけ早くと思つて、そのため反つて手間どりながら雨戸を開けた。

（『改造』一九三三・一〇）

もっとも「美しい村」のカメラ・オブスクラは、映画的というよりは「額縁」「微細画」と形容されるように絵画的装置になっている。レオナルド・ダ・ヴィンチら画家たちが写生にカメラ・オブスクラを利用したという来歴を想い起こさせる。「美しい村」の「私」にとって、転倒した「微細画」は、外界の魅力へと「私」をいざない、現実への導き手とも回路ともなる表象であるのにたいして、「秋二題」の「私」は、いそぐことなく、微細画そのものにみとれ、部屋にとどまるのだった。

「頸飾をたづねて」「秋二題」はいずれも、やがて映画にたどりつくであろう要素をそなえているものの、決定的に欠けているところもある。レンズなどの光学器械のはたらきによってもたらされるカメラアイやクロースアップ、フィルム編集によって構成されるモンタージュなどの映画の文法、様式、技法などについての意識は、そこにない。あるいは、そもそもそれが映画的モチーフだと自覚されていたかどうかもおぼつかないといえばいえる。だが、「秋二題」が発表されてほどなく、尾崎翠は映画台本「琉璃玉の耳輪」を書き上げるのである。

3、映画でなければできないこと——一九二七年「琉璃玉の耳輪」

「琉璃玉の耳輪」は、尾崎翠の生前未発表原稿、シナリオの草稿である。

一九一九（大正八）年の春に入学した日本女子大学の春秋寮で同室になって以来、尾崎翠と生涯の親交を結んだ松下文子の遺族が保管していた。翠が日本女子大を中退した折に、松下文子は後を追うように退学し、日本大学専門部宗教学科に転じて首席で卒業した。『読売新聞』（一九二五・五・一八朝刊）には「七十名の男生中紅一点で銀時計」と大見出し、写真入りで松下文子インタビューが掲載されている。記事によれば彼女の専攻は「真宗」で、自己の「内的生命の火」を重んじるという研究動機、キリスト教も仏教も究極は一致するという思想が説かれ、二〇世紀初頭の神秘主義的な生命観、宗教哲学がうかがわれる。退学後、しばしば鳥取の実家への帰省と上京を繰り返した尾崎翠の東京でのよりどころは、松下文子との共同生活だった。遅筆で寡筆、社交性に乏しい年長の友を、文子は励まし、支え、時に出版社への売り込みも試みた。当時まだ無名であった共通の友人、林芙美子の詩集『蒼馬を見たり』（南宋書院、一九二九・四）上梓のために出資したのは松下文子である。(10)

「琉璃玉の耳輪」は、一九二七（昭和二）年、阪東妻三郎プロダクションが、自社の擁する五人の女優陣に宛書きした映画脚本を懸賞付で公募した際にこれに応じた手稿にあたる。

阪妻プロダクションは一九二五（大正一四）年七月に独立プロとして旗揚げした。第一作は『異人娘と武士』。松竹と提携し、翌一九二六（大正一五）年五月、京都太秦に撮影所を建設し、九月にはユニヴァーサル社と提携して阪妻・立花・ユニヴァーサル聯合映画を設立した。同年暮にかけて阪東妻三郎みずからスカウトにつとめて女優陣の充実をはかった。森静子、五味國枝、泉春子、英百合子、高島愛子らを擁し、一九二七（昭和二）年に入ると、彼女たちのために書かれた映画脚本の懸賞募集を行う。(11)『キネマ旬報』（一九二七・二中旬号）に掲載された要項によれば、募集脚本は「甲種」「乙種」の二種類で、その概要は以下の通りである。

一、甲　英百合子、森静子、泉春子、五味國枝、高島愛子の本所専属女優五名の内何れか一名を主演者として選び、その女優に最も適当せる七巻又は八巻物となし得る現代映画劇

乙　右五名を同一映画中に凡て出演者として使用し得る十二巻物の現代映画劇

懸賞総額三〇〇〇円で、「甲」は一等金二〇〇〇円、二等金一〇〇〇円、三等金五〇〇円、「乙」は一等金三〇〇〇円、二等金二〇〇〇円だった。締め切りは三月五日で、四月上旬発行『阪妻画報』誌上で当選者を発表する予定だった。

「琉璃玉の耳輪」は乙種に投じられた。

「琉璃玉の耳輪」原稿署名および一緒に保管されていた阪東妻三郎プロダクションからの書簡をあわせると、(「府下」あるいは「東京市外」)「上落合三ノ輪八五〇　尾崎(「内」あるいは「方」)丘路子」名でやりとりされている。年譜によればこの年二月上旬には、松下文子が重症のワイルス氏病(黄疸出血性レプトスピラ［ワイル病］とも)を患って東大病院小石川分院に入院、抗生物質の無い時代、尾崎翠の献身的な看護を受けて快癒した後、二人で暮らす家を探して東京府下下落合三ノ輪八五〇(現、新宿区上落合三ノ二〇番地の一部)に転居したと記述されている時期である。その合間を縫って書かれた原稿ということになる。ここから逆算すると「琉璃玉の耳輪」は、募集広告から締切まできわめて短時日のうちに書かれている。寡筆で遅筆という従来の作家イメージを覆すところもある。執筆を励ます文子との新しい生活が、筆力に弾みを付けたのかもしれない。賞金の額も大きい。だがそれ以上に、映画という新興のメディアの魅力が、書かせる力となったことをみとめるべきだろう。

「琉璃玉の耳輪」が執筆された当時、一九二七(昭和二)年二月一一日号の『キネマ旬報』が行っていた「大正一五年度」優秀映画投票に、この年初めて日本映画の部が設けられた。『足にさはつた女』(阿部ジャック監督、日活大将軍)、以下『日輪』(村田実監督、日活大将軍)、『陸の人魚』(阿部ジャック監督、日活大将軍)、『狂つた一頁』(衣笠貞之助監督、新感覚派映画聯盟、ナショナルフィルムアート、衣笠映画聯盟)が続いた。阿部ジャック監督とはアメリカ帰りのジャック阿部こと阿部豊(一八九五－一九七七)である。日活版の『日輪』は村田実(一八九四－一九三七)監督で村山知義(一九〇一－一九七七)の美術と衣装が話題を呼んだ。この前後、横光利一原作、衣笠貞之助監督『日輪』(マキノプロダクション＝連合映画芸術家協会、一九二五公開)も製作されている。川端康成原作の『狂つた一頁』は衣笠貞之助(一八九六－一九八二)監督、横光利一、片岡鉄兵(一八九四－一九四四)、岸田國士(一八九〇－一九五四)らと組織した新感覚派映画聯盟が製作に加わった。この時期、モダニズム文化を映画が牽引していた。また映画の場でモダニズムとマルクス主義文化が交錯していた。商業主義的なメディアミックスを別としても、映画と文学は尖端的な表現の実験を通じて触発しあう関係だった。

この時『キネマ旬報』外国映画の部の一位はチャップリンの『黄金狂時代』で、尾崎翠「映画漫想」がもっとも高く評価した映画である。『黄金狂時代』のチャップリンに送られた「待ちぼけの孤独な彷徨者」（『定本全集』下巻）という讃辞に、すでに、翠の代表作「第七官界彷徨」（一九三一）のキーワードである「彷徨」がみいだされもする。

「琉璃玉の耳輪」の評価とこれが返送された経緯は、京都市外太秦阪東妻三郎プロダクション、泉創一郎の書面から推測される。「昭和二年四月十八日」書簡「「瑠《ママ》璃玉の耳輪」は審査の結果乙種（五女優共演の分）としては落選の他なきも若し高島愛子主演映画脚本として取扱へば入選の価値充分なり〔中略〕甲種の内高島主演映画脚本として入選決定の発表を致したいと存じますからご承認の有無折返しご返事下さいますよう希望致します」。

しかしながら、後日発表された当選脚本に「琉璃玉の耳輪」は含まれていなかった。以下の事情説明がなされている。「昭和二年四月二十八日」泉創一郎書簡「貴作「瑠《ママ》璃玉の耳輪」（乙種脚本）を甲種に編入の件御承認を得ながらその後最後の審査に於ける選者一同の協議の結果編入不能となりました〔中略〕乙種脚本は締切延期の形式にて再募集をなすこととなり、再度〆切の日まで今までの応募脚本は其儘保留することになりました〔中略〕従つて乙種脚本の内一二を繰つて他へ廻す事が不可能となつた訳です」。

阪妻プロは懸賞募集の締切延期の広告を出し、その際規定を変えて「英百合子、森静子、泉春子、高島愛子、及び新入社の西條香代子、伏見直江の六女優の内応募各位の好める所に随ひ二名以上を共演せしむべき映画脚本を募集す」（『キネマ旬報』一九二七・五中旬号）としたり、賞金未払いのトラブルを起こしたり（日出山陽子「「琉璃玉の耳輪」が書かれた時期」『尾崎翠への旅』二〇〇九・八、小学館スクウェア）いささか迷走した。一九二七（昭和二）年六月にユニヴァーサル社との提携を解消し現代劇部を解散した阪妻プロと、時代劇製作を中止する松竹とが提携することになり、阪妻プロの現代劇脚本募集ははかばかしい成果をあげぬままに終わった。

尾崎翠は、日本映画についてほとんど発言していないが、あれこれのいきさつがあっても阪東妻三郎だけは別格だったようで、後年「映画漫想」で「阪東妻三郎は、どうも、すこし、きたなづくりの方が美しいな。薄よごれして、衿垢でもついていた方が」と、独特の賛辞を贈っている。

さて、「琉璃玉の耳輪」。社会変革を夢見る黄陳重が妻茘枝と三人の娘を残してインドに去った後、茘枝は櫻小路伯爵の元に走り後妻となった。長女は旅芸人に売られ、同性恋愛に破れて女掏摸《すり》の一味となる。二女は横浜南京町の阿片と売春の巷に身を隠す。三女は嗜虐趣味の男に監禁される。琉璃玉の耳輪を目印に、三人の娘を捜し出すよう、茘枝は身元を秘して、女探偵岡田明子に依頼し、一年に及ぶ探偵の冒険が始まる。これが梗概である。

現在時の一九二七（昭和二）年から一五年さかのぼる頃が、黄陳重が日本を去り、茘枝が三人姉妹を棄てた時期、事件の発端に設定されている。この一九一〇年代のアーリーモダニズム期について、世の好尚が「泰西趣味」から「支那趣味」へと移った時期であると、「趣味」の揺れ幅について説明されている。琉璃玉の耳輪をつけた姉妹の父親・黄陳重の、「大アジア主義」「シオン主義」「ガンジーの政治運動」への傾倒が、事件前史に設定されている。文脈から社会理想家の黄氏が「第三帝国」を夢見たというプロットは、イプセン（Henrik Johan Ibsen、一八二八－一九〇六）『皇帝とガリラヤ人』（Kejser og Galilæer、一八七三）に示された、ギリシャローマ文明の上にたてられた第一の帝国、キリスト教文明の上にたてられた第二の帝国を越える、霊肉一致の第三の帝国という概念に由来するものと推測される。民本主義と帝国主義批判の趣旨で茅原華山（一八七〇－一九五二）が『第三帝国論』（南北社、一九一三）を公刊し、雑誌『第三帝国』（一九一三）を創刊して以来、日本でも各界から反響があった。中沢臨川（一八七八－一九二〇）、生田長江（一八八二－一九三六）共著の『近代思想十六講』（新潮社、一九一五・一二）は「第八講　イプセンと第三帝国」を設けて詳述している。一九二六（大正一五）年、尾崎翠は、橋浦泰雄（一八八八－一九七九）や涌島義博を中心に組織された鳥取県無産県人会に参加するが、生田長江もその会員だった。イプセンの戯曲邦訳は東京堂書店から一九二三（大正一二）年に出ている。

阪妻プロ随一の娘役で「永遠の処女」（南條眞弓「月をめぐる群星――うづまさの人々」『阪妻画報』一九二八・七）とも呼ばれた森静子を苦難の果てに恋を得る三女・琇子にキャスティングし、阪東妻三郎の相手役もつとめた芸達者な五味國枝を長女、女掏摸の瑶子に、阪妻プロのモダニズム映画『美しき奇術師』に主演した英百合子を南京街のマリーこと二女・瑩子《えいこ》、「姐御」（南條眞弓「月をめぐる群星――うづまさの人々」『阪妻画報』一九二八・七、東京葉妻「太秦女男五人星」『阪妻画報』一九二八・七）の呼称が定着しているような泉春子を母親役の茘枝に、モダンガールとして名を馳せ、和製パール・ホワイトとも称された高島愛子を男装の女探偵岡田明子（岡田明夫）に配するなど、尾崎翠は彼女たちの出演する映画をよく咀嚼し読みこんでいた。仮に実現していたら、喜劇活劇ばかりやらせておくのは惜しいといわれた高島愛子のキャリアにとっても、現代劇が弱いのが難といわれた阪妻プロのレパートリーにおいても、重要な位置を占めうるものだった。

異性装、同性愛、サディズム、マゾヒズムといったモチーフが次々に繰り出される「琉璃玉の耳輪」は、映画のモダニズムや女性表現に画期的な試みだった。尾崎翠はその後の小説テクストにおいては、「琉璃玉の耳輪」でのように、直截にセクシュアリティの表象と言説を縦横に繰り出すようなことをしていない。検閲のある映画の世界で、仮にこの台本が採用されたとしてどこまで映像化可能だったか判断がむつかしいが、少なくとも翠にとって、映画というメディアは文学以上に、彼女に性を語らせうる領域だった。

女掏摸や女賊の造形は『足にさはつた女』に先例がある。現実には、日本初の女性探偵は「琉璃玉の耳輪」が書かれた頃まだ誕生していない。日本初の探偵事務所、岩井三郎探偵事務所において現実の女探偵（天野光子）が誕生したのは、「琉璃玉」に遅れること三年、一九三〇（昭和五）年のことである。が、フィクションの領域では、久山秀子（一八九六－一九七六）が、マッカレー（Johnston McCulley、一八八三－一九五八）「地下鉄サム」シリーズをアレンジした掏摸にして女探偵「隼お秀」の活躍するシリーズ第一作「浮かれてゐる『隼』」を、一九二五（大正一四）年『新青年』誌に発表している。「地下鉄サム」シリーズ原作は一九一九（大正八）年に連載を開始し、一九二二（大正一一）年には『新青年』誌に翻訳紹介されていた。『定本全集』年譜によれば、翠は一〇代の頃から短歌をたしなみ、短文を雑誌に投稿するなどしていたが、高等女学校時代には『武俠世界』を同級生と回し読みするような面もあったようだ。『武俠世界』は、博文館で『冒険世界』を編輯した押川春浪（一八七六－一九一四）が独立して創刊した雑誌だった。『冒険世界』『武俠世界』は、海外雄飛と冒険の概念のうちにミステリやSFの萌芽を宿しており、『冒険世界』後身誌の『新青年』はモダン都市大衆のメンズマガジンとして探偵小説ジャンルの記事を充実させた。「琉璃玉の耳輪」が書かれた頃、『新青年』は夢野久作（一八八九－一九三六）、江戸川乱歩（一八九四－一九六五）、横溝正史（一九〇二－一九八一）等を続々と世に送り出していた。

活劇シリーズ『ジゴマ』で一世を風靡したエクレール社のヴィクトラン・ジャッセ監督は、一九一三年に女スパイ『プロテア』を映画化している。ノベライズ『プロテア　探偵活劇』（春江堂、一九一六・四）、『プロテアと迅雷』（山口屋書店、一九一六・四）があいついで刊行されているので、日本でも一定の人気を博していたようだ。おりから第一次世界大戦の情勢もあり、国際防諜物に興味が集まったとも考えられる。女スパイは国境を越え、異性装を駆使し、国際政治の裏面を彩った。

アルセーヌ・ルパンもので知られるルブラン（Maurice Marie Émile Leblanc、一八六四－一九四一）には、『女探偵ドロテ』（Dorothée Danseuse de Corde、一九二三）というテクストがあり、こちらの女探偵は、孤児を集めたサーカス団の座長、綱渡り芸人の顔を持つことになっていた。女探偵たちは、エドガー・アラン・ポー（Edgar Allan Poe、一八〇九－一八四九）の生み出した探偵デュパンのように推理によって事件を解決するタイプではなかった。その意味では、探偵小説の世界から女探偵が誕生するより前に、映画のなかの、連続活劇のヒロインが、女探偵イメージの基礎を作っていた。パール・ホワイトの「ポーリンもの」は一九一四年に製作が始まっているが、彼女自身サーカス出身と伝えられ、それに触発されてルブランの女探偵像が生み出されたとも考えられる。「琉璃玉の耳輪」の女探偵岡田明子は、岡田明夫の男性名を持って、男装し、シルクハットにフロックコートの姿で、周団の者を最後まであざむいた。いまなら宝塚の男役のようなスタイルだが、宝塚少女歌劇がヨーロッパのレヴューを移入した最初の作品『モン・パリ（吾が巴里よ）』（岸田辰彌作）の上演は一九二七（昭和二）年九月のことだ。それ以前から、男装が宝塚や帝劇女優劇で行なわれていたものの、宝塚少女歌劇団および松竹少女歌劇団が妍を競って男役の様式美を追求し男役スターが熱狂的ファンを獲得するのは三〇年代に入ってからのことであり、「琉璃玉の耳輪」はそれらのモードの尖端にある。

一二巻物という公募の条件に対して、「琉璃玉の耳輪」は、プロローグ二巻、春・夏・秋・冬が各二巻ずつ、エピローグ二巻で全一二巻となるという形式を整えた構成をとった。阪妻・立花・ユニヴァーサル聯合映画の作品情報の多くは散逸しているのだが管見の限りでは、現代劇で『青娥』（一九二七）が八巻、『若人とロマンス』（一九二七）が六巻、『相寄る魂』（一九二七）が八巻であり、全一二巻の作品はなかなかの長尺といえる。物語は、避寒地のホテルに始まり丸の内ホテルで終わる。各巻に、モダン都市の拠点としての銀座、アンダーグラウンドの横浜南京町、古くからの盛り場浅草といった、一九二七（昭和二）年の都市空間の風景、風俗、トピックが盛り込まれている。リゾート地の玉突き、ゴルフ、乗馬といった風俗。モダン都市東京を疾駆する自動車。「漫歩的歩調」で街を行く人、銀ブラ、喫茶店。阿片、狂気、異性装、暴力とセクシュアリティ、同性恋愛。光と影、モダンとプレモダン、表層と深層、古いものと新しいもの、国際性などの差異、対立が鋭く意識された、多元的な都市空間が構想されている。その随所に、無名の空間、隠れ家や監禁の場が仕掛けられている。隠れ家と監禁の場は時に反転する。

彼の幻想——

唐人髷に結つて、振り袖を着た琇子が椅子に、掛けてゐる。彼はその前に坐つて、足袋を穿かせてやつてゐる。

彼は、琇子の美しい足の指に、一つ〳〵接吻を移す。それから穿かせる。
〔中略〕
白い絹手袋をした手を取つて、彼の頰を打たせ、恍惚とする。〔中略〕
彼が、ちよいと手を引張ると、彼の女は、小さくなつた、又、引くと、小さくなる。
遂《と》ふ〳〵琇子は小さくなつて、消えてしまつた。〔中略〕
〔中略〕何時《いつも》の様に、琇子の首や頰を甜てゐると、恐しく重い箱になつた。
驚いて、下に置く、と坐つてゐる琇子になる。抱き上げる、箱、
下に置く、琇子。
数度、繰り返へして、腹を立て、箱を投げつけた。

＊

と、箱の中から琇子が、スラリと立つ、駈け寄らうとすると、二人の間に、又琇子が立つ。それに、近寄らうとすると、第三の琇子が立つ。

第四、第五、…………この様にして、十人あまりの琇子が出ると、彼を中に、輪を作つて、廻り出した。

彼は、花園の中で、沢山の琇子に巡ぐられてゐる。

彼も、ぐる〳〵廻つた。

輪の巡ぐりは早くなる。彼も早く。

彼は、眼が廻つて倒れた。

〔中略〕

其処は、冬ざれの曠原だ。向ふに見える、尖塔を、目ざして、彼は、琇子を負つて行く。

行つても〳〵尖塔は遠い。

彼は、足を停めて、ちよつと息を入れた。さて歩かうとすると、負つてゐた筈の琇子が、一本の無気味な枯木になつてゐる。

〔中略〕

〔中略〕彼は、体中に、剣を刺されて、歩いて行く。

曠野にあらわれる「尖塔」、身体中に剣を刺されて歩く男のイメージなどには、たしかに表現主義映画の影響がうかがわれる。幻想のなかで縮小する娘、モノに変容する娘、つぎつぎに複製があらわれ増殖する娘、その娘たちの円環を形作る群舞――それらが、「変態性欲」の男の妄想を具象化するイメージ群である。アルコール、薬物、嗜虐と被虐の快楽がもたらす酩酊や幻覚のめくるめくイメージすなわち回転運動の加速と狂気、心神喪失といった、「変形」「コピー」「回転」運動のイメージの連鎖は、『狂つた一頁』における狂気の表象にも通じる。回転は、直線的なエコノミー（経済合理主義）からの逸脱であり、日常性からの離脱であり、無限の循環であり、消耗でもあるが、酩酊と逸楽でもある。

それと指定はないものの「琉璃玉の耳輪」には、カット割り、場面転換、クロースアップやオーヴァーラップ、モンタージュなど、カメラの眼とフィルム編集技術がつくり出す表現の可能性を想定した場面が盛り込まれている。上に指摘した、人間の縮小／拡大の尺度の変化、コピーなどもその例である。映画の技術が、狂気や欲望の表象を可能にする。

シナリオという枠組みもあって、「琉璃玉の耳輪」の文体は、尾崎翠の他のテクストと大きく様相を異にしている。小説として書かれた言葉と比べると、むしろ煩瑣といえるほど句読点や「――」が多い。ただし、たとえば現代の活動弁士である澤登翠師の口演を鑑賞した著者のわずかな体験に照らすと、「琉璃玉の耳輪」の句読点が作り出すリズムは、これを、無声映画を説明する弁士の声のリズムに倣ったものと読めば無理がないとも考えられる。「山崎、変態性慾の男である。」「ある夜である――」といった「である」調による対象の提示の仕方も、活動弁士口調である。

小括するなら、シナリオ「琉璃玉の耳輪」は、表現主義映画の引用、活動弁士の口調、なによりも異性愛を逸脱する欲望の具象化など、短歌的な抒情や写生的小文の習作から出発した尾崎翠のそれまでの文学的軌跡を切断した。シナリオは映画化されることなく、生前には公表されることもなかったが、あきらかに「琉璃玉の耳輪」以後の尾崎翠テクストは、同時代のモダニズム文学の問題系のただなかに乗り出している。ただし、この後のテクストに現れる知的な笑いや哀感といった要素は、「琉璃玉の耳輪」に顕著とはいいがたい。尾崎翠における文学と映画的なるものが接触する境界領域からたちあらわれるパロディ、ノスタルジアについては、稿を改めて論じたい。

※ 本章は初出『文学』(二〇一六・七)を加筆改稿したものである。

注

(1) 谷崎潤一郎と映画についての論考は、千葉伸夫『映画と谷崎』(青蛙房、一九八九・一二)を嚆矢とし、本書三章および以下を参照。
十重田裕一「建築、映像、都市のアール・ヌーヴォー――谷崎潤一郎「秘密」・〈闇〉と〈光〉の物語」(『國文學 解釈と教材の研究』一九九五・九)
四方田犬彦「谷崎潤一郎氏の映画体験」(『國文學 解釈と教材の研究』一九九八・五)

城殿智行「映画と遠ざかること――谷崎潤一郎と『春琴抄』の映画化」（『日本近代文学』一九九九・一〇）
任ダハム「谷崎潤一郎の映画認識の根源――アメリカ映画雑誌『フォトプレイ・マガジン』（Photoplay Magazine）との関わりを中心に」『超域文化科学紀要』二〇一〇・九）
西野厚志「明視と盲目、あるいは視覚の二種の混乱について：谷崎潤一郎のプラトン受容とその映画的表現」（『日本近代文学』二〇一三・五）

（2）江戸川乱歩と映画についいては本書二章および以下を参照。
桂千穂「乱歩小説の映画化について」（『国文学　解釈と鑑賞』一九九四・一二）
浜田雄介「《新資料紹介》江戸川乱歩「写真劇の優越性につきて」」（『文学』二〇〇二・一一－一二）
韓程善「江戸川乱歩と映画的想像力――「火星の運河」を中心に」（『比較文学』二〇〇五・三）
韓程善「江戸川乱歩『パノラマ島奇譚』と映画トリック」（『超域文化科学紀要』二〇〇八・一一）
鈴木貞美「江戸川乱歩、眼の戦慄――小説表現のヴィジュアリティーをめぐって」（『日本研究』二〇一〇・九）

（3）宮沢賢治と映画については以下を参照。
平澤信一「宮沢賢治と〈映画的〉想像力――同時代映画を起点として」（『日本近代文学』一九九九・一〇）

（4）横光利一と映画については以下を参照。
千葉伸夫「映画と言語の前衛――ユナニミスムから一如へ」（『國文學　解釈と教材の研究』一九九〇・一一）
十重田裕一「「機械」の映画性」（『日本近代文学』一九九三・五）
十重田裕一「「旅愁」と映画「椿姫」」（『大妻国文』一九九四・三）
十重田裕一「「新感覚派映画聯盟」と横光利一――１９２０年代日本における芸術交流の一側面」（『国文学研究』一九九九・三）

十重田裕一「１９２６年日本、文学と映画との遭遇」（『比較文學研究』二〇〇八・一一）
中沢弥「横光利一『上海』と映画表象」（『上海一〇〇年：日中文化交流の場所』勉誠出版、二〇一三・一）
（5）川端康成と映画については以下を参照。
四方田犬彦「川端康成と日本映画」（『國文學　解釈と教材の研究』二〇〇一・三）
十重田裕一「「浅草紅団」の新聞・挿絵・映画：川端康成の連載小説の方法」（『文学』二〇一三・七）
（6）堀辰雄と映画については以下を参照。
十重田裕一「堀辰雄における映画――その１９３０年前後」（『国文学　解釈と鑑賞』一九九六・九）
渡部麻実「堀辰雄『不器用な天使』の実験：アヴァン・ギャルド映画『時の外何物もなし』への接近」（『文学』二〇一三・九）
（7）尾崎翠と映画については以下を参照。
リヴィア・モネ「自動少女――尾崎翠における映画と滑稽なるもの」（『國文學　解釈と教材の研究』二〇〇〇・三）
明石亜紀子「尾崎翠の文学世界――その映像的文体を中心に」（『日本文学誌要』二〇〇二・七）
明石亜紀子「尾崎翠作品の映画性――「第七官界彷徨」にみられるモンタージュ」（『国文目白』二〇〇五・二）
トマス・ラマル「映画化された世界　一九二〇年代の映画体験と尾崎翠の「映画漫想」」（『尾崎翠国際フォーラム　in鳥取二〇〇四報告集』二〇〇四・一二）
川崎賢子『尾崎翠　砂丘の彼方へ』（岩波書店、二〇一〇・三）
仁平政人「「漫想」する言葉――尾崎翠における「映画」の翻訳――」（『日本文芸論叢』二〇一一・三）
尾形大「尾崎翠と映画――「こほろぎ嬢」における弁士的語りの問題」（『語文』二〇一一・一二）
（8）『明治・大正・昭和　翻訳文学目録』（風間書房、一九五九・九）

（9）カメラ・オブスクラとは、ラテン語で〈暗い部屋〉という意味、閉めきった〈暗い部屋〉に小孔（ピンホール）をあけると、これを通じて投じられ照明された物体の像が穴から一定距離の所に垂直におかれた白い紙の上に映る。像は穴から光が交差するので小さく、逆さまに映る。その原理はアリストテレス（ＢＣ三八四－ＢＣ三二二）のころから知られ、ルネッサンス以降は、美術の領域で、遠近法の研究のためにさかんに活用された。

（10）手稿を守った松下文子は、一九一八年に北海道庁立旭川高等女学校を卒業しているが、その同期生に、東京女子高等師範学校（現・お茶の水女子大学）に進学した井村よりみがいた。よりみは社会主義婦人団体「赤瀾会」の講演会ポスターを学内掲示板に貼ったため退学処分を受け、同郷の安部浅吉と結婚、一九二四年長男をもうけた。安部ヨリミ名で『スフィンクスは笑ふ』（異端社、一九二四・三）安部頼実名で『光に背く』（洪文社、一九二五・三）を公刊している。後に戦後アヴァンギャルドを代表する存在となる安部公房（一九二四－一九九三）の母である。文子とよりみの友情も終生変わることなく、松下家にはよりみからおくられた安部公房の書籍が残されている。終生、尾崎翠の突出した文学的才能を疑うことのなかった文子が、いまひとりの本を読み書きする親友との間で翠のことを話題にしなかったとは考えがたい。安部公房と尾崎翠といえば、花田清輝（一九〇九－一九七四）が新鋭文学叢書『安部公房集』（筑摩書房、一九六〇・一二）解説「ブラームスはお好き」において、安部公房を評するのにわざわざ当時よく知られていたとはいいがたい尾崎翠について言及し、「わたしのミューズ」と呼んだことは尾崎翠再評価の重要な布石となった。

（11）日出山陽子『尾崎翠への旅：本と雑誌の迷路のなかで』（小学館スクウェア、二〇〇九・九）を参照されたい。「琉璃玉の耳輪」資料は、川崎賢子編『第七官界彷徨・琉璃玉の耳輪他四篇』（岩波文庫、二〇一四・六）編集時に、松下文子氏のご遺族のご厚意で閲覧させていただいた。以下の記述には文庫版解説と重複するところがある。なお、文生書院Ｗｅｂサイトにて連載中の川崎賢子「『キネマ旬報』を読む」（https://www.bunsei.co.jp/kinema-kawasaki/）も参照されたい。

第8章　尾崎翠と映画の厚み

1、一九二二年・鳥取の表現主義

尾崎翠は一九一〇年代半ばには地方で小学校の代用教員を務めるかたわら、短歌を嗜み、当時写生文とも称された小文・短文を雑誌投稿欄に寄せていたというのに、いったいいかなる飛躍を遂げてモダニズムの尖端的な表現に到達し、文学の向こう側に駆け抜けて行ったのか。切断と飛躍の契機に映画との出会い、表現主義との出会いがあったことは、夙に指摘されていた。表現主義は、演劇や映画という小説外部の隣接メディアとの交渉によって、もたらされた。尾崎翠は日本文学における『カリガリ博士』の申し子のひとりである。

雪子さんはライラック水の空瓶を一つも捨てないでしまつて。毎週のを日附入りで。鏡台の抽斗に這入りきらなくなつたつてこぼしてたわ。それから先週のナハチガル化粧液はライラックよりよけい月夜の溜息に近い匂ひなんですつて。独逸ものだけに深刻で。こんどの号には「ウエルネル、クラウスの厚味とナハチガル液の芳香」といふ論文を書くんですつて。

（尾崎翠「アップルパイの午後」『女人芸術』一九二九・八）

「匂ひ」と二重映しにされる「月夜の溜息」とは、微かに聴覚に訴えつつ口腔からもれ出ずるものだろうか。ここには嗅覚と聴覚との感覚のモンタージュと呼ばれるにふさわしい表象がある。そこで言及されるのは『カリガリ博士』のカリガリを演じた、「ウエルネル、クラウス」ことヴェルナー・クラウス（Werner Krauss、一八八四－一九五九）である。「アップルパイの午後」には『カリガリ博士』のパロディ的引用がなされているということになる。尾崎は「ダダイズムが表現派を孕んで居つた」[1]とのちに語る。実態は逆であったのだが。これに対して「アップルパイの午後」における表現主義映画のパロディは、ダダ的なナンセンスを志向していた。

『カリガリ博士』ヴェルナー・クラウス

いっぽう、表現主義映画受容という側面から考えるなら、この映画の読みこみは、浅いものではない。ヴェルナー・クラウスには、たしかに「厚み」がある。尾崎翠は、クラウスが出演した『プラーグの大学生』（Der Student von Prag、一九二六、ヘンリック・ガレーン監督）の魔術師スカピネリをも見ているだろうし、『ホオゼ』（Die Hose、一九二七、ハンス・ベイレント監督）も見ている。

ウエルネル、クラウスの御亭主ぶりにはうつとり見とれる。ヤンニングスの七割くらゐは太り、相当年配で、決して決して美しいお爺さんではなくて、と考へてくると、彼は独逸の名優の条件を一身に備へてゐることになりさうだ。そして、クラウスの名優ぶりに見とれることは、クラウスの出演画を見るかぎり仕方の

『プラーグの大学生』
ヴェルナー・クラウスのスカピネリ

『プラーグの大学生』
コンラート・ファイト

ないことだ。いつもクラウスは名優なのだ。

ウエルネル・クラウスに見とれるといふのは、なにも最高級の化粧石鹸でにきびを洗ひ、ベエラムを振りかけ、香水でかためなどと手数のかかつたアメリカ流の若い美男に見とれるのと同じ意味ではない。すこし高遠な見とれかただ。

（「「ホオゼ」のこと　映画漫想㈥」『女人芸術』一九三〇・九）

いくたびもこの語り手はクラウスに見惚れ、その肉体の厚みをたどったのだろう。それらの映画はクラウスの肉体の厚みを再現したというのではなくて、それらの映画を見る者が読まずにはいられないありようで触覚的な「厚み」を現前させていたのである。

尾崎翠は映画という新しいメディアとの接し方をドイツ表現主義に教えられたと書いている。

漫想とは、丁度幕の上の情景のやうに、浮び、消え、移つてゆくそぞろな想ひのことで、だから雲とか、朝日の煙とか、霧・影・泡・靄なんかには似ていても、一定の視点を持つた、透明な批評などからは遠いものだと思ふ。つまり画面への科学者ならぬ漫想家といふ人種は、画面に向つた時の心のはたらき方までも映画化されられてゐるのかも知れない。莫迦！　幕の上にちらちらする影の世界に、心臓までも呑まれてしまつたのだ。たいせつな意識の流れの形式までをちらちらする影からもらひ、（プラアグの大学生の！）もう引つこみがつかないのだ」

（「画面への漫想家の心理　映画漫想㈠」『女人芸術』一九三〇・四）

書いている内容以上に、その書き方が問題となるようなテクストである。尾崎翠はそういう読み方、書き方をこれもドイツ表現主義映画から——ここではドイツ表現主義映画の傑作のひとつ、ドッペルゲンガー物である『プラーグの大学生』から示唆されたと述べた。

彼は眼だけでなく、他の全感官を役者の全身に向つて働らかし始める。ここに一個の感覚的観客が生まれる。そこで、彼の各感官と役者の体軀の部分部分との交錯が始まるのだ。これを表現派の手法で撮つたら、いくらか面白い画面になると思ふ。この観客の咽喉が、餓えたチヤアリイの齧つてゐる蠟燭の味を味はひ、彼の手がピツクフオオドの剝き出しの踵を撫でてゐるのはまだいい。彼はニタ・ナルデイの三角な爪の音を鼻で感じ、ギルバアトの四半身に漂ひでた蛮性を耳で感じないとは言へないのだ。役者の体軀は彼の中でバラバラに解きほごされ、集められる。肩・笑ひ・腕・歯・怒り・脚・横向きの肩・胸・スカアトの襞・垢の濃淡。

（「画面への漫想家の心理　映画漫想㈠」）

「感覚的観客」とは映画の意味をその諸感覚において再構成して受容する観客である。「感覚的観客」は、視覚だけではなく、味覚で、触覚で、聴覚で、嗅覚で、映画を、文字通り、味わう。銀幕上の役者の体軀を解体し、部分化し抽象化し、そして再構成する。機械を通して撮影され、機械を通して投射される映画は、見ることの再考をうながした。初期の映画がもたらしたのは、活字文化における視覚主義が他の諸感覚を抑圧して知性に結びついたのとは異なる、視覚の再発見であり、まなざしについてのあらたな哲学であった。映画メディアが表現主義の主戦場となった理由のひとつはそこにある。

事物の隠された相貌を引き出して、強調し、万人の眼に明らかにすることを絵画およびその他の描写芸術では〈表現主義〉と呼ぶ。

なぜなら、事物はたいてい、はにかみやの婦人のように顔にヴェールをまとっているからである。そのヴェールとは我々の伝統的な抽象的観察方法のことである。このヴェールを芸術家の表現主義がとり除く。すると、いうまでもなく事物がまったく別のものに見えてくる。というのは、感情の表現が顔の線を狂わせ、正常の顔を変えるように思われるからである。表現が情熱的であればあるほど、人間の顔は歪む。事物も同じである。

この〈事物の顔〉を描くのに映画ほどふさわしい芸術はない。映画はただ一つの硬直した相貌ばかりでなく、この相貌の秘密にみちた内証の表情の動きをもみせることができるからである。映画は表現主義のもっとも固有の領域であり、おそらく表現主義の唯一の本当の故郷であるといって間違いはあるまい。

（ベラ・バラージュ『視覚的人間――映画のドラマツルギー』佐々木基一・高村宏訳、創樹社、一九七五・一一）

ベラ・バラージュ（Balázs Béla、一八八四-一九四九）がそこであげるのが『カリガリ博士』（岩波文庫版では「カリガリ博士の研究室」と訳されている）である。『カリガリ博士』が封切られた一九二一（大正一〇）年に、茅野蕭々（一八八三-一九四六）は、ヘルマン・バール『表現主義』（一九一四）を引用しつつ、表現主義におけるまなざしの変化について、次のように書いている。(2)

彼等は眼を外界の受話器とせずに、精神の口としやうとする。彼らは眼で語らうとする。眼に自家生活を与へ、自由の活動を許さうとする。之が即ち表現主義の精神である。

「精神の口」としてまなざしつつ語る眼というありようは、映画の「感覚的観客」のまなざしに通じているようである。だからこそ、そんな観客のありようを「表現派」の手法で撮ったら、という「映画漫想」の言説が構築されたのだろう。

表現派によって切断された、このような眼の変容については、村山知義（一九〇一－一九七七）が次のように述べている。

即ち芸術品は内的なるもの及び外的なるものゝ二つの要素から成り立つてゐる。内的の要素と云ふのは芸術家の精神の感動《エモーション》である。この感動が観照者の心に根柢に於て芸術家のそれと相等しい所の感情を呼び起こす能力をもつてゐるのである。さて、肉体と繫がれてゐる限り、精神は普通たゞ感覚乃至感情の仲介を通してのみ精神の振動《ヴヰヴラチオン》を感受し得る。かくて感覚は芸術家の側から云へば非実体的なものから非実体的なものへ、観照者の側から云へば実体的なものから非実体的なものへの橋である。(3)

村山知義のいう「精神の振動」は、カンディンスキー（Wassily Kandinsky、一八六六－一九四四）の「内的要素なる精神の振動」（ゼーレン・ヴィヴラチオン）の引用である。村山を参照するなら、「映画漫想」にいう「感覚的観客」とは、感覚に媒介され、表象の「精神の振動」を感受しうる身体としての観客ということになろうか。

理論的主柱でもあり実践家でもあったカンディンスキーと、演劇人でもあるヘルマン・バール（Hermann Bahr、一八六三－一九三四）とを二本の柱とするのが日本の表現主義受容の典型であるが、受容者のひとりである田辺泰（一八九九－一九八二）は次のように説いている。(4)

ヘルマンバアルの考察によれば人間の単なる物を見る事にも二つの過程を経なければならぬと云つてゐる。即ち先づ受動的に物に接して、対象物を見る。そしてその瞬間に其れに答へる人間の能動的の活動がある。この二つが結合されて吾々の感覚として思惟の世界に来るもので、吾々が単に視ると云ふ受動的の活動のみに依つて物を認識するのではなく、我々（ママ）の内面に潜む能動的の作用と二つの現象が共同に成立して初めて正しく純粋に認識するのである。

いささかぎこちないものいいながら、表現主義のまなざしの哲学が、現象学へと接近していく傾向がうかがわれる。

小牧健夫（一八八二－一九六〇）による紹介はもう少しわかりやすかった。[5]

> 見るとは何であるか。これは働きを受けると同時に働くのである。能働と同時に受働である。外部から人間に加へられるものと、人間が外部に加へると二つの作用である。眼は単に刺激を受けるばかりでなく、其刺戟に由て活動する。ゲエテの云ふ如く「見るとは眼を以て物象を摑む」のである。認識するといふ思惟の活動がなければ見るといふ事はない。此内外二つの作用に由て形象は生じ、現象は成立する。

小牧はヘルマン・バールが説いた「内部視覚」を次のように解説している。

> 肉眼では継起的に見る事を、精神の眼で一時的に見る事がある。例へば物体の四面を同時に見る如き場合である。又自分自身の姿をもありありと見る事もある。〔中略〕眼の二重性質をゲエテは斯く云ひ現はしてゐる。「耳は語らない。口は聴かない。併し眼は聴くと共に話す。眼に於て外からは世界が、内からは人間が反映する。内と外との全体は眼に由て完成せられる。[6]」

「精神の口」としての眼、という茅野蕭々の表現主義理解に通じるところがある。「印象主義者が眼を単に耳としたとあれば、表現主義者はこれを単に口とした」と小牧健夫はバールの所説を紹介した。小牧はまた、「内部視覚」をいうバールの表現主義について「新しき神秘主義」とも指摘している。まなざしの距離は理性とともにあり、視覚は知的かつ理性的に過ぎる感覚だから、他の諸感覚を抑圧するといったまなざしのヒエラルキー論に対して、それとは異なる眼の直接性、眼による「内と外との全体」の完成が語られている。精神の眼、内部知覚、さらには内部生命という思念の系列には、新しい時代の神秘主義を招き寄せる余地がある。

尾崎翠はいつごろ、どのような経緯で表現主義と出会い、『カリガリ博士』と出会ったのだろう。尾崎翠の長兄篤郎の妻ひこの弟に、音楽家となった田村熊蔵（一八八九－一九五七）がいて、一九一六（大正五）年から二一（大正一〇）年にかけて東京音楽学校（現東京藝術大学）に学んでいたが、田村は、「第七官界彷徨」の音楽学校志望の浪人生佐田三五郎のモデルに擬せられる人物でもある。石原深予『枯草のクッションを敷いた古馬車　尾崎翠全集未収録作品ほか』（幻戯書房、二〇二四・六）は、田村が、舞踊家の石井漠（一八八六－一九六二）と交友があったことから、田村を介して、石井や、ベルリン留学でドイツ表現主義をもちかえった山田耕筰（一八八六－一九六五）の情報に接する機会もあったかと、推測している。

『朝から夜中まで』ラストシーン

尾崎翠の映画、そして演劇における表現主義作品の受容は、テクストからうかがい知ることができる。日本で『カリガリ博士』が公開されたのは一九二一（大正一〇）年五月、そのころ、尾崎翠は鳥取に帰郷していた。その年の一〇月ごろ再上京し、親友の松下文子と共同生活を始める。出版社に勤めるが長く続かず、翌年二月、ふたたび帰郷している。その間に『カリガリ博士』を見たのだろうか？『カリガリ博士』と同じ一九二〇年にドイツで製作された表現主義映画を代表するもうひとつの作品、『朝から夜中まで』（カール・ハインツ・マルティン監督）も、いつかどこかで尾崎翠は見ているはずだ。ゲオルグ・カイザーが一九一二年に書き、マックス・ラインハルト劇場で一九一七年に上演された。その映画化作品である。日本では一九二二（大正一一）年一二月東京本郷座で封切られた。その後、築地小劇場が土方与志演出、村山知義舞台装置で、一九二四年に舞台上演している。尾崎翠は「捧ぐる言葉――嗜好帳の二三ペエヂ」（『女人芸術』一九二九・一）というエッセイで『朝から夜中まで』の原作者「カイゼル」に次のように呼びかけている。「あなたの出納係さんの霊魂巡礼を私は幾度も虫眼鏡で見ました」「そして最後に「見よこの人を」／ゲオルグ・カイゼル！　彼の最後の唸りはほんとです。女の腕に見惚れて泥棒をし、永い旅で何も得られず、そしておしまひの天国もない人間こそ、この唸りを何かに向つて打つつける資格があるのです。ファウスト博士様の端厳な御昇天より、彼の短い唸りの方が痛い。墓穴の下の彼の死骸に牛蒡が生えたつてそれが何でせう」と。

映画『朝から夜中まで』の最後の場面は、大金を拐帯した出納係のピストル自殺である。歪んだ十字架にかけられたかにみえる彼の頭上に示される「Ecce HOMO エッケ・ホモ、この人を見よ」の文字――エッケ・ホモは「ヨハネによる福音書」を出典とし、キリスト磔刑を前にピラトが騒然とする群衆に向かって発した言葉と伝えられている。出納係の死と比較される「ファウスト博士様の端厳な御昇天」とは、ドイツ表現主義映画では、フリードリヒ・ヴィルヘルム・ムルナウの一九二六年作品『ファウスト』（Faust）のモチーフである。翠はこれも見ているのだろう。

尾崎翠全集は稲垣眞美によって二度にわたり編まれたが、一九七九（昭和五四）年に創樹社から刊行された最初の全集にはなかった「表現主義」「表現派」との接点についての言説が、『定本尾崎翠全集』（上下、稲垣眞美編、筑摩書房、一九九八・一〇。以降『定本全集』と略称）において指摘された。まず「年譜」「一九二四（大正十三）

年　二十八歳」の項に「このころから自然主義に訣別して、表現主義にも影響された独自の文学世界を開こうとする営為が始まる。ドイツ語も学習」（『定本全集』下）と述べ、『定本全集』下「解説」では、尾崎翠と「表現主義」「表現派」との出会いをさらに遡り、一九二二（大正一一）年「晩秋のころには水脈社主催の演劇の夕に、画家の椿《ママ》浦泰雄〔引用者注・橋浦泰雄〕涌島〔引用者注・涌島義博〕、涌島と結婚していた女流の田中古代子（大阪朝日新聞の懸賞小説に入選）等とともに参加して、チェホフやドイツ表現派の劇上演にもつき合った」とされる。

　表現主義という概念とその起源については諸説ある。一九〇五年、ドイツに「橋」（ブリュッケ）派が登場し、一九一一年には、カンディンスキーやパウル・クレーが所属する「青騎士」（デア・ブラウエ・ライター）が登場した。この時期に、表現主義概念が誕生し、定着したと考えられている。「ドイツで表現主義という言葉が定着する契機となったのは、1911年春のベルリン「分離派展」である」「1892年、ベルリン美術家協会によって開催されたノルウェーの画家ムンクの展覧会がベルリン画壇に衝撃を与え、展覧会中止の緊急動議が出されるという「ムンク・スキャンダル」が起きた。これに反発した進歩的な画家たちを中心に、1898年に「ベルリン分離派 Berliner Sezession」が誕生した」と、深町浩祥「ドイツ表現主義の思潮と展開――カンディンスキーを中心に――」（『跡見学園女子大学マネジメント学部紀要』二〇二二・一）は指摘する。並行して一九一二年前後からはイタリア未来派の紹介も始まり、表現主義、未来派、キュビズムなど、自然主義から離脱し、アカデミズムや印象主義にも対抗する、さまざまな芸術運動が日本にも紹介され活況を呈する。村山知義は、自身は意識的構成主義と称したが「表現派（面倒を省く為めにこの言葉のうちに私は多くの他の新しい主義や派をも共通な点を持つてゐる限り含ませる。その上この派が一番広く、かつ最も先に進んでゐる以上これは大した不当ではない。[7]」とまとめている。表現主義は、イタリアの未来派、フランスのフォーヴィスム、キュビズムと交渉しつつ、ドイツを中心に定着した。本章もこれにならい表現主義の概念を広く受け取ろう。

　日本における表現主義受容についてはおびただしい先行研究があり、酒井府『ドイツ表現主義と日本』（早稲田大学出版部、二〇〇三・一）の浩瀚な研究、鈴木貴宇「日本の表現主義」（『コレクション・モダン都市文化　表現主義』第三〇巻、ゆまに書房、二〇〇七・六）などが導きとなる。鈴木貴宇制作の年表は、一八九二年、ミュンヘン分離派の結成を先駆けとし、国内動向では一八九三（明治二六）年北村透谷「内部生命論」を最初に挙げる。一九一〇（明治四三）年ベルリンに留学した山田耕筰が、表現主義の同時代の紹介者となった。

日本における受容は美術界から始まった。木下杢太郎（一八八五－一九四五）「洋画に於ける非自然主義的傾向」（『美術新報』一九一三・二－八）に、「動的」な絵画の理解や「時間相を主総統とする哲学」の台頭などの「人心の転回」が美術界における「表現主義《エキスプレッショニスム》」として開花したとの紹介がある。一九一四（大正三）年三月には日比谷美術館「シュトゥルム展」において、ドイツ表現派の版画が展示されている。翌年竣工した豊多摩監獄（後藤慶二）は日本における表現主義建築の嚆矢とされた。関東大震災後の復興建築の新しい動向を研究した姜明采「震災記念堂の設計競技応募図案に見る大正期建築デザインの傾向」（『非文字資料研究』二〇一七・三）によれば、「①　垂直性を強調した高層計画と鋭角」の要素、「②　一定の形にとどまらず、自由な曲線を用いた立面構成」の要素、「③　外観に用いた変形のアーチ開口部と独特な装飾」の要素など、表現主義建築様式の設計が相当数みられたという。[8]

『カリガリ博士』以前の表現主義といえば、文学の領域では一九一四（大正三）年に創刊された雑誌『我等』の三月号に鷗外＝森林太郎が「訳詩十一篇」（クラブント原作、Klabund、一八九〇－一九二八）を寄稿している。鷗外はこれにさきだち『スバル』一九〇九（明治四二）年五月号にマリネッティ（Filippo Tommaso Marinetti、一八七六－一九四四）の未来派宣言の一部を翻訳紹介していた。

演劇における表現主義はオスカー・ココシュカ（Oskar Kokoschka、一八八六－一九八〇）が提唱し、彼の戯曲『殺人者、女たちの希望』（Mörder, Hoffnung der Frauen、一九〇七）などと共に広まったとされる。柴田隆子「舞台芸術における「理論」の役割――表現主義演劇と表現舞踊――」（『人文』二〇一六・三）は、演劇の表現主義について、「舞台を戯曲の再現とみなすのではなく、上演を構成する形体や色彩といった人間の感覚に作用する諸要素の統合として捉え、上演自体に芸術的価値を認める「抽象の舞台統合」」の観念があったと指摘する。日本では、一九二一（大正一〇）年一月、山岸光宣（一八七九－一九四三）の講話「最近独逸文壇の傾向」（於、国民文芸会総会、築地精養軒）が画期となり、同年六月新国劇で『カレーの市民』（明治座）が上演された。前後して五月にドイツでは前年に公開されていた映画『カリガリ博士』が日本でも封切られ、日本の表現主義は高潮期を迎える。一九二二（大正一一）年一二月には『朝から夜中まで』が本郷座で公開された。一九二四（大正一三）年に開場した築地小劇場、第一回の演目はゲーリング『海戦』、九月にカイザーの『瓦斯第一部　ガス』、一二月に同じく『朝から夜中まで』と表現主義戯曲があいついで上演された。

一九二二（大正一一）年、鳥取における表現派の夕べが企画され、尾崎翠もそれに関わったのは、こうした流れに棹さすものだった。鳥取における表現派演劇は、全集年譜にあるようにチェホフとの併演だった。築地小劇場は第一回公演時にチェホフ『白鳥の歌』も上演している。その意味では鳥取の水脈社のチェホフとオリジナルの表現派戯曲の併演という番組は、中央の演劇運動に先駆けていたともいえる。モダン都市文化としての性格の強い表現主義演劇が、地方都市・鳥取で試演された点は注目に値する。『水脈《すいみゃく》』創刊号は編集兼発行人福田秀太郎、鳥取市本町二丁目二九木村清一方、発行所水脈社は鳥取市上魚町五七吉村秀治方だった。これは鳥取の文学同人誌『水脈』にとっては第二次の出発だった。そもそもは一九一〇（明治四三）年一月に回覧誌『回覧』を創刊した白日社（井上星蔭＝白井喬二、野村千茅＝野村愛正、吉村撫骨＝吉村秀治）に一九一一（明治四四）年二月ごろ橋浦泰雄（一八八八－一九七九）が加入、白日社を水脈《みお》文芸会と改名して『水脈』創刊号を発行したのが翌年二月のことである。涌島義博（一八九八－一九六〇）、尾崎翠、橋浦泰雄、安田光夫らの水脈社が『水脈』を創刊した一九二二（大正一一）年一一月は、その記憶に連なるものだったが、その間の彼らの思想は激浪にさらされていた。幸徳秋水（一八七一－一九一一）の逮捕に抗議した橋浦時雄（泰雄の弟、一八九一－一九六九）は新聞紙条例違反、不敬罪で五年余の禁錮刑を受けた。第一次『水脈』も検閲をまぬがれず、一九一二（明治四五）年には原稿綴じ込みの回覧誌に後退した。この年明治天皇崩御の恩赦で出獄した弟を出迎えた橋浦泰雄は、片山潜（一八五九－一九三三）、堺利彦（一八七一－一九三三）を紹介される。橋浦は大正期の左翼文化運動に近づき、末弟・季雄（一八九四－没年不明）と共に、有島武郎（一八七八－一九二三）や生田長江（一八八二－一九三六）宅を訪れ、秋田雨雀（一八八三－一九六二）、野村愛正（一八九一－一九七四）、涌島義博らとの談論の日々が続いた。橋浦は一九一九（大正八）年黒耀会（革命芸術研究会、望月桂ら結成）に加入、翌年には第一回メーデーに参加、一二月日本社会主義同盟創立大会に出席するが、一九二一（大正一〇）年五月の第二回メーデーでは妹のはる（一八九九－没年不明、赤瀾会）、涌島義博らとともに検挙、拘置される。出獄後、橋浦、涌島は鳥取の同志を募り『壊人』を創刊する。秋田を拠点にした小牧近江（一八九四－一九七八）らの第一次『種蒔く人』と相前後する時期である。美術家としての橋浦泰雄は、有島武郎らの後援を受け一九二二（大正一一）年七月、東京牛込矢来倶楽部における個人展覧会を皮切りに、一一月には鳥取のモダニズム建築で知られる仁風閣で個人展覧会をひらいている。

さて、ここで鳥取の表現主義受容についてみるなら水脈社のひとびとのそれは、大正期の無産者運動と表現主義の交錯の事例であり、とくに涌島義博においてはそれが顕著であった。さきに、鳥取の表現派演劇上演は、築地小劇場のドイツ表現主義演劇翻訳受容に先駆けていたと述べたが、じつは、ドイツ表現主義演劇の翻訳受容ではない。鳥取で試演されたのはドイツ戯曲の翻訳劇ではなく、『水脈』同人でのちに出版社南宋書院を起こし、戦後は『日本海新聞』編集長をつとめた涌島義博の創作劇だった。

涌島作の表現派戯曲『死の印象』試演は、出演者にも意味不明のパフォーマンスであったようだ。

涌島の戯曲はなんとも変なものだった。公会堂を朝のうちから借りて、舞台稽古やら背景の絵を描くやら大騒ぎ、むろん涌島が主役だが、撫骨、間島、安田、私などもちょっと顔を出す。しかし主役のセリフも端役のセリフもちんぷんかんぷんで何のことやら自分でしゃべっていても一向に意味はわからない。舞台画は縦一間半くらいに高さ一間くらいの紙幕に、川上が三角や四角をつぎはぎだらけにしたいうところの表現派絵画を描く、役者もすべて表現派の画学紙の面をつける。

（橋浦泰雄『五塵録』創樹社、一九八二・三）

こんな成り立ちであったのに、秋雨の鳥取市表現派の夕べに、なんと一五〇人もの観客を集めたというので、出演者も驚いた。「何しろ表現派劇という中央都市でも未曾有の出しものなので、今のエレキのように興味を引いたのではあるまいか」（橋浦、同前）といい、ますますあやしい。

鳥取水脈社の結成と機関誌創刊はかねて『因伯時報』一九二二（大正一一）年九月一二日が報じていたが、その「表現派劇」試演会については『鳥取新報』が記事にしている。同年一一月八日付で、見出しは「水脈社同人の表現派劇」という。本文には「破天荒の催し」「表現派の作品に接する事と、殊に表現派劇の実演を見ることは中央ですら難しとされて居る」と、来る一〇日に公会堂で開催される試演会を紹介、あわせてレコード音楽会が予定されていると予告する。「それにつけてもマッチの効果は恐ろしい。撫骨はそのマッチだった」（橋浦、同前）とあるのをみると、この記事は吉村撫骨の肝煎だったろうか。

同年一一月一二日付「水脈社の音楽会と表現派の戯曲」は公演評である。『死の印象』の上演は「観衆を驚殺」した。「舞台背景などは奇怪な表現派の手法を用ひて観衆の目を驚かしてゐた。試演は約三十分間」と報告されている。

水脈社の機関誌『水脈』（一九二二・一二）の編輯後記「管見相」には、鳥取市公会堂に引き続き一一月二五日米子町「カフヱーヨナゴのステージにて」泰西名曲レコード音楽会ならびに「死の印象、ファアウスト夕の場……

朗読、チエホフの熊……試演」、二六日松江商業会議所楼上にて音楽会ならびに「誌友橋浦君の個人展、誌友村上君のエスペラントに就いての講演。死の印象と熊の試演、夕の場の朗読」が開催されたとある。[9]この号に涌島義博の戯曲『死の印象』が発表されている。「唯一箇の青緑燈を点ずるのみの、幽玄極りない闇」の空間で、「正面舞台を縁づけるために、高い天井から重々しく垂れるカーテンが、かすかな青い光をくつきりと型とつて異常な神秘をも思はせた」(「本社主催表現派戯曲試演」『水脈』一九二二・一二)という感想が残されている。このカーテンの自由曲面と、「三角や四角をつぎはぎだらけにしたいうところの表現派絵画」、そして「幽玄極りない闇」が、観客のまなざしをとらえた表現主義のしるしだった。

『死の印象』の表現派風舞台美術を手がけた川上とは、川上貞夫(一八九七―一九七七)、号して赤脚子、京都高等工芸卒、鳥取盲学校校長、鳥取民芸美術館理事長を歴任。帝展入選歴もある。[10]

戯曲『死の印象』は雑誌原稿にして八頁弱の一幕物、哲学者、転轍手、医師の三者による嚙み合わない抽象的観念的な対話劇である。登場人物に具体的な固有名を与えず、抽象的な役割の名のみで呼び合うところは、表現主義演劇の特徴のひとつを体現している。役者の固有の表情(ペルソナ)を切断する装置が、仮面である。築地小劇場がドイツ表現主義演劇受容にあたって、個別の役者の表情をいったん切断し、素顔を消して、厚い化粧に塗り込めたことは知られている。死への欲動と性への欲望をドラマの動因とする点も、表現主義演劇らしさと言えよう。

『死の印象』の幕開きの場面は深更、哲学者は帰らぬ妻の行方を想い、転轍手は飛び込み心中の男女に好奇心をそそられ、検視のために召喚された医師は情死した貴婦人の美しさを語っている。登場人物はそれぞれに、他者の話をまともに聞いていないか、聞いても否定するか、嘲笑するか、いずれにしても弁証法的に進展する対話の担い手とはならない。三者の言説を総合しうる観客(読者)は、情死の片割れが哲学者の妻ではないかと疑念を抱かされるのだが、舞台上の三人は言葉を交わしても情報を共有せず、それらを総合的に掘り下げてひとつの結論を導き出そうとはしない。謎は解かれることがない。同じひとつの舞台空間と上演の時間を占めながら三者三様の内的な世界を展開するその様に、多元宇宙とまではいわぬまでも、自然主義とは異なる時空像を指摘することができる。

観念の人としての哲学者は、神秘を包含する肉体の躍動を求め、生の流動にあこがれつつ、ほかならぬその思索癖によって生命から疎外されずにいられない。交通の妨げとなる事故として死を社会的役割において処理する労働者である転轍手は、労働によって疎外されている。

転轍手は語る。

転轍手　一ケ月程前に自殺した女は肺病やみの工女だつた。生命を工場の不潔にそこなはれて、実に悲惨な顔をしてゐた。俺は涙を流してその額に接吻した。

（「死の印象」『水脈』一九二二・一二）

転轍手　俺は併しこのハンドルに生命をもつてゐる。この握つた力は凡てをもつてゐる。

（同前）

転轍手　俺は一緒について行きたいが、このシグナルの柱に縛られてゐるのだ。

（同前）

階級と感染症（結核）表象とが結びつけられている。「生命を工場の不潔にそこなはれ」るという労働者階級の女性の悲痛な自死が目撃される。転轍手は、そこなわれていない「生命」をハンドルにもっていると自負しているが、働く彼の身体は「シグナルの柱に縛られて」、どこにもついていけない。

自然科学の徒として遺体を検分した医師は、一九世紀末から二〇世紀初頭にかけての性欲言説にとらわれ、しかも自身はついに満たされることなく、生の擁護者ならぬ生の消費者の役割に甘んじる。

医師 否、僕は享楽主義だ。性慾以外に人生の意義を認めないと同時に、死以外に恋愛の法悦境を認めないものだ。（同前）

医師 少し違ふやうだ。僕は生の消費者だ。医学が仁術たる所以のものは、死を防ぎ生を保つに在るのではない、決してない。（同前）

医師はエロスとタナトスを語っている。
医師は生命の神秘について語る。

医師 「この世の神秘は、ものの背後にあるに非らずして、全肉体の躍動する旋律の裡に包含せられたり。」（同前）

この台詞にあるような「神秘」の認識、「肉体の躍動」、「旋律」（そして戦慄）の把握は、とくにカンディンスキーが「内的要素なる精神の振動」（ゼーレン・ヴィヴラチオン）と述べた美術における表現主義の理念を言語化している。だが理念は身体から遠い。医師の感覚は鈍磨しているようにみえる。

医師　「思索は生の流動を沈滞せしむるに役立つのみにして、ブルヂョアの喜ぶところなり。」

（同前）

あくまで「生の流動」を求め、これを沈滞させる「思索」（精神主義）への反抗を階級論と結びつける。これは、表現主義と無産階級の革命運動の結びつく地点をあぶりだしているようだ。

ただし、戯曲『死の印象』から読み取れるのは、せりふまわしに絶叫やシュプレヒコールをとりいれた表現主義演劇の肉体の提示の仕方とは離れているであろう演出の手つきである。せりふまわしはどうしても生硬で観念的である。

表現主義の概念についてしばしば、内面的主観的な欲望の表出に重きをおくと解説されるが、そこでいわれる「主観」は、近代的な自我や個人といった枠組みに支えられたものではない。表現主義戯曲のなかのひとびとは匿名で、役割に還元され、表情をもたない。一方では社会的役割に従属して疎外され、一方では理性や知性を超えた神秘や生命、性欲といった力に支配され、変貌する。湧島義博『死の印象』では、哲学者、転轍手、医者が、共有し確認できる客観的な事実といいうるものはない。誰がいつどこで何のために命を落としたのか、そしてどうなったのか、という事件の解明から、彼らはひどく遠ざけられている。体験する出来事はたとえ死のように切実で切迫したものであっても、遠い。むしろあらゆる体験があたかも死のようにひどく抽象的である。各々が死について語りうることはそれぞれの視角から切り取った印象の域を出ない。その印象についても各自は異なる幻影を描き、異なる音色を聞き、異なる解釈を与えている。戯曲『死の印象』において、この場合、死についての主観と印象は、主観対客観という対立を構成しえない。それでも『死の印象』は戯曲としての出来はともかくとして、表現主義における人間観の変容について論点をおさえている。

『死の印象』の上演は、一九二〇年代の早い時期に、尾崎翠が体験した表現主義演劇だった。

涌島は『水脈』創刊号と二号に、ビョルクマン（Edwin Bjorkuman、一八六六－一九五一）による評伝「ストリンドベルヒ」抄訳を分載している。表現主義演劇の源流のひとつと目される「ダマスクスへ」（Till Damaskus、一八九八－一九〇四）についての言及を含む箇所である。

『水脈』（一九二二・三）編輯後記は、使用に堪えるフィルムの入手がかなわず実現しなかったものの、この時期に同人の周辺で『カリガリ博士』上映が企画されていたことを伝える。さて、同人は映画『カリガリ博士』を見てから上映を企画したのかどうか。あるいは『カリガリ博士』を見てから、表現派戯曲の創作、上演を試みたのかどうか。


岸田國士（一八九〇－一九五四）が「近頃、表現派の戯曲を書く人が日本にも出て来たやうである」（「「不可解」の魅力」『時事新報』一九二四・一二・一二）と指摘したのより、鳥取の表現主義は二年ほど早い。東京の劇界における表現主義の試みとしては、丹青座旗揚げ公演『人間親鸞』（石丸梧平作、有楽座、一九二二・八）の劇評中に「舞台装置を全然表現主義で行つたことゝその演出法も同様の行き方で行かうとした」（「丹青座劇」『東京朝日新聞』一九二二・八・二七、朝刊）点が問題だと指摘されているのが、鳥取水脈社に先立つ上演の事例である。

小山内薫（一八八一－一九二八）は、日本における表現主義受容について、とりわけ映画『カリガリ博士』の流行を通じての受容について、「怪奇」「病的」「単に新奇を誇る」「デカダンス」な芸術とみなし、「ダダイズムと表現主義とを一緒くた」にする風潮を難じた（「表現主義戯曲の研究」『演劇新潮』一九二五・二）。が、それよりはやく水脈社の上演を観劇した鳥取の人々が「奇怪」「目を驚か」す「異常」なものという、日本の表現主義受容に紋切型の感想を洩らす一方で、「幽玄」「神秘」という概念を用いて「表現派」を消化しようと試みていたことは注目に値する。涌島が戯曲に書き入れた「生命」「性欲」「神秘」、観客が受けとった「幽玄」は、日本近代劇における表現主義受容体験の奥行きと深さを示している。

築地小劇場が盛んに上演した表現主義演劇に、尾崎翠はどの程度触れただろうか。築地小劇場の柿落とし『海戦』は、集団の絶叫や暴力的な身振りを用い、台詞が音に還元されるといわれた「絶叫劇　シュライドラマSchreidrama」をドイツ表現主義演劇の方法として紹介したのに対して、『死の印象』の上演の聴覚的な印象についての感想は、ほとんど残されていない。一方で尾崎翠は後年「新嫉妬価値」というエッセイに「歌舞伎とシュライ・ドラマが一つ小舎で演られるんだ」とちらりと言及していて、当時の表現主義演劇とその上演のありようにも通じていたことをうかがわせる。(11)「歌舞伎とシュライ・ドラマが一つ小舎」というのは、築地小劇場の表現主義演目の本郷座への進出や、つねならば歌舞伎の演目がかかっているような小屋で表現主義演劇の地方公演が行われたりしたことを指すか。和洋の演目を取り混ぜての上演は帝国劇場における例もありさほど珍しいものではないが、何かそのような上演に触れる機会はあったろうか。

一九二八（昭和三）年一〇月には、小山内薫の改作で築地小劇場が「国姓爺合戦」を上演している。「歌舞伎のスペクタクル化」と評判になった。

一九二二（大正一一）年、尾崎翠は涌島の『死の印象』上演にあたり、『水脈』同人として鳥取から松江まで足を延ばしたという。表現主義は「ちんぷんかんぷん」（橋浦、同前）といいながら、橋浦泰雄もかかわった。

翌一九二三（大正一二）年四月には、水脈社主催の山陰自由大学講座として有島武郎、秋田雨雀を招聘し、米子、松江、倉吉、鳥取で文化講演会を開催した。有島武郎の失踪、心中事件の直前の出来事である。有島武郎は最晩年に創刊した個人誌『泉』の生前最後の号に「鳥取市の水脈社といふ青年の思想団体の招きで山陰地方に、秋田雨雀氏と講演旅行に出かけたのは四月の廿五日だつた。而して廿九日の晩に最後の講演を終るまで、私達は米子、松江、鳥取へと可なりに忙しい旅を続けた」（『泉』一九二三・六）と記している。

『秋田雨雀日記』（第一巻、未来社、一九六五・三）によれば、四月二五日に東京から鳥取にむけて出発、「四月二十七日／米子にむかって出発。正午まえについた。米子は鳥取よりもにぎやかなところだ。涌島君がいた」、「四月二十八日／米子から大社へゆく。〔中略〕松江市についた。夜、女学校で講演。聴衆六百。非常な盛会。自分は演劇の民衆化の話をした。よくきいてくれた」、「四月二十九日／朝、松江市を出発。夜、遷喬校の文芸講演会に臨む」といった旅程だった。

ちなみに前年一九二二（大正一一）年一二月二七日の『秋田雨雀日記』には、「早稲田の活動で「カリガリ博士」をみた。おもしろい。よほど学術的な興味がある。（表現派の「カリガリ博士」をみた。）」と記している。

有島武郎は「芸術について思ふこと」（『大観』一九二二・一）に、表現派について、未来派、立体派を包摂するかたちで論じている。そこでは表現主義がそこから離脱してきたところの自然主義と印象主義について「自然の当体をあるがまゝに看取するとは、即ち人間に対して自然の与へる印象をそのまゝ表現しようといふことである。この意味に於て自然主義と印象主義とは異語同意である」と述べたうえで、立体派、未来派いずれも「近代の科学的精神に反抗して、主観の深刻なる徹底によつて、物の生命を端的に捕捉しようと勉める」という共通点を持ち「表現派が如上の傾向を最も力強く代表してゐる」と位置付ける。「それは外部的な印象によつて物に生命を与へようとする代りに、生命そのものゝ物を通しての直接の表現であらうとするのだ」と。それは在来の規範に対する個性の反逆であるから、表現主義は「新興の第四階級」に根を下ろすしかないが、実情は「第四階級ならざる畑に、人工的に作り上げられた一本の庭樹」にとどまっていると、見てとる。この有島の見解について中村三春は「これは、アナーキズムがアヴァンギャルドと同居していた大正アヴァンギャルドの特徴と合致し、あるいは、ロシア革命初期のロシア・アヴァンギャルドの動向なども想起できるだろう」（『新編言葉の意志　有島武郎と芸術史的転回』ひつじ書房、二〇一一・二）と指摘している。芸術の世界的同時性の文脈が示されている。

有島武郎は『泉』（一九二三・四）に、「詩への逸脱」という文章を寄せた。

凡ての芸術は表現だ。表現の焦点は象徴に於て極まる。象徴とは表現の発火点だ。表現が人間の覚官に依拠して訴へ、理知に即迫して訴へようとするもどかしさを忍び得なくなつた時、已むを得ず赴くところの殿堂が即ち象徴だ。だから象徴とは、魂――若しそんな抽象的な言葉が仮りに許されるなら――が自己を示現せんとする悶えである。

魂が「自己を示現せんとする悶え」であるとは、無意識の振動を具現化するというカンディンスキーの「精神の振動」に通じる言説だが、有島の場合は、それを苦悶の相に引き寄せている。これは有島武郎流の表現主義受容の言説とみなしてさしつかえあるまい。この時期の有島はすでに、表現主義から横滑りして「恋人はその愛するものゝ胸に死の烙印もて彼れ自身を象徴する」（「詩への逸脱」）と、エロスからタナトスへと傾斜していた。「愛するものゝ胸に死の烙印もて彼れ自身を象徴」するという欲望のありようからは、たとえ表現主義的な象徴によったとしても、彼を生につなぎとめることが困難であったことが読みとれるのかもしれない。

有島の晩年に付き従った橋浦泰雄も、尾崎翠とは縁の深い人物だった。橋浦泰雄と有島武郎の思想的な交渉については、野室紗恵「有島武郎「惜しみなく愛は奪ふ」論――橋浦泰雄という転換点――」（『清泉語文』二〇一八・三）に考察がある。橋浦は先述の通り水脈社の同人であり、一九二六（大正一五）年には橋浦や涌島義博らの結成した「鳥取県無産県人会」に尾崎翠も参加している。

橋浦泰雄は有島失踪から遺体発見、葬儀までの日々に、有島全集刊行の叢文閣の足助素一（一八七八‐一九三〇）らとともに奔走した。その間の経緯について橋浦は「黒耀の下に」（『泉』一九二三・八）に書き残している。

橋浦泰雄の自伝『五塵録――民俗的自伝』は有島武郎の死で終わっているが、橋浦は有島の死後、在野の民俗学者として柳田國男（一八七五‐一九六二）の同伴者となる一方で、日本プロレタリア文芸聯盟美術部長（一九二五)、日本プロレタリア芸術連盟(プロ芸)中央委員長(一九二六)、全日本無産者芸術連盟(ナップ)中央委員長(一九二八)を歴任し、一九三四年三月に日本プロレタリア美術家同盟(コップ)解体声明書を出すまで、闘争する美術家だった。民俗学者としての側面は鶴見太郎『橋浦泰雄伝　柳田学の大いなる伴走者』(晶文社、二〇〇〇・一)を参照されたいが、吉本隆明、赤坂憲雄から柄谷行人まで、もうひとつの柳田國男の可能性を求める思想家たちに、民俗学のありえた選択肢のひとつを示す人物であったともいえる。

尾崎は雑誌『水脈』創刊号に里謡二篇「岩井の里」「盆踊り」を、三巻二号(一九二四・三)に「花束」を発表していた。里謡二篇「岩井の里」「盆踊り」は創作民謡ないしは新民謡の系譜に連なる「うた」の形式をとった。

橋浦泰雄が下北半島の村落に原始共産制の遺制をみいだすといい堺利彦の紹介で柳田を訪ねるのは一九二五年のことである。翌年、橋浦は「共産的部落　門入」(『朝鮮地方行政』一九二五・六)、「山村百瀬の共産村」(『社会主義随論集　続』一九二六、後半期版)を書いた。プロレタリア美術運動の弾圧後、橋浦泰雄は雑誌『現代農業』に、「民謡十二ヶ月」(一九三七・一－一二)を連載したこともある。尾崎翠の里謡はそれに先立つものである。影響関係は一方通行ではない。そもそも「里謡」には、資料の採集とは異なる創作なり近代化なりの意図がはたらいていた。

2、「無風帯から」「松林」——表現主義受容に先駆けて

尾崎翠は『水脈』同人となる以前に、中央の文芸誌『新潮』(一九二〇・一)に「無風帯から」でデビューを飾っていた。異母妹への執着を、彼女が密かに恋する自分の親友へ書き送るという体裁の、異様な三角関係の物語であった。病の身を竦めるようにして、友情と呼ぶには深すぎる同性への想いと、異母妹への恋を語る「僕」。「僕」は、友に恋を譲ろうと家族の秘密を語るけれども、その語りが友と異母妹とを近づけうるか否かはわから

ない。友は、そんなことは知らない方がよかったのではないか。「僕」は、異母妹の出生の秘密を知らぬ幼い頃から慕情をつのらせ、知ったのちにも近親相姦の禁忌によってそれを封印しかねて、恋を語るのだ。異母妹の出生と成長には、周囲の者がそれと明らかに語ろうとしない差別の境界が関わっている。禁忌の法によっても堰き止めることのできない恋慕を、友によって堰き止めてもらおうとでもいうように。男同士の絆（ホモソーシャル）と近親相姦的な欲望とが絡み合い、三者三様に身動きの取れない「無風帯」である。

「新潮に出た尾崎みどりさんの『無風帯』を一寸拝見しました。これも処女作といふことですが非常に達者な筆で息もつかせないほどの魅力をもつて読者に迫つてくる力のあるものでした」（小寺菊子「現代の若き女流作家」『中央文学』一九二〇・六）という評価の一方で、「最も注目されるものは、新潮に処女作『無風帯から』を発表した尾崎みどり氏と大阪朝日新聞の懸賞に当選した『地の果まで』の作者吉屋信子氏とである」としながら、「私には作者が何を書かうとしたのか一向解らなかつた。此の作には焦点が無い。〔中略〕作者はそれに変な謎のやうな、兄と妹の精神の交感と言つたやうなものを無理矢理に織り込んである」（安成二郎「閨秀創作界概観」『中央文学』一九二〇・三）といった批評も出た。

　つづいて同じ年の一二月号『新潮』には、「松林」というこれも奇妙な動物小説を寄稿した。「彼」と犬の「太郎」との戯れを描いた掌篇である。が、そこには、「ペット」との「ペッティング」（愛撫）が執拗に書き込まれている。不穏なテクストである。

　彼は両手でペットの顔を持上げるやうに自分の顔近く持つてきた。彼の頬に冷たい鼻面が触れた。こんどは自分から頬をペットの鼻面に押附けていつた。荒い息は容赦なく彼の頬に打付けられた。

　両方からぢつと抱きすくめた儘彼は幾度となく頬と鼻面を強く押付け合つた。

　ウ、ウ、ウ、ウ、

狂暴な快い力の為めに喰ひ合はされた彼の歯の奥から、かすかな唸り声が湧いてきた。同時に快い波がどつと身内を揺つた。が、又同時に、ペットは、彼の強く押付けた頬に突然クンと烈しい息をぶつつけて彼の手から飛のいた。

（「松林」）

えんえんと、語り手と「太郎」の交歓は続く。所々で語り手である「彼」と「ペット」である「彼」との見境がつかなく、あちらとこちらが入れ替わり、一体化する。そして快楽は波立ち、「満足」は遅延させられ、反復しつつも鈍麻することなく、腕を逃れようとするものと引き戻そうとするものとが絡み合う。人間の男と女とを描くのでなければ、どんなふうに快楽を追求しようが、どんなに猥褻であろうが許されるとでもいうかのように、ひとと「ペット」との抱擁について語られ続ける。これはいったいどういうテクストなのか。「松林」は、アニミズムとか感傷とか、観念的な夾雑物の入りこむ隙間のない、人獣相姦のテクストとも読める。百年前の書き手による小説としては、いうまでもなく過激にすぎた。彼女と同時代の書き手のテクスト、例えば宮沢賢治の動物たちとも、江戸川乱歩の獣たちとも似ていない、「ペット」すなわち身体的な交歓をともなう愛玩に特化された動物なのである。

「十二月の創作界」（『中央文学』一九二二・一）には次のような評が出た。

　犬と松林で戯れることを描いたものである。作者が女性であるとは思はれないやうな描写があるかと思へば、ペットといふやうな甘い不愉快な仮名文字を僅か十頁の小品に五十個所から使つてゐるのが目障りでならなかつた。然し、ところどころに旨い描写がある。熱い官能的な、動物と人間の普通性《ママ》のやうなものの出てゐるところがある。

この評者は「松林」というテクストに挑発的なところがあるのをみてとったのだろう。「ペットといふやうな甘い不愉快な仮名文字」「熱い官能的な」という言説には、動物と人間の交情への気づきと嫌悪（フォビア）がある。「動物と人間の普通性」（おそらく「普遍性」）という言葉でいいあらわしたかったのは、動物と人間との官能的な関わりが、種の差異を越え、境界を消去するという指摘だろう。人が人であり、動物が動物であることを越えて、ひととけものが官能的に一体化する、そういう普遍性である。そして評者はそのことに気づきつつ、強い反発、嫌悪や恐れを抱いている。現代であれば人間の男女の異性愛を逸脱したセクシュアリティの横溢する、クィアと名指されるテクストだろう。

「第七官界彷徨」（一九三二）の蘚《こけ》の恋愛で現代の読者にも知られている尾崎翠の表象世界は、ときに誤解されて、性や肉体から遠いもの、自己抑圧的なものと解釈されることがある。が、恋愛と結婚と生殖の三位一体化としてのロマンティックラブイデオロギーからかけはなれたところで、むしろ、制度化された異性愛の性でさえなければどんな官能についてもこころみる価値があるかのように、多様な対関係が想い描かれ、たとえば「松林」では、種差を横断する、ひととけものとの官能の戯れがくりひろげられた。言葉によって描かれたフォーヴィスム（野獣派）表現ともいえる。

その時点で尾崎翠はまだ、方法として表現主義を消化していたとはいいがたい。だが、表現主義を迎えいれるにふさわしい死と禁忌への欲動、性差や種の境界を見失ってはまた境界を引き直すという分節の不安定化の危機にみまわれてもいた。書く人としての尾崎翠が、心身の病や薬物への依存に苦しめられたこともここで想起される。

一九二〇（大正九）年「松林」を書いた尾崎翠は、まだ『カリガリ博士』に出会ってはいないし、鳥取で上演される表現派演劇に立ち会ってもいない。だが、「松林」のひととけものの悦楽を描いた次の一文には、たしかに後年の尾崎翠の文体がきざしている。

二つの心臓が縺れ合つて喘いだ。（「松林」）

「彼」と「ペット」の境界は、すでに、人間／犬と種を異にするというところにもなく、人間の男性／犬の牡（?）の組み合わせは如何なる生殖機能によっても補完されない。「縺れ合つて喘」ぐ「二つの心臓」の直接性は、皮膚や肉にを境界として隔てられることがなく、自他の区別も見失われている。ひととけものが肌をよせ、舌をからめ、いだきあうのである。

「無風帯から」と「松林」とは、題材を異にするものの、エロティックな関係性における異性愛の規範からの逸脱、自己と他者との境界線のゆらぎや消失を指摘することができるという共通点を持つテクストになっている。自己と他者との境界線のゆらぎや消失は、家族の内と外、女性と男性、異性愛と同性愛、ひととけものなどの境界線のゆらぎや消失の糸をともなっている。その結果「無風帯から」は、近親相姦のタブーに、「松林」は異類との相姦のタブーに抵触しそうになっている。

尾崎翠の作品群における、家族のなかの女性と男性、とくに妹と兄との距離の奇妙な近さは、これまでも読者を刺激してきた。だがここでたとえば「無風帯から」と戯曲「アツプルパイの午後」を対照してみると、「アツプルパイの午後」(12)の方は、兄が妹の友人に恋をして結婚を申し込み、妹はその隙に兄の友人と恋を楽しんでいるという、交叉の構造をもっている。

妹に対しては唐辛子のはいつたソオダ水のやうな男が歩いてるのよ。夜。お揃ひで。この男はお揃ひだと

――月光があればなほのこと、お砂糖のすぎたチヨコレエトになつてしまふの。そして熟れすぎた杏子畑の匂ひの溜息を吐くの。

（「アップルパイの午後」）

交叉の構造の中で、「妹に対しては唐辛子のはいつたソオダ水のやうな男」は、妹の友人であり彼にとっては恋人である女性に対しては「お砂糖のすぎたチヨコレエト」になるという二面性を持っている。彼がその両極の往還を維持している限り、妹は何かにつけて頭を打たれるという不運に見舞われるものの、近親相姦の対象となることはない。たとえば彼が恋人と結婚し、彼が恋する男性の二面性を失った家父長となったあかつきに妻に対して暴君となるかどうか、そこまではここでは問われない。妹を交換し（あるいはその隙に兄を交換し）、二組の兄妹から二組の恋人同士へと再編される交叉する関係のなかで、近親相姦は回避される。

いっぽう「無風帯から」は、交換に挫折がみられる。

「僕」は「光子」に代わって、「光子」の内面を親友の「君」に伝えようとする。

要するに僕は、光子に対して君がどんな心持を抱いてゐるかに就いてはしつかりした物を摑んでゐないのである。がともかく光子の方では君に対する心持が、特殊な形に動いていつた事は事実である。

（「無風帯から」）

病の「僕」をはさんで、「光子」と「君」ははじめて出会った。「僕」は「光子」を「妹」と呼んで紹介した。家に帰るように言っても帰らず、頑固なまでに「僕」の看病につとめる「光子」。「変人」かとも見える。この兄妹は「愛しあひ乍ら親しめない」かのようなあいだがらである。

彼女はそれだけ自然な平静の持主――と言ふよりは、努力によつてそれだけ自然な、飾られない、借り物でない（と見える）平静を常に自分の中に湛へてゐる事の出来る人間だつたのである。

彼女は常にさうした自分で君に向ひSに向ひK氏に向ひ僕に向ひ、総ゆる人間に向つた。彼女自身にもさう向はうと努めた。それが心の闘ひなしにさう出来るのだつたら彼女はまだ幸福だつたであらう。けれど表面の平静はこの平静と正反対な物を奥深く包む為めの力一杯な苦しい闘ひの惨めな産物だつたのだ。

（「無風帯から」）

「僕」は「光子」の心の内を彼女に明かされた日記によって知ったと言い、それを「君」に伝えようとする。日記の読者として、日記テクストの伝達者として、「光子」の内面を代理表象しようとする「僕」の行動は過剰であり、「僕」の語りを通して「光子」の悲痛な声が聞こえてきそうである。そして、「僕」は病床についてから、わずか一週間程前に、彼女が「異母妹」であったことを知ったと伝える。そうと知る前にも、彼女には「悲惨の影」があったと「僕」は語る。「この悲惨故に彼女は尊いのだ」。

さうしては又その諦めのやうな自分自身の言葉が僕を切ない悲しみ切ない愛に誘ふのだ。僕は幾度も其の環の上を廻つてゐた。其の度に彼女に対する畸形的な悲しい愛は大きくなるばかりだつた。其の心の底にいくら否定しようとしても執念くつき纏ふのは、彼女が僕達の真の兄妹か如何かといふ疑問だつた。

（「無風帯から」）

両親を同じくする兄妹ではない、異母の兄妹であることがわかった。が、いずれにせよ、異母兄妹の間柄であるからには、「畸形的な悲しい愛」のやり場はない。兄は異母妹の秘密を親友に明かし、男たちで秘密を共有し、あるいは、異母妹と親友との仲を近づけようとする。だがうまくいくかどうかはわからない。兄は家の外に、性的な対象を持たない。兄と異母妹が切り離され、異母妹と親友という新たな対が誕生する物語というよりは、二人の男性と一人の女性とが緊張の中で、いわば三すくみのような形で、文字通り「無風帯」にたたずんで終わろうとする物語である。

彼女は総てを語つた。僕が彼女の身の上に就いて何時とはなく抱いてゐた同じ疑問に、彼女も幾干か苦しめられてゐた事も語つた。僕が彼女に対して切ない愛を持つてゐる事を彼女が知つてゐるといふ事も語つた。その僕に対して、彼女も僕に兄妹として特殊な愛を持つてゐるといふ事も語つた。Ｆ館以来君に対して彼女の持つてゐる心も語つた。――総ては彼女の日記に依つて語られたのである。

（「無風帯から」）

日記のテクストはまったく示されることがない。光子の声はまったく聞こえてこない。すべては、日記に語られ、「僕」が日記を読んだこととして、「君」に伝達される。「僕」から「君」に、手紙とともに彼女の日記が送られる、という設定である。「僕」は光子の語ったというすべてを、代理して語る。その代理表象の構造は、「僕」と「光子」の差異をおさえこんでしまう。仮に「光子」が、そのように語り取られることをよしとするというのであれば、「光子」は「僕」に対して他者として現れることを放棄するのかもしれない。このように密着した兄と異母妹の対から手紙と日記を送られて、「君」は、はたして、「光子」を異性愛の対象として受けとめることができるのだろうか？「僕」と「光子」は、近親相姦に抵触しそうな欲望から救われようとして、「君」を求めているのではあるまいか？そんな「僕」のもくろみが、いつ挫折してもおかしくないとおもわせる語りである。

「無風帯から」と「アップルパイの午後」とを比較するなら、先述のように、兄妹の強い情愛を共通項としつつ、前者にはユーモアもパロディも、ほとんど介在する余地がない。まるで別人の作品のようですらある。だが、「無風帯から」「松林」は、その物語構造の不安定さが、かえって、変容の可能性を潜在させていたのかもしれない。

尾崎翠はゆっくりと古い皮を脱ぎ捨てようとしていた。一九二〇年代初頭の鳥取の同人誌『水脈』のひとびとのあいだで、表現主義の運動は無産階級の闘争と交錯していた。死への欲動や性欲が、深い闇で隈取られ、表象されていた。それがユーモアやパロディとむすびついて開花するまでに、もう少し時間がかかった。

3、表現主義をパロディ化する

一九三〇（昭和五）年に「映画漫想」の連載を始めた頃、尾崎翠はいくつかの講演の題目に「表現派」のキーワードを選んでいる。五月に鳥取の自由社主催の文芸思潮講座の演題予定が「反自然主義文学の各分野について」および「表現派の作品二、三について」であったがこれは、講師として招かれていた生田春月の自殺（五月一九日）のため、追悼講演に題目が差し替えられた。『秋田雨雀日記』第二巻（未来社、一九六五・一一）による とこの講座の手配をしたのは橋浦泰雄であるようだ。五月二四日鳥取、五月二五日米子、松江の記述があり、とくに二五日には「午後一時から米子市の県立女学校で講演。〔中略〕私服、憲兵の他制服巡査一名が来ていた。〔中略〕生田春月君の生地なので、尾崎みどりさんはかなり油をかけて熱心に話していた。自分もここでは一番よく話せたような気がした。夜、松江の商品陳列所で講演――特高課長の桂という男（橋田東声の友人）も話をききに来ていた。今日はソヴェートの農民労働者の生活について話した」と、尾崎について言及している。橋浦と秋田との思想的な水脈と、それがこの時期どのような制約や検閲を受けていたかがうかがわれる文章でもある。尾崎翠はこの年六月二七日『女人芸術』三周年講演会の演題を「表現派漫想」とした。

鈴木貴字は日本の表現主義運動は一九二三年前後にピークを迎えたと書いている。(13) その意味では、一九三〇（昭和五）年の講演の題目として「表現派」は時代を先取りする旬の話題というようなものではなかった。表現主義についての言説が尾崎翠の内面で形になるまでに時間がかかったのである。

この年「女流詩人・作家座談会」（『詩神』一九三〇・五）で、尾崎は次のように発言している。

尾崎　点描ですね。点描といふことは吾々散文作家が、今迄の自然主義時代の一から十まで諄々説明するといふやうな手法ですが、あゝいふものに吾々は倦き〳〵したのです。それで形は散文でも非常に言葉を惜んで、而もテンポを速くする。そこで詩への逸脱といふことを非常に思ふのです。有島〔武郎・引用者注〕さんの晩年の心境は非常に首肯るのです。とにかく自然主義的な、ものゝ考へ方とか手法、あれで日本の文学といふものが非常に腐つたと思ひます。平板です。もうすこし新鮮な立体的な文章を欲しいのです。〔中略〕

尾崎　私は日本の自然主義の手法、考へ方などからすつきりと一廻転した心境文学、触覚文学、そういふものを提供したいと思ひます。

（「女流詩人・作家座談会」）

自然主義の時代はもう遠く過ぎ去ったのではないか、明治末の後期自然主義からすでに変化は兆していたのではないか。そのように現代の読者は疑問を持ちそうだが、尾崎はあくまで自然主義を仮想敵とし、批判の手を緩めない。

尾崎　専門家から見た文学の嗜好といふことになりますけれども、自然主義時代のやうな手法で一から十まで説明するといふやりかたでは、吾吾はもう満足出来なくなつた。しかも自然主義以来幾廻転を経たと言はれる現在の日本文学に、まだまだ自然主義の殻がこびりついてゐるんです。それを救つて日本の文学を新鮮にするためにも、日本の作家はもうすこし手法や文章への触覚の発達した詩人にならなければいけないと思ふ。

（同前）

「点描」は知られているように新印象主義の美術手法である。代表的な画家であるジョルジュ・スーラ（Georges Seurat、一八五九－一八九一）は当時の光学理論を応用し、「点描」によって色彩を追求した。それを参照するなら尾崎は表現主義だけに可能性を見ていたわけではなさそうだ。

「触覚文学」の方は難しい。先に紹介した小牧健夫による表現主義言説からふたたび引用するなら、「ゲエテの云ふ如く「見るとは眼を以て物象を摑む」」ことであるというのに近い。これとはべつに、いちはやく表現主義を批判して意識的構成主義を名乗った村山知義が、触覚主義を標榜したが、それは、キャンバスに絵の具という伝統的な手法を脱して板や布、髪の毛などを貼り付けたり縫い付けたりするという実験のことだった。頭髪や各部分の触覚、獣類の毛などの触覚の比較研究を村山は提唱したが、彼によれば、表現派はそういう実験を斥けるのだった。

前節に紹介したように有島武郎「詩への逸脱」は、「凡ての芸術は表現だ」という、いわばマニフェストだった。そこに「説明的であり理智的である小説や戯曲によつて自分を表現するのでは如何しても物足らない衷心の要求を持つてゐた。けれども私は象徴にまで灼熱する力も才能もないのを思つて今まで黙してゐた」と付け加えてもいる。(14) 尾崎は、有島の最晩年の発言を胸にあたためていたのだろう。有島の文脈において「説明的」「理智的」と対立するのは、表現主義的な「象徴にまで灼熱する力」である。これに対して尾崎翠は、「テンポを速く」することや、「すつきりと一廻転した心境文学、触覚文学」を提供することを主張する。尾崎の方法論はモダニズムのそれである。

尾崎　いま頭と心臓といふことが非常に問題になるのです。心臓の世界を一度頭に持つて来て、頭で濾過した心臓を披瀝するといふやうなものを欲しいのです。（同前）

これなどは、「従来の文芸では、この甘いと云ふことを舌から一度頭に持つて行つて頭で「甘い」と書いた。ところが、今は舌で「甘い。」と書く」と述べた川端康成「新進作家の新傾向解説」（『文芸時代』一九二五・一）をもう一度ひっくり返した言説である。自然主義から新感覚派にいたる流れを、一回転させるという企みだろうか。

頭の中で考へるエロテイシズムは、非常に文学を新しくする。実行する云々といふことは兎も角として、作品を通して見たエロテイシズム、殊に最近のホーゼ表現派、あれなど何かの端々に使はれる。此間築地（編者注、築地小劇場）の残留組の『森林』、あれにズロースを半ダースばかり干す。あれなんか現実で見たら、随分いやな世界だらうと思ひますが、一ツの枠に嵌めて、作品とか、演劇として見たら、非常に今までの文学に清新な風を吹入れるやうな気がしました。

（「炉辺雑話」『女人芸術』一九三〇・一二）

表現主義というエコールが、映画、美術、演劇といった隣接メディアを横断する視野を尾崎翠にもたらしている。築地の残留組の『森林』とは、一九二九（昭和四）年九月二七日より一〇月一日まで本郷座で上演されたオストロフスキイ原作、熊澤復六訳、メイエルホリド演出プランによる舞台を指す。早稲田大学演劇博物館の演劇上演記録データベースによれば、『森林』はメイエルホリド演出をもとにした心座文藝部の「アレンヂ」を更に「アレンヂしたもの」。「舞台の新形式、健康なエロチシズム、朗かな哄笑、諷刺的曝露」がうたわれていた。一九二八年に左團次一座としてソ連で公演した河原崎長十郎がメイエルホリド演出『森林』再演（初演一九二四）を観てこれを持ち帰った。青山杉作・北村喜八の共同演出、舞台装置は伊藤熹朔、舞台効果は和田精であった。メイエルホリド演出『森林』の装置は構成主義とみなされており[15]、「表現派」なかんずく「ホーゼ表現派」という見立ては、尾崎翠ならではの転位や拡大解釈である。

尾崎は『カリガリ博士』『プラーグの大学生』のウェルネル・クラウス主演の映画『ホーゼ』を観ており（「映画漫想㈥」『女人芸術』一九三〇・九）、その文脈から『ホーゼ』をより表現主義に近づけて受けとめようとしている。シュテルンハイム（Carl Sternheim、一八七八－一九四二）の戯曲『ホーゼ』（一九一一）についてはこれに先立ち「匂ひ——嗜好帳の二三ぺエヂ」（『女人芸術』一九二八・一一）にも言及がある。「匂ひ」の一節に「表現派の狭窄衣を鎧はないシユテルンハイムさん」というくだりがあり、映画『カリガリ博士』の精神病院のシークェンスにおける拘束衣姿が見せ消ちのように呼び起こされている。「ホーゼ」を久保栄は「腰巻」と訳している。これをふまえるなら「ホーゼ表現派」とは、「狭窄衣」の代わりに「ホーゼ」すなわち「絹ズロオス！レエスつき」を纏うイメージで、その意味するところは表現主義描くところの監禁拘束された狂気／理性よりゆるやかに解放された狂気／性とでも解するべきか。ホーゼは女性の下着であり、肉体の換喩ないし提喩である。尾崎のエッセイは「捧ぐる言葉――嗜好帳の二三ペエヂ」（『女人芸術』一九二九・一）へと書き継がれ、そちらはカイザー（Georg Kaiser、一八七八－一九四五）『朝から夜中まで』に言及している。

当時の読書人に親しまれた第一書房『近代劇全集』、近代社『世界戯曲全集』が表現主義受容に大きな影響力を及ぼしたことはつとに指摘されている。[16]『世界戯曲全集』は、尾崎の小説「詩人の靴」（『婦人公論』一九二八・八）、「歩行」（『家庭』一九三一・九）などの物語の展開に重要な小道具でもあった。尾崎は「映画漫想(二)」（『女人芸術』一九三〇・五）、「杖と帽子の偏執者――チヤアリイ・チヤツプリンの二つの作品について」（『因伯時報』一九三三・一・一）において、いずれも『近代劇全集』独逸篇所収のフイツシエル「チヤツプリン」（秦豊吉訳）と秦豊吉の解説を引用している。いいかえれば表現主義受容に近接する回路でチャップリン像を形成している。当該のエッセイは東京での文学活動を断念し帰郷したのちに鳥取の『因伯時報』に発表したもので、第一書房『近代劇全集』独逸篇は彼女が長く手元に置き故郷まで持ち帰った蔵書の一冊でもあったのだろう。同巻には、秦豊吉訳「朝から夜中まで」、新関良三のエッセイ「表現主義に就いて」が収録されていた。

一九三〇（昭和五）年前後、尾崎翠のテクストに、表現主義、表現派は、速いテンポで、ユーモアやパロディによって変形を加えられながら登場しはじめた。表現主義に言及した尾崎翠のテクストは、『カリガリ博士』をはじめとする表現主義映画にも、『死の印象』が実践した表現主義演劇にも、似ていない、独特のものであった。

> そして、三郎は、この象牙の塔の中で時には象徴詩人であり、時には駄駄詩人《ダダイスト》であり、時には表現詩人であつた。これはつまり彼が決して星菫派とか自然派とかいふものに属してゐなかつたといふことである。それ等は彼に取つて恐怖以上であつた。〔中略〕
>
> こんな風で、午後になると三郎は螺旋形の溜息（これは三郎の詩句を借りたものである。多分癇癪と悲哀の象徴であらう）を吐いて、憂鬱に陥つた。人間嫌ひで歩くことの嫌ひな彼は、眠ることに依つて日中の呪

はれた時間を殺すより他の方法を持たなかつた。それで彼は常人の昼と夜とが半分ぐらゐ喰ひ違つた日々を送つて、漸く螺旋形の溜息と憂鬱から逃れることが出来た。

（「詩人の靴」）

表現主義のなかに構成主義をも包摂する事例は昭和初年のモダニズム文芸のなかで例外的というほどではない。たとえば美術における表現主義の方法のひとつである幾何学的図形や代数的記号への世界の変形ないし抽象化は、同時代の実験的な詩の表象や、小説表現におけるパロディの方法に援用された。尾崎翠の「ダダイズムが表現派を孕んで居つた」（「女流詩人・作家座談会」）という言説は、ダダイズムもしくは意味と価値そして表象の解体の試みと表現主義とを並置するものである。


ホオゼ！

絹ズロオス！　レエスつき。

親愛なるシユテルンハイムさん。私の窓下の斜面のやうになだらかな芳香です、表現派の狭窄衣を鎧はないシユテルンハイムさん。

〔中略〕

シユニツレル親爺さん。（何てアナトオルさんに済まない呼び方でせう）

お鼻の上ではアナトオルさんの気だるい手つきの玩具の取つかえつこ。

お部屋の一隅には妙な形の鳥籠、中味は緑の鸚鵡。

〔中略〕あなたの後向きの肩が、

「さあ、とんと覚えがないがな」と言つたのか、言はなかつたのか私は妙な気がして頭を一つ振りました。

ふつとしたら、籠の鸚鵡が喋舌つたのかと思ひます。場処育ちだけに、どんな空気にでも備へる鼻を持ち、だから洒落も、表現派も、音楽も、お隣の革命も、ちやんと心得てゐる鸚鵡ですから。

（「匂ひ――嗜好帳の二三ぺエヂ」）

先に述べたように、シュテルンハイムが「表現派の狭窄衣」からまぬかれていると解釈されるとしたら、狂気（そして理性）を拘束しないという意味である。このテクストの文脈において「ホオゼ」には、男性のための女性のエロティシズムといったジェンダーの束縛を解いたエロティシズムが見出されている。「変態性」と当時呼ばれたセクシュアリティは、脱異性愛的で、多義的であるところから現在いわれるところのクィア（Queer）に先駆けるところがあるとここでも確認できる。

尾崎翠は、チャップリン映画の世界をも、表現主義を通過したまなざしでとらえようとしていた。

チヤアリイの帽子への愛は、ゴオルド・ラツシユをたとへば四分の一見ればいい（どの四分の一でも）。これでチヤアリイの偏執はいやでも感じなければならないのだ。八分の一でもいい（どの八分の一でも）。十六分の一でもいい（これもたぶんどの十六分の一でも）。選ばれた幾呎でもいい（二分間で消えてしまふ長さの幾呎）。この幾呎の中で、チヤアリイは「帽子は人間を造ります。他人と区別します。吾輩は帽子です」といふ言葉が、表現派作家の頭の遊戯でないことを解くのだ。

（「映画漫想(二)」）

微かに「表現派作家」に対する批評が滲んでいる。「偏執」は『カリガリ博士』における精神の病、その症候群のキーワードでもあった。

映画にかんするかぎり、尾崎翠は徹底して無声映画の支持者であり、トーキーを騒々しい「声画」と呼んで忌避した。

彼は映画に声を吐かせることを思ひついた瞬間、最初の瞬間、彼自身の思ひつきに酔つてしまひ、吃りがちに叫んだかも知れない。

これは、おお、なんとすばらしいおとぎばなしだ。俺は、どの、どの表現派映画の監督よりも、ずつとすばらしいおとぎばなしを思ひついたんだ。

（「映画漫想(三)」）

「詩人の靴」は一九二八年八月号『婦人公論』「ナンセンス物語欄」に掲載された。一九二〇年代の表現主義の伝統への反逆は一九三〇年代のエロ・グロ・ナンセンスの流行現象の中で、ナンセンスの方に引き寄せられようとしていた。

午後になると三郎は螺旋形の溜息（これは三郎の詩句を借りたものである。多分癇癪と悲哀の象徴であらう）を吐いて、憂鬱に陥つた。

（「詩人の靴」）

詩人・三郎の身体は、螺旋や三角形の幾何学的な記号にとりまかれている。よくいわれる尾崎翠の表現の現代性や、漫画に通じる記号性は、そこに胚胎している。

テクストからは「螺旋形の溜息」に類する表象をいくつも拾うことができる。「菱形くらゐな詩」（「匂ひ――

嗜好帳の二三ぺエヂ」）、「螺旋形の頭のと、多角形な心臓のと」「真直なお喋舌りや、三角形のや。螺旋形の」（「捧ぐる言葉――嗜好帳の二三ぺエヂ」）といった例である。身体の器官や、身体の内から外に出て行く言葉・声・息について、幾何学的図形になぞらえ変形する比喩である。三角、菱形、多角形、螺旋といった表現主義映画や表現主義美術のアイコンは、比喩のレベルで「溜息」「頭」「心臓」「お喋舌り」「詩」と結びつけられる。それらの比喩は、二次元の図形としての「私」という変容の表象でもある。一九二二（大正一一）年の鳥取の表現派演劇の舞台美術を見て橋浦泰雄が「三角や四角をつぎはぎだらけにしたいうところの表現派絵画」と呼んだように、三角、菱形、多角形、螺旋といった幾何学図形の濫用は、表現主義を知らぬものにも、それで通じる表現主義的なるものの記号だった。

これが立体派（キュビズム）であれば、対象をいったん部分化、断片化し、幾何学図形化したのちに、それを再構築し集積し重量感や密度を示すという過程がある。

一方、表現主義の草創期から、表現主義における幾何学的なるものは、過渡的な表象であるという見方があった。たとえば木下杢太郎「洋画に於ける非自然主義的傾向」である。

> 思想界に於ても亦時間相を主系統とする哲学が起つた。かう云ふ人心の転向が絵画界に咲かせた華が近来の表現主義《エキスプレッシヨニスム》である。
>
> 吾々は物心の差別を撤し、且自他の外観で分つことの出来ない生の渾沌である。
>
> （『美術新報』一九一三・二―八）

あるいは、北村喜八「表現派絵画の四傾向」（『中央美術』一九二三・三）は次のように述べる。

かくて純粋主観は、絶対の創造者となつて、非自然的な形と運動とを有つた完全に抽象的幾何学的の芸術が創り出されるのである。〔中略〕純粋の線と色とが、それ自身の神秘な生命と効果とを有つて、援助しに来た。

表現主義の抽象や幾何学は、ただ三角、四角、螺旋といった二次元の図形を指し示すのではなく、「純粋の線と色とが、それ自身の神秘な生命と効果」とをもってはじめて可能性があるというのである。しかしながら尾崎翠「詩人の靴」に氾濫する幾何学的な表象は、物心のすなわち主客の差別を撤する生の混沌といった方向を志向してはいない。「詩人の靴」をはじめとするテクストの幾何学は、むしろ、世界を抽象化する欲望の表れ、有機的な関係性に背を向けようとする厭世と厭人のしるしである。物質性は希薄化し、微かに関係性が図像化されている。存在の輪郭はあえかである。氾濫する幾何学という表現主義のパロディは、「生の渾沌」「神秘な生命」といった要素をぬきさり、ナンセンスな笑いに変えている。

尾崎翠のテクスト中で、もっとも雄弁な表現主義の言説は、「地下室アントンの一夜」の詩人・土田九作によって語られる。

おたまじやくしの詩を書かうとするとき実物のおたまじやくしを見ると、詩なんか書けなくなつてしまふんです。

（「地下室アントンの一夜」）

実物のおたまじゃくしの客観的な観察、描写をささえるまなざしとは異なる、内的視覚に詩人は身を委ねているからである。唯物論的科学を峻拒すること、再現的芸術を唯物論と同一視することは、表現主義の特徴のひと

つでもある。(17)

ただし、詩人の主張は表現主義だけには収斂しない。

人間の眼に、小動物も亦五情を備へてゐるやうに見えだしたら、もうおしまひです。片恋をしてゐるおたまじやくしを眺めてゐる人間は、彼もまた片恋をはじめてしまつた証拠です。これは人間の心臓状態が動物の心臓に働きかける感情移入です。すると動物の心臓状態がまた人間に還つて来ます。

（「地下室アントンの一夜」）

こちらは感情移入の美学である。感情移入美学は、擬人化と感情移入を区別する。感情移入美学は一九世紀末から二〇世紀初頭に世紀末転換期のドイツで、テオドール・リップス（Theodor Lipps、一八五一‐一九一四）とヨハネス・フォルケルト（Johannes Volkelt、一八四八‐一九三〇）によって唱えられた。表現主義にさきだつ美学である。「広義の感情移入とは、客体としての人物や自然などの中に、主体の感情を移し入れることにより、主体が客体の中に自らの感情を感じとるということを意味する」（権藤愛順〈共同研究報告〉「明治期における感情移入美学の受容と展開——「新自然主義」から象徴主義まで」『日本研究』二〇一一・三）と定義されている。ただし、土田九作の語りは、「主体が客体の中に自らの感情を感じとる」ところから出発しており、「客体としての人物や自然などの中に、主体の感情を移し入れる」という主体と客体との安定した関係性が転倒され、むしろ不安定化している。感情移入美学というより、感情移入によりひきおこされた動揺が語られている。ひとと動物の種差を横断する、人間とおたまじやくしとの融合状態は、かえって、片恋という欠落だけを共有して、喪失感を絶望的に深めるほかない。

そもそも「実物のおたまじやくしを見ると、詩なんか書けなくなつてしまふ」という先の言説を参照するなら、感情移入してじっくり対象を見つめるまなざしはそのつど切断されることになるのだろう。土田九作の言説は、両立不可能な極のあいだを揺れており、どうしても、詩人がおたまじゃくしの詩を書く、あるいはおたまじゃくしとの主客融合状態を象徴しうるとは想像できない。主客融合から二元の対立の克服にいたる回路が絶たれているのである。たとえおたまじゃくしと主客融合の境地におもむいたとしても、失われた「私」の統一は回復できない。その切断が土田九作のモダニズムにあたるともいえる。

松木氏は、いつか、僕の「鳥は白い」という詩をみてひどく怒られたさうですが、白いものは何処まで行つたつて白いです。それあ、人間の肉眼に鳥がまつくろな動物として映ることなら、僕は二歳の時から知つてゐます。しかし、人間は何時まで二歳の心でゐるもんぢやない。ゐるのは動物学者だけだ。それから、人間の肉眼といふものは、宇宙の中に数かぎりなく在るいろんな眼のうちの、僅か一つの眼にすぎないぢやないか。

(「地下室アントンの一夜」)

鳥が白く見える眼があるなら、そう描く。これは、印象主義の方法論である。高村光太郎「緑色の太陽」(『スバル』一九一〇・四)の以下の言説を思い出してもよい。「人が「緑色の太陽」を画いても僕は此を非なりとは言はないつもりである。僕にもさう見える事があるかも知れないからである。「緑色の太陽」がある許りで其の絵画の全価値を見ないで過す事はできない。絵画としての優劣は太陽の緑色と紅蓮との差別に関係はないのである。この場合にも、前に言つた通り、緑色の太陽として其作の情調を味ひたい」。「情調」は感情移入美学でも用いられる概念だが、その主体と客体とが截然と分離される以前の、主客未分の融合的な「情調」において、「緑色の太陽」が味わわれるものであるなら、「白い鳥」も許容されるかもしれない。色彩は、主客の関係性としてあらわれるものである。

ただし人間の肉眼は、「宇宙の中に数かぎりなく在るいろんな眼のうちの、僅か一つの眼にすぎない」と、相対化されてしまう。「烏は白い」とみえる独創的な肉眼も、宇宙の中に数限りなくあるいろんな眼の中に埋没しかねない。この相対化の徹底は、主客融合を表象しうる感覚的主観をも相対化する。徹底した相対化が必ずしも主体の否定を意味するわけではないが、「烏は白い」と書かずにいられないこの印象派言説とその表象は、「烏は白い」と見える眼への信頼やその自由度と確からしさと、しかしながら、その眼ですら、「宇宙の中に数かぎりなく在るいろんな眼のうちの、僅か一つの眼にすぎない」という相対化とのかすかなあわいに、かろうじて可能性を見出すほかはない。

「人間の肉眼といふものは、宇宙の中に数かぎりなく在るいろんな眼のうちの、僅か一つの眼にすぎない」という言説は、主観と客観とを截然と分ける動物学者に対抗する言説としては有効であろう。動物学者の肉眼を、宇宙のなかに投げ出すことであらわれる融合状態は、「烏は白い」という詩句をもうけいれさせることになるかもしれない。だがこの場合土田九作の「烏は白い」という詩句は、黒い烏の世界からの疎外のしるしになってはいまいか。

もとより詩人土田九作の言説は、表現主義、感情移入美学、印象主義などの芸術理念のパロディである。それぞれの言説がたがいに矛盾し、両立不可能であることは、語りのたくらみの許容する範囲であり、読者の笑いを招き寄せるツボでもある。詩人・土田九作の矛盾と挫折、不可能性は笑われる。このパロディによって巻き起こされる笑いにどこかしら悲痛なところがあるのは、詩人の悲惨によるかもしれない。

注

（1）深尾須磨子・尾崎翠・英美子・深町璃美子・碧静江・林芙美子・田中清一・宮崎孝政「女流詩人・作家座談会」（『詩神』一九三〇・五）

（2）茅野蕭々「表現主義について」（『中央美術』一九二一・九）

（3）村山知義「過ぎゆく表現派」（『中央美術』一九二三・四）

「「過ぎゆく表現派」は意識的構成主義を宣言した文章であるにもかかわらず、その用語自体がカンディンスキーの『芸術における精神的なもの』の結語から採られたこと、カンディンスキーのことばと重ね合わされている事実に留意すべきであろう」と、五十殿利治「メカニズムとモダニズム：大正期新興美術運動から昭和初期のモダニズムへ（その一）」（『藝叢』一九九四・三）が指摘している。

（4）田辺泰「表現派の勝利」（『みづゑ』一九二四・一）

（5）小牧健夫「眼の音楽――ヘルマン・バールの表現主義――」（『新文学』一九二一・三）

（6）（5）に同じ。

（7）（3）に同じ。

（8）鈴木貴宇「日本の表現主義」（『コレクション・モダン都市文化　表現主義』第三〇巻、ゆまに書房、二〇〇七・六）

（9）石原深予『枯草のクッションを敷いた古馬車　尾崎翠全集未収録作品ほか』（幻戯書房、二〇二四・六）は、松江での「演劇の夕」について、『因伯時報』の記者福田修太郎の世話により、その父が経営する松江育児院での開催、としている。

（10）鳥取女流ペンクラブ編『尾崎翠・田中古代子・岡田美子選集』（富士書店、一九九八・八）、解説には赤脚子「大正文芸うらばなし」を典拠に、『死の印象』の表現派風舞台美術に関する記述と、地方公演についての既報とは異なる記述がある。しかしながら川上みち子編『赤脚子』（牧野出版、一九七九・五）所収「大正文芸うらばなし」にその言及はない。

（11）尾崎翠「新嫉妬価値」（『女人芸術』一九二九・一二）

（12）二組の兄と妹、二組の恋人の交叉については、先行研究にも言及は多い。先駆的な論考として、川村湊「妹の恋」『幻想文学』（一九八八・一〇）、塚本康代『尾崎翠論　尾崎翠の戦略としての「妹」について』（近代文芸社、二〇〇六・一〇）を参照されたい。

（13）「アップルパイの午後」は、Apple Pie Afternoon: A play by Midori Osaki, translated by Hitomi Yoshio として https://monkeymagazine.org/hitomi-yoshio で英訳が公開されている。「Brother (older)　Sister (younger)　Friend (Matsumura)」と翻訳された登場人物名を読むと、あらためて本作のホモソーシャルな構造があらわになる。

（14）鈴木貴宇「日本の表現主義」（『コレクション・モダン都市文化　表現主義』第三〇巻、ゆまに書房、二〇〇七・六）

（15）ここにいう「象徴」とは、観念象徴、知的象徴ではなく、近代的な象徴として後年岡崎義恵が「日本詩歌の気分象徴」（『帝国文学』一九一九・六－一九二〇・一）にまとめた、情緒象徴、情調象徴、気分象徴を指すだろう。主客融合の境地を象徴的に表現することで、ドイツの感情移入美学とも結びつく概念である。「象徴にまで灼熱する」という言説からは、その境地を力動的な生命の象徴にまでおしすすめるという展望もうかがわれる。

（16）楯岡求美「メイエルホリド演出『森林』（1924年）について――演劇におけるアトラクションのモンタージュ――」（『ロシア語ロシア文学研究』一九九七・一〇）によれば、メイエルホリド『森林』初演の舞台装置は以下のようなものだった。

　舞台には幕がなく、絵画的な背景もない。舞台の左半分にはつり橋があり、右半分に小さな鳩小屋がある。〔中略〕舞台中央には回転ぶらんこ用の高い棒があり、その棒と鳩小屋とに縄を渡して洗濯ものを干せるようになっている。

(16) 酒井府『ドイツ表現主義と日本――大正期の動向を中心に』(早稲田大学出版部、二〇〇三・一)、第二章「表現主義の紹介――『近代劇全集』『世界戯曲全集』の影響力」参照。

(17) 深町浩祥「ドイツ表現主義の思潮と展開――カンディンスキーを中心に――」(『跡見学園女子大学マネジメント学部紀要』二〇二二・一)

第9章　稲垣足穂――彗星と映画機械

1、『カリガリ博士』への揺れる想い

稲垣足穂は『新青年』掲載「童話の天文学者」（一九二七・一）の冒頭の段落に、次のように書いている。「神戸の山手のたそがれ時に現出するメーズの奥から、セザレに似た黒づくめの扮装をした『黒猫』他はシルクハットをかむつた燕尾服の襟に三日月のメダルをつけたやはり仮面の『三日月』不可解なこんな二人物が街頭やホテルに出てきて変幻きはまりないいたづらをする」という小説が読者から送られてきた、と。『稲垣足穂全集』第二巻（筑摩書房、二〇〇〇・一一）解題によればこのテクストは、『天体嗜好症』（春陽堂、一九二八・五）、『ヰタ・マキニカリス』（書肆ユリイカ、一九四八・五）、『ヰタ・マキニカリス』デラックス版（的場書房、一九五六・五）、『稲垣足穂大全』第一巻（現代思潮社、一九六九・六）と、収録・再収録に際して加筆改稿され、全集版では次のように書き換えられている。「神戸のたそがれどきに、山手の迷路《メーズ》の奥から、映画劇「カリガリ博士」に現われる夢遊病者セザレに似た黒ずくめの扮装の「黒猫」及び、絹帽をかむってドレスコウトの襟に新月章を光らせたやはり仮面の「三日月」こんな両人物が立現われて、街頭やホテルで奇抜ないたずらをやる」という小説が

読者から送られてきた、「ドイツローマン派を現代情緒で色上げした」その「気稟《きひん》に、私は同族を感じた」と。稲垣足穂の『カリガリ博士』に対する態度は揺れている。

私たちの求めるものをハッキリと云うのは不可能であろう。けれども、今日私たちが活動写真のなかに見つけ出す真に活動写真らしきもののひらめきを考えてみることによって、その方向が暗示されないとはかぎらない。すでにして機械に俟つ抽象、それならば風景も人物もその方にしたがうのが得策であろう。〔中略〕そう云えば、かかる私達の求めるところを暗示し、すでにその部分を示していたものとして「カリガリ博士のキャビネット」も忘れられてはならぬ。それら空間における機械運動のイリュージョンやブラックエンドホワイトのもたらすファンタジィーは、おしてさらにさらに奇異な、この世紀のおどろきたるべきものの可能を私たちに確信させるようだ。

（「形式及び内容としての活動写真」『新潮』一九二七・六、引用は『足穂映画論』フィルムアート社、一九九五・一〇）

という一方で、次のように書く。

カリガリ博士

この陰鬱なフィルムにアメリカ人がひどく悩まされたというのは尤もであろう。「人間の心がかくまでふかく存在の秘密に入り得るか」というのは、谷崎潤一郎氏の言葉であったそうだが、今日再び目にした「カリガリ博士」は案外な感傷主義である。出てくる文学青年じみた人々の大げさの身振がバカバカしいし、ホールステンオールの街の不思議議が、あまり最大級の言葉でくり返されるのにもうんざりする。またタイトルの字も必然性がなくて小うるさいばかりだ。〔中略〕「カリガリ博士」のようなものに有難がっているようなことではダメだと申しているのである。同時に幻想とはあんな意味のものでないことも注意しておきたい。あれはなるほどホフマンかも知れぬ──けれどもポオのどこにも見つからないものだ。

（「偏見と誤謬」『黄表紙』一九二八・四）

評価は揺れている。が、揺れながらも、関心は持続している。その評価はホフマンなど一九世紀ドイツロマン派から『カリガリ博士』への影響をどのようにとらえるかによっても変化しているようだ。ただし、すくなくとも一九二八（昭和三）年の時点では、舞台装置や字幕タイトルなど、表現主義の印を刻んだ要素は概して評価していない。

しかしながら、やがて初出「近代物理学とパル教授の錯覚」（『改造』一九二八・四）で「私はたしか、カリガリ博士のフイルムを紹介する外国の雑誌の片すみでその名を初めて知つたのですが、何でもそれによると、表現派のアイデアはパル教授といふ物理学者の世界観から生れ、かゝる状態の世界をパルシチイと名づける」と種子まかれたモチーフは、「似而非物語」(1)で次のようにふくらまされている。

あれはたしかにカリガリ博士のフィルムが製作された頃、この映画を紹介した外国雑誌の一隅によんだのが最初でしたが、その記事によると、夢遊病者セザレが活動する不可思議に入り組んだ結晶形のような世界は、ランゲ教授の美学と共に、パル博士という理論物理学者の説くところに暗示を受けたもので、したがっていびつな平行六面体や三稜形やジグザグや円弧から構成された街を「パルシティ」と名づける。

（「似而非物語」）

この『カリガリ博士』論について、「物語を追うことに熱中していたとは思えない。映画機械から放射する光の描く運動と図形そのものに、彼の関心はむかっていたし、風景や人物、自分自身さえも、そのような光の運動、図形として見るような視線をもっている」(2)と宇野邦一は指摘した。

たしかに稲垣足穂の映画への関心は、映画の物語内容や表象に対する興味とは別の要素を多く含んでいたようだ。たとえば、次のように。

ポン彗星が地球に接近して、来る六月二十四五日頃には流星群の雨下が観物だらう、といふ新聞記事をよんだとき、私は、映画館の機械室の小さい窓口から射してゐる光束を連想した。あんなぐあひに、はうきぼしの尻ッポが当つた箇所に一つの美しい都会の姿が浮かぶといふのはどうであらうか?

(「私の宇宙文学」)

中条省平は「そっくり同じ光束を放つ映画機械とホウキ星とのアナロジー」(3)をそこに見出している。大崎啓造の示唆(4)によれば、ポン彗星ことポンス゠ウィンネッケ彗星は六年周期で一九二二(大正一〇)年以降は、一九二七(昭和二)年、一九三三(昭和八)年、一九三九(昭和一四)年に地球に接近した。一九二一年は『カリガリ博士』日本公開の年で、一九三九年は「弥勒」執筆の年だった。

「私の宇宙文学」では映画の物語内容や表象より機械やモノに対する関心が優先している。「あの紫がかった鋭い火光がフィルムの嵌った小さな矩形の孔を照射している所は夢がありましたし、そんな機械に使用されている電気の臭い――熟した薬品や焼けたヒューズからかもし出されているものが胸を打って、私をして辛抱しきれなくする」(稲垣足穂「赤い雄鶏」)という性質のものだった。「火光」や「焼けたヒューズ」といった、ともすれば、順調な映写の妨げになるような、あるいは危険な要素をも含めて、つまりは機能や実用と切り離して、彼は映写の機械のシステムに魅せられている。これは、足穂の機械に対する傾倒の特徴の一つである。あくまで美的な対象として、不具合も故障も含めて、機械はそこにあって、しかも到達不可能な憧憬の対象である。映写機の機械は焼けたヒューズの匂いを漏らし、飛行機はついに墜落する。

ぐるりと巡って、「弥勒」[5]（『新潮』一九四〇・一二）では、以前とは違う角度から『カリガリ博士』に言及している。安藤礼二が『光の曼荼羅　日本文学論』（講談社、二〇〇八・一一）で指摘した「足穂にとって、まさに世界は螺旋的に回帰し、未来はその反復から生じている」という軌跡が、『カリガリ博士』についての語り直しにも読み取れる。足穂の改稿は、螺旋を描き反復しつつもずれていく。

「弥勒」の江美留は、貧窮の極み、飢餓と寒さとアルコール中毒に苦しみながら、『カリガリ博士』のことを考えている。

> 然し芸術の秘密に就いて、このT氏から或はその雰囲気から何等かの啓示を受けたと思はれたのは、この年も既に五月に入つて、一夕誘はれる儘に、神田の活動館でその日限りにやつてゐた「カリガリ博士」を観てからの事であつた。このフイルムも江美留には三回目か四回目かの筈であつた。そして今度は、これは出来すぎてゐる、此処にあるのは映画でなくして自然であるとさへ思はれるのであつた。〔中略〕カリガリ博士への発見には、その直前に同じ人に奨められて、ケーベル博士のホフマン論――セラピオンの話を読んでゐた事も与つて力があつたであらう。
>
> （初出版「弥勒」）

一九四〇（昭和一五）年「弥勒」の時点では、「ケーベル博士のホフマン論、セラピオンの話」を読んだこと

映画『真鍮の砲弾』

が、評価の変容をもたらしたということになる。

「弥勒」も、他の稲垣足穂のテクスト同様、たびかさなる改稿を経たテクストである。成立過程については大崎啓造「弥勒が弥勒になるまで(6)」で検討されている。大崎は、稲垣足穂が神田の映画館で『カリガリ博士』を見た日時を一九三九（昭和一四）年五月と推定している。

その「弥勒」の第一部「真鍮の砲弾」は、映画の字幕タイトルの記憶から語り始められる。未発表箇所を合わせて成立した一九四六年八月小山書店版、「弥勒」初刊本の冒頭である。

江美留には、或る連続映画の毎回の初めに現はれるタイトルが念頭を去らなかつた。ショーウィンドウの前をダダイズムの影絵になつて交錯してゐる群衆を見るとき、また、ひら〳〵と夏の夜風にネクタイが頬を打つ終電車の釣革の下で、それはなか〳〵に、――襟元にたゞよふヴァイオレットの匂ひと一緒に――忘れがたかつた。

《切紙細工みたいな大都の夜景である。灯の入つた塔形の建物の上方には星が五六箇キラめいてゐる。この所へ、摩天楼の連りの彼方に懸つてゐる霞形の上方へ、一箇の砲弾が現はれて、くるくるとそこいらを魚のやうに泳ぎ廻つてから、先端を夜空の一点にくツつけると、右の方へ大きく空中文字を綴つてゆく――*The Brass Bullet*》

（初刊版「弥勒」）

改稿を経て、全集版テクストでは、「銃弾はピリオッドの代りになってその場に停止してしまう」という一行が加えられた。

『真鍮の砲弾』（The Brass Bullet、一九一八）はアメリカの活劇映画である。「神戸では洋画専門の朝日館が、少し遅れて「真鍮の砲弾」を上映していた」、浅草の帝国館では「ユニヴァーサル会社の連続活劇、ワニタ・ハンセン、ジャック・マルホール主演の「真鍮の砲弾」」が進行していたと回想される。(7) 国会図書館には、ノベライズであろうか、浦峰雪著『大活劇　真鍮の砲弾』（春江堂書店、一九一九・六）が所蔵されている。「真鍮の砲弾」は男性器の比喩であるという説もある。(8) 足穂自身はそのアートタイトルに「ある未来的な、運動学的な効果」（『タルホ・コスモロジー』文藝春秋社、一九七一・四）を見出したという。

「弥勒」第一部の一部にあたる「コリントン卿の幻想」（『文藝世紀』一九三九・一二）についで『新潮』に第二部の「墓畔の館」にあたる「弥勒」が発表されたのが一九四〇（昭和一五）年一一月のこと。全篇を合わせた単行本が上梓されるのは、戦後一九四六（昭和二一）年になってからのことである。第一部の前半の発表を見合わせたのは、とてもその時代に受け入れられないだろうという作者の判断からという。日中戦争から太平洋戦争開戦に向かう時期に、引用した冒頭の箇所のように「銃弾」「砲弾」について語ることが、受け入れられまい、許されまい、という判断だったろうか。

「弥勒」の重要なエピソードは、他の箇所でも映画と結びつけて語られている。

たとえば「弥勒」の江美留は、餓死すれすれの困窮生活の中で、力を振り絞って銭湯に行き、しかしながら石鹸を使う気力すらなく、ようやく湯船から引き上げた体を脱衣場に運んで体を拭いていた、その時「Saint」という五字が脳裏に閃く。これは江美留にとって神秘的な啓示であるはずだが、あいにく「未だ眠つてゐる家並の上に三つ揃つて懸つてゐる角形の月と、金星と木星とを見て――それが何時か見た基督の一代記のフイルムに在つた場面の様に思はれたので、――件の五字をふつと浮べたくらゐに過ぎなかつた」（初出版「弥勒」）という。

「弥勒」において「Saint」は、仏教的な文脈とカトリシズムの文脈との交差する概念であり、「然しこの昔馴染の言葉がそもそも何事を意味してゐるのか？　殆んど瞬間に了解される気がした」そんな重要な刹那であるにもかかわらず、そんな覚醒でさえ「基督一代記のフィルム」の連想と結びつけられてしまう。

「イナガキ君の文学は、あれは活動写真のフィルムです。両側に孔があいている感じですよ」と、宇野浩二は語ったという。[9]「私は五歳から十三歳くらいにかけて、絵本や少年雑誌よりもむしろシネマトグラフによって啓発され、少なからぬ恩恵を蒙ってきた」[10]という稲垣足穂にとって、映画の記憶は、幼少年時のなつかしい時間に通じる。足穂には、たいせつな啓示を映画的装置と結びつける想像力があった。近代のメディアとわかちがたいモダニストであり、権威のひきはがしをおそれないパロディストのしるしだといえる。

高橋孝次は「一千一秒物語」（一九二三）を事例として、「当時の新興メディアである「活動写真」（映画）の中で描かれた世界を、もう一度散文によって再現するといった迂回とも言うべき方法によって得られたもの」であり、「「活動写真」的な「自働性の利用」や「機械主義」と、それらに由来する徹底したアンチ・ヒューマニズム、アンチ・リアリズム」は、「足穂の「活動写真」というメディアの物質性、表象可能性をめぐるすぐれてメディア論的な考察によって導き出された方法意識の産物」であると、強調した。[11]

「弥勒」で、「Saint」の概念と結びつけられたフィルムのイメージは軽くて薄く、暮らしは絶望的に深刻な状況であるにもかかわらず、文体に浮遊感を与える。「Saint」の啓示がもたらす解脱や脱自感覚とは別種の表層的なイメージである。セルロイドの哲学、セルロイドの宗教が魅力的であることは否めない。だが、それにともなって、「Saint」を見出した仏教的な文脈やカトリシズムの文脈、そこにいたる思索の道筋のショーペンハウエルの哲学などとは、引き裂かれている。イメージとしての映画は、江美留が、哲学や宗教における「Saint」の深みから依然として疎外されていることの表象でもありうる。

２、六月の夜の都会――ダッシュの街、表現派の街、未来派の街

足穂のテクスト変容については、今後解き明かされるべきことがらが多く残っている。「一千一秒物語」の改稿については白崎真亜子「稲垣足穂『一千一秒物語』の本文の変遷」（『阪大近代文学研究』二〇一七・三）という包括的な研究がある。おそらく将来は、足穂の他のテクストについても本文の変遷の研究は進むだろう。「一千一秒物語」以後の作品はすべて「一千一秒物語」の註釈に過ぎないというのが、稲垣足穂の弁であるが、これはなにも「一千一秒物語」という始まりのテクストが人生最高のものだといいたかったのではあるまい。註釈への欲望と、改稿への欲望。それは同じものではないけれど、交錯するところもある。足穂の場合も、改稿は一筋縄ではいかない。初出時のテクストは同時代の表現と切り結ぶ批評性をもち、改稿には書き手の欲望に加えて批評家（読者）の反応とそれに対する応答も包摂されている。

そして想い出のように、喚び起こされる風景がある。

足穂の、想い出の街を初期短篇の「星を売る店」に読む。「「ヰタ・マキニカリス」註解」（『作家』一九六七・二）には次のようにいう。

ある晩、早稲田鶴巻町を矢来下の方へ向って歩いていた時、右側に時計店の窓を見て、なんだか少し光りすぎている気がしたので、傍へ寄って暫く硝子越しにぴかぴかきらきらする懐中時計群を眺めていたが、もしもこの時計が星だったらどんなものだろうかと考えてみた。この次第と、神戸三ノ宮山手の夕暮のムードを結合したのである。

笠井潔は、神戸という街の位相について次のように考察した。

おそらく近代日本における「モダン」の感性は、近代化運動の悟性的・感性的な震源地ともいうべき東京の山の手の住宅地にではなく、中枢と周縁のそのまた境界地帯ともいうべき神戸などで育まれたのかもしれない。

（「砲弾と離脱――『弥勒』論」『ユリイカ』一九八七・一）

笠井は「近代化という現実的必然性への批判の意識である近代主義（現代主義）とは、モダンという所与に対するポスト・モダンの意識に他ならない」のだが、後発の近代日本においては、「近代の現実に対する批判意識である「モダニズム＝ポスト・モダニズム」さえもが、近代化主義の最新の理念として輸入され、過不足なく流通」したといい、そんななかで稲垣足穂は稀有の「芸術的近代化主義ではない近代主義（モダニズム＝ポスト・モダニズム）そのものというべき感性の出現」を提示したのだと評している。

一方、高橋孝次は「旧居留地」である神戸という都市空間を検討する。(12)「整然と並べられたプラタナスの街路樹、山手の坂上に吹き上げて来る海風、教会横のテニスコート、煉瓦造りの西洋館、石畳で舗装された歩道、これらは全て、外国人技術者の手になる高度に洗練された都市計画によって造成された、西洋的な街並みが醸し出す、旧居留地を擁した神戸ならではの情景」である。「山ノ手一帯が醸し出す「はいからな気分」と「下の方」のゴタゴタした繁華街」との「対照的な偏差」があり、その「偏差」は「西洋人の生活空間」と「支那人」や「インド人」の生活空間との偏差に対応している、と高橋は指摘する。「「星を売る店」の「私」は、山ノ手の高みからやって来て、西洋人の生活空間や動線をなぞり「山ノ手／下の方」を往還することで、容易に生活者としてのまなざしを排除しながら、西洋人のまなざしに自らを近付け、演じることで、審美的なまなざしを獲得し、そのまなざしが切り取る空想に遊んでいた」というのが、高橋の分析である。ただし、足穂には「支那趣味」や「印度趣味」などのように対象を神秘化して「発見」するまなざしがみられない。「エキゾティシズムの対象であるはずの西洋や「支那」との空間的距離は、ほとんど無化されている」「エキゾティシズムの対象からは、時間的距離＝歴史性、つまり、意味そのものがそっくり排除されている」とも高橋は述べている。いかにもポストモダンなありようということになる。

だがここでは、想い出の地上に少しこだわりたい。足穂の場合は、モダニズム＝ポスト・モダニズムの軌跡が、歴史的時間を離脱する場合に、モダニズム＝ノスタルジアを産出する営為に接近するからである。宇宙論的なまなざしは、想い出の地上を彷徨する足どりとともにある。

高橋孝次論文は「「私」は、神戸の旧外国人居留地周辺の「そゞろ歩き」によってそのような偏差を往還し、攪拌することで「或るお伽噺話の構想」を練り上げているのだ」と、言及していた[13]。その「そゞろ歩き」に注目したいのである。「青々した葉を一ぱい茂らせたプラタナスが、フィルムの両端の穴のやうに点々とならんでゐる山本通り」（「星を売る店」[14]『中央公論』一九二三・七）に出た「私」は、すでに、映画の登場人物に変容しつつあるのだ。

坂の下の方は、自動車や電車や人ごみが、ゴタ〲ともつれて、いかにも、いろんな国の色彩と音とが騒然とからまつた貿易港のたそがれ気分を織り出してゐる。その上の方に、ちやうど、この坂の中途から視線を水平にのばした真正面に当るところに、どこかの倉庫か、それとも建てかけたコンクリートビルデングが、いづれとも判別しかねる、灰色の長方形と三角形のつみ重つたものが見えて、その高いところへ、山の間からさすらしい夕日が、桃色にあたつてゐる。いづこも青ばんでゐる景色のなかで、その一区画だけが、まるでキネオラマの舞台のやうにくつきりと浮き出し、奇妙な幾何模様に見える影と形とが、キーユビズムの製作に接したやうなエフェクトを造り出してゐる。赤や黒の船体や、黄や青色の煙突が乱雑にひつかゝつてゐる。「これや面白いぞ、何か画が描けさうだぞ……」私はそんなことを思ひながら歩いてゐたが、

（初出版「星を売る店」）

風景は「長方形と三角形」に変容し、「いろんな国の色彩と音」はやがて「桃色」の夕陽、「青ばんでゐる景色」「赤や黒の船体や、黄や青色の煙突」へと分光される。この街にはプリズムが仕掛けられているかのようだ。

「何、これや表現派ぢやないか⁉」

Nはとんきやうな声をあげて、いびつになつた紙箱を取りあげた。

（初出版「星を売る店」）

これは全集版では次のように改められている。

「こりゃ、カリガリ博士の馬車じゃねえか」

Nはゆがんだタバコを一本抜き取った。

歪んだタバコの箱までが、「表現派」「カリガリ博士の馬車」と比喩され、言い換えられる、たそがれどきである。

それに今晩は、いつにない不思議さへもふくまれて、そこら中一たいに、ちよつと口では云はれないファンタジーが、たとへばうすい靄のやうなものになつて柔らかくひろがつてゐるやうに思はれ、遠い辻に現はれて、又どこかへ消えて行くギラ〴〵目玉を光らした自動車や、又、前後からゴーッと通りぬけて行く明々としたボギー電車のなかに、非常にきれいな夢——言葉はをかしいが、さう云つた感じのものが載つてゐるやうな気がするのである。その上、二つのレールのまんなかに一列につゞいてゐる鉄柱の上にある二つの燈火が、やはり、二列の光の線を空間に引いて、それが向ふの下り坂のあたりから、鋭角をゑがいて下方に折れて見えるのが、ちよつと表現派の舞台を歩いてゐるやうな感じを起させる。

（初出版「星を売る店」）

電車の中に、「非常にきれいな夢——言葉はをかしいが、さう云つた感じのもの」が乗っている。「私」のまなざしは、電車の軌道を追って、「二つのレールのまんなかに一列につゞいてゐる鉄柱の上にある二つの燈火が、やはり、二列の光の線を空間に引いて、それが向ふの下り坂のあたりから、鋭角をゑがいて下方に折れて」いるのを見届ける。「燈火」の光の点が、「二列の光の線」となり、「鋭角をゑがいて下方に折れて」行く線となる。電車も動いているが「私」も動いている。「私」の速度が、点を点線に、そして直線に、見せてゆく。残像で歪みもする。「表現派の舞台」のように街も歪むが、その街をそぞろ歩く「私」もまたその中で不変ではいられない。

私は、いつか夢であつたか、それ共気まぐれな空想であつたか、そんなやうな奇異な都会に入つてゐた事を、ふと頭によび起した。

（初出版「星を売る店」）

ここは、全集版では、「私は、夢だったか、気まぐれな空想であったか、自分がちょうどそんな怪奇映画の都会にはいっていたことをよび起こした」と改められたところである。加筆の過程で『カリガリ博士』という固有名や「怪奇映画」といった、イメージ系列の方向づけがなされているのがみてとれる。

——見上げるばかりの急坂や、判断のつかぬやうな螺旋形の道路や、又、非常に細くほとんど二尺ほどの幅につぼまつたところや、さうかと思ふと、おろそしく広大な、グラウンドのやうな幅の路がある夜の街で、その間を縫つて、私の乗つた明るい電車が、走馬燈のやうに走つてゐるのだ。

（初出版「星を売る店」）

先程までは電車に乗っていたのは、「非常にきれいな夢——言葉はをかしいが、さう云つた感じのもの」と見えていたが、いまは「私」である。見ている「私」はいつの間にか見られている「私」に転移していた。「私」は、いま・ここで奇怪な都会に入りこんでいるのか、それとも、いつか・どこかでそこに入ったことがあるという記憶をいまに呼び起こしているのか、おそらく後者なのだろうが、その想い出しかたに揺らぎがあり、文章の時制にも歪みが出ている。

このようにみてくると、「星を売る店」に対する菊池寛の「神戸の町を歩いて居る裡に、だん〳〵街の様子が、ミスティックに、ロマンティックになつてゆく心持でもよく描けてゐればいゝが、さうでないからつまらない」（「創作合評」『新潮』一九二三・八）という批評には異を唱えたくなる。その合評会での批評は番頭との口論など人事とストーリーテリングの巧拙に集中しており、風景を評価していない。たしかにあえて「ロマンティック」ではない。そうではなくて、主体‐客体が転移したり反転したりする「ミスティック」な「私」と「街」の変容が表象されているのである。「私」は夢を見る人でありつつ、夢のなかに登場して見られる人でもあり、それを語る人でもある。この「私」と「街」の変容が「ロマンティック」から遠ざかるのは、速度——電車の速度として表象される——ゆえである。

電車はどこへも停らずに全速力で走つてゐる。私はモーターマンのそばに腰かけて、前面のガラス越しに展開して来る街景を、おどろきながら見守つてゐた。やはり左右に青い瓦斯燈がならんでゐるこの山手通りのやうなところで、その時にも、電柱の燈火が一列に先の方につゞいてゐたが、その街には不思議にも、誰一人の姿も見えないのである。すると、行つても行つてもその先がのびて無限に思はれた燈火の線が、はるかの彼方で下へ折れてゐるのが目についた。と見る〱それは近づいて来る。「ヤ来た！」と思ふうちに、からだが宙に取りのこされたやうな気がして、電車はその崖のやうな急坂の上から、墜落するやうにビューと下つて行く。

（初出版「星を売る店」）

ここでの「私」は、電車に乗っているのを見つめられる対象、見られる客体としての「私」から、電車の「前面のガラス越しに展開して来る街景を、おどろきながら見守」る主体へと二転三転し、転位している。そぞろ歩きの街で眺める風景と、車窓の前方に展開して見える風景とが、似ているというのも不思議ではある。風景が反復されている。想い出の風景は山手通りの風景に似ていると語られ、眼前の「この山手通り」の風景と二重写しになっている。と、おもううちに、その二重性を振り切る速度で、いま・ここの風景を振り切って、幻想の電車はジェット・コースターのように滑り落ちていく。そのスピードに少し出遅れた「からだが宙に取りのこされ」るが、それも、もろともに移動する。「私」の分裂したありようが、速度をともなって記述される。想い出される、想い出のなかの「私」が、いま・ここの「私」を、まるで追い越していくようなのである。

両方の窓の外の瓦斯燈が、もう一本の光の線に見えて、チラ〳〵とうしろへ飛び去ると、こんどは軌道が二十度近くにまで傾いて、電車はクル〳〵と、グリルをやる飛行機のやうに、何かゴチャ〳〵した滅法界に屋並のつまつた路を、ほとんど家の壁をこはすかと冷々するやうに、乱暴に廻るのだ。そのとたん、右と左の窓ガラスをかすめて、キラ〳〵したショーウィンドーや、その前にこみ合つてゐる人影らしいものが、未来派の画面のやうにこんがらがつて、おそろしい勢でうしろへ走るが、あまり速いので、見きはめるもへちまもない。と、見ると、電車は又元のやうに、人通りのない瓦斯のともつた淋しい路を、しかも、こんどは見上げるやうな斜面を一気にのぼつてゐる。この瞬間に、又目のまへに、電柱の燈火の線の折れ目が迫つて来て、電車はそこから軌道を直角に下へまげて、空間にとび出しさうな勢で落ちて行くのである……

（初出版「星を売る店」）

「ゴチャ〳〵した滅法界に屋並のつまつた路」は都市の細民の集落である。そこには貧困と停滞がある。電車は「グリルをやる飛行機」のように乱暴である。階級の差異をふりきって駆けてゆく。未来派の速度である。この速度、この軌跡は、稲垣足穂における貧困が、階級問題に還元されることのない、アナーキーで絶対的な経験である所以を触知させる。

想い出の風景を「よび起し」ていたはずが、いつのまにか、空想は現在を追い抜いて未来の出来事を呼び出そうとする。電車はジェット・コースターにも似て、昇り、降り、カーブを切る。そしてここに「未来派」の画面のようにという比喩が使われる。旦部辰徳は「「路面電車」内から映じる都市の視覚体験は、映画的なそれとして捉えられている」(15)と指摘した。

「未来派絵画――技術宣言[16]」は、「すべては動き、走り、急速に回転する。形象はわれわれの前でとどまって安定していることは絶対になく、絶えず現れては消えるのである。網膜における影像の持続性によって、運動中の事物は自分が通過する空間において振動としてふえ、変形し、継起するのである」するといい、「走る路面電車は家々のなかに入り、今度は家のほうが路面電車に身を投げかけ、電車と混ぜあわさるのである」と言挙げした。高木彬「目的なき機械の射程――稲垣足穂『うすい街』と未来派建築――」(『文学・語学』二〇一二・三) は、「物体の相互浸透運動」に注目した。高木の論考は、後述の「うすい街」(『セルパン』一九三二・一) に関するものであるが、「相互浸透運動」の原型は、「星を売る店」にもみいだされるのである。

「私」のまなざしは正面の窓にも、左右の窓にも注がれるが、肉眼の視力を超える電車の速度のために、それを窓外の風景としてみきわめることができない。つまり初出版では肉眼の限界が表されている。ところが全集版では電車が斜面を上り始めたことを「ガス燈がいっせいに前方へ傾いて立ちならんでいる」ことによって判断する。まなざしは、電車の中から前方を見ているだけではなく、ガス燈の列の横からもそれをとらえるように、想像的にはたらかされているのである。全集版では「未来派」の語が消えているが、むしろ、風景描写は未来派的に速度と軌跡、形態の変化を強調し、複眼的なまなざしによって形象化されている。

「又目のまへに、電柱の燈火の線の折れ目」が迫ってくる。過去に見た風景に、また出会ったということになるだろうか。しかしながら今度は、以前とは違って、電車は、開放系の空間に「とび出しさうな勢で落ちて行く」。文末の「……」の先は、虚空である。

ここで「今、うしろから来た電車にとび乗つたら」と「私」が考えるのは、空間軸における後方は、時間軸によれば過去の方向だからであろう。過去が現在に追いつきそれを追い越し、「私」を振り切って未来の方角へ飛び去っていくという体験に身を委ねていたからである。

私はそれを思ひ出して「こんな晩に歩いてゐると、あんな街へ来てしまふのではないか？」と考へた。「今、うしろから来た電車にとび乗つたら、黒いビロードの座席があつて、あの緑色のシグナルの見える燈火の線が折れたところまで行くと、ウォターシュートのやうな斜面があつて、その下に、あの表現派めいた奇怪な都会が存在してゐるのではないか？」

（初出版「星を売る店」）

想い出しながら街を歩くと、想い出の時間のなかの街に辿り着いてしまうのではないか。未来は懐かしいものに、過去は新しいものに変容し、「私」は「私」ではないものに移ろう。

後方からやってきた電車に飛び乗ったら、過去に現在を追い抜かされてしまう。既視の像が現在に立ち現れてしまう。「あの表現派めいた奇怪な都会」とは、「見上げるばかりの急坂や、判断のつかぬやうな螺旋形の道路や、又、非常に細くほとんど二尺ほどの幅につぼまつたところや、さうかと思ふと、おろそしく広大な、グラウンドのやうな幅の路がある夜の街」、そんな都市のことだ。

だが、いま・ここで「私」は電車には乗らない。街をそぞろ歩いている。そのときその辻の向こうに、星を売る店があらわれる。

前出の「創作合評」で、中村武羅夫は「場所をはつきりさせて、現実的に描いてゐるのがいけない。それでゐて、内容的には子供だましだ」と難じた。けれども風景はいつの間にか「表現派」めく怪異な姿に変容していたはずである。風景はいま・ここと、喚び起こされた記憶と、そして先の見えない未来の虚空へと、流動しつつ二重に三重に映し出されていた。「表現派」の街は、過去の風景でもあり、行手の前方つまり未来の方向にもありそうだと語られる。過去の風景が現在を追い越して、未来の物語と接続するなど、時制の乱れ、あえての攪乱もあった。路上から、電車の内から外から、見つめる「私」見つめられる「私」の、スリリングな二重化や転移も読み取れた。星を売る店という異界に辿り着くまでには、幾重もの時間の罠が仕掛けられている。残念ながら合評はその辺りの仕掛けを、読み取っていない。

だが、改稿癖で知られる稲垣足穂は、そのような批評をも汲みとるのであった。「〔中略〕何分、文章のくどさには参った」こんな意見も聞かれたので、原文七三枚が、『マキニカリス』収録では二五枚に縮められている」と全集版の「「キタ・マキニカリス」註解」にいう。

「六月の夜の都会の空に黄いろい火花を燃した飛行機が宙返りするのも、巷の灯を反射したボギー電車がポールの先から緑色の火花を零して遠い街角を曲っていく」のも、「現代耽美主義」の好例であると、足穂は書いた。(17)

想い出の街、想い出の地上は、「記憶」(18)（『新潮』一九二九・五）でまた呼び出される。

ボッチョーニ『槍手の突撃』

六月の夕べなど、電燈がともつたとき、その光に分析されて、テーブルの上の書物も、壁のペナントも、そのまへに坐つてゐる友だちの横顔もモザイクみたいにきれぎれになり、窓からの銀星をうかしたツアイライトにとけこみ、みんなが限界を失つて、とほい火星や星雲のある方までつながつて、そこに所謂Material Trancendentalismを実現するやうな瞬間があるものです。それは束の間になくなるし、街へ出て行つても消えてゐないこともあります。こんな夜には自動車の騒音のなかにも電車の青いスパークのなかにも知つてゐるものがあつて、宝石店のまへを行きかふ婦人たちのからだが、窓のスペクトラムにさしぬかれてすきとほり、肋骨をぼやけさせてゐるのが見えるやうにおぼえられたり、公園の方へ行くとくらやみに蛾のやうな飛行機がならんでゐて、緑色の灰を木立のむかうにともしたツーリストビューローで天体旅行の切符が売られるけはひを感じたりするものです。そして私たちはとほい未来の都会を歩いてゐるのぢやないか、或はかうしてゐるのがすでに幾世紀の以前ではないか、もしくは地球とはちがつたところではないかと考へたり……おしまひに自分たちが果して存在してゐるのだろうかと疑ひはじめると、光で透明になつた建物も、切紙細工の自動車や人々も、共にエーテルが虚空に投影したおぼろな只の現象とのみ観られてきて、今少しのことでそれが証明出来る気がする――

（初出版「記憶」）

ボッチョーニ
『空間における連続性の唯一の形態』

「みんなが限界を失つて、とほい火星や星雲のある方までつながつて、そこに所謂 Material Trancendentalism を実現するやうな瞬間」――「Material Trancendentalism」は物質的超越主義とも訳される、この物質の相互浸透性は未来派のボッチョーニの概念（transcentalismo fisco）で、ここではその由来には言及されていないが、表面や輪郭線の拡張・伸縮、面と面との相互浸透性など、未来派が目指した形象がここにあらわされている。稲垣足穂は、ボッチョーニの『未来派の絵画及び彫刻』を丸善に取り寄せてもらったという。[19] 高橋孝次は、足穂が木村荘八『未来派及立体派の芸術』（天弦堂、一九一五・三）を参照したと推定している。[20]『未来派及立体派の芸術』には、未来派の思想がベルクソン哲学に近似していることへの言及、彼らが自称「新感覚の原始人」であることなど興味深い記述に加え、ボッチョーニの言説が次のように紹介されている。

感受性の鋭く尖つてゐる今日、体軀の不透明を信ずる人間が何所にあらう。Ｘ光線とも相似の効果を与へる事の出来る我々の視覚の二重の力（即はち瞥見の力と透視の力）を誰が忘れられやう。〔中略〕我々の身体は我々の座るソファーを透視しソファーは我々の身体を透視する。辻馬車は通り掛かりの家屋に突入し家屋は辻馬車に乗り掛かつて二つ共混合する。

（『未来派及立体派の芸術』）

『未来派及立体派の芸術』には、「物象内面の力」を表示する線条、力線（フォース・ライン）について「あらゆる事物は、（画家ボッチオニの）所謂物理的超越に依り力線の力を借りて無限に転位する」という解説がある。後年、足穂は「ボクの『美のはかなさ』――存在論的モザイック」（『作家』一九五二・八）において、「未来派画家彫刻家ボッチヨニー《Transcendentalismo materiale》と云ふおもしろいコトバがある。各物体はそれ自身にそなはる力線を伸ばして、おの〳〵形態を粉砕し、無限に拡大しようとする傾向を持ってゐる……なんでもこんな説明を画家はしてゐた。これなんか、芸術家的稟性によっていち早くキヤツチされた、現代物理学の「場」の概念ではないだらうか。」と述べている。力線に関するボッチョーニの言説は、物体と生命、あるいは無機物と有機物との境界を越えている。

木村荘八が「物理的超越」と訳した“Material Transcendentalism”は足穂によって「物質的超絶」「先験的物在」とも訳されている。

多木浩二はボッチョーニの実践について、ベルクソンの認識を形にする挑戦であるとし、「運動は移行するが、それは連続した時間の純粋な持続とどうかかわるか」という問題意識をもち、「直観においては、対象と空間とは相互に貫入している」ことを表象し、「外側の空間（環境）、見えない空間を自らのなかに孕みながら、ダイナミックな形態へと統合」したと論じている。[21]

ベルクソンは『物質と記憶』で力線という仮想の概念をもちいて、「張力、あるいはエネルギーの変容、擾乱、変化」について語った。「力線とは運動状態にある物体が発する生き生きとした線であって、物体とそれをみる者の精神状態との間に拡がる力学的な場を構成しつつ不断に変貌をとげてゆく」「キュビスムの駆使する多視点的な分割線とは全く別の線であって、物体がそれを取りまく空間に放射する力の葛藤そのもの」[22]であると、松浦寿夫は説く。

後藤新治「ボッチョーニの力線――その成立をめぐって」（『西南大学国際文化論集』一九九〇・二）は、一九一二年二月の「力線」概念成立時の意味を「ボッチョーニにとって力線とは、対象を眺める主体（画家）と対象である客体との共感関係を示すとともに、さらには絵を見る主体（観客）と絵の中の客体が、ある種の精神状態を共有するために描かれるべき、直観によって得られる、ダイナミックな線である」と定義している。ボッチョーニのこれに先立つ発言としては一九一〇年四月一一日の「未来派絵画技術宣言」における「運動と光は、身体の物質性を破壊する」という表現に注意を喚起する。稲垣足穂「記憶」には、「光と運動によつてこはされた形態が同じくそこに連続の秘密を語つてゐる」というくだりがあり、正しくボッチョーニの言説を受容していたことがわかる。

また、後藤新治は、一九一一年五月のローマでの講演における「われわれがその中で生きている速度の状態において、われわれを取りまく対象は、その絶え間のない移行の中で、光の出現としてのみ存在しながら、流動的となり、無限へとひろがってゆく」「われわれは、物質的な力が、振動のように周囲へと拡散しながら、お互いに重なり合い、満ち溢れることを欲する。絵画において、あまねくひろがる光を、総力をあげて強化するようなこの振動の渦の中で、物質的な力が捉えられることを欲する」といった一連のボッチョーニの発言については、「力線」という言葉を使用してないものの、「力線」の概念はほぼ成立していると、指摘している。また「力線」

の方法には、キュビズムの線的グリッド、透明な平面の相互作用も援用されているというのが後藤の見方である。そしてその起源には、ベルクソンの力線 lignes de force を挙げている。

ベルクソンは、ファラデーの「力線」を、宇宙における物質の相互作用をつかさどる線として、すなわち部分と全体を媒介する線として理解している。われわれは、先にボッチョーニの力線を、主体と客体との共感関係を示す線であると定義したが、これはベルクソンの用いた「力線」の概念と基本的には一致している。両者にとって、原子と宇宙は、あるいは主体と客体は、力線を媒介に、相互に深く浸透し合っているということである。

（後藤新治「ボッチョーニの力線」）

と同時に、後藤は、「力線という記号的表象を用いて、直感によってしか捉えられない持続としての時間性を、空間的に表現しようとすること自体、きわめて「危険な」賭であると言わざるをえない」とも付言している。足穂の場合であればどうだったろう。ボッチョーニに心うごかされて、六月の夕べの都市の空を見あげるたびに、足穂は賭け、喪失し、にもかかわらずふたたび立って賭けたのだろうか。喪失それ自体に持続性を見出し、賭けることとそれ自体に価値を見出して。

足穂のテクスト「記憶」は先の引用に続いて、マリネッティと未来主義について言及する。物質の浸透性は、「婦人たちのからだが、窓のスペクトラムにさしぬかれてすきとほり、肋骨をぼやけさせているのが見えるやう」とあらわされるが、改稿を経た全集版では「X線写真のように」と加筆され、肉眼で見極められる光線以上の浸透力をもつ波動が想定されている。

茂田真理子『タルホ／未来派』[23]はいう。

ボッチョーニは現実にあるものから出ている力線（linee-fortza《（ママ）》）を看取し、物質同士が相互に影響を及ぼし合う様を絵画の上に表現しようとした。このとき、力線の始点としての物質の存在は確固としており、個としての物質自体に内在する力が関心の対象となっている。これに対して足穂は、この「物質的超絶」の結果として、「おしなべて実体のないエーテルが立体的存在の虚空に投影しているファンタジー」を見るのである。

「建築物も群衆も自動車の列もすでに無限へと拡大し、吾人の観たる夜の都会は透明にして、只エーテルが立体的存在の虚空に投影せる七色のファンタジーのみ」とは稲垣足穂が関西学院時代に未来派に触発されて描いた絵画「虚無主義者の観たる夜の都会」の解説文であり、高木彬はこれを「後の足穂テクストの常套句[24]」と呼んでいる。足穂の短篇「記憶」では、「エーテルが虚空に投影したおぼろな只の現象」とあるところだ。足穂の表象は、「物質同士が相互に影響を及ぼし合う」という相対化を越えてしまう。そして宇宙に向けて、火星や遠い星雲へと連なっていく。山本貴光は「個別の輪郭をもって相互に独立して存在する個物たちのあいだになんらかの関係が生じ得る機微」を足穂は捉えようとしているのであり、「実際にものたちが力を及ぼしあっているか否かというよりも、光を媒介として諸物がつながりあうこと、そんな関係がたとえどんなにはかないものだとしても生じうることを見ている[25]」と解釈した。けれども、「光を媒介」とするだけではなく、「力線」とはむしろ「レントゲン」や「分光器」のような知覚とともにあるものと想定されているのだろう。加藤夢三は「足穂にとって、宇宙の果てに向けられた憧憬と、「私」の自己喪失的な体性感覚は、同じような想像力によって貫かれていた」、実存的な「不安の兆候に、宇宙空間へと向けられた「郷愁」の情念を重ね合わせることで、「私」の感覚を支える「場」の理念をすくい上げた[26]」ととらえている。

日本における未来派の紹介は、マリネッテイが一九〇九年 Le Figaro 紙に発表した「未来主義の宣言十一箇条」の、森鷗外による訳出（『スバル』一九〇九・五）を嚆矢とする。マリネッティの発表から三ヶ月弱という、ほぼ同時代の紹介であった。一九一四（大正三）年には与謝野鉄幹による翻訳詩集『リラの花』（東雲堂書店）に未来派詩が紹介され、一九一五（大正四）年には木村荘八『未来派及立体派の芸術』（天弦堂）が出て、おそらく足穂はそれらを読んでいる。一九一六年に二科展で受賞した東郷青児の「パラソルをさせる女」が、絵画における未来派の受容の最初の成功作と記憶されている。もっともこれは現在ではキュビズムの翻案とみなされているようだ[27]。一九二〇（大正九）年には、木下秀一郎を中心とする未来派美術協会が第一回未来派美術展覧会を開催し、翌年の第二回未来派展には、「ロシア未来派の父」を自称した詩人でもあり画家でもあるブルリュークが招かれた。このころ詩人で画家の神原泰の宣言（「第一回神原泰宣言書」一九二〇）、平戸廉吉「日本未来派宣言運動」（一九二一）など、パフォーマンスがあいついだ。茂田真理子は、村山知義主宰の雑誌『ＭＡＶＯ』にも、未来派の影響を指摘している。そういえば村山知義の触覚主義は未来派を引用したものだった。

そして茂田は、片岡鉄兵「若き読者に訴ふ」（『文芸時代』一九二四・一二）の次の言説にも、イタリア未来派との共通性を見出す。

> 汽車といふ物質の状態を表はすに、感覚的表現の他の何物が能く潑剌と効果強き表現と成り得よう。物質のうちに作者の生命が生き、状態のうちに作者の生命が生きるための交渉の、最も直接にして現実的な電源は感覚である〔中略〕渾身の感覚が、物の「動」の状態の上に潑剌と生動したらその文章は読者の同様の感覚を、幻想されたる物の状態の上に溶合せしめずには措かない。

たしかに「潑剌と効果強き表現」、「電源」「物の「動」の状態の上に潑剌と生動」といった一連の言説では、未来派における速度と強度と機械の系と通じるものがめざされている。

稲垣足穂は『文芸時代』に「WC」（一九二五・一）を寄稿し、翌年その同人となった。川端康成はのちに回想している。「自分に新感覚派の才質、たとへば横光や中河与一のやうな、また稲垣足穂のやうな新感覚的才質はあるのかといふ、自己疑惑は絶えずあつた」[28]。保昌正夫は、足穂について「新感覚派にさきだつて独特の「新感覚」を樹立」[29]していたといい、瀬沼茂樹は「新感覚派作家の中でも本流たりえないほどに、生粋の新感覚派[30]」であったと述べた。これは生得的な資質としての「新感覚」というだけではなく、『文芸時代』参加以前の作品「一千一秒物語」や「星を売る店」への評価でもあったろう。また、瀬沼は、足穂がその新感覚の徹底ゆえに、新感覚派の異端に位置させられることになった逆説を指摘している。

「「キタ・マキニカリス」註解」によれば、テクスト「記憶」について、横光利一には「あれはベルグソンのことを書いたのかね」と問いかけられ、武田泰淳には「ベルグソンに関する専門的論文」と評されたという。ベルクソンは未来派の時間論の理論的支柱でもある。安藤礼二は足穂テクストについて「未来派的な『物質と記憶』の読解をそのまま美しい一つの小説＝エッセイとしてまとめたと称することも可能」であると書いた[31]。

ボギー電車に揺られて見る風景は、「タッチとダッシュ[32]」（『文芸レビュー』一九二九・一二）に反復される。

> 客まばらなボギー車が昼間よりはげしくゆれて全速力を出すとき、全面のガラス越しに展開されてくるものである。即ち、ヘツドライトになされる虹のふちをもつた青紫色の楕円形のなかに、格子塔や立木や家屋が只その裏側に影をつけたゞけの、全く平らべつたい切紙細工にクツキリと浮き出されて、そこに自然でありながら自然ではない、日常に見るところとちがつた、一つのしやれた世界を織り出してくる。〔中略〕前記の光景にはタツチがなくされて、その代りにその肩にみぢかい棒即ちダツシユをつけるのである。ダツシユとはこの場合およそ如何なる意味か、お父さんがAならば子供はA′でないか。自然の風景がBならば活動写

真にうつる風景はB′であり、つまりはローレンツの変換式になされるところのものである。

（初出版「タッチとダッシュ」）

全集版では、細かな改稿の後、「お父さんが……」のくだりを削除して「ダッシュとはこの場合どんな意味か？　或る風景がAならば、映画に現われたその同じ風景はA′である」と端的に結ばれており、父子の比喩など無い分だけ、そちらの方が純度は高い。

さて「「ダッシュ」のついた風景とは、ある風景の複製である[33]」と茂田真理子は述べた。これは足穂における複製技術時代の芸術論であると。高木彬は「かつての無邪気な「表現派めいた奇怪な都会」（「星を売る店」）は、一九二〇年代を通して獲得された理論的構築物がビルトインされることで、より複雑で単純な紙上都市となった。ここに足穂の都市表象の極点の一つがあろうが、それは『文芸時代』に集い、また離散していった面々による理論との接近／離隔を経なければ生まれなかった集合的な都市である[34]」と論じた。

たしかに「表現派」とか「怪奇映画」とかいう言葉は、以後の作品からは姿を消して行く。ただし街はその後も姿を変えて、喚び起こされる。ダッシュの街である。

「うすい街」（『セルパン』一九三二・一）には、「星を売る店」の街と電車の表象のつくりかえと、「記憶」の“Material Transcendentalism”の概念の形象化とが、ふたつながら実現されている。

街とはいうものの「立体派の墓地」というような感じのするところだと「うすい街[35]」は紹介される。

面白いのは、時々こんな坂だらけの都会がそのまゝ青ガラス製に見える事です。それは、そんな所に二列にともつてゐる菫色のガス燈に依るのですが、こんな燈火はその前を通る物体や人間の身体をX線のやうにすき透らせるのです。そしてコンデイシヨンのよい夜などは、それは周囲の物象の奥に迄沁み込みます。同じやうな現象が隣りの燈火のまはりにも行はれて居ます。かくて都会中のすべての物象は等しく限界を失つて、連続してゆらめく奇異なアラベスクになつて了ひます。

（「うすい街」）

「こんな燈火はその前を通る物体や人間の身体をX線のやうにすき透らせるのです」という透過性、そして「限界」輪郭の消失と、連続性の「アラベスク」。「アラベスク」——字義的にはアラブ風の意であるが、アラビア人が創作した、花や葉を用いた装飾や絵画を指し、当初「グロテスク」とほとんど同義とみなされていた。一八世紀半ばから始まるポンペイ発掘による古代ローマ装飾の流行とともに、この語は特に造形芸術の分野において広く用いられるようになったという。二〇世紀は「アラベスク」の美意識を、ロマン主義から継承した。「未来派彫刻技術宣言」（一九一二）でボッチョーニは、彫刻において必要なのは「内的なアラベスクを形成する線とマッスのヴィジョンや概念」だと主張している。ボッチョーニは、アラベスクを形成するのは物体の相互浸透的な運動であるとも断言していた。

人と物との境界は消失する。物質の実体性は失われて「物象」「現象」に転じるのである。「うすい街」では「透明になつた家屋に合はして電車も人々も、すべてエーテルが立体的存在の虚空に投影したファンタシイ」として感じられると語られる。そこには「記憶」の街の性格も反復されている。これを、「星を売る店」の青色におおわれた街と比較するなら、「今晩は、いつにない不思議さへもふくまれて、そこら中一たいに、ちよつと口では云はれないファンタジーが、たとへばうすい靄のやうなものになつて柔らかくひろがつてゐるやうに思はれ」たという「星を売る店」の方は、ファンタジーによって空気が色付けされた、印象派風のつくりになっていたことにいまさらながら気付かされる。その点では、「星を売る店」から「うすい街」へ、空間表象はあきらかに変化、より未来派的なものに進化したといってもよい。

この街を走る電車は、電車のようでいて、そうではないかもしれない。

——電車とは申しますけれども、電車であるやら何であるやら判らないやうな代物です。何故なら、云はゞ立体的万華鏡といふ工合に、部分々々がどんなにでも組重さなつて新らしい形式を創造して行くやうに造られてゐるこの都会で、家屋だの道路だの交通機関だのゝ間に、判然と区別を付ける事がすでに間違つてゐるからです。例へば、細長い小舎と見えたものが動き出したので初めて電車である事が判つたり、いくつかの建物がくつゝいて電車になる事もあり、さうかと思うと、道路の或部分が滑り出して電車になつたりするといふ工合です。〔中略〕そんな奇怪な幾何的形体が、自動的にいろんな組重り方をしてゐる所へ、その随所からどうかしたハヅミに放電される火花が映じて、人通りと云へば滅多にないその淋しいとも悲しいとも付かぬ、この儘どこかへ消え入つて了ひたいやうな快よさは、これこそあの街に於て最も誇るべきものでせう。

（「うすい街」）

「うすい街」の部分部分は、機械によってつながれ、自己関係化し機械化する。家屋、道路、交通機関の間に区別がつかない。それは機械であり「可動建築」であると、高木彬は指摘する。「可動建築は、機械でありながら同時に非物質的」であり、「透過的で相互的な運動[36]」体である。

「うすい街」では「連続してゆらめく奇異なアラベスク」の街、「青ガラスの都会」は、未来派のボッチョーニの提唱した「Material Transcendentalism」を「実証」するものとして語られる。高木論文は、ボッチョーニ「Material Transcendentalism」（Transcendentalismo Fisico：物理的超絶主義）概念の来歴を検討し、「『うすい街』の可動建築は、ボッチョーニにおける建築表象を直接的に下敷きにした」と論証している。「うすい街」においては

「Material Transcendentalism」に言及した前段、「地の文」にある、「建築物と異質な物体とが互いに組み合わさる「アラベスク」の形成」、だけではなく、「物体の相互浸透運動」、建築と街路や人々などの相互の交錯についての記述も、実は、ボッチョーニの建築表象と言説からの引用であるから、「語り手がボッチョーニの「先見」にわざわざ驚き、この「街」によって「先見」が「実証」されていると言うのは、語りの審級における演出でしかない」[37]と高木は指摘する。

ところでテクストの都市の生成と変容という観点からすると、「うすい街」の電車と街の表象を、「星を売る店」のそれの、未来派を経過した再発見、つくりかえと見ることもできよう。可動建築、物体の相互浸透運動といった概念によって、「星を売る店」の青ざめた街と電車は、新たな変容と軌道を現出したのである。

こんな不思議な燈にかざられた無人の街を、電車かエスカレーターに乗つて、上つたり、下つたり、グル〳〵廻つたりして、滅法界もなくとんで行くときの夢のやうな気持は、これも経験しない事には伝へられないでせう。街が互に影響を及して動くのですから、これは此方の進行と打撃によつて千変万化の軌道が創造されて行くと云つても構はないのです。

（「うすい街」）

「星を売る店」では、電車はジェットコースターかウォーターシュートのように、きりもみし、滅法界もなくごちゃごちゃした街並み家並みの壁を削りとりはしないかと案じられるほどに、狭い路をめぐり、軌道を曲げて空間に飛び出しそうな勢いで落ちていったのだった。これに対して「うすい街」では、電車は可動的建築であり、軌道もまた機械であるから、「千変万化の軌道が創造されて行く」のである。もうここには「星を売る店」では連続的に示されていた神戸の現実の都市空間の富の偏在もなければ、階級問題もない。超均質化された空間である。

高木彬「目的なき機械の射程」は、「うすい街」には「「互に影響を及して動く」等方向性」と「「千変万化の軌道が創造されて行く」無目的性」があると指摘する。そのことは、「ボッチョーニにおける「Material Transcendentalism」と「力線」との緊密な結束」の破壊を意味しており、「等方向性」と「無目的性」によって「力線」は峻拒されるにいたると読んでいる。

いっぽう安藤礼二は、足穂にとってイタリア未来派とは「物質的超越論」とともにあったことを確認した上で、「物質を通して、または物質から直接、この世界を超え出るような地平にまで至ること。この世界を超越論的に乗り越えて別世界の消息に触れること。そこでは当然ながら、精神と物質という二分法は廃棄されることになる。森羅万象一切は、力＝波動の持続のなかに解消＝解放されてしまうのである。そしてその力＝波動だけが彼方へと通じてゆくのだ[38]」と概観する。直観によって捉えられた「力線」が表象するのは速度であり、物質的な力であり、振動であり波動である。先に引用した「力線」について、後藤新治はボッチョーニにおける「力線」について、物質性を解体する「運動と光」から引き出された、「持続についての記号的表象」であると述べた[39]。その延長に稲垣足穂の「力線」を理解することができる。

「うすい街」の改稿版「薄い街」においては次のように無限に伸びるものとして「力線」への言及がなされている。

全都会のあらゆる物象が等しくその限界を喪失して、一様に連続してゆらめく奇異なアラベスクになってしまいます。私はそんな光景を最初に目撃した時、未来派の連中の先見に感服したものです。ボッチョーニでしたか、「各物体にはその本来の力線を無限に伸ばそうとする傾向がある」と云っていますが、青硝子製の都市にはそのことが証明されていて、そしてわれわれは、立体万華鏡の只中にいるような気がします。

高木によればボッチョーニの「力線」の概念は、「物体を外部と調和させる」。運動は「まわりの空間の必要性」に制御されるのだという。初出版の「うすい街」は力線について言及せず、建築の運動を無目的で等方向的なままに留め置き、どのような必然性も設定しない。改稿版の「薄い街」では、「力線」に言及されるものの、「各物体にはその本来の力線を無限に伸ばそうとする傾向がある」として、その意味では、物体の外部との調和や、まわりの空間の必要性による制御は視野に入っていないようでもある。ただし「立体万華鏡」は、筒状の多面鏡に閉ざされた光景をイメージしている。そこでは映像の反射とモチーフの増殖もイメージされる。無限に伸ばそうとした力線が、何かにぶつかって返ってくることもある。プリズムや万華鏡という比喩は未来派が好んだものでもあるが、「薄い街」における「立体万華鏡」という比喩には、制御され反発し反射する力線の求心性＝遠心性も暗示されている。稲垣足穂は「緑色の円筒」（『世紀』一九二四・一二）で、「街全体がカレイドスコープの原理による機械になっている」街を想い描いた。「われらの神仙主義」（『新潮』一九二六・四）では、「カレイドスコープの六角花園の千変万化、何千年まはしても同じ模様をくり返すことは絶対にないではないか。機械と個性の一致する原理はこゝにも暗示される」と述べている。これは「機械とは生命であるものゝ原理を最も簡単に抽象した真似であると云ふなら、生命とは、機械であるものがそれみづからを超越するまでに理想的発展をとげたものだと考へられる」（同）という、生命と機械の二項対立を排する、生命＝機械の言説と呼応している。「弥勒」にも、「Material Trancendentalism」概念は表象されている。第一部「真鍮の砲弾」第二部「墓畔の家」が合体した一九四六年初刊の小山書店版『弥勒』では以下の通りである。

斯くて窓越しに銀星が二ツ三ツ燦めきそめると、この室内のテーブルも、椅子も、姿見も、額縁も、キャビネットも、みんなひとしく限界を失つて、バラ〳〵な破片となつて人雑り、互ひに滲透し合ふ存在となり、それこそ心酔する未来派画家の「質的超絶」（*Material Transcendentalism*）を織出して、無辺際のかなたの星雲にまで届く力線に変化すると覚えられた。こんな晩には、飾窓の前を行き交う群衆の中にも、その前の辻を焔のやうに光りながら曲つてゆくボウギ電車の中にも、さては向うへちゞまつてゆくリムジーンの潤んだ紅いテイルライトにも、かつて自分のよく知つてゐる物があつて、さうして今夜こんなにして自分が散歩してゐるのも、実は杳《はる》かに遠い未来のことであり、しかも其処は星の世界の都会なのではなからうか？　といふ気持がするものだ。

（初刊版「弥勒」）

ここでは室内にまで限界の喪失と相互浸透が及んでいる。「テーブルも、椅子も、姿見も、額縁も、キャビネットも」、それどころか夜具にいたるまでなにもかも、やがてこの語り手は失うことになる。が、その絶対的な貧困も、いま・ここに限定されたものではない。餓死寸前にあっても、遠い未来や違う星の世界とのつながりを失うことがない。それをなんと呼べばいいのか。精神？　いや、おそらく精神と物質の二元論は、すでに越えられているのだ。

「Material Trancendentalisme」にあたるものがここでは「質的超絶」と訳されている。全集版では「物質的先験論」である。「星を売る店」「記憶」「うすい街」に通じる黄昏の未来派的な風景、ダッシュの風景である。「みんな一様に限界を喪失して、バラバラな破片になり、互いに滲透し合う存在」になると、物質の相互浸透性は表象されている。ここにも「力線」への言及はあるが、これは改稿版の「薄い街」と共通して、「無辺際の彼方の星雲にまで届く力線」という、無限定性を特徴とする「力線」である。夢見られているのは、未来派が描いた「力線」の性質とはやや異なるかもしれない。未来派画家の「物質的先験論」概念は、稲垣足穂によって、起源のべルクソン哲学に、より、引き寄せられている。
こうしてみると、物質の相互浸透性、物質的超越性(=超絶性、物質的先験論)を表象する複数のテクストが、それぞれに浸透し合い、引用されていることがわかる。インターテクスチュアルな、それどころか、まるで引用のモザイクと化し相互浸透するテクストである。それぞれは置かれた文脈によって、怪奇映画を思わせる童話であったり、ベルクソン哲学の洞察であったり、未来派のマニフェストの形象化であったり、飢餓に瀕しながら弥勒を見出す試練の道程だったり、つまりそれぞれは別の作品なのである。まるで何年おきかに現れる彗星が、その時々で、同じ街に異なる光をあてるかのように、街は想い出され、つくりかえられている。
六月の夜の都会に想い描かれる「トランセンデンツ」は、戦後には、未来派と切り離して実存哲学の場として語られる。「堪へきれぬ苦悩、死の接近、不安を感ずるやうな官能的満足、これらを契機として、いやおうなしにわれわれは「トランセンデンツ」に面接する」(「実存主義の余白」『敍説』一九四八・一〇)。ハイデッガーのいう頽落した「マン」ではなく「ダーザイン」が「トランセンデンツ」と直面するときに、「事物のまことの接近」がたちのぼると、そこでは述べられる。

六月の夜の経験。ビルディングの側面に映じた電車のスパーク、さては遠い街かどの飾窓の前を切紙細工になつて交錯する群衆を見るとき、ふと胸奥に喚び起される未来的感情、同時にそれは遠い過去にぞくする回想。かたへなる白き顔への返答も打ち忘れて、しばしの淡き追及と焦慮にわれわれをみちびくところの、この不可思議な情緒はそもそも何物であるか?

(「実存主義の余白」)

「「背後からの声」(ノスタルジー)」と「「前方からの声」(渇望)」とを聴くのだ。

いはゆる瞬間なる「時間の虚無点」を媒介として――自己の内外をかへりみたとたん、そこは透明に、物皆の底が見えてくる。街の灯を映した歩道はそのまま無限に深まり、行きちがふ自動車も、人影も、櫛比するビルディングもすでになく、感じられるのは、エーテル（曲率）が立体的存在の虚空にえがく七色のファンタジーのみ！

（「実存主義の余白」）

「トランセンデンツ」は哲学の「場」となる。慄きながら思索する者にとって、最後に感受されるのは、つねにすでに、「エーテル（曲率）が立体的存在の虚空にえがく七色のファンタジーのみ！」なのである。

実存主義哲学のいう「「背後からの声」（ノスタルジー）」と「「前方からの声」（渇望）」を聴くことは、反復される六月の夜の都会の風景のなかで、いくたびも体験されたものだった。

「いつか在ったことは、ボクの場合「ひょッとしてこれから先に経験すること」であるし、或るとき、自分ではなく、他人の上に起ってゐる事柄でないか、などと思はれたりする

（「ボクの『美のはかなさ』」）

全集版「美のはかなさ」は、これを「突然感情」と呼んだ。

茂田真理子はここに「個人の廃絶と、一箇の超越的人格の存在」を看取している(40)。仮に線的な時間軸の上に展開されるとしたらそれは自己同一性の揺らぎにほかならない。時には人格を深刻な

危機に陥れるかもしれない。

しかしながら繰り返し呼び起こされる街の表象の時空をたどるなら、それは既視感の街であり、未来の街であり、どこか、いま・ここととは違う星の街でもある。時間軸は古典物理学のいうような線的なもの均質なものではない。書くという営為をこの時間軸にあてはめるなら、「一千一秒物語」以降のテクストが全て先行するテクストの注であるだけではなく、後からくるテクストがそれに先立つテクストであったり、インターテクスチュアルなテクストであったり、あるいは先取りするテクストであったりするのだ。それは、可能性の街を表象する可能性のテクストである。

「常套句」にみえるかもしれないが、呼びだされる街は、それぞれに異なる表現のエコールと哲学思潮の文脈のなかに再配置され、書き換えられている。その書き換えは、自己差異化でもあり、自己関係化でもあるところの持続的ないとなみである。異なる哲学の思潮をくみとり、異なる作品の中に置かれた、類似する街の風景を見出すたびに、読者はなにがしか持続する生命の生存確認をしている。生活の破綻にもかかわらず、文学的な評価を得られぬままであるにもかかわらず、そして世をあげて絶望的な戦争への道を歩んでいる時期であれ、焼け跡の廃墟であれ、街は、いま・ここから遥かな宇宙空間へ連なる力線を伸ばしている。

3、「弥勒」における『カリガリ博士』

「カリガリ博士」を観てからの事であつた。このフイルムも江美留には三回目か四回目の筈であつた。そして今度は、これは出来すぎてゐる、此処にあるのは映画でなくして自然であるとさへ思はれるのであつた。

（初出版「弥勒」）

ふたたび「弥勒」における『カリガリ博士』的なるものの変容について考えてみる。先には、江美留におけるホフマン評価の変化を指摘したが、それだけが理由ではない。「自然」は重要なキーワードだろう。後に改稿によって「自然」には傍点が打たれる。時代が変わってしまったのである。「弥勒」が書かれた時代には、『カリガリ博士』は奇異でも大仰でもなく、「自然」に見えるほどに映画の外の日常の方が変わってしまったのである。詩人が窮死する時代だった。尾形亀之助（一九〇〇‐一九四二）や辻潤（一八八四‐一九四四）が、貧困と飢えに苦しめられて死んでいった。彼らと稲垣足穂を分かつたのは、偶然だろうか。戦争末期、徴用工として動員された足穂は、かろうじて生存の側に身を置くことができた。

「弥勒」には癲狂院のエピソードがある。それは第一部のコリントン卿の幻想をめぐるシークエンスである。「コリントン卿の幻想」（『文藝世紀』一九三九・一二）は、独立して発表されたテクストである。コリントン卿は、演習の時に、真鍮の砲弾が身辺すれすれに通過したため、頭脳に罅《ひび》が入ったのだと噂されている。静養中の彼は見えるはずのない海戦を目撃する。一方は青く、一方は赤い軍艦である。

以来、岬の町には、見える訳もないものを見たと称する者が続出して来た。そして官憲はこれを厳重に取締つて、軍艦について口出しをした者を悉く癲狂院に収容をした。そしてコリントン卿こそ、光栄あるその最初の入院患者なのであつた。

（「コリントン卿の幻想」）

官憲は「赤色軍艦」について言及する者を癲狂院に監禁することで、権力を維持したのである。収容された人々は、眠り男であり患者でもあるチェザーレに類比される人々だろうか。あるいは語り手のフランシスのように、カリガリ博士は殺人者だと、告発する人々だろうか。

だが見える者には見える。

> 爆発したシエルの中から別の新規な一箇が飛出して、ちやうど位置を探さうとするかの如くクル〳〵と辺りを旋回してから、短かい鉛筆になつて、都会の左手から斜め上方へかけて、赤い空中文字を綴つて行つた——The Red Comet City——この途端、目撃者は等しくギヨツとした。
>
> （「コリントン卿の幻想」）

初刊版以降の「弥勒」第一部冒頭の「真鍮の砲弾」にも連続するイメージ系である。冒険活劇映画のタイトルのように運動し、きびしい検閲にもかかわらず暴露される秘密。

コリントン卿の罅割れた頭脳が、同時代の言語空間に亀裂を与える。一九三九年、日中戦争が泥沼化する時期に、コリントン卿の幻想は、時局に対して迎合的か抵抗的かといった二分法の枠組みを逸脱するところがある。コリントン卿の幻想にはいくつかの層がある。見えない戦闘を見ること、（赤色）軍艦を見ること、その幻想が蔓延すること、そして見たと口に出した者は監禁されること。赤色軍艦はあからさまにすぎるが共産主義イデオロギーの比喩だろうか。足穂の作品における色彩の固有性について、「赤い色は、死、もしくは終末」に結びつき、「青は生命、はじまりの色」(41)という指摘もある。コリントン卿はじっさいには反戦的なわけではない。むしろ戦争の強迫観念にとらわれている。

一九三九（昭和一四）年の文学者たちは戦争と軍艦について、積極的に書くようにと督励され、動員されていた。海の向こうの戦闘について口にするだけで監禁されることはあり得なかったはずだ。だからコリントン卿の幻想と監禁は、時局が文学者に強いた圧力をそのままに風刺しているというのでもないし、反戦文学といったくくりに入るものでもない。が、イタリアの未来派マリネッティがムッソリーニのファシズムを支持しているその時代に、(42)見えない戦争の幻想に囚われて癲狂院に監禁されるコリントン卿を書くことは、未来派の志向を手放さずにしかも時局の言語空間に罅を入れる実践にほかならない。

見えない戦闘について口にしたために癲狂院に監禁される人々は、眼前の戦を軍部の意向に沿って書くことに汲々とさせられている動員作家たちの常軌を逸したさまをあぶりだす、歪んだ鏡である。

極貧と餓死寸前の日々と、たまさか手に入る残飯や、差し入れと、そしてまた飢餓とが、「弥勒」に延々と続く試練だった。監獄か病院に入るかしたら「問題は解決する」かもしれないというところまで追い詰められている。夜具も何もかも失い、寒中にカーテンを巻きつけてしのいでいる。

その終盤に、ふたたび『カリガリ博士』が引用される。

> 然らばその目指す人間とは何であるか？　それはこの自分自身でなければならぬ。色合のある、振動のある、即ち生きてゐる、真鍮の砲弾や花火仕掛の海戦を愛する自分でない。その最も自分らしい所に立帰らねばならぬのではないか。あの癲狂院の院長は眠り男を手に入れた時、狂喜して、"Be Caligary!"と叫んで歩き回つた。さう、「この寂寞たる孤独の無気味さを恐れては不可ない、只この中にのみ敬虔なゲミートに斯かる生活が展開する」とセラピオンが云つた。〔中略〕我運命の帚星ポンよ！　私をして形ある一切を捨離するに懈怠なからしめよ。どうか、見えざるものの痕跡に過ぎぬ君の軌道の彼方に横たはるものを覚り得るまなこを開かしめよ！
>
> （初出版「弥勒」）

癲狂院の院長は、眠り男チェザーレなしには、「カリガリ」ではありえない。彼の狂気と権力は、チェザーレによって担保されるのである。ここで目指される「自分自身」とは、カリガリとチェザーレとが抱きあって一つになる境地、その先にあるものだろうか。カリガリに「ゲミート」を見出す言説は、佐藤春夫「カリガリ博士」（『新潮』一九二一・八）の「独逸人の所謂gemuetそれが全篇を通して流れてゐる」という一節を（意識的にか無意識的にか）踏襲している。

「弥勒」のこの箇所は、初出と全集版テクストとでは大きな違いがある。目指す人間、自分自身について、初出版では、「色合のある、振動のある、即ち生きてゐる、真鍮の砲弾や花火仕掛の海戦を愛する自分でない」とあるが、全集版では、「固有の色合いがある、振動的な、即ち生きている、真鍮の砲弾や花火仕掛の海戦に心を惹かれている自己自身である」となる。前者は「色合」「振動」といった未来派的な概念が「真鍮の砲弾」「花火仕掛の海戦」と結びつくことを否定する。これに対して後者は、未来派的な意匠と戯れる生を肯定し、その自己自身を目指せという。この転換は、一九四六（昭和二一）年小山書店刊初刊版『弥勒』の「真鍮の砲弾や花火仕掛の海戦を愛するところの自己であつて十分によろしい」という改稿から生じている。前者であれば、「形ある一切を捨離する」対象の中には、「色合のある、振動のある、即ち生きてゐる、真鍮の砲弾や花火仕掛の海戦を愛する自分」も含まれることになる。後者であれば、それらを愛する自己自身以外のすべてをなげうっても構わないということである。全集版では、未来派的な小道具とともに生きる生の肯定の上に、悟りがあることになる。

高橋孝次は、前者の『新潮』初出版「弥勒」には、「審美的な人間でない」、「念願」によって「書く」という「芸術家」としての自分の、新たな可能性へと向かう「転生の物語」を、後者の小山書店版以降には、「少年時代の自己をも積極的に引き受け、肯定する「成熟の物語」」を読む。「少年時代の記憶や小説形式をも含めた過去に対する否定と肯定のはざまで、『弥勒』というテクストは様々な相貌を見せ」、それは新たな「リアリズムの世界」の「発見」となる、足穂の「分水嶺」と位置付けられるともいう[43]。そこにはモダニズムに対するアンビヴァレンツな揺れがある。

ところで「弥勒」前篇の癲狂院の患者であるコリントン卿と眠り男チェザーレとを重ね合わせて読むことはできないか。すなわち、コリントン卿は、真鍮の砲弾や花火仕掛けの海戦を愛し、それに人生を譲り渡し、監禁されてカリガリの支配下に入ったのではないか。「弥勒」のカリガリが抱き締めるのは、脳髄が罅割れ、監禁されたコリントン卿ではないのか。そしてそれは、カリガリにとってもう一人の「私」ではないのか。「弥勒」に生じているのは、カリガリの支配の綻びである。カリガリが手に入れ、カリガリの意のままに殺戮をもひきうけるはずの眠り男が、見えないはずの海戦に浮かれるコリントン卿であったなら。カリガリの意図はもうひとつの狂気によってずらされてしまうだろう。

所有と支配の欲望を捨てなければ、弥勒の域には到達できまい。カリガリは眠り男を手放さなければならない。カリガリの欲望は無効化されるのである。カリガリの失調は、コリントン卿の罅割れた脳髄とひとしく、「弥勒」が書かれた時代の言語空間に亀裂を入れ、あらぬ声を洩らさずにおかない。

注

（1）稲垣足穂「似而非物語」は『全集』第二巻（筑摩書房、二〇〇〇・一一）解題によれば以下のように改稿された。
昭和三（一九二八）年四月『改造』に「近代物理学とパル教授の錯覚」として初出。
昭和五（一九三〇）年九月『科学画報』に「Ｐ博士の貝殻状宇宙に就て」と改題、改作。

昭和一二（一九三七）年四月『文芸汎論』に「似而非物語」と改題、改作。

昭和二三（一九四八）年五月『ヰタ・マキニカリス』（書肆ユリイカ）に改訂、収録。

昭和三一（一九五六）年四月『ヰタ・マキニカリス』デラックス版（的場書房）に収録。

昭和四四（一九六九）年六月『稲垣足穂大全』第一巻（現代思潮社）に収録。

昭和四八（一九七三）年二月『海』「生活に夢を持っていない人々のための童話」（1無何有郷）に、本作品が変形、編入されている。

（2）宇野邦一「未来派から『弥勒』へ」（『ユリイカ』二〇〇六・九臨時増刊号）

（3）中条省平「反＝近代文学史（6）人間的時間からの脱却――稲垣足穂のイメージなき映画」（『文學界』二〇〇一・五）

（4）大崎啓造「弥勒が弥勒になるまで」（『ユリイカ』二〇〇六・九臨時増刊号）

（5）稲垣足穂「弥勒」は『全集』第七巻解題によれば以下のように改稿された。
昭和一四（一九三九）年一二月『文藝世紀』に「コリントン卿の幻想」として初出、「弥勒」「第一部　真鍮の砲弾」の後半部にあたる。

昭和一五（一九四〇）年一一月『新潮』に「弥勒」、「第二部　墓畔の家」にあたる。

昭和二一（一九四六）年八月『弥勒』（小山書店）を刊行。未発表の前半部を加えた「第一部　真鍮の砲弾」、「第二部　墓畔の家」を収録。

昭和三二（一九五七）年一二月『作家』に改訂、発表。

昭和四二（一九六七）年一一月『現代文学の発見』第七巻、「存在の探求、上」（学芸書林）に、小山書店版収録。

昭和四四（一九六九）年一二月『一千一秒物語』（新潮文庫）に「第二部　墓畔の家」を「墓畔の館」と改題、改訂収録。

昭和四五（一九七〇）年二月『稲垣足穂大全』第四巻（現代思潮社）に収録。

（6）（4）に同じ。

（7）稲垣足穂「カフェの開く途端に月が昇った」（『作家』一九六四・八）

（8）稲垣足穂「真鍮の砲弾――オナニー的世界」（『海』一九七〇・四）

（9）稲垣足穂「「ヰタ・マキニカリス」註解」（『作家』一九六七・一二）

（10）（9）に同じ。

（11）高橋孝次「新感覚派の夢――稲垣足穂と活動写真のメディア論」『千葉大学日本文化論叢』二〇〇五・六）

（12）高橋孝次「旧居留地の文学――「星を売る店」の神戸」（『千葉大学人文研究』二〇〇九・三）

（13）（12）に同じ。

（14）稲垣足穂「星を売る店」は、『全集』第一巻解題によれば以下のように改稿された。本書の引用は初出による。

大正一二（一九二三）年七月『中央公論』初出。

大正一五（一九二六）年二月『星を売る店』（金星堂）改稿収録。

昭和二三（一九四八）年五月『ヰタ・マキニカリス』（書肆ユリイカ）改稿収録。

昭和三一（一九五六）年四月『ヰタ・マキニカリス』デラックス版（的場書房）収録。

昭和三五（一九六〇）年一〇月『稲垣足穂全集』第二巻（書肆ユリイカ）収録。

昭和四四（一九六九）年六月『稲垣足穂大全』第一巻（現代思潮社）改訂収録。

（15）旦部辰徳「大正期文学における私秘的空間への〈眼差し〉の二相――稲垣足穂と佐藤春夫、二人の〈家〉小説の比較を中心に――」（『あいだ／生成』二〇一四・三）

（16）U・ボッチョーニ、C・カッラ、L・ルッソロ、G・バルラ、G・セヴェリーニ「未来派絵画――技術宣言」一九一〇年四月一一日「未来派宣言」より。（大石敏雄訳「未来派宣言抄」『みづゑ』一九六九・一一）

「未来派絵画技術宣言」「未来派絵画技法宣言」に同じ。

(17) 稲垣足穂「わたしの耽美主義」（『全集』第一巻、初出「私の耽美主義」『新潮』一九二四・六、『作家』一九五五・七に「わたしの耽美主義」と改題、改訂）

(18) 稲垣足穂「記憶」は、『全集』第二巻解題によれば以下のように改稿された。本書の引用は初出による。
昭和四（一九二九）年五月『新潮』初出。
昭和二三（一九四八）年五月『ヰタ・マキニカリス』（書肆ユリイカ）改訂収録。
昭和三一（一九五六）年四月『ヰタ・マキニカリス』デラックス版（的場書房）収録。
昭和四五（一九七〇）年九月『稲垣足穂大全』第六巻（現代思潮社）改訂収録。

(19) 稲垣足穂「新感覚派始末――横光利一の霊を呼びもどすために」（『人間喜劇』一九四八・八）

(20) 高橋孝次「哲学書は美しき肉体の如くに――再演される「美のはかなさ」」（『ユリイカ』二〇〇六・九臨時増刊号）

　同誌における五十殿利治も、「第二回未来派美術協会展（一九二二年開催）と詩人たち：稲垣足穂、平戸廉吉、尾形亀之助、萩原恭次郎」において、同様の指摘をしている。

（21) 多木浩二「ボッチョーニのダイナミズム――未来派にもたらした諸概念」（『大航海』二〇〇五・七）

(22) 松浦寿夫「勝利の稜線」（『現代思想』一九八四・九臨時増刊号）

(23) 茂田真理子『タルホ／未来派』（河出書房新社、一九九七・一）

(24) 高木彬「稲垣足穂「有楽町の思想」論――グレゴリー夫人、ド・クインシー、ダンセイニ」（『フェンスレス』二〇一五・五）

(25) 山本貴光「計算論的、足穂的――タルホ・エンジン仕様書」（『ユリイカ』二〇〇六・九臨時増刊号）

(26) 加藤夢三「稲垣足穂の「新しい」宇宙観」（『早稲田大学大学院教育学研究家紀要』二〇一六・九）

(27) 海老原由香「稲垣足穂と前衛芸術」（『駒沢女子大学研究紀要』一九九九・一二）。稲垣足穂「記憶」（『新

潮』一九二九・五）は、「かつて東郷青児の作はModificationにすぎないと云つた先輩に対して返答の出来なかつた自分を思ひ出してゐました。が、この組合せであるが故に好きだといふ自分の見解については、現在にをいてとて撤回の要はないのでした」と改めて、初期未来派めいた、キュビズムめいた、「パラソルをさせる女」を肯定している。

(28)　川端康成「新感覚派」（『日本現代文学全集』第六七巻「月報」講談社、一九六八・一〇）

(29)　保昌正夫「新感覚派文学入門」（『日本現代文学全集』第六七巻、講談社、一九六八・一〇）

(30)　瀬沼茂樹「作品解説」（『日本現代文学全集』第六七巻、講談社、一九六八・一〇）

(31)　安藤礼二『光の曼陀羅　日本文学論』（講談社、二〇〇八・一一）

(32)　稲垣足穂「タッチとダッシュ」は、『全集』第一巻解題によれば以下のように改稿された。
　昭和四（一九二九）年一一月『文芸レビュー』初出。

　昭和四（一九二九）年一二月『FANTASIA』（『文芸レビュー』と異同なし）収録。

　昭和二九（一九五四）年四月『作家』改稿。

　昭和三三（一九五八）年一〇月『稲垣足穂全集』第一巻（書肆ユリイカ）収録。

　昭和四五（一九七〇）年九月『稲垣足穂大全』全六巻（現代思潮社）改訂収録。

(33)　(23)に同じ。

(34)　高木彬「稲垣足穂と新感覚派――「ＷＣ」から「タッチとダッシュ」へ――」（『横光利一研究』二〇一四・三）

(35)　稲垣足穂「うすい街」は『全集』第二巻解題によれば以下のように改稿された。
　昭和七（一九三二）年一月『セルパン』に「うすい街」として発表。

　昭和二三（一九四八）年五月『ヰタ・マキニカリス』（書肆ユリイカ）収録時に、「薄い街」と改題改稿。

　昭和三一（一九五六）年四月『ヰタ・マキニカリス』デラックス版（的場書房）収録。

昭和四五（一九七〇）年九月『稲垣足穂大全』第六巻（現代思潮社）に改訂、収録。

(36) 高木彬「目的なき機械の射程——稲垣足穂『うすい街』と未来派建築——」（『文学・語学』二〇一二・三）

(37)（36）に同じ。

(38)（31）に同じ。

(39) 後藤新治「ボッチョーニの力線——その成立をめぐって」（『西南大学国際文化論集』一九九〇・二）

(40)（23）に同じ。

(41) 長尾達也「稲垣足穂とベンヤミン」（『河南論集』一九九六・一二）

(42) ファシズムと未来派の関係について、足穂は、「いったい、未来派芸術運動はその後へんてこになって、遂に政治の中へ解消してしまった」（「ボクの『美のはかなさ』——存在論的モザイック」『作家』一九五二年八月）と批判している。

(43) 高橋孝次「稲垣足穂『弥勒』論——『ショーペンハウエル随想録』をめぐって——」（『日本近代文学』二〇〇四・一〇）

終章　『カリガリ博士』の呪いと祝福

日中戦争下の一九三八年、「糞尿譚」で芥川賞を受賞し、「麦と兵隊」（一九三八）、「土と兵隊」（一九三八）、「花と兵隊」（一九三九）のいわゆる「兵隊三部作」で戦時文学の寵児となった火野葦平（一九〇七－一九六〇）は、一九六〇年一月二四日、みずからいのちを絶った。

死後、『九州文学』（一九六〇・四）は追悼特集を組み、そこに遺作「狂人」が掲載された。一九二七年作と記されている。彼が早稲田大学英文科の学生だったころの執筆だろう。「狂人」は『カリガリ博士』を重要なモチーフとしている。「玉井君」と呼ばれる「私」、つまり、火野葦平以前の本名、玉井勝則がちらと参照されている。「狂人」は以下のような物語である。「私」は、瘋狂院に送られた友人Ｓ・Ｓの手記を読むことになる。共通の友人Ｏ・Ｎに託けられたのだ。手記は「新宿の武蔵野館で「カリガリ博士」を見て帰つた晩、私は夜つぴて、私のリダのことを考へ暮した」と始まる。「私のリダ」――偶然にも、Ｓ・Ｓは、『カリガリ博士』のフランシスの恋人ジェーンを演じたリル・ダゴファーのアナグラムのような名の、リダというドイツ娘に恋をしていたのである。ところが、ダニエルという前科者の船員が彼の恋敵であった。しばらく陸を離れていたダニエルが、上京する、恋の恨みを晴らそうとしていると、脅すような便りが再三にわたって届けられる。身辺に異変があいつぐ。S・Sは憔悴し、窓外に現れたダニエルにジャックナイフを投げつける。下宿屋のおばさんに「人殺しだ」と震える声で告げた。

手記を読んだ「私」が駆けつけると、S・Sが、「狂人のやうに」暴れまわり、左腕から血を流して倒れ、医者に伴われて瘋狂院に行ったと告げられる。短刀は彼のベッドの下に落ちていた。S・Sを見舞った「私」は、まっ白な壁に囲まれた四角の箱の中を、まっ黒な寛衣を着たS・Sが無言で徘徊している夢をみる。

リル・ダゴファー

彼は黄色いチョオクで壁に三角形を画く。今度は後の壁に三角形を画く。又前の壁に三角形を画く。それを私が三脚に腰を下して「……百三、百四、百五、百六、……」と数へてゐる。何時頃からやつてゐるのか、何時までやつてゐればいいのかさつぱりわからない。私が洞ろな声で計算すると、S・Sは疲れた足を引きずりながらも、黙々として三角形を画きつづけてゐる……

「私」(玉井君)のもとにO・Nから封書が届く。「僕は二十日程前にS君と武蔵野館に「カラガリ《ママ》博士」を見に行きました。君も見たとか云ひましたね。あの中に出て来るカラガリ《ママ》博士がセザレといふ男に暗示を与へて殺人罪を犯す所がありますね。あれを見た時に私はふと考へたのです。生きた人間にも或る強い暗示を与れば、その人間は暗示にかかりはしないだらうか。殊にS君のやうな異常に神経質な男には」と。手紙によれば、ダニエル云々の葉書を投函したのは、O・Nだった。そのことをS・Sに告白して詫びる勇気はない。「ほんとうにS君が好きなのですから」と言い、最後に「玉井君、僕はリダさんに恋してゐたのです」とその告白は締めくくられ、小説も終わる。

『カリガリ博士』の表記の揺れもろとも、O・Nにも錯乱が伝染しているのかもしれない。Sを苦しめたのは、幻の三角関係のライヴァル、不在のダニエルだったが、現実に危険だったのは、知らぬ間に三角関係を形成していたO・Nの横恋慕だった。それにつけても、O・Nの欲望は、多方向にむけて拡散し関係者を巻きこんでおり、玉井（私）を媒介者として引きずりこみ、Sがほんとうに好きだといいながら狂気へと追い詰め、唐突にリダに恋していたという。「私」の見た夢の光景がまた、いかにも三角派（＝表現派）ふうである。リダはその動向が伝聞の形で語られるばかりで、物語の遠景に見え隠れするばかりである。

一九二七年、昭和モダニズム文化が頂点をきわめたころ、火野葦平いや玉井勝則がモダンボーイのメンズマガジン『新青年』に掲載されてもおかしくない、ミステリ小説を書いていたことは、その後の彼の文学の軌跡を考えるとじつに興味深い。

新宿武蔵野館で、というのなら、活動弁士は徳川夢声（一八九四－一九七一）だったろうか。夢声が新宿武蔵野館の専属となるのは一九二五年のことである。

徳川夢声の説明で『カリガリ博士』を観たという、丸山眞男（一九一四－一九九六）と埴谷雄高（一九〇九－一九九七）の証言がある。

埴谷（**雄高**） つまり、大写しになった眉毛や目の動きで、見えない奥の心が見えて、心と心が通じあうことがあるというのは、大げさにいえば、魂のつきせぬ戦慄だったね。とにかく、映画はそれをやれた、という或る遠い根拠がぼくの胸の底にのこって、後年のニヒリズムや弾劾や否定の底にも人間肯定の一種のロマンチシズムがぼくに消えないことになってしまった。最後まで頑張っていようなんていう独房の思想をつくったのは、どうやら当時のサイレント映画なんだね。（笑）

丸山（眞男）　しかもサイレントの末期には、世界的にもドイツ表現派とか、凄いのがあったけれども、あれがまた日本に入ってくると、徳川夢声なんていう天才がいてね。『カリガリ博士』などは、夢声の説明と離れてはぼくのなかにないんだね。というのは、説明ってのが、いままでは「ただいまあらわれたのは悪漢であります」式か、でなければやたらに美辞麗句を連ねたやつだったわけだよ。ところが夢声がはじめて、シンクロナイゼイションといったらいいか、本当に画面と合ったリアルなセリフでしゃべるやり方をはじめた。コロンブスの卵で、はじめて見れば何でもないようだけれど……。コンラッド・ファイト扮するところの眠り男。

埴谷　セザーレ。

丸山　うん。あれが令嬢のとこへ忍んで来る、それが夢遊病者だから屋根の尾根みたいなとこを平気であるけるわけね。そして令嬢の寝室まで忍び入って、短刀を振りあげる。そこまでの間、夢声は、音楽でいえばピアニシモだな、聞こえるか聞こえないかの声で、ずっとしゃべっている。そうして短刀を振りあげ、令嬢が目をさましたところで、字幕に help! って、斜めに電光のように走っている字が映る。その瞬間に夢声の「人殺しい！」っていう絶叫が館内にひびきわたる。それまでピアニシモでしゃべっているので、それが一層効果的なんだな、ゾーッとするわけ。あの、傾いたような家並とか、表現派の手法もすごく新らしかったけれど、夢声の説明がまたそれとピッタリ合って実際、ざん新だったな。

埴谷　ほんとに同時代だね。ぼくも『カリガリ博士』は夢声の説明で観た。〔中略〕夢声はあまり喋らない。間《ま》の芸術家だね。コンラッド・ファイトの眠り男をウェルネル・クラウスが目ざめさせる。〔中略〕「目ざめよ。セザーレ」とカリガリ博士がいうと、コンラッド・ファイトの鼻がピクピク動きはじめ、それから瞼が徐々にあがっていってついにかっと目が開く。凄い描写だね。

（埴谷雄高＋丸山眞男「討議　文学と学問」『ユリイカ』一九七八・三）

だからだろう。戦後文学の極北、埴谷雄高の未完の大作『死霊』の風景は、いたるところ、癲狂院から監獄、そして同志を粛清するテロリストのアジトまで、そこにいたる道筋は、表現主義映画のような光と影の世界である。どの章のどのページを開いてもいい。たとえば第四章である。

それは次第に不気味なほど増え、割れてくる丈高い影であった。彼にひきつれられながら、それらの影は或いは淡く、或いは殆んど霧の壁のなかへ溶けこんで、彼へゆらゆらと迫り、また、彼からすーっと離れるように延び縮んだ。果てもない霧の壁のなかへのめりこみ、それらの影は絶えまもなく顫え揺れた。殆んど両眼を閉じつづけた彼は、音もないそれらの影が互いに敲ちあってがらがらと打ち鳴らすその響きでも聞きとるように自身の足音を低く抑えながらゆっくりと踏み進んだ。一つの影が一つの影の裏へするすると滑りこむと、深い霧の奥に触れ揺すれるような衣裳の音をたてて確かに誰かが走っているように思われた。やがて斜めの細長い影がゆらりと彼へ倒れかかると、すーっとそのまま彼へ重なって消え失せた。長身な軀を前のめりに傾けたまま彼はさらに歩み進んだが、さらに背後の淡い丈高い影が一つの幽霊の影のようにぴたりと彼へ迫り重なってあっと思う間もなく忽ちすーっと前方へかき消えたように思われた……。

（『死霊』第四章）

無声映画が描き出すかのようなモノトーンの空間に、壁は揺れて撓《たわ》み、ドッペルゲンガーが彷徨し、その輪郭は歪み、引き攣《つ》れ、分裂し、また重なり、溶解する。これは『死霊』の「彼」（彼等――哲学者であり、革命家であり、テロリストであり……）の心象風景である。その光景は、戦時下の帝都東京の都市空間に見出され、映画館に、癲狂院の病室に、監獄の独房に現れた。埴谷雄高はそのように時代の不安、恐怖、欲望を現前させた。そのことによって『死霊』は形を得た。

鶴見俊輔（一九二二―二〇一五）は、二人の対談について次のように述べた。

暗闇の中で、「人殺しー」という声が会場を引き裂き、そこからこの映画ははじまる。映画史家のクラカウアはやがて、『カリガリからヒットラーまで』という大著をあらわして、カリガリを、ナチズムの発生を予言したものとして論じた。クラカウアの大著の胚胎と同時に、「カリガリ博士」は、消されることのない刻印を日本の二人の中学生に残した。

それは、狂気に近い思いこみをもつ指導者が社会集団を狂気に巻きこんで、破滅に向かって操ってゆく大きな劇の序曲となった。

丸山はファシズムの政治の分析者として、埴谷はファシズムの社会の観察者として、渦中に辛うじて眼をひらいて、考えつづける。

（鶴見俊輔「世界文学の中の『死霊』」『死霊』Ⅱ解説、講談社文芸文庫、二〇〇三・三）

鶴見俊輔は、いつ『カリガリ博士』を観たのだろうか。小学校をサボって映画館にいりびたっていたというころのことだろうか。鶴見は少年のころ自殺未遂を繰り返して、精神病院にも入院していると伝えられる。『カリガリからヒットラーまで』についていえば、鶴見が同人であった『思想の科学』が、戦後、ＧＨＱ占領期にいちはやく紹介している。一九四九年七月号の「世界の新思想」というコーナーで、執筆者は鶴見俊輔・市井三郎・石本新であった。「クラカウアー著『ドイツ映画の心理学的歴史――カリガリからヒットラーへ』」という表記のこのコラムが、三人のうち、鶴見の手になるものであったかどうか、その可能性は高いと推測されるがつまびらかではない。プリンストン大学の出版局から一九四七年に刊行された原著について、「宣伝法則についての研究」のすぐれた事例として、評価している。

二人の素人（ヤノヴィッツ及びマイヤー）によつて書かれた映画脚本「カリガリ博士」は、映画史上にかつてない程に、純粋な芸術映画であり、革命映画でもあつた。精神病院長のカリガリ博士が、その催眠術と医学とを利用して、患者の一人を自由に操つて、夢遊病状態においたまま数々の殺人暴行をはたらかせる。人々を戦慄させる連続殺人事件。その張本人は、人々から先生と呼ばれ、人々の尊敬を受けているカリガリ博士であつた。「人間操縦師カリガリ博士こそ、大量惨殺の責任者だ。」この映画の幕切れこそは、国家権力に対する最も力づよい抗議であつた。

所が、この脚本が、映画化される頃になつて、この脚本全体が、或精神病患者の妄想として、より大きな話のワクの中に入れられてしまつたので、脚本の思想は、力をそがれたけれども、ともかくこの映画は、世界映画史上の一事件であつた。

「「建国以来」最初の敗戦によつて打ちひしがれている日本は、第一次大戦直後のドイツと良く似た状態にあるので、この本を読んで益する所は多い」といい、また、こういう映画の組織的研究のため「映画図書館」が日本にもできることを期待している。

たしかに、敗戦・占領はあらためて『カリガリ博士』体験をふりかえらせる力があった。映画評論家の瓜生忠夫「新劇の弱さ」（『思想』一九五八・八）は、築地小劇場と表現主義演劇について述懐している。

築地小劇場は、決して近代劇だけの劇場でなかったことは、第一回公演に表現主義の決定打「海戦」をとりあげていることでも明らかだ。そして表現主義をとりあげたということは、表現主義を唱導した人たちが、どういうイデオロギーと階級性の持ち主であったか、などということをこえて、表現主義がたやすく国境をとびこえうるものであったという点で注目しておかなければならない。映画の「カリガリ博士」をみた人は、あの映画の出演者が全部日本人であっても、一向、けげんでないことに気づいたろう。

『カリガリ博士』と表現主義は、ジャンルを越え、国境を越えて、戦争のさなかもその後もずっと人々の伴走者でありえた。不安な胸底に測鉛を下ろす映画だったのである。

一方、鶴見俊輔と同年に生まれ、東京高等師範学校附属（ただし、鶴見は中退）で同窓でもあった中井英夫（一九二二－一九九三）は、雑誌『新青年』の映画特集で『カリガリ博士』を知ったが、実際に観たのは一九六三年のことだったという。近代美術館のフィルムライブラリー（現・国立映画アーカイブ）での上映だった。その日の日記を引用する。

近代美術館のフィルムライブラリーで「カリガリ博士」をとうとう観た。この十数年、一度だけこの眼でと念じ続けてきた映画で、テレビでやったとか、徳川夢声個人の所蔵で、テレビの説明でも〝眠り男のセザーレは〟なんぞという調子だったという話に歯がみしながら「新青年」昭和8年7月号の口絵だけをたよりに焦がれ続けてきたのだ。

（「偏愛的俳優《スタア》列伝——光と影の彼方に」『アサヒグラフ』別冊、一九七九・一二）

そして、「見終わってようやく私には、江戸川乱歩の小説の発想すべてがこの映画に負うていることを知り、夢野久作の「ドグラ・マグラ」も、木々高太郎の「睡り人形」もこれにモチーフを得ていると知った」と書いた。中井は、『新青年』の口絵写真をパネルに引き伸ばして、「書庫の冷たい壁に飾って折々に合図を送って」いたともいう。（ちなみに徳川夢声と対談した石原慎太郎が『カリガリ博士』をＮＨＫテレビで見たと語っている。『問答有用：徳川夢声対談集』第一〇巻、朝日新聞社、一九五八・二）

一九六三年といえば、その前年に、作品の前半のみで応募するという異例の体裁をとった『虚無への供物』が江戸川乱歩賞の次席を得、その翌年一九六四年には、完成稿『虚無への供物』が塔晶夫名で上梓されている。重要な分岐点となる時期だった。中井にとって、『虚無への供物』の前と後をわかつ時期に、『カリガリ博士』が位置しているのである。中井は複数の映画論に『カリガリ博士』礼讃を記しているほかに、『カリガリ博士』へのオマージュとして精神病院を舞台に連作短篇小説集「幻想博物館」（『太陽』一九七〇・七－一九七一・六）を著している。そのなかの一篇は「セザーレの夢」。

東京女子医大の旧館、一号館が、「まさしく表現主義の舞台そのもので、昇り廊下の奥、仄明るむ狂気の微光の中にカリガリ博士や眠り男セザーレが漂い歩いていても不思議はない」（「幻想の回廊もしくは狂気の微光もしくは……」『幻想文学』一九八二・四）というエッセイを中井は書き、そしてやはり『カリガリ博士』の舞台装置そっくりの「向うには眠り男のセザーレも、恋人のリダも、それにフランシスもみんないる」病棟を描いた「影法師連盟」（『潮』一九八二・一）を書いている。ちょうどそのころ、中井がみずからの分身と呼んだ恋人ががん治療で東京女子医大に入院したのであった。

『カリガリ博士』のうちに、中井英夫はエロティシズムをも見出していた。「精神病院の内部ということ。そこに蠢く、影のような狂人たち。拘束衣とウプサラ大学の秘本。絵画の方ではもうとうに魅力を失い、むしろ陳腐でさえある表現主義が、まだいきいきとしていて、歪んだ部屋もいびつな樹木も道も背景としてふさわしいこと。ホルステンヴァルの定期市の、おびただしい見世物小屋の妖しい雰囲気。カリガリの名にぴったりな博士の風

貌。」──

しかし、それらのすべてを超えてこの映画を司どるのは〝眠り男セザーレ〟その人である。黒シャツに黒いタイツ姿で徘徊する夢遊病者。重苦しい悪夢がそのまま凝って人間となったようなセザーレほど凶々しく、しかも優雅な主人公がいるだろうか。いまもなお足音を忍ばせ、石の壁づたいにそろそろと近づいてくる兇悪な殺人鬼は、しかしどんな男性舞踊手よりも美しい。

（「偏愛的俳優《スタア》列伝──光と影の彼方に」）

S・クラカウアー『カリガリからヒトラーへ』の読後感も、「時代相の精密な分析もさることながら、二人の作者ハンス・ヤノウィッツとカール・マイヤーの製作前のエピソードが妖しく美しい」というものである。中井にとっては、『カリガリ博士』には萌えの要素があったとみえる。

ただし、この文章においては、映画のなかの、語り手フランシスと犠牲者アランの関係性についての言及がない。チェザーレの凶刃にたおれるまえ、最後の夕べに、肩を抱き合い、僕たち二人は同じ女性を愛したけれど友情はいつまでも変わらない云々というセリフがあるのだけれども。異性愛の物語の外見をもちながら、女性に対する関心以上に、ライヴァルである同性の男性への気遣いや関心が優先されるという、ホモソーシャルの典型例のようにも、フランシスとアランの関係性は読める。この物語が、フランシスの妄想だとする枠物語から読むなら、次の夜明けがくるまえにチェザーレの手でアランが命を奪われてしまう、フランシスの識閾下に隠された愛憎、願望、エロスとタナトスの闇は深い。フランシスとアラン、そしてチェザーレの三角関係の欲望、あるいは、フランシスとアランのカップルと、カリガリ博士とチェザーレの父と息子のようなカップルとの、二組のカップルの交錯する欲望という、多角的、多形的かつ脱異性愛的な欲望の交錯も『カリガリ博士』には、読み取れる。

アランの死後、アランとフランシス二人の恋人ジェーンまでが襲われる。が、チェザーレは彼女の魅力に抗うことができない。彼女の命を奪うことができない。ジェーンが連れ去られたことを知って、彼女の父親とフランシスとは夜着のまま飛び出してくる。婚約中にすでにフランシスはジェーンの家に同居していたのか。あるいは、ジェーンの父とフランシスが同衾していたのか。襲いかかる夢遊病者の連続殺人犯チェザーレが奇異であることはいうまでもないが、襲われるひとびとの言動にも含みが多く混乱しており、彼らの欲望のありようも、いわば脱異性愛的、クィアである。

戦時下に、日本の精神分析の草分け大槻憲二（一八九一－一九七七）は、これをもっと単純化して診断していた。

> フランシスがセザレに己を同一化し、院長に父コムプレクスを寄せてゐる〔中略〕彼の破壊衝動は昇華の機会を得ずして内攻してナマのまゝに残つてをり、それを自分の責任に於いて行ふだけの自我の確立のない限りは、その責任を超自我象徴としての父に転嫁し、その使嗾によつて子（セザレ＝自分）が殺人を行ふと云ふ風に妄想する〔中略〕フランシスは恐らくその内攻したる破壊衝動の観念的発散願望の手段としてこのやうなカリガリ博士事件を組立てたものに相違ない〔中略〕その衝動発散の源因と責任とを父＝院長＝カリガリ博士に帰してゐるところを見ると、父に対するエディポス・コムプレクスの憎悪面が崩壊する機会を逸してゐるのであらう。即ち必然的に父に向つて行くべき憎悪（破壊衝動）が素直に受容されるやうな相手でない場合には、即ち父からそのまゝ自己に撥ね返される場合には（父が非常に苛酷であるか、或は表面温和で実はよそ〳〵しい場合には）屢々かう云ふ結果になるのである。精神病学的に非常に興味のあるこの材料を駆使してこれだけの芸術作品を創り上げたところに、表現派芸術家の功績がある。
>
> （『映画創作鑑賞の心理』昭和書房、一九四二・一）

ここで狂気はフランシス＝チェザーレに収斂していく。息子の狂気である。大槻は、チェザーレ（Cesare）の語源に絶対権力者ジュリアス・シーザー（Caesar）、あるいは野人的な暴君チェーザレ（Cesare）・ボルジアを読んでいる。大槻は、一九二一年五月中旬、東京浅草キネマ倶楽部で観たという。

これに対して澁澤龍彥（一九二八－一九八七）は「カリガリ博士あるいは精神分析のイロニー」（『映画芸術』一九六三・一〇）というエッセイを残している。「わたしがこの映画を観たのは戦後であるが、ウェルネル・クラウス、コンラット・ファイト、リル・ダゴファなどといった名優陣は、すでに昔のウーファ映画でたびたびお目にかかっていたので、奇妙な懐かしさをおぼえたものである」と回想する。澁澤は、『カリガリ博士』の枠物語の仕掛けを「精神分析学的な解決」と呼んでいる。

権力者対反抗者の関係は、守護者（医師）対病人（患者）の関係にすり変えられ、カリガリという象徴的な名前のあらわす「無意味」のダイナミズムは、それによって却って骨抜きにされることを余儀なくされた、と思われるからである。

〔中略〕

要するに精神分析映画とは、精神分析治療におけると同様、それ自体欺瞞をふくんだものであり、それは成功すると同時に無効になるという、イロニックな宿命のうちに発展したものであった。無効とは、治療における場合は理論の無効を指し、映画における場合は芸術の無効を意味する。

それでも『カリガリ博士』はさらに若い世代にも衝撃を与え、新たな破壊と創作のひきがねともなった。寺山修司（一九三五－一九八三）『ガリガリ博士の犯罪』（一九六九）には、「ガリガリ博士」という人物は登場しない。「登場しない人物によって操られる見えない部分を持つ芝居」（斎藤正治「作品論・寺山修司　演劇「ガリガリ博士の犯罪」」『國文學　解釈と教材の研究』一九七六・一）が上演されたのである。高松次郎の装置は「食堂の大きなテーブルは、半分だけがつくりあげられ、半分は材木丸出しのままであった。壁のペンキも完全にぬられていない。階段や入口の手すりも半完成品のままだった。いわば装置による迷路を提供しているのである。／観客は半完成品の装置による迷路を、自らの劇的想像力で完成しなければならない」（同前）というものだった。

演劇集団「黒色テント68/71」の劇作家加藤直は、ハンス・ヤノウィッツとカール・マイヤーの原作によるという角書で『カリガリ博士の異常な愛情――あるいはベルリン一九三六』（一九七八）を書き、佐藤信が構成・演出、石橋蓮司客演で糸操り人形の結城座が上演した。「ナチスに追われる瀕死のユダヤ人の青年（外套に黄色い星印をつけられている）が、おそらくは死の直前に一瞬かいま見た幻想としてくりひろげられる」（扇田昭彦「闇の中のパズル劇：『カリガリ博士の異常な愛情』」『文藝』一九七八・六）舞台であった。

扇田昭彦は、『カリガリ博士の異常な愛情』の次のような点に着目する。

美少女リダと、彼女を追う眠り男セザーレは、実は互いの影、分身、いわば「夢の回路で結ばれた魂のシャム兄弟」だったのだ。追う者と追われる者の意外な同一性と一体化。

だが、それだけではない。フランシスがカリガリ博士を撃った銃弾は、フランシス自身を傷つける。フランシスこそ、ヒットラーにダブルイメージされる圧制者カリガリ博士にほかならない。カリガリ博士はたんに外部にいる敵ではなかった。

ここには内なるカリガリ博士の発見と、それとの困難な対決が読みとられている。火野葦平、中井英夫、加藤直はどうやら『カリガリ博士』の美少女をジェーンという役名ではなく、リダとして記憶しているらしいのだが、これは翻訳か、活動弁士の語りに由来するものか、よくわからない。

ともあれ、このように追いかけてくると、『カリガリ博士』の受容は、一九二〇年代の移入から、戦争を経過して伏流し、戦後の新世代の表現者たちにも示唆をあたえたようである。丸尾末広「カリガリ博士復活」(『マンガ宝島』一九八二・三)など、サブカルチャーへの広がりもあり、カリガリ博士は今もなお生き続けている。

最後に塚本邦雄(一九二〇－二〇〇五)『緑色研究』(一九六五・五)の一首を挙げて章を閉じたい。明るい父殺しの記憶である。

其処より明るき生の記憶ぞ父の死につづきカリガリ博士への恋

おわりに

『カリガリ博士』の新世紀もまた、暗鬱なものかもしれない。

埴谷雄高氏、中井英夫氏、鶴見俊輔氏、草森紳一氏、齋藤愼爾氏と、いまさらながら献本さしあげたかった先達がつぎつぎ鬼籍に入られて現在にいたる。こちらの世界は寂しくなるばかりだ。にもかかわらず、読ませていただいた言葉、直接かけていただいた言葉の数々の記憶をたぐりよせ反芻するたびに、胸に灯されたものは、いまだ幽かに燃えつづけているように実感される。

本書はコロナ禍とともに書き始められ、世界各地の紛争と戦禍の拡大のなかで書き進められた。

当初は、一九二一年の『カリガリ博士』の日本における封切百年を記念して構想されたものの、遅筆のため、担当編集者、版元の気を揉ませたこととおもう。このご時世に、ほぼ書き下ろしの文芸評論集という企画そのものが無謀ではないかと時おり反省させられたが、担当者の熱意に背中を押されてここまで辿り着くことができた。『定本久生十蘭全集』『定本夢野久作全集』以来の担当でもあった伊藤里和氏には、企画時よりお世話になり、心より御礼申し上げたい。元編集長礒崎純一氏にもきびしくかつあたたかい御指導をいただいた。そして校正・校閲にあたっても、本書が扱った膨大な資料、引用をていねいに確認・照合していただいたことに重ねて感謝を申し上げたい。浮き足立ちがちな筆者に対して、編集者はいつも冷静沈着であった。コロナ禍を通じて現在にいたるまで、資料との孤独な対話の過程で、編集者との信頼関係によってどれほど励まされ、どれほど考察が深められ、緻密になったことか、御礼の言葉もない。本づくりの物狂おしさを共有した同志である。

本書の執筆にあたってはたくさんの先人の学恩に浴した。『定本久生十蘭全集』『定本夢野久作全集』の共同編集者の皆様には十数年にもわたるご厚誼をちょうだいした。とりわけ探偵小説共同研究グループでは浜田雄介先生、小松史生子先生をはじめ諸先生方に学ばせていただいた。映画共同研究グループでは晏妮先生をはじめとする諸先生方に多くの示唆をちょうだいした。

現在、研究活動を継続できているのは、20世紀メディア研究所（早稲田大学）、芸術研究所（日本大学芸術学部）の皆様のご助力のおかげである。記して感謝申し上げたい。

二〇二四年九月　著者識

本研究はＪＳＰＳ科研費 JP19H01232、JP23K25304の助成を受けたものです。

わ

F

W

ま

や

ら

な

は

か

索　引

川崎賢子（かわさき・けんこ）
1956年、宮城県生まれ。文芸・演劇評論家。日本近代文学研究者。博士（文学）。日本大学芸術学部芸術研究所研究員など。
著書に『尾崎翠　砂丘の彼方へ』『もう一人の彼女　李香蘭／山口淑子／シャーリー・ヤマグチ』『宝塚　変容を続ける「日本モダニズム」』など。

キネマと文人《ぶんじん》
――『カリガリ博士』で読む日本近代文学

二〇二四年十一月二十六日初版第一刷発行

著者　川崎賢子
発行者　佐藤丈夫
発行所　株式会社国書刊行会
東京都板橋区志村一―十三―十五　〒一七四―〇〇五六
電話〇三―五九七〇―七四二一
ファクシミリ〇三―五九七〇―七四二七
URL：https://www.kokusho.co.jp
装丁者　岡本洋平（岡本デザイン室）
印刷所　創栄図書印刷株式会社
製本所　株式会社難波製本
ISBN978-4-336-07693-9

宝塚百年を越えて

植田紳爾に聞く

植田紳爾 語り手／川崎賢子 聞き手

『ベルサイユのばら』『風と共に去りぬ』など
宝塚歌劇団100年の歴史に燦然と輝く、
金字塔的名作を生んだ演出家・植田紳爾。
心揺さぶる、魅惑の舞台はいかにして作られたのか?
その秘密を今はじめて語る。

定価 2,750 円（10%税込）